영화농장

장편소설
영화농장

|저자|	임동식
|1판 1쇄 인쇄|	2023년 9월 10일
|1판 1쇄 발행|	2023년 9월 15일

|발행인|	주동담
|발행처|	시정신문

|주소|	서울특별시 용산구 한남대로 43
|전화|	02-798-5114(대표)
|전자우편|	sijung1988@naver.com
|출판등록|	1988년 4월 13일
|등록번호|	서울 다 05475

|편집디자인|	앤트북(toksm@naver.com)
|ISBN|	979-11-91760-05-7
|정가|	17,000원

저자와 협의하여 인지를 생략합니다.
무단전재와 복제를 금합니다.

장편소설

영화농장

임동식

[차례]

제1부 이 상 ················· 7
제2부 가 뭄 ················· 67
제3부 이국에서 온 편지 ········· 79
제4부 정(情) ················ 87
제5부 학 교 ················· 93
제6부 영산강 ················ 97
제7부 귀 향 ················ 105
제8부 해 방 ················ 111
제9부 인 연 ················ 117
제10부 두 여인 ·············· 127

제11부 공산당 ················· 143
제12부 이민위원장 ··········· 155
제13부 천연두 ················· 167
제14부 운 명 ··················· 175
제15부 가을걷이 ·············· 201
제16부 결 혼 ··················· 229
제17부 시가 살이 ············· 249
제18부 보도연맹 ·············· 261
제19부 6·25전쟁 ············· 291
제20부 새 출발 ················ 307

[작가의 말] / 345

제 1 부
이 상

●●● 때는 1940년 시월 열여드레, 이날은 늦가을이라 해도 아직은 지난여름의 따스한 기운이 남아 조금은 여름에 가까운 일기였다.

조선말 간척사업으로 조성된 용호동과 복룡촌 사이 원둑, 지게에 이삿짐을 짊어진 장정들이 장사진으로 늘어섰으며 그사이에 애기를 업은 순녀와 항아리를 머리에 인 인길댁도 끼어 있었다.

이날은 순녀네가 그동안 살던 복룡촌을 떠나 들 건너 도덕지로 이사를 하는 중이며 이삿짐을 진 장정들은 같은 동네 복룡촌의 청년들이었다.

둑 아래 구 원장, 들판은 가을걷이를 마쳐 횅하니 비워졌고 반대편 영산강은 물이 드는 밀물 따라 둑 절반 높이에서 물이 찰랑거렸다.

순녀는 걸음을 멈추고 뒤를 돌아봤다. 저만치 그동안 살던 곳 복룡촌, 복룡촌은 양 갈래로 갈리는 야트막한 능선의 틈새에 자리한 동네로 좌우로 일, 이 부 능선에 가옥이 마치 포도 열매처럼 매달리 듯 늘어져 있었으며 밀양 박씨들의 집성촌이었다.

순녀네가 살던 집은 멀리서도 보이는 제일 높은 곳에 있었다. 그동안 순녀가 낳고 자랐던 집, 발길을 멈춘 순녀는 그 집을 바라보고 있는 것이었다.

"순녀야! 언능 오니라! 니 동생은 벌써 저만치 간다."

순녀는 또래보다는 골격이 크고 강인하며 야무진 모습을 한 열두 살배기 소녀였다. 앞서가던 인길댁이 돌아서 있는 순녀를 불러 재촉한다. 순녀는 달음질로 쫓아가 뒤처진 간격을 좁혔다.

인길댁은 순녀의 엄마이며 자그마한 키에 예쁘진 않아도 박색도 아닌, 하얀 피부와 매무새가 곱상한 것이 매력인 40대 중반의 여인네였다.

말례는 여덟 살배기 순녀의 여동생이며 손에 자그마한 보퉁이를 들고 댕동거리는 걸음으로 앞서가고 있었다. 이들이 신원목 앞 저수지(이 저수지는 훗날 회란 백련단지로 지역관광명소가 됨)를 돌아 도덕지에 다 이르렀다.

눈앞에 넓게 펼쳐진 들판, 이곳은 영화 농장이다. 저 멀리 지평선처럼 보이는 것은 돈도리와 용당 끝을 이은 둑이었으며 이 둑의 건설로 말미암아 날마다 들고나던 영산강의 갯물은 끊기고 이처럼 너른 들 영화 농장이 생긴 것이었다.

복룡촌 앞뜰 역시 간척하여 생긴 들로써 조선 말엽에 생긴 것이며 언저리 사람들은 이 들판을 구원장이라 했고 도덕지 앞 신원장은 영화농장이라 하였다.

● ● ●

약 30여 년 전, 일본 정부는 대륙진출의 야욕을 실현코자 1908년 동양척식회사를 설립, 당시 쇠퇴일로에 있던 조선 왕실에 계약을 강요하니 왕권이 실추되어 가던 조선 왕실은 일본의 강압에 항거할 뜻도 힘도 없었던 것이었을까, 결국 일본의 요구를 수락하고 말았던 것이며 이로써 조선 왕실은 일본에 대륙진출의 교두보를 놔준 셈이 되었던 것이었다.

이후 영산강 유역은 곳곳에서 일본인 주도로 간척사업이 진행되었으며 호리병 모양, 즉 만 형태의 지형은 여지없이 그 목을 막아 간척지로 개발을 하였던 것이며 이 사업이 곧 동양척식회사 사업의 일환이었던것이다.

먹거리가 늘 모자라던 농민들은 논을 가질 수 있을 것이란 희망을 안고 간척사업에 적극적으로 참여하였고, 기실 간척사업이 완성되었을 때 상황은 농민들의 기대와는 달리 고작 소작으로 농지를 할당 받을 수 있었던 것이 피땀 어린 수고의 대가였던 것이었다.

한 해 농사를 지어 공출이라는 명목으로 수탈당하고 정작 농사를 지은 농민의 몫은 미미했다. 이러한 일제의 만행은 비단 영산강 유역뿐만 아니라 삼천리강산 방방곡곡 어디에서 이건 이뤄지고 있었던 것이었다.

영화농장이 조성된 동기와 시대적 배경은 대략 이러했다.

이윽고 순녀네가 집 앞에 당도했다. 인길댁이 마당으로 들어서자 인길 양반은 한걸음 나서며

"이고 오니라고 고생했소!"

하고 말하며 인길댁이 이고 온 항아리를 받아 토방에 내려놓은 후 이어서 순녀의 등에 업힌 아기를 받아 마루에 눕혔다.

아기는 순녀의 조카로서 생후 여남은 달 정도 된 남자아이였으며 마루에 눕히자 금세 쌔근거리며 잠이 들었다. 잠시 아기를 들여다보던 인길 양반은

"큰 부샄(아궁이)에 솥단지 걸었응께 숨 쪼깐 돌리고 밥을 좀 허소! 등짐 헌 사람들 식사는 해야제."

하고 인길댁을 향해 말하자

"야~! 그 먼 나는 정제(부엌)로 갈라우."

인길댁은 흘러내린 까만 무명치마 허리춤을 고쳐매며 부엌 쪽으로 갔고 마당과 잿간에는 복룡촌에서 온 장정들이 지고 온 짐을 정리하느라 어수선하다.

"순녀야! 너는 점방에 가서 탁배기(막걸리) 즘 받아오니라! 작은아부지랑 저 아제들 고간허게 헜응께 술 한 잔씩 해사제. 자! 이 돈 갖고 가그라!"

인길 양반이 순녀를 불러 흰 저고리 주머니에서 지폐를 꺼내 주고는 주머니가 헐거워지는 것을 가늠해보려는 양 쓱쓱 주머니 부분을 슬어 만진다.

"야~! 근디 아부지 점빵이 어디가 있다우?"

순녀가 묻자 인길 양반은

"이 앞 신작로 따라서 건너편 농장에 가면 첫 집이 점빵이란다."하고 손짓으로 점빵을 일러주었다.

순녀는 동생 말녀와 반 말짜리 노란 주전자를 들고 집을 나선다. 농장마을의 첫 집, 누가 봐도 장사하는 점빵이다. 초가집의 판자문은 마치 주인이 누군가가 오기를 기다리며 열어놓은 듯 활짝 열려있었다. 순녀가 주인을 부른다.

"아짐! 탁배기 좀 주이쑈!"

안쪽 문이 열리며 얼굴이 거무스름한 중년의 여인이 나온다.

"으응! 탁배기 사러 왔냐? 주전자 인내(이리) 주라! 근디 느그들은 누집 딸이래?"

여주인이 묻자 순녀가 대답한다.

"쩌기 도덕지 박 팽래 씨가 울 아부지고 울 오빠는 박 대전이여라우."

"아! 그 다리 똑 앞에 이사 오는 집 딸이구나?"

바람결에 들었을까 점빵 여주인네는 순녀네의 이사 소식을 벌써 알고 있었으며 술독에서 술을 퍼 주전자에 넘실거릴 만큼 담아 순녀에게 건네며

"어푸러지지 말고 잘 들고 가그라이!"

당부하며 주전자를 순녀에게 건네준다.

탁배기를 사 들고 집으로 돌아가는 자매, 탁배기 반말이면 열너댓 근의 무게일 것이며 이는 열두 살 여아에게는 무거운 무게일 것이다. 순녀는 무거운 듯 주전자를 든 반대편으로 상체를 기울이고 앞장을 서서 걸어간다.

"언니야! 쩌기 저 동네는 무슨 동네야?"

뒤따르던 말례가 묻는다.

"응! 뻘건(빨간) 산 밑에 쩌그는 백호동이여."

이즈음 동리 주변의 산은 빨갈 수밖에 없었다. 땔감이 될 만한 나뭇가지나 낙엽, 마른 풀 따위는 모두 베어가고 긁어가니 산이 민둥산일 수박에. 동생의 물음에 순녀는 다정스런 말투로 대답해준다. 드시 말례가 반대편 들 건너 아랫녘을 갈치며

"글먼(그러면) 쩌그는 어디야?"

하고 묻는다.

"응! 거그는 돈도리여. 그라고 거그 오른편은 산두…, 쩌그 우리 동네 외약편(왼편)은 월곡이고 쩌 앞에 우리 동네 너 메(너머)가 아까 우덜이 지나온 시름목이단다."

순녀의 설명은 장황하고도 소상했다. 두 자매가 걷는 길은 신작로라 했으며 길 가장자리에 협궤선로가 깔려있고 이 선로는 공출미를 나르는 선로이다.

이 길에서 보면 월곡의 왼쪽으로 나지막한 능선이 흐르고 이 능선의 끝자락에 도덕지가 있으며 도덕지 앞으로는 너른 들판 영화농장이 펼쳐진다.

그리고 저 아래쪽 들판의 끄트머리 영산강 둑 너머로는 장승처럼 우뚝 선 석양빛에 물든 영암의 월출산이 희뿌옇게 시야에 들어온다.

탁배기 심부름을 마친 순녀가 마당으로 들어서자 이사를 마친 장정들이 마당에 깔린 멍석 위에 옹기종기 모여 앉아 한창 식사 중이었으며 함께 식사를 하던 인길양반은 식사하다 말고 일어나 술주전자를 받아들며

"우리 순녀랑 말레 고생했다. 아가! 술 사발 좀 가져오니라!"

새댁인 경주댁에게 소리쳤다. 경주댁은 순녀의 올케언니이다. 이윽고 인길양반은 식사하는 장정들의 뒤를 한 바퀴 돌며 저마다 탁배기를 한 잔씩 권했다.

"오늘 고상(고생) 많이 했네. 자! 목도 컬컬헐 것인디 한 잔 받소!"

"야~! 당숙! 도덕지에서 부자 되이쑈!"

탁배기를 받아마신 장정은 소맷자락으로 입을 훔치며 덕담을 곁들였다.
"그래. 고맙네. 자! 동생도 한잔허소! 자네도 고상 많이 했네."
"아니라우. 당연히 해야제라우."
이삿짐을 져 나르며 고생들을 했을 것이지만 모두가 그것을 내색지 않고 도리어 겸손해하며 덕담을 주고받는 여유로운 모습들을 하였다. 이렇게 하여 순녀네의 이사는 끝이 나고 복룡촌에서 온 장정들은 모두 돌아갔다.

◆ ◆ ◆

어둠이 내리는 마당에서는 순녀의 동생인 태곤이 긴 대나무를 가랑이 사이에 끼고 목마를 탄 것처럼 마당의 이쪽 끝에서 저쪽 끝을 달음질로 오가며 즐거워한다.

태곤은 다섯 살 남자아이였으며 복룡촌의 좁은 마당보다 갑절은 넓은 이곳, 새집의 마당이 넓디넓어서 좋은 모양이다.

순녀네가 살던 복룡촌 집은 제일 높은 곳에 있는 꼭대기 집인 데다 마당도, 방도 다 좁아 순녀네 대식구가 살기에는 많은 불편이 따랐던 데 비해 이곳 도덕지 집은 널찍한 대궐 같았다.

동네 한복판에 자리하여 바로 집 앞이 신작로요 비록 농수로이지만 집 앞으로 개울이 흐르고 있었으며 마당은 널찍해서 작은 운동장만큼이나 넓었다.

고래 등처럼 덩실한 지붕 아래 긴 마루의 중간쯤 큰방이 있고 그 머리에 광이 있었으며 광 건너가 작은방과 뒤편으로 부엌이다. 큰방의 오른편 마루 끝은 사랑방이고 그 뒤쪽이 큰 부엌이다.

큰 부엌은 큰방과 사랑방으로 문이 나 있어 부엌일을 하면서 동시에 이 방과 저 방을 드나들 수 있게 돼 있었다. 어린 태곤이 마당을 휘젓고 다니며 즐거워하는 것은 집 안팎의 환경이 이처럼 좋아진 까닭에 있을 것이다. 아이가 노는 모습을 마루에 서서 줄곧 지켜보던 인길양반,

"순녀야! 태곤이 더 리고 방으로 들어오니라!"

하고 부엌에 있는 순녀를 향해 소리치고는 방으로 들어갔다. 순녀는 이내 마당으로 가 더 놀고 싶어 하는 태곤을 끌다시피 하여 방으로 데리고 들어간다.

인길양반은 적삼을 벗어 아랫목의 횃대에 걸고 순녀의 손에 끌려 방으로 들어서는 태곤을 안고 아랫목에 앉았으며 그의 옆에는 늘 복룡촌의 집에서 그랬듯이 낡은 고서가 담긴 상자가 놓여 있었다.

방이 어둑해지자 인길댁은 윗목에 놓인 호롱어 불을 붙이고 이내 방은 어둠이 걷히었다.

"대전 어머! 점돌에미랑 아그들 좀 다 들어오라고 해요!"

인길댁이 식구들을 모두 불러들였다. 인길댁네 내외와 대전의 처 경주댁, 큰딸 맹심이, 맹심이는 순녀의 언니로 열여섯의 처녀이다. 그리고 순녀와 순녀의 동생 말례와 남동생 태곤에 이어 젖떼기 조카 점돌, 이렇게 여덟 식구가 모두 앉으니 방안은 좁았으며 순녀의 오라버니인 대전은 한 해 전 일본 외유를 하였기 때문에 없었다.

이렇게 많은 식솔을 거느린 이 댁의 가장 인길양반, 본명은 박팡래이고 나이는 쉰다섯이었다. 마른 듯 훤칠한 키에 피부는 거무스름하고 둥근 테 돋보기안경을 낀 것으로 보아 노안의 진행이 시작된 모양이었다.

젊은 시절부터 책 읽기를 좋아하여 우연히 한의서를 접하게 되었는데 그 한의서를 보고 독학으로 침술과 한방의학을 공부하여 중국에서 한의사 자격증을 땄다.

그 실력이 죽은 이를 살릴 만큼은 아니라도 죽을병이 든 사람을 거뜬히 살려낼 만큼은 되어 그 명성을 듣고 복룡촌 언저리는 물론 멀리 섬이나 나주, 영산포에서도 환자들이 찾아왔다. 이러한 인길양반은 방안의 식구들을 빙 둘러본 후 입을 열었다.

"오늘 이사를 하니라고 다들 수고했다. 대전 어메! 당신도 몸도 약헌디 고상

(고생) 많이 했소. 그리고 점돌 에미도 고상했다."

이렇게 차례로 호명해 가며 이날 노고에 대해 낱낱이 치하를 한 후 다시 말을 잇는다.

"인자(이제) 우리가 살던 복룡촌을 떠나 여그다 둥지를 틀었응께 복룡촌 사람들이 부러워할 만큼 잘 살아야 헌다. 복룡촌보다 집도 크고 앞에 들도 좋고 지금은 비록 논 두 배미에 밭이 한 자루이제만 열심히 노력하면 전답도 더 살 수 있고 잘살 수 있다. 일본 간 느그들(너희들) 오래비가 있으면 얼마나 좋아하것냐."

여기까지 말을 하던 인길 양반은 말을 멈추고 길게 숨을 내쉬었다. 큰아들의 부재함을 한탄하는 한숨 아닐까. 잠깐이지만 방안은 무거운 침묵이 흘렀으며 침묵을 깬 사람은 순녀의 언니인 맹심이었다.

"아부지! 목마르시면 물 좀 드릴께라우?"

하고 묻자 인길 양반은 고개를 끄덕인다. 맹심의 호리호리한 몸매는 여지없이 제 아버지요, 선한 눈빛에 갸름한 얼굴은 영락없는 제 엄마의 모습이었다.

맹심이 두 손으로 물잔을 건네자 인길양반은 한 모금 길게 마신 후 다시 입을 열었다.

"점돌 에미 잘 듣거라! 점돌 애비가 언제 돌아올지 모르것지만은 남자들이란 안사람 하기 나름이다. 너는 어째서 이 아그가(아이가) 일본행을 했는지 잘 알 테제? 뭣을 어떻게 하라고 다 일러줄 수는 없는 노릇이고 요담에 점돌 애비가 일본서 돌아오면 잘해사 쓴다!"

경주댁은 부엌문 옆에서 돌아앉아 무릎의 아이에게 젖을 빨리며 고개를 잔뜩 꺾어 숙인 채

"야(예)~! 근디 아버님 저도 잘 헐라고 허고 있어라우."

하고 대답한다.

"잘 헌닥 허는 것이 고작 고것이냐?"

인길양반의 안색은 붉어지고 말투는 날카로워졌다. 그렇지만 젊은 경주댁은 여전히 고개를 숙인 체 표정의 변화가 없이 대꾸한다.

"제가 타고난 것이 그런디 어찌게 허요."

조금은 반항적인 어조였다. 어쩌면 체념적인 것인지 경주댁의 정확한 감정은 알 수는 없는 일이다. 불안스러운 모습으로 지금껏 듣고만 있던 인길댁이 끼어든다.

"새아가! 어르신이 말하면 '예.' 하고 고개를 숙여야지 말대꾸하면 못쓴다."

인길댁은 며느리를 새아가라고 불렀으며 시아버지에게 말대꾸하는 며느리를 꾸짖은 후 인길양반을 향해

"대전 아브지! 너머(너무) 홰(화) 내지 마시쑈! 잘 헐 테지라우. 내가 잘 타이를라우."

"…알었소!"

그러나 인길 양반은 여전히 가시 돋친 눈빛이었다. 그도 그럴 것이 평소 인길 양반의 며느리에 대한 생각이 좋지 않던 중의 어느 날이었다. 부엌에서 설거지하던 경주댁이 접시를 떨어뜨렸다. 평소 왈가닥거리는 행실의 산물이다.

"쨍그렁"

"우메, 성님! 접시가 깨져 붓소."

옆에 있던 순녀가 놀란 눈으로 깨진 그릇을 쳐다보며 말했다,

"쉬! 애기씨(아가씨)! 조용히 해라우! 아부지랑 엄마한테 모른닥 허고 만약 앵키면(들키면) 애기씨가 깼다고 허이쑈이!"

경주댁이 당부하자 순녀는 대답 대신 고개를 끄덕였고 깨진 접시는 경주댁이 아궁이어 쓸어 넣어 버렸다.

그러나 부엌 뒤쪽에서 한약재를 손질하던 인길양반이 부엌의 이야기를 다 듣고 있었던 것이니 두 사람의 비밀은 이미 지켜야 할 필요가 없는 것이 된 것이다.

그리고 해가 질 저녁나절, 인길댁은 아랫동네 공동우물로 물을 길으러 가고 없었으며 인길 양반은 마루에 걸터앉아 있었다.

"점돌 에미야 이리 좀 오니라! 순녀 어딨냐? 순녀도 이리 오니라!"

하고 인길양반이 부른다. 두 사람이 토방 머리로 와 인길양반 앞에 섰다.

"아까 점심 먹고 부엌에서 뭣이 깨지는 소리가 나던데 그것이 뭔 소리였다냐?"

"야~, 아버님! 여기 순녀 애기씨가 접시를 내부쳐서(떨어뜨려) 깨졌어라우."

경주댁이 옆에 선 순녀를 보며 눈을 찔끔하였다. 순녀는 안절부절못한다. 인길 양반은 눈을 부릅뜨고 순녀를 바라보며 물었다.

"니가 깬 것이 맞냐?"

"…거시기…, 야~, 맞어라우."

"이 녀석들이 거짓말을 허는구나. 고까짓 거 깨진 접시가 뭣이 그리 대단허다냐? 그것보다 중요한 것은 양심이다. 참말로 순녀 니가 깬 것이 맞냐?"

이때였다. 물을 길어갔던 인길댁이 물동이를 이고 사립문을 들어서 마루 앞의 심상치 않은 모습을 보고 마당 가운데서 우뚝 섰다. 이 모습을 본 인길 양반이 마루에서 벌떡 일어나 헛간으로 뛰어가더니 작대기를 들고나오며

"이놈의 여편네야, 눈구멍이 없어서 저런 여식을 며느리로 데려왔냐?"

살기 등등하여 인길댁을 후려칠 요량으로 달려들자 인길댁은 이고 있던 물동이를 팽개치고 부엌을 지나 뒤안 쪽으로 도망을 치고 인길양반은 그 뒤를 쫓아간다.

물동이가 마당 가운데 널브러지자 쏟아진 물은 보기 좋게 마당에 지도를 그렸다. 눈치 빠른 순녀가 달려가 쫓아가는 인길양반을 뒤에서 끌어안았다. 인길양반은 혹처럼 달라붙은 순녀를 떨쳐내려 했지만 맘대로 안됐다.

"아가! 놔라! 네 이 저놈의 여편네를."

"아부지! 이러지 마이쑈! 엄마 죽어 불면 어쩌게 해라우?"

인길양반은 인길댁을 쫓아 집 주위를 한 바퀴 남짓을 돌다가 혹처럼 달라붙은 순녀 때문에 포기했다. 이전에도 며느리 문제로 인길댁 내외는 여러 차례 다툰 적이 있었다. 그 다툼의 원인은 이런 것이다.

인길댁 내외의 다툼의 원인,

순녀의 오라버니인 대전은 준수한 용모에 풍채 또한 좋은 데다 능변의 재주까지 겸비하여 주변 사람 간에 인기가 좋았다. 이러한 까닭에서일까?

그는 열여섯 살에 일로 초등학교를 졸업하고 열일곱 되던 해에 일로 면사무소에 특채로 취직을 하였던 것이며 수려한 풍도와 좋은 직장 등 신랑감으로서의 좋은 조건을 갖춘 그는 혼기에 이른 뭇 처녀들의 많은 관심을 끌었던 것이며 그의 나이 열여덟 혼기에 이르자 순녀네 집 앞은 매파가 줄을 이었다.

자식의 혼사만큼이나 크고 소중한 일이 어디 있을까. 인길댁은 이 매파 저 매파의 말을 들어도 쉽사리 혹하고 구미가 당기는 곳은 없었다. 어느 처자의 얘기를 들어도 자기 아들에 이르지를 못할 것만 같았다.

그러던 중 어느 날, 어느 매파의 절절한 성화에 못 이겨

"그러면 그 처녀를 한 번 보기나 할께라우."

하고 찾아간 곳이 삼향면 맥포리 극배마을이었다. 처자의 집 대문 앞에 이르러 매파는 인길댁에게 따라 들어오라며 앞서 들어간다. 대문을 들어서자 매파는 빠른 걸음으로 마당 건너 안방 앞으로 향하고 인길댁은 대문 앞에서 걸음을 멈추고 집안을 빙 둘러본다.

본체와 사랑체, 모두 기와지붕이었고 기와에 이끼가 낀 것으로 보아 이 집의 기나긴 연조가 엿보였으며 널찍한 마당 끄트머리 쪽으로 반들거리는 장독대가 절반쯤 보였다.

마루 중간쯤 육중하게 선 기둥에는 지난봄에 붙였음 직한 입춘대길이 마름모꼴 한지에 써 붙여져 있었다. 매파가 토방에 서서 인기척을 하자 안방 문이 열렸고 그러자 매파는 인길댁에게 손짓하며 오라고 했다.

안방에서 나온 안주인은 처자의 모친임을 단번에 짐작게 했으며 쪽머리에 비녀를 꽂은 모습이 단정하고도 아름다웠으며 이로 볼 때 처자 또한 아름다운 규수일 것임이 틀림없을 것으로 여겨졌다.

"아이고! 먼 길 오시니라고 고상 많아겠오. 이리 올라오이쑈! 우리 집 양반은 면(면사무소)에 가고 안 지겠고(안 계시고) 이 애기는 옆집 민자한테 댕기 따달라고 갔는디 아직 안 온 개비요.(오지 않았는가 봐요) 방은 더운께 여그 마루에 앉급시다!"

안주인은 방으로 들어가 방석과 부채를 가져왔다. 팔월 한가위가 지났는데도 날은 더웠다. 인길댁과 매파를 마루에 앉혀두고 안주인은 딸을 데려온다며 마당을 돌아 장독대 쪽으로 갔다.

매파와 인길댁은 마루에 나란히 앉아 무료함을 때우려는 듯 뜻 없는 이야기를 나누고 있었으며 때늦은 매미 울음소리가 부채 바람에 섞여 너울대듯 들려온다.

"영산아! 영산이 거그 있냐?"

안주인이 담 너머의 이 댁 처자를 부르는 소리가 들려오고 이내 담 너머와 무슨 말인지 두런거리는 소리가 들려왔다. 청각을 곤두세우고 듣고 있던 매파가 침묵을 깨며 입을 열었다.

"큰애기가 옆집에 있는 개비요(가봐요)? 허기사(하기야) 댕기도 따고 얼굴도 단장해야제"

"큼메(글쎄) 그런갑소."

잠시 후 안주인이 돌아왔다.

"많이 기다리셨지라우? 멀리서 오셨는디 너머나 실례요. 저기(저기) 딸내미가 오요."

안주인과 간발의 차로 오늘의 주인공이 대문을 들어섰다.

"영산아! 언능 이리 와서 인사드려라!"

영산은 제 어머니의 말을 들은 것인지 못 들은 것인지 헐레벌떡 뛰는 걸음으로 마당을 건너더니 제 방으로 훌쩍 들어갔고 벗어 놓은 신발은 토방과 마당에 각각 한 짝씩 내동댕이쳐졌다.

안주인은 제멋대로 팽개쳐진 깜장 고무 신발과 인길댁을 번갈아 쳐다보며 겸연쩍은 듯

"가이나가(가시나) 하도 부끄럼을 많이 탄께 저런다우."

하고 행여 자식의 흠이 드러날까 둘러대는 것이다. 하지만 인길댁은 처자의 방정치 못한 행동에 고개를 갸웃거리며 너무 수줍음이 많아 그러는지 설래임으로 그러는 것인지 종잡을 수 없는 것이었다.

이윽고 안주인이 딸을 데리고 마루로 나왔다. 딸은 키가 크고 육덕이 좋아 신체가 풍만했으며 아까와는 사뭇 달라진 모습으로 걸음이 부드러워졌다. 아마도 아까의 덜렁거렸던 행동을 후회하고 있는지도 모를 일이다.

"언능 인사드려라! 너를 보신다고 쩌그 멀리 복룡촌에서 여그까지 오셨단다."

영산은 조심스러운 걸음으로 인길댁 앞으로 다가갔다.

"저, 인사 올리께라우."

영산은 양손으로 치마를 고이 펴 잡고 바닥에 앉아 상반신을 천천히 구부려 평절을 하였다.

"저 이름이 이 영산이어라우."

"오이! 반갑네. 올해 몇 살인가?"

"야~! 스무 살 이라우."

"우리 대전이가 열일곱에 면사무소에 나가고 일 년 지났응께 열여덟인디 두 살 우게너(위네)."

인길댁은 영산의 큰 키와 풍만한 체형을 바라보며 맏며느릿감으로 적격인 신체 여건을 갖추고 있다는 생각으로 입가에 회심의 미소를 지었다.

사람의 속마음이야 다 겪어 보지 않고는 알 수 없는 일이지만 기왕이면 외양이 풍성해야 신체가 건강할 것이고 그래야 마음 또한 넉넉할 것이며 마음이 넉넉해야 원만한 인성을 갖추었다고 할 수 있지 않겠냐는 것이 인길댁의 생각이었다.

두 살이 위면 어떻고 또 아래면 어떠랴! 선남선녀가 짝을 이뤄 잘 살면 그만이지, 나이 한두 살쯤 더 먹은들 어떻고 덜 먹은들 어떨까? 둘 다 파릇한 청춘이요 선남선녀이면 된 것이다.

인길댁은 아까 미심쩍었던 마음이 싹 가셨다. 키 꼴이나 덩치가 마음에 쏙 든 것이다.

맏며느릿감, 맏며느릿감이란 대가족을 이끌 재목이어야 한다. 이 재목이란 어떤 파란에도 흔들림 없이 꿋꿋하게 제 자리를 지켜야 하며 소소한 일까지 민감하게 반응하며 경솔하기보다는 때로는 바보처럼 보고도 못 본 척, 알면서도 모르는 척 쉽사리 속내를 드러내지 않고 집안을 이끌어 나아갈 속 깊고 뱃보 있는 사람이라야 할 것이며 시부모를 봉양함에는 효성이 지극하고 동생들을 거천함에는 자상해야 비로소 준수한 맏며느릿감이라 할 수 있을 것이다.

인길댁의 안목으로 영산은 그런 인물로 보였던 것이었다.

아까의 경박스러운 행동과 이마가 조금 짧고 광대가 불거진 것이 이 댁의 처자, 영산의 흠이지만 맏며느리로서 의당히 갖춰야 할 첫 번째 조건인 좋은 풍채의 형상에 비하면 그 흠은 큰 밥솥의 한 알 모래알 같은 것이었다.

"나는 아가씨가 맘에 쏙 들어부어요. 우리 서로 사돈 맺고 싶으요만은…"

속내를 말한 인길댁이 안주인을 쳐다봤다.

"그럼사 좋제라우. 우리 딸이 겁나게 이쁘고 허지는 않제만 맘씨는 좋아라우."

안주인은 딸을 놓고 선택받는 처지에 있는 것이며 일의 성사 여부는 인길댁의 결정에 달린 것으로 인길댁이 딸을 선택만 한다면야 이에 반대할 까닭이 없는 것이었다.

쇠뿔도 단김에 빼라고 했다. 입이 함박만해진 안주인은 앉은걸음으로 반걸음쯤 인길댁 쪽으로 다가가며

"그러면 올 시한(겨울)에라도 대사를 치께라우?"

하고 인길댁을 바라보며 의중을 묻자 인길댁도 기왕에 할 거라면 서둘러 하자며 날짜는 정하지 않았지만 다가올 겨울에 혼례를 치르자는 것까지 약조했던 것이니 이렇게 하여 대전과 영산의 인연이 시작된 것이었다.

집으로 돌아간 인길댁은 저녁 식사 후 아직 밥상을 그대로 놓은 채 남편인 인길양반에게 선을 본 얘기를 들려주었다. 다 듣고 난 인길 양반은 안경 너머로 인길댁을 바라보며

"어허! 두고 봐야 알 것제만 처자의 행실이 그렇다 허면 당신 너머 서두른 결정을 헌 것 같으요."

라며 걱정스러운 표정을 지었다.

"대전 아부지! 너머 들려 마이쑈! 처녀도 처녀제만 그 사돈댁이 야물기도 하고 얌전한 것이 어매를 보면 딸을 알제라우. 그리고 처녀가 다주 듬직해서 딱 맏며느리감이랑께라우. 그렁께 너머 꺽정(걱정) 마이쑈!"

인길양반의 염려하는 마음과는 달리 인길댁은 호언장담하였던 것이며 그리고 그해 겨울, 결국 인길댁의 주장에 따라 대전과 영산의 결혼은 성사된 것이었다.

한겨울이면 가을걷이를 한 들판은 비워지고 곡간은 오곡으로 가득하니 이 오곡을 밑천으로 하여 대체로 겨울이면 대사를 치르게 되는 것이다. 순녀네라고 다를 바 없었다.

동짓달 스무여드렛날, 이날은 순녀네 오라버니인 대전이 장가를 드는 날이었다. 마당에는 멍석이 빼곡히 깔리고 대형 무명천각이 처졌으며 산해진미로 차려진 상은 멍석 위 곳곳에 여러 낯이 차려졌다.

바람결을 따라 술꾼들의 후각을 자극하는 잘 삭혀진 고릿한 홍어 냄새를 비롯하여 온갖 음식 냄새가 마당에 가득하고 하객들 또한 북적거리고 잔칫집답게 시끌벅적하였다.

봄이 다 갈 무렵이면 보릿고개라 굶주리고 오뉴월 뙤약볕을 이겨내며 논밭을 들락거렸던 것은 이날 이때라도 곯은 배를 채우자는 까닭 아니었던가.

부잣집이나 가난한 집을 불문하고 늘 양식이 모자라던 이 시기에 남녀노소를 가리지 않고 먹거리의 유혹을 뿌리칠 사람은 그 누구도 없었다.

이러한 까닭에 동네 안에 잔칫집이 생기면 모처럼의 특별한 음식을 맛볼 수 있는 절호의 기회인 것이며 대전의 결혼식 날은 바로 그런 날인 것으로 이날 순녀네 집도 예외 없이 모여든 동네 사람들로 북새통이었다.

마당 가운데 병풍을 펼쳐 세워 혼례청이 마련되고 초례상에는 암수 한 쌍의 닭이 올려졌으며 그 앞으로 전안례에 쓰이는 비단 보자기에 싼 목각 기러기를 앉혔다.

기러기는 한 번 짝을 이루면 죽는 날까지 평생을 같이 산다고 하며 다산을 상징하는 새로서 신부 측 초례청에서 신랑이 목각 기러기를 신부 어머니에게 앞날을 다짐하는 의미로 전달하는 것이며 이 예가 전안례이다.

하객들은 초례상을 중심으로 마당 한 바퀴 빙 둘러섰다 집전자의 안내에 따라 신랑과 신부가 초례상 앞에 마주 보고 섰다. 원삼 치마저고리에 족두리를 쓴 신부 영산은 동그스름한 얼굴에 연지곤지를 찍고 연두색 저고리와 홍조를 띤 볼은 대조 색이 되어 혈색은 더욱 붉게 보였다.

사모관대를 한 신랑 대전은 치장을 한 까닭에 조화로운 이목구비가 더욱 돋보였으며 진흙으로 빚은 듯 잘생긴 얼굴에 간혹 미소를 짓노라면 이를 보는 구경꾼 중 아가씨들은 오줌을 저릴 만큼이었다.

앞쪽에 섰던 집전자가 낭랑한 소리로

"신랑·신부 맞절이 있겠습니다. 맞절은 큰절로 신랑이 일 배요. 신부가 이

배를 헙니다. 신랑 일 배!"

하고 신랑에게 지시하자 대전은 두 손을 포개어 전방에 짚고 이마가 땅에 닿도록 허리를 구부려 절을 했다.

신랑의 절이 마쳐지자 집전자가 다시 소리친다.

"신부 재배!"

영산이 시종의 보필을 받아 재배하였다. 신랑이 일 배, 신부가 이 배를 하는 까닭은 신랑은 양으로서 숫자 양의 첫 자리가 1이므로 일 배를 하는 것이요, 신부는 음으로서 숫자 음의 첫 자리가 2가 되므로 재배를 하는 것이다. 혼례식이 이어지던 중 구경하는 하객 중 한 사람이

"각시가 이쁘기도 허네."

하고 집전자의 말 사이에 끼어들자 이에 응답하듯 그 옆 사람은

"이쁘기도 허고 절도 여간 얌전히 잘 허그만."

하며 덕담 같은 잡담을 하고 있었으며 기실 신부의 절을 하는 모습은 덩치가 큰 신부와 신부의 거동을 돕는 시종의 왜소한 모습이 체격의 대조를 이뤄 정녕 절을 하는 모습 자체는 우스꽝스러운 모습을 하고 있었다.

이 시간 인길양반은 큰방의 아랫목에 앉아 츠점 없는 눈으로 앞을 바라보며 깊은 상념에 잠겨있었다. 이때 문이 열리며 인길양반의 동생인 헌규가 방으로 들어왔다. 헌규는 슬을 마신 모습으로 양 볼이 불그스레하였다.

"거그 앉소! 왜 구경허제 들어오시는가?"

대전의 작은아버지요, 인길양반의 친동생으로서 의당히 혼례식장을 지켜봐야 할 헌규를 향해 인길 양반이 묻자

"형님이 안 뵈이시길래 방에 계시나 허고요"

하고 헌규가 대답한다.

"거그 앉그소!"

헌규는 상 하나쯤의 간격을 두고 인길 양반 앞에 앉는다.

"식은 잘 치르고 있든가?"

"야! 잘 치르고 있어라우. 근데 성님은 왜 안 나와 보시고 여그 앉거 계시요?"

"동생! 오늘 참 즐거워야 쓸 날인디 나는 즐겁든 않네. 대전이 색시가 영판(썩) 내 맘에는 안 들어. 자네 성수(형수)가 눈이 삤지, 어째 해필(하필) 그 많고 많은 아그(아이)들 중에 저런 아그를 골랐는가 모르겠네."

인길양반이 편치 않은 심사를 말하자 뜻밖의 얘기를 들은 헌규는 정색을 하며
"아니 어째서라우?"
하고 물었다.

"그 아그 관상을 좀 보소! 두상은 다마네기 처럼 똥그란데다 주름살 있는 이마는 짧제(짧지) 광대는 솟고 붉으니 대전이 뒷날이 꺽정(걱정)일세."

말을 마친 인길양반은 걱정스러운 눈빛으로 혼례식이 진행 중인 마당 쪽 창을 바라봤다.

"성님! 성수님이 어디 보통 사람이요? 당신 며느리를, 그것도 맏며느리를 오직이 알아서 골랐을랍띠여! 새 질부가 귀엽거나 아조(아주) 이쁘던 않지만 믿음직 허니 괜찮헙디다."

"아니여. 아무리 봐도 아니여. 한 집안이 성하고 쇠하는 것은 맏며느리한테 달렸는디 저 아그는 아무리 봐도 아닌 것 같네. 그런다고 이 마당에 깽깽거리면서 달리 어떻게도 헐 수는 없제만…"

"성님! 그래도 사람 일을 알 수는 없는 일인께 쪼깐 지켜 보십시다! 여기 댐배(담배)나 피우쑈!"

인길양반은 담배를 받아들었다. 밖은 여전히 예식이 진행 중이었으며 얘기 소리와 웃음소리가 뒤범벅이 되어 와자지껄하였다.

이날 대전의 결혼식은 무사히 치러졌으나 인길양반의 안목으로 본 대전의 처에 대한 첫 이미지는 날이 갈수록 완고해져만 갔으며 평소 금실이 좋던 인길댁 내외는 며느리에 관한 얘기가 대두되면 얘기는 곧 다툼으로 이어졌고 그럴

때마다 맏며느리로 영산을 선택한 인길댁은 말로 표현은 안 했지만 자신을 자책하게 됐던 것이며 인길양반은 인길양반대로 영산을 며느리로 맞게 된 집안의 운명을 놓고 늘 한탄하게 되었던 것이었다.

・・・

 거무스름하게 그을은 인길 양반의 얼굴빛은 윗목의 호롱불이 바람결에 너울거림에 따라 히뜩거려 보였다. 인길 양반의 눈빛은 아직도 아까의 노기 어린 눈빛이었으며 여전히 빙 둘러앉은 방안의 식구들은 인길양반의 입에서 무슨 말이 이어질지를 침묵 속에서 주시하고 있었다.

 인길양반은 떨떠름한 기분을 떨쳐버리기라도 하려는 듯 두어 차례 헛기침을 한 후 입을 열었다.

 "우리가 인자 도덕지로 이사를 왔응께 복룡촌에서 살던 모습은 다 내뿔고(내버리고) 인자(이제)부터는 마음을 새롭게 고쳐잡고 살아야 쓴다! 제일 먼저 누구든지 성실해야 된다,! 성실허다는 것은 사람이 가진 모든 덕성의 근본이 되는 것이여. 성실허덜 않고는 착허지도 못허고 친구나 이웃과 친허지도 못허며 지혜로울 수도 없는 것이여. 성실허지 못허면 늘 배곯는 생활을 면허덜 못허고 인생은 빈곤해지는 것이다. 말허자면 그런 사람은 사람이 따르덜 않고 사람이 안 따르니까 재물도 안 따르는 법이다. 그렁께 그 인생은 빈곤한 인생이 될 수밖이 없는 것이지. 그래서 누구를 막론허고 성실허게 살아야 쓰고 성실허고 성실허면 하늘도 도와서 인생이 윤택해지는 것인께 이 방에 있는 우리 식들은 누구라도 성실해야 쓴다! 순녀야! 알았냐?"

 인길 양반은 말을 마치면서 순녀를 바라보며 물었다.

 "태곤아! 나 물팍(무릎) 아픈께 엄마한테 가그라!"

 순녀는 대답 대신 딴전을 피우며 자신의 무릎에서 장난질하던 태곤을 밀쳐냈다. 나이보다 조숙하다 해도 열두 살 순녀가 인길양반의 말을 알아들을 리 없다.

그런데도 인길양반이 굳이 어린 순녀를 불러 물은 것은 방 안의 모든 사람에게 묻는 것에 다름이 아닌 것이다.

인길양반은 다시 영산과 맹심을 부른 후

"느그들은(너희들은) 내 말을 명심허기 바란다!"

하고 당부한다.

"야~아."

영산과 맹심은 약속이라도 한 듯, 같이 대답했다. 밤이 깊어 감으로 바람은 차가워지고 뒷산에서 부엉이 울음소리가 애처롭게 들려왔으며 순녀네의 이사는 이렇게 끝이 났다.

― ● ● ● ―

이듬해 서기 1941년 춘삼월의 어느 날, 순녀는 한 동네 사는 같은 또래 친구들과 도덕지 앞 영화농장의 농로를 따라 영산강둑으로 나물을 캐러 가고 있었다.

따스한 봄 햇살과 갯내 배인 훈풍이 불어오고 지난해 가을걷이 후 빈 논바닥에는 밑동이 잘린 마른 벼포기 사이로 고개를 내민 이름 모를 잡초들은 미풍에 파르르 떨고 있었다.

어느 풀숲에 둥지를 틀었는지 종달이는 봄바람을 타고 높이 떠서 지저귄다. 들판을 건너서 순녀 일행이 영산강둑에 이르렀다.

"아그들아! 물이 다 썼다."

일행을 앞서 둑에 올라선 부담이가 아직 둑을 오르는 순녀네를 돌아보며 소리쳤다.

"오메 숨찬 거. 정님아! 여그 쯤 앉거서 쉬자!"

순녀가 뒤에 따라온 일행들에게 말하며 털썩 주저앉자 일행들은 헐떡거리는 숨을 가다듬으며 나란히 앉아서 불어오는 바람을 맞았다.

영산강 둑은 들판고 강을 경계 짓는 둑으로 돈도리와 용당 끝이 이어져 있다. 간척사업으로 이 둑이 완공되자 태곳적부터 들락거렸을 물길은 막히고 대신 너른 들, 영화농장이 생긴 것이다.

　본둑의 공사는 이미 수년 전에 끝난 것이지만 본둑 앞 밀물이 부딪히는 쪽의 석축을 쌓는 보강공사가 아직 진행 중으로 둑의 오른쪽 끝인 돈도리 쪽에서는 둑을 오르내리는 인부들의 히뜩거리는 모습과 암반을 발췌하는 발파장의 모습이 멀리 시야에 들어온다.

　썰물에 물이 다 빠져나간 강바닥은 뻘밭, 민 바닥을 넓게 드러내고 있었으며 갯벌 위에는 셀 수 없이 수많은 게들이 먹이 활동을 하느라 바쁘게 기어 다닌다.

　저 멀리 강 가운데쯤엔 촛대 모양의 우뚝 선 명수바위 모습이 아스라이 바라보이고 남동풍이 불어와 이마를 가르니 바람결은 감미롭고 햇살은 따사로웠다.

　"언니! 기(게)가 말도 못 허게 많네. 들어가서 잡으까?"

　순녀와는 일가이던 10촌 동생인 정님이는 뻘갈 위에 널브러진 게들을 바라보노라니 잡고 싶은 마음이 발동되는가 보다.

　"아따 이것아! 저것들이 저렇게 있어도 잡으켜고 가면 다 구멍으로 들어가불고 한 마리도 없어야. 오늘은 나물이나 캐고 우덜 나중에 맛(맛조개)이나 잡으러 오자!"

　"응! 언니, 맛을 잡으러 올 때 나도 데꼬(데리그) 와줘!"

　"그래. 알았어야. 근디 양근예야! 쩌그 강 가운데 말뚝같이 서 있는 것이 뭐이데?"

　말뚝같이 서 있는 것, 그것은 강의 중심에 촛대 모양으르 우뚝 선 명수바위를 지칭한 것이었다. 양근예는 순녀와 동갑내기로 일행 중 도덕지에서 가장 오래 살고 있는 터라 순녀는 양근예를 불러 물은 것이었다.

"느그들아! 쩌 바우(바위) 얘기를 모르냐? 쩌 바우 이름이 멍수바운디 어째서 멍수바운가 내가 이야기해 볼 것인께 들어봐라!"

양근예는 긴 얘기를 하려는 듯 일행 쪽으로 몸을 돌려 앉더니 헛기침으로 목청을 다듬은 후 얘기를 시작했다.

멍수바위,

도도히 흐르는 영산강 물길을 따라 돈도리에서 십오 리 가량 하구 쪽으로 가다 보면 소댕이나루가 나온다. 오래전 이 마을에 한 과부가 살고 있었는데 이 과부에게는 약간의 정신적 장애를 가진 외아들이 하나 있어 단 두 식구로 살고 있었으며 아들이 모자란 탓에 마을 사람들은 그 아들을 멍수라 불렀다.

과부는 논밭은커녕 텃밭 하나 없이 찢어질 듯 가난해서 유일한 생계 수단이 갯일이었다. 날마다 강물이 써는 때를 기다려 뻘밭에서 맛을 잡는 것이 과부가 할 수 있는 유일한 일이었다. 이렇게 갯일을 하는 중 그나마 사리 때 만큼은 수지가 맞는 때이다.

촛대바위, 돈도리 앞 영산강의 가운데쯤에 촛대 모양으로 선 바위이며 썰물에 모습을 드러내고 밀물에 잠기는 높이 5~6m 정도 크기의 바위이다.

평소보다 물이 많이 써는 사리 물때가 되면 촛대바위 언저리 자갈밭이 바닥을 드러내고 그곳에 무수히 많은 석화(굴)를 딸 수 있기 때문에 사리 물때는 과부가 기다리는 때였던 것이며 수지가 좋은 때인 것이다.

어느 날 사리 물때가 되었다. 이날을 기다렸던 과부는 썰물이 시작되자 아들 멍수와 배를 타고 촛대바위로 갔다. 썰물은 아래쪽으로 빠른 속도로 흐르고 있었으며 촛대바위 언저리의 바닥이 드러나기 시작했다.

"어무이 조심해서 내리쑈!"

"오냐! 물이 더 쓰면 쩌참처럼(저 번 처럼) 중간에서 오도 가도 못헌께 언능 가거라! 글고 해름에 들물 맞춰서 오니라!"

"야! 갔다가 올게라우."

명수 엄마는 바닥이 드러나기 시작한 촛대바위에 내리고 명수는 물이 다 써 버릴세라 다급히 배를 몰아 소댕이마을로 돌아갔다.

이날 때마침 소댕이마을에 잔칫집이 있었다. 명수가 잔칫집에 이르자 평소 명수를 가엾이 여기던 동네 아낙들은 먹음직스런 음식을 한 상 가득 차린 후 술까지 한 병 곁들여 마당 한 켠에 놓아 주자 그렇지 않아도 시장했던 명수는 술과 음식을 배부르게 먹어치우고는 잔칫집의 일손도 거들었다.

얼마나 시간이 지났을까 갯일 나간 엄마를 생각한 명수는 포구로 나가 뱃전에 앉았다. 고삐를 대어 놓은 배는 파도 따라 한들한들 흔들거리고 잠시 눕겠노라고 배에 누운 명수는 술기운에 잠이 들고 말았다.

촛대바위 석화를 따는 명수 엄마는 그동안 딴 석화로 바구니를 가득 채우고 명수를 기다렸다. 갯물은 쏴쏴 드센 기세로 들어오고 촛대바위 언저리는 조금씩 물에 잠겨갔다.

그러나 이미 나타나야 할 배는 보이지 않고 요동치는 물결 위로 갈매기만 포물선을 그리며 날아다닌다.

밀물은 점점 드세지고 표정이 굳어진 명수 엄마는 무섭게 밀려드는 밀물에 밀리며 한 걸음 한 걸음 뒷걸음으로 바구니를 옮긴다. 소댕이 나루를 바라보며 명수 엄마는

"명수야~! 명수야~!"

목이 터져라 외쳐대지만 배는 보이지 않았다. 물은 허벅지까지 차오르고 물속에 잠겨 흐릿하게 보이던 석화 바구니는 물살에 쓸려 가버렸지만 다급해진 마음에 거기 신경 쓸 겨를이 없다.

명수 엄마는 촛대바위를 뒤로 붙잡고 서서 명수를 부르고 또 부르지만 애절한 울부짖음 소리는 파도 소리에 섞여 온데간데없을 뿐이다. 마치 구르듯 회돌이 치며 무섭게 들어오는 밀물 앞에 가녀린 여인네는 체념 어린 울부짖음 외에 속수무책이었다.

물은 가슴까지 차오르고 안간힘으로 촛대바위를 붙들고 있던 명수 엄마는 끝내 물속으로 빨려들 듯 자취를 감추고 말았던 것이다. 이렇게 과부는 죽었다.

그 시간, 파도 따라 흔들리는 배에서 잠을 자던 명수가 잠에서 깨어 깜짝 놀라며 벌떡 일어났다. 아뿔사! 물은 이미 나루터까지 벙벙히 차올랐고 멀리 촛대바위는 밀물에 잠긴 뒤였다.

"어무이~! 어무이~!"

사태를 짐작한 명수는 목놓아 울기 시작했다.

울음 범벅이 된 절규는 잘게 부서지는 파도 위로 사라져 갈 뿐 대답이 있을리 만무했고 명수는 울고 또 울다가 지쳐 엄마가 휩쓸려갔을 촛대바위를 바라보지만, 촛대바위는 자취를 감추고 만수가 다된 강물 위로 쓸쓸히 어둠이 내리고 있을 뿐이었다.

이후 명수는 비가 오나 눈이 오나 갯가로 나와 촛대바위를 바라보며 목이 터져라 제 어머니를 부르고 그러다 쓰러지기를 거듭하였다.

마을 사람들의 만류에도 불구하고 명수의 울부짖음은 계속되었고 그러던 어느 날 엄마를 외쳐대던 명수는 피를 토하며 쓰러져 서러운 삶을 맺게 되었던 것이었다.

마을 사람들은 가엾은 명수의 주검을 양지 녘에 묻어주고 이후로 촛대바위는 마을 사람들에 의해 명수바위라 불리게 되었던 것이다.

● ● ●

이야기를 마친 양근예는 멀리 보이는 명수바위를 바라보고 있었으며 자신이 한 이야기임에도 슬픈 사연에 젖은 듯 눈망울이 젖어 있었다.

"아그들아! 언능(빨리) 나물 캐자! 해가 중천을 지났어야."

순녀의 독려에 침울했던 분위가 걷히고 이야기를 듣느라 저만치 흘러버린 시간에 놀란 듯 저마다 나물 바구니를 챙겨 나물을 뜯기 시작했다.

나물 뜯기에 여념이 없는 시각, 널따랗게 등허리를 내놓았던 뻘밭 저 아래로부터 물이 들기 시작했다. 밀물이 시작된 것이다. 멀리 보이는 멍수바위는 이미 허리춤까지 물이 차올라 키가 반 토막으로 줄어 있었으며 희뿌연 수면에서는 햇살이 부서지며 반짝거렸다.

아직 밀물이 들지 않은 둑 밑의 갯벌 위에는 게들이 제 구멍을 파내느라 분주하게 들락거리고 새끼손가락만한 짱뚱어들은 먹이활동을 하느라 뻘 위를 팔짝거리며 뛰어다닌다. 가끔 작은 분수처럼 물줄기가 솟는 것은 맛조개가 물을 내뿜는 도습이다.

영산강의 갯벌, 영산강의 발원지는 전라남도 담양군 가마골 용소에서 시작된다. 용소를 출발한 자그마한 실개천은 한반도의 서남쪽으로 흐르며 좌로는 무등산 줄기와 우로는 서해 쪽의 구릉과 같은 작은 산줄기들의 사이를 굽이굽이 흘러내리며 여러 차례의 지천을 만날 때마다 강 너비가 넓어진다.

이렇게 영산강은 담양의 용소로부터 흘러내리며 강 유역에 나주평야와 크고 작은 많은 들판을 만들고 하구인 목포 앞을 지나 서남해로 흘러드는데 그 길이는 약 150여km에 이르는 것이다.

이렇듯 나륙 깊은 곳에서 발원한 영산강이 하구로 흐르며 수만 년 동안 내륙 쪽, 미립자의 진흙을 하구 쪽으로 실어와 갯벌이 조성된 것인데 영화농장 앞 갯벌도 그중의 한 곳으로 갯벌이 가장 잘 발달 되고 너비도 넓다.

상류의 진흙 입자들은 강물 따라 강 하구까지 흘러내리다 밀물을 만나면 다시 밀물 따라 역류하고 그러기를 반복하면서 강바닥에 가라앉아 퇴적된 것이 영산강 하구의 갯벌인 것이다.

유수의 나력이 이러하니 어느 흘러간 옛 유행가의 가사처럼 영산강을 흐르는 물은 푸르지를 않고 늘 횟가루를 풀어놓은 듯 구정물일 수밖에 없는 것이다.

흐르는 강물의 구조가 이러하니 흙가루의 입자가 얼마나 고울 것이며 수만 년을 흘러내렸을 것이니 갯벌의 층이 두터워 어패류가 서식하기에 좋은 조건을 갖추고 있는 것이다.

　갯벌의 깊이는 대략 성인이 들어가면 보통은 허벅지 정도는 들어간다. 이 뻘밭에서 잡히는 대갱이는 가을, 겨울이라야 제맛인데 된장에 고추장을 조금 풀어 토막을 썬 대갱이를 넣고 국을 끓이면 그 맛이 일품이다. 그야말로 단백질의 보고인 것이다.

　여름이 끝나갈 무렵의 운저리, 운저리는 더위가 가시고 찬바람이 나기 전이 가장 맛이 좋은 때이다. 퍼덕거리는 운저리를 도마 위에 놓고 칼로 지느러미를 쳐낸 다음 등을 갈라 배 안의 것을 다 긁어낸 후 보통 두세 토막을 내어 농익은 열무김치에 싸 먹어도 좋고 매운 풋고추에 된장을 찍어 운저리와 싸 먹어도 되는데 조금 큰 놈들은 대가리를 칼 뒤통수로 쪼아서 뼈를 부드럽게 으깬 다음 된장 고추에 싸 먹노라면 그 맛이 회 중에는 으뜸이라고 할까 어쨌든 막걸리를 좋아하는 애주가들에게는 둘도 없는 안줏거리가 된다.

　이곳 뻘밭에서 가장 많이 잡히는 것은 맛조개이다. 여느 갯벌에서 잡히는 맛조개보다 껍질 색깔이 하얗고 농도 100%의 뻘밭에서 잡히기에 삶아서 까먹어도 돌이 씹히지 않으며 국물은 시원하기 그지없다.

　술 마신 뒷날 아침에 맛조개를 끓여 이 국물을 마시면 속이 편안해지는데, 문제는 이 국물을 마시면 좋은 안줏거리가 되기 때문에 또 술을 마시게 되는 것이 문제라면 문제가 될 수도 있다.

　갈게, 갈게의 다 자란 성체 크기는 밤톨만큼이다. 색깔은 짙은 회색이며 보호색으로 뻘 색깔과 같다. 갓 잡은 싱싱한 놈의 뚜껑을 따고 몸체를 두 토막 내어 막걸리 식초와 양념에 버무려 회무침을 하면 파삭거리는 식감이 일품이다.

　서리가 내리기 전에 잡은 갈게는 별 양념 없이 무 깍두기와 소금에 절였다가 겨울에 밥반찬으로 먹으면 약간은 골골한 맛이지만, 이 또한 별미다.

　이처럼 영산강의 갯벌에서 잡히는 어패류는 그 맛이 모두가 독특하면서도 찰졌다

해가 뉘엿거리는 시각, 순녀는 나물 캐러 갔던 일행과 헤어지고 자신의 집 마당에 들어섰다. 토방에 놓인 낯선 까만 신발을 보고 누군가 한약을 지러 왔는가 보다 생각하며 나물 바구니를 마루에 놓고 부엌 쪽으로 간다.

부엌에는 밥을 짓느라 인길댁이 아궁이에 불을 지피고 있었고 그 옆에서는 태곤이 부지깽이를 들고 장난질을 하고 있었다. 부엌으로 들어서는 순녀에게 인길댁이 묻는다.

"워따워따(아이고머니나 정도) 뭣 헌다고 인자(이제)까지 있다 오냐? 노물(나물)은 많이 컸냐?"

"야. 쑥하고 곤바물노물인디 물레(마루)다 놨어라우."

"고상했다-. 갖고 와서 따듬어라! 시름목 응만이 아제 오셔갖고 아부지랑 바둑 둠께 노돌 따듬어서 된장국이나 끓여야 쓰겄다."

순녀가 마루에 두었던 나물 바구니를 들고 부엌으로 들어오고 이어서 아랫동네 공동우물에서 물을 길어 오던 경주댁이 물동이를 이고 순녀 뒤를 이어 들어온다.

물동이를 인 경주댁은 가득 찬 물동이 무게로 끙끙거린다. 공동우물은 순녀네 집에서 2백여 미터 떨어진 곳에 있었으니 덩치가 좋은 경주댁이라 해도 끙끙댈 수밖에 없는 것이다.

순녀가 경주댁을 거들어 물동이를 내려 주고 경주댁은 움츠러든 어깨를 뒤로 제치고 후~ 하며 긴 날숨을 내쉬었다.

"오메! 애기씨 쑥을 많이 뜯어 갖고 왔네. 내가 따듬어서 삶을랑께 애기씨는 점돌이 좀 딜꼬(데리고) 오이쑈!"

점돌이는 이제 아장걸음을 걷는 순녀의 조카. 그 조카를 데려오란 것이다.

"그래라! 아까 해름에 말례가 업고 나갔응께 언능 가서 델꼬 와라!"

하고 인길 댁이 말하자 순녀는 부엌을 나섰다.

이윽고 밥상이 차려지고 새댁, 경주댁이 밥상을 들고 방으로 들어섰다. 방 안에서는 아직도 바둑이 이어지고 있었으며 바둑판을 사이에 두고 두 사람이 돌부처처럼 앉아있다.

"이 사람아! 대마가 잡혔응께 독(돌)을 띵기소!"

인길양반은 들고 있던 바둑알을 돌 통에 놓으며 고개 너머 신원목 응만을 바라보았다. 응만은 인길양반보다 손아래였으며 바둑에서 지게 된 핑계를

"글씨! 성님! 흰 독(돌) 고놈 한나 땜세 대마가 다 잽혀 불었소."

하고 둘러댔다.

"인자(이제)부터는 두 점 깔고 접바둑을 둬사 쓰겄네."

"아따! 성님! 고 흰 독 하나 갖고 줏어 묵기로 어쩌다 이겼음서 그러시요! 아무짝에도(아무래도) 두 점 접바둑은 무리제라우."

핑계 없는 무덤이 어디 있으랴. 흰 돌 한 점으로든 검은 돌 한 점으로든 진 것은 진 것이다. 응만이 아쉬운 듯 승부를 인정하며 돌을 바둑판 위에 던진 후 자리에서 일어서려 하자 인길양반이

"그리 앉그소! 때가 돼얐응께 밥은 드시고 가사제(가야지)!"

하고 일어서려는 응만을 제지했다.

인길댁도

"아따! 차린 것은 없어도 한 끼 때우시고 가이쑈!"

하고 인길양반의 말을 거들었다.

끼니때 밥상머리로 손님을 붙드는 순녀네의 밥상머리 인심은 여느 집 못지않았다. 응만은 자의 반 타의 반으로 다시 밥상머리에 앉았다.

저녁상은 늘 그랬듯 두 닢의 상이 놓여졌다.

안쪽은 여인네들 상이요 앞문 쪽에는 인길양반을 비롯하여 손님들이나 태곤이 겸상을 한다.

식솔은 돌배기 점돌부터 인길 양반까지 3대에 걸쳐 대식구이며 거기에 늘

면사무소어서 찾아오는 손님, 아파서 찾아오는 환자, 그도 아니면 바둑을 두자고 찾아으는 손님들이 빈번하여 그들 또한 식솔의 일부가 되니 순녀네 식솔은 늘 넘쳐나는 대식솔이었다.

밥상은 산해진미에는 못 미치지만 오지, 빈촌의 여느 집 밥상도다는 찬거리가 걸었다. 그도 그럴 것이 외지에서 인길양반을 찾아오는 환자들은 돈보다 현지의 산물들을 가져오는 까닭에 순녀네 밥상은 늘 여느 부잣집 밥상에 못지않은 것이다.

식사 중 응만이 물었다.

"성님은 언제 한의원 자격을 따겠습디여?"

"여나무 해 전에 단주에서 땃제. 나는 딴 처방보다 침술을 많이 공부했고 한의들의 처방순서가 일, 침이요 이, 부황에 삼, 약이 아니던가? 웬만하면 병부와 병인을 따져 그 맥을 찾아내고 침으로 맥을 뚫어 주면 부황보다도 약보다도 제일 빠르고 쉽게 병을 다스릴 수 있제."

"그런다우? 허기사 나도 얘기는 들었소만 갈산 병술 씨도 성님 침으로 돌아간 입을 잡아놨담서요?"

"틀어진 얼굴 잡는 것이사 어렵지 않제. 고것이 구안와사인디 틀어지기 시작할 적에는 침 몇 방이면 잽혀 불제. 근디 틀어지고 시일이 오래되면 그만치 치료도 오래 걸리고 어렵제."

인길양반의 말에 고개를 끄덕이던 응만이 화제를 돌렸다.

"시방 우리 동네 이장을 정 수원씨가 보는데 올 가실(가을)부터 성님이 맡어서 허면 어쩌겠소? 토룡리 이장을 성님이 잘 봤다고 허드만. 여그 이장도 성님이 한 번 맡어 보이쑈"

"글씨! 동네 일이람사(일이라면) 나도 허고 싶네만 딴 분들 의사도 있을 것이고 시방 정 수원씨가 잘 허는디…."

하고 인길양반은 딱 자른 대답은 안 했으나 이날 밥상머리 두 사람 간의 논의가 바탕이 되어 이해 가을부터 인길양반은 산정리 이장을 맡게 되었다. 그 해당 부락은 산제이, 방뫼, 동뫼, 월곡, 신원목, 도덕지, 여섯 개 마을이었다. 저녁 식사를 마치면서 응만이

"아따! 아짐! 쑥국이 구수허니 좋네요."

하고 만찬 후사를 말하자 인길댁은 순녀를 가르치며 쑥국의 내력을 말해 준다.

"그래라우? 맛이 괜찮허시오? 아적(아침) 나절에 저 우리 순녀가 들 아래 강가에 뚝에서 뜯어 왔다우."

"순녀야! 쑥국에다 밥 잘 묵었다."

응만이 순녀를 바라보며 고맙다는 인사를 하자 순녀가 대답한다.

"아니여라우. 쑥은 제가 뜯어 왔제만 우리 성님이 국을 잘 끓여서 맛있응께 우리 성님한테 고맙닥 허이쑈!"

"허허허! 순녀가 올해 몇 살인디 저렇게 야물게 대답을 헌다우?"

"올해 열세 살이라네. 자식 자랑, 처 자랑을 허면 팔불출이락 허데만 우리 순녀가 뭣이든 허기만 허면 야물게 해 불제."

하고 인길양반이 순녀를 쳐다보며 딸 자랑을 했다.

"아따! 순녀가 내중에는(나중에는) 한 인물 허겄다."

응만이 추켜세우자 순녀는 양 볼을 붉히며 수줍어한다.

"경주떡(댁)! 오늘 저녁 잘 얻어묵었소. 인자 나는 실례헐라우."

응만이 인사를 한 후 자리에서 일어나 방을 나선다.

인길양반은 마루에 서서 마당을 건너는 응만의 뒤에 대고

"담에 바둑 둘라면 두 점은 깔아야 쓰겄네."

하고 농담조의 인사를 하자 응만은 뒤를 돌아보며 대꾸 없이 코웃음을 지으며 어둠 속으로 사라졌다.

바둑을 두는 재미로 순녀 아버지를 찾아오는 사람은 응만 말고도 광암의 임

태현과 도덕지의 박 석규 외 몇 명이 더 있었으며 이렇게 순녀네 봄날의 하루가 저물어 가고 있는 것이었다.

1942년도 시월 하순의 늦은 가을,

논 가운데 순녀네 식구들은 가을걷이를 하고 있다.

순녀를 비롯하여 인길댁과 경주댁 그리고 순녀의 언니인 맹심이, 순녀네 식구들 중 살림을 꾸리기 위해 일을 할 수 있는 사람은 이들 네 사람이다.

순녀의 아버지는 들에 나가 일 좀 해본답시고 농구를 손에 잡을라치면 시작도 전에 집에 손님이 왔다며 데리러 오기가 일쑤였다. 면사무소에서 손님이 찾아왔다든가 아니면 아픈 환자가 찾아오든가 그도 아니면 동네의 일로 주민들이 찾아오는 등 인길양반을 찾는 이들이 많기에 아예 들판에서 일하는 것을 포기한 것이며 노동력이 왕성할 대전은 일본에 외유 중이요, 말례, 태곤, 점돌, 이 세 사람은 아직 어린 관계로 노동력을 가진 사람이란 오직 네 여인들 뿐이었다.

이들 네 식구는 영화농장 복판쯤에 있는 논에서 논바닥에 늘어져 있는 나락 뭇을 낱가리로 쌓고 있었다. 해가 기울기 시작한 정오를 넘기며 택호동 쪽에서 서풍이 불어온다.

해마다 이감때면 편서풍이 많이 부는데 이 바람은 하루 중에도 점심때를 지나 해 질 녘에 드세지므로 사람들은 이 바람을 햇구녘 바람이라 부른다.

나락 뭇을 옮기던 인길댁은 힘에 겨운 듯 양손으로 뒤허리를 짚고 어깨를 펴며 '휴우~' 숨을 길게 내쉰다.

이 모습을 보고 나락 뭇을 들고 옆을 지나던 맹심이

"어메! 쪼깐 앉거서 쉬었다 하이쏘! 힘드실 텐디…."

하고 인길댁에게 말한다.

"오냐! 괜찮허다. 느그들이 힘들제 나는 괜찮허다. 그나저나 어지께 우박을 맞고 나락이 많이 떨어져 불었다. 철렁거리면 나락이 다 떨어진께 쌀쌀(살살) 들어 날려라!"

손대가 없어 가을걷이가 늦어진 데다 어제 우박이 쏟아진 까닭에 나락 뭍을 들적거릴 때마다 이삭은 우수수 쏟아진다.

경주댁과 순녀는 경주라도 하는 양 나락 뭍을 이고 들고 앞다퉈 옮긴다. 인길댁이 순녀를 불러 말한다.

"순녀야! 하이나(행여나) 뻥끼(페인트) 칠 헌 놈은 절대 갖고 오면 못 쓴다이!"
"야! 어메 알았어라우."

공출미,

영화농장에서 농사를 짓는 마을은 들판의 아래쪽 마을인 돈도리를 시작으로 하여 산두, 농장, 백호동, 방뫼, 월곡, 도덕지, 신원목, 회산, 양도, 두래미 이상의 부락인데 가을에 벼농사가 끝나면 농사를 지은 농민들로부터 들판의 개척자인 일본인이 일정량의 공출미를 거둬 갔다.

공출미를 관리하는 담당자는 일본인 '소나다'라는 사람이며 그의 하수인으로 농장의 집사인 일본인 '히도미'라는 젊은 사람이 있고 공출미를 직접 거둬들이는 일은 히도미가 하였다.

일본식 목조건물로 지어진 소나다의 사옥 옆에는 검은 칠을 한 양철지붕의 정미소가 있고 공출미는 이 정미소에서 도정을 하여 일본으로 반출되는 것이었다.

벼 베기가 끝나면 벤 벼를 뭍으로 묶어 논바닥에 줄지어 늘어놓고 소나다의 관리하에 네 뭍 건너 하나씩 하얀 페인트를 묻히는데 이렇게 페인트가 묻은 벼가 이른바 공출미가 되는 것이며 네 뭍 건너 하나에 페인트를 묻히니 공출미는 지은 농사의 2할인 셈이 된다.

인길댁이 순녀에게 뻥끼 운운한 것은 행여나 공출미에 손대지 말라고 단속하는 것이었다.

해가 백호동 뒤 서산에 뉘엿거릴 즈음이 다 되어 나락 뭇을 옮기는 일을 모두 끝내고 순녀네는 집으로 향하고 있었으며 이들의 머리에는 저 각기 자신의 양껏 머리에 나락 뭇을 이고 있었다.

멀리 보이는 동네에는 집집마다 저녁밥을 짓는 연기가 평온을 상징이라도 하듯 초가지붕 위로 곧게 피어오르고 있었다.

순녀네가 집에 도착했을 때는 마당에 어둠이 내리고 있었으며 들에서 먼저 온 경주댁은 이미 답상을 차려 놓고 식구들이 귀가하기를 기다리고 있었다.

"아부이는(아버지) 오셨냐?"

인길댁이 부엌에 대고 경주댁에게 묻는다.

"당아(아직) 안 와겠어라우."

면사무소에 일 보러 간 인길양반은 아직 귀가 전이었다.

"어메! 언능 밥 묵어!"

마루에서 제 누나를 따라 놀고 있던 태곤이 인길댁을 보자 밥 먹기를 재촉한다. 한창 성장기에 이른 아이로서 끼니에 이리 배가 고플 것은 당연한 것이다.

"태곤아! 쬐끔만 기다려라! 어메가 물 한 동우(동이) 여 올 것인게 쪼깐 있다가 묵자!"

인길댁은 물 긷는 시간을 빌어 집안의 어른이 돌아오기를 기다리고 싶은 것이었다.

빈 물동이를 들고 나서는 인길댁에게서 순녀가 물동이를 낚아채듯 하며

"어메! 힘드신디 창으로 들어가이쑈! 물은 내가 여 올랑께."

하고는 둗동이를 들고 아래 우물로 갔다.

순녀가 물을 길어 집으로 돌아올 즈음 때마침 면사무소에 나갔던 인길양반과 집 앞에서 마주쳤다.

하얀 무명 두루마기의 늘어진 옷고름이 늘씬한 키와 잘 어울리고 중절모에 둥근 테 안경이 중후한 멋을 도드라지게 하는 인길양반, 저녁 바람에 늘어진

옷고름이 하늘거리는 모습은 마치 봄바람에 하늘거리는 수양버들처럼 유려한 모습이다.

그는 면사무소에 나갈 때나 먼 길 외출 시에는 늘 이 복장을 하였으며 순녀는 그런 아버지가 누구보다 멋지고 존경스러워 보이는 것이었다.

"아부지! 잘 다녀와겠오?"

"오냐! 무겁겠다. 언능 가자!"

인길양반은 순녀가 이고 있는 물동이를 염려하며 순녀의 뒤를 따라 마당으로 들어섰다.

순녀가 이고 온 물을 부엌 구석에 놓인 물항아리에 붓고 방으로 들어섰다.

저녁상은 여느 때와 다름없이 두 닢이 놓였다.

인길양반이 두루마기를 벗어 횃대에 걸은 후 밥상머리에 앉자 이를 기다렸던 식구들이 다 같이 상 주변으로 둘러앉는다.

안쪽 상은 여인네들의 상이요, 바깥쪽 상은 인길양반과 태곤이 겸상을 하고 세 살배기 점돌은 인길양반의 무릎에 앉았다.

태곤의 나이 일곱 살,

한창 성장기의 아이이니 얼마나 많은 영양소가 필요할 터, 한 그릇의 밥을 게 눈 감추듯 해치우고는 아쉬운 듯 숟갈을 놓지 못하고 입맛을 다신다.

인길양반은 그런 태곤의 심사를 아는지 모르는지 점돌의 입에 연신 밥을 먹여 준다.

이를 아는 순녀가 먹던 밥그릇에서 크게 한 술을 덜더니 태곤의 밥그릇에 덜어주자 태곤은 배시시 웃더니 이번에도 뚝딱 해치운다.

순녀는 동생의 이런 모습이 안타까운 듯 바라보다 인길양반을 향해 이렇게 말한다.

"아부지! 작년에 본께 쩌기 우갯쪽(위쪽) 육답에 보리농사를 허든디 우리 논에도 보리를 갈면 좋겠어라우."

열네 살 어린 나이지만 모자라는 식량 탓에 애달파 하는 엄마를 보고 궁여지책의 생각을 떠올린 것이었다. 이 말을 들은 인길양반은 딸의 생각을 기특히 여겼던 것일까 허허하고 웃더니

"우리 순녀가 기특허게도 그런 생각을 허는구나. 글씨 찌럭찌럭한 뻘 바닥에 보리가 잘 될지 모르겠제만 그런다고 꼭 안되란 법이사(법이야) 있겄냐."

하고 긍정도 부정도 아닌 말에 이어

"우리 여덟 식구 곡식으로 한 배미 능사 열 석(섬)하고 구장료 쪼깐씩 받는 것에다가 아픈 환자들이 치료비로 가져오는 양석이(양식) 전분디 대체 양석이 모자랑께 순녀 말대로 올 가실걷이가 끝나고 논이 비면 논에 보리를 갈아봐야 쓰것다."

한 배미(8백 평) 벼능사를 지으면 대략 열 섬 정도의 수확을 할 수 있었고 순녀네 전답은 밭 한자드와 논 너 마지기가 고작이었으므로 일 년 농사로 얻어지는 양곡은 벼 열 섬과 약간의 밭작물 그리고 가가호호마다 거둬들이는 약간의 구장료가 전부였다.

구장료는 벼농사 끝에 벼가 한 말이요, 보리 철에는 보리가 한 달이지만 수확을 적게 한 농가는 받지 않는 경우도 많았기 때문에 구장료가 양식에 크게 보탬이 되지는 않았던 것이다.

이처럼 모자라는 양식의 현실을 해결할 방법이 호구지책으로 뻘등 논이지만 그곳에 보리를 갈아보자는 순녀의 발상에 인길양반은 식량난을 해결할 묘책이라며 호응하는 것이었으며 지금껏 듣고 있던 인길댁이 끼어들었다.

"논바닥이 찌럭찌럭(질퍽질퍽)헌디 보리농사가 될께라우? 육답이라면 몰라도…."

"아, 글씨! 되든가 안 되든가 해 봐사제. 아무티 뻘땅이라고 곤탕(헛일 또는 빈 것)이야 치것소?"

이렇게 하여 순녀의 의견을 받아들인 인길양반의 결정대로 논에 보리를 심

기로 하였다.

며칠 후 낟가리를 다 드러낸 순녀네 빈 논을 길선이라는 총각이 쟁기질을 하고 있었다.

순녀는 점심 식사가 담긴 광주리를 논 어귀에 내려놓으며

"길선 오라베(오라버니)! 언능 와서 점심 잡솨요!"

하고 소리 질렀다.

쟁기질을 하던 길선이 소고삐를 쟁기 허리에 묶어 놓고는 순녀가 있는 논 어귀로 다가왔다.

길선은 스물너댓 살의 총각으로 키가 크고 장작개비처럼 깡마른 체형에 눈은 귀에 달아매듯 찢어지고 입꼬리는 처져 험상스러운 얼굴을 한 순녀네 이웃 총각이었다.

그렇지만 그는 생김새와 달리 마음결은 고왔다.

인길양반은 농사일이나 집안의 허드렛일이 생기면 늘 길선에게 도움을 청했고 인길양반의 요청에 길선은 하던 일을 멈추고라도 주저하지 않을 만큼 순녀네 일을 돕는 데는 적극적이었다.

이날도 마찬가지로 인길양반의 요청에 따라 길선이 쟁기질을 하고 있는 것이었다.

터벅걸음으로 다가 온 길선이 광주리 옆 논둑에 털썩 주저앉으며 순녀에게 말한다.

"순녀야! 밥 이고 온다고 고생했다.

근디 인길아제가 논을 갈아 달락 해서 갈기는 간다만 여그다 보리를 갈면 되기나 허겄냐?"

"아따, 오라베! 여그라고 안 되란 법이 있간디요!? 여그 탁베기 한 잔 드시고 논이나 잘 갈아 주이쑈!"

순녀가 막걸리를 잔에 따라 길선에게 건네자 목이 말랐던지 길선은 벌컥벌

컥 단숨에 들이마셨다.

때마침 작년까지 산정리 구장을 맡았던 중화동 양반, 정 수원이 낚시 바구니를 어깨에 메고 논길을 따라 마을로 가던 발걸음을 멈춰 섰다.

영산강에서 운저리(망둥어) 낚시를 하고 오는 중인 것이다.

"성님! 이리 와 탁베기 한 잔 허고 가이쑈! 뭣 잡었소? 운지리?"

길선이 수원에게 술잔을 건네며 물었다.

"어이. 운지리 몇 마리 잡었네. 크~으! 아따 시장허던 참인디 시원~허네."

수원은 막걸리를 시원스레 들이킨다.

그 사이 길선이 낚시 바구니에서 굵은 손가락만 한 망둥어를 꺼내더니 엄지손톱을 이용하여 볼록한 망둥어 배를 가르고 쥐어짠다.

창자가 빠져나와 배가 홀쭉해진 망둥어를 무김치로 감더니 막걸리를 한잔 들이키고는 손에 들었던 망둥어를 입에 넣고 불거진 볼을 오물거리며

"탁베기 안주로는 운지리만한 것은 없제. 자! 성님도 한잔 더 드이쑈! 구덕에서 운지리 한 마리 꺼내 갖고 말이여라우."

하며 막걸리 잔을 수원에게 건넨다.

수원은 손사래를 치며

"아니, 나는 술이나 한잔 더 마시고 운지리는 집에 가서 묵을라네. 근디 뭣 헌다고 시방 쟁기질을 허는가?"

절반쯤 갈아진 너 마지기 논을 바라보며 수원이 물었다.

쟁기질을 하는 이유를 길선이 설명하자 수원은 어이없다는 표정을 지으며 말한다.

"뭔 소리를 허는가? 쟁기질도 허기 힘든 요런 뻘국 논바닥에 보리가 되기나 허겄는가? 쟁기질 허다 서 있는 쩌 소 잔(좀) 보소!"

하고 논 가운데를 가리켰다.

쟁기질을 하다 말고 논 가운데 서 있는 누렁소는 발목까지 발이 논바닥에

박힌 채 여물을 씹으며 가끔 '움머 움머' 울고 서 있다.

과연 이런 뻘논에 보리농사가 될까?

두 사람의 이야기를 듣고 있는 순녀의 마음에도 과연 보리농사가 될지, 괜스레 헛고생을 하게 되는 것은 아닐지, 절반의 의아심이 생기는 것이었다.

그러나 한창 성장기에 있어서 식욕이 왕성한 동생들과 조카들의 먹거리 그리고 식량난을 걱정하는 부모님들을 생각하면 되든 안 되든 시도는 해 봐야 되는 것 아닐까?

이것이 순녀의 생각이었다. 그렇다! 사람의 올바른 자세란 가장 잘하는 것보다 최선을 다하려는 자세가 더 중요한 것이다.

하늘은 스스로 돕는 자를 돕는다고 하였으니 말이다.

비록 수렁에 가까운 뻘논이지만 보리농사를 하여 대단한 수확을 바랄까마는 그래도 겨우내 논을 놀리느니 보리 종자를 뿌려보는 것이 식량난에 시달리는 농민들로서의 마땅한 자세라 해야겠다.

수원은 낚시 바구니를 메고 자리를 일어서며

"보지란히(부지런히) 갈아보시게!"

하고 비웃는 듯한 말을 남기고 갔다.

"오라베! 나도 갈랑께 고생허시고 오이쑈!"

순녀도 가고 길선은 다시 쟁기질을 시작하였다.

"이랴 이랴! 이노무 소야! 언능 갈아불어야 너도 쉬고 나도 집으로 가 발 씻고 쉴 거 아니냐. 이려!"

길선의 소 부리는 소리가 들 건너 인의산까지 메아리친다.

이날 쟁기질이 마쳐지고 사흘 뒤, 순녀네 네 아낙들은 보리 파종에 한창이다.

네 아낙들은 옆으로 나란히 하여 서로 앞서거니 뒤서거니 하며 곡괭이질을 해댄다.

순녀는 나이보다 실거웠다.

논 머리에서 넷이 출발하여 절반쯤에 이르면 순녀는 딴 사람도다 열 보는 앞서 있었고 논의 끄트머리쯤에 이르면 스무 보는 앞서 있었다. 순녀가 이러한 반면, 맹심은 자매지간이지만 순녀와는 달리 태생이 신약하여 버들가지처럼 호리한 몸매에 일하는 모습 또한 박력이 없이 흐느적거리는 모습이다.

앞서가던 순녀가 잠시 괭이질을 멈추고 뒤돌아보며

"언니! 어째 그렇게 늦어!? 언능언능 나 따라와!"

하고 맹심을 향해 재촉하자

"니는 길력이(기운이) 신께(세니까) 그러제. 나는 길력도 없고 이쁘게 찍니라고 늦어."

하고 어설픈 핑계를 댄다.

쟁기질 두 이랑을 합해 곡괭이질로 넓은 한 이랑을 만드는 것이며 이 너비는 보리 파종에 알맞은 이랑 너비인 것이다.

아직 덜 마른 흙덩이는 곡괭이 날로 자르듯이 짜개고 잘 마른 덩이는 곡괭이 뒤통수로 망치질하듯 두들겨 부순다

이렇게 한 배미 괭이질을 다 해갈 무렵, 인길댁은 망태에 담긴 보리 씨앗을 소쿠리에 옮겨 담아 씨앗을 뿌리기 시작하고 나머지 세 사람은 여전히 곡괭이질을 한다.

인길댁은 하얀 무명 치맛자락을 바람에 날리며 파종을 하기에 여념이 없다.

해가 서산에 가까워지며 햇구녘 바람은 점점 드세지고 땅거미가 늘어지기 전에 일을 마칠 요량으로 인길댁은 손길을 부지런하게 놀리며 보리 씨앗을 바닥에 뿌려 나간다.

괭이질이 다 마쳐지자 경주댁은 저녁을 짓는다며 집으로 가고 맹심과 순녀는 파종 중인 인길댁에게로 다가갔다. 순녀가 인길댁에게 말한다.

"엄마! 뺏치 신디(힘드신데) 송쿠리(소쿠리) 인내(이리) 주고 성님이랑 집으로

가이쑈! 우덜이 마저 뻬릴(뿌릴) 텐께."

"오냐! 인자 얼마 안 남었응께 같이 뻬레불고 가자!"

인길댁은 한사코 같이 일을 마치자며 소쿠리를 넘겨주지 않는다. 순녀와 맹심은 소쿠리 대신 양재기에 씨앗을 나눠 담아 파종한다. 그러던 중, 파종하던 인길댁이 웩 하고 헛구역질을 하더니 소쿠리를 팽개치고 쭈그리고 주저앉는다.

이를 본 순녀가 깜짝 놀라며 양재기를 팽개치고 다가갔다.

"어무이! 어째 그라요? 영쳤소(체했소)?"

"아니 아니다. 암껏도 아니다."

인길댁은 손을 저으며 괜찮다고 했다.

그러나 아픈 부모를 보고 가만있을 자식들이 있을까.

"어메! 속이 안 좋으시면 언능 집으로 가이쑈!"

맹심이 인길댁에게서 소쿠리를 빼앗다시피 하여 인길댁은 배시시 일어나 집으로 갔고 두 사람은 뿌리던 씨앗을 마저 다 뿌리고 집으로 향한다.

순녀를 앞세우고 뒤따르던 맹심이 말한다.

"순녀야! 어메가 아픈 것이 아픈 게 아니여."

"그라면 에욕질(구역질) 헌 것이 아픈 것이 아니면 뭣이랑가?"

"글씨! 어무가 며칠 전에도 부삭(아궁이) 앞에 앉거서 에욕질을 해서 내가 물어본께 임신을 허셨닥 허드랑께."

순녀가 걸음을 멈추고 눈을 휘둥그렇게 하며 묻는다.

"그라면 어무이 뱃속에 우리 동생이 있다고?"

"그런당께."

이즈음 인길댁은 포태 중이었고 다음 해 6월에 잉태하게 되는데 이 일로 말미암아 인길댁은 며느리인 경주댁과 많은 갈등을 겪게 된다.

그도 그럴 것이 경주댁은 이 댁의 맏며느리로 시집을 와 꿈에 부풀었던 신혼생활이래야 고작 며칠에 불과 한 것인데 그나가 그 며칠 사이에 아이를 갖게 되었던 것이다.

그 아이가 점돌이다.

그리고 아이가 채 세이레를 넘기지도 않은 어느 날, 어떤 이유 때문인지 대전이 일본으로 외유를 떠나 버리고 그 이후 경주댁은 과부 아닌 과부로 살아오며 불편한 심사 중에 인길댁이 포태를 하게 된 것이며 그러니 경즈댁의 마음 안에 은근한 시기심이 생길 만도 하지 않겠는가?

이런 며느리의 속내를 알고 있는 인길댁은 나름의 미안한 생각을 가지면서도 포태를 하고 있는 자신을 부정할 수는 없는 것이기에 잉태를 하는 날까지 고부간의 갈등은 지속되었던 것이었다.

임신을 한 엄마의 현실이 이러한 까닭에 사실을 알게 된 순녀의 마음 안에는 기쁨과 놀라움 등 많은 감정들이 교차했던 것이며 어쩌면 약간은 쑥스러운 생각을 했을지도 모를 일이다.

논둑길을 걷던 순녀가 발걸음을 멈추고 또다시 묻는다.

"언니! 그러면 점돌이가 어무이 뱃속 애기한테 뭣이라고 불러야 돼?"

"그것이사 삼촌이라고 불러사제 동생이라고 불르면 쓰겄냐? 근디 그것보담도(보다도) 성님 땜세(때문에) 속상허다."

맹심이 푸념하듯 말하자 순녀가 묻는다.

"뭣 땜세?"

"글씨! 쩌번에 어무이가 애욕질을(구역질) 헌께 성님이 불을 때다가 그 모습을 보고는 비땅(부지깽이)으로 정제 바닥을 톡톡 때림서 입을 삐쭉삐쭉 내밀드랑께."

"어무가 애욕질 헌 것이 어쨌다고 그래?"

"그것도 모르냐? 오빠가 안 계신께 그러제."

두 자매는 동구에 이르도록 인길댁의 임신에 관한 이야기가 이어졌다.

이 시기에는 어떤 집을 막론하고 아이를 많이 낳았다.

그 이유는 아이들이 성장기에 홍역이나 장티푸스, 천연두 등의 질병에 의해 사망하는 경우가 많아 누구를 막론하고 행여나 아이가 성장하다 잘 못 될 것에 대비하여 줄달아 낳고 보자는 심산들이었으며 인길댁네도 예사 가정들과 마찬가지로 무려 여섯 번째 아이를 포태 중에 있는 것이었다.

두 자매는 줄곧 이러한 이야기들을 하며 집 앞에 이르렀다.

순녀와 맹심이 들에서 돌아와 마당에 들어설 때는 이미 어둠이 내리기 시작하였고 마루 너머 부엌에서는 두런거리는 소리가 들려온다.

저녁상을 준비하며 나누는 인길댁과 그 며느리인 경주댁의 이야기 소리일 것이다.

논보리 파종을 끝낸 그 뒷날은 씨앗이 흙의 틈으로 흘러내리게 함과 동시에 굵은 흙덩이를 잘게 부숴 뿌리가 내리기 알맞게 하는 작업인 고무래질을 하였고, 또 그 이튿날은 보리 파종의 마지막 작업인 재 뿌리기를 하는데 재는 어린 보리싹에 영양 공급원이 되는 것은 물론이요, 겨우내 보온과 토양의 산화를 막아주는 등 다양한 역할을 하는 것이다. 이렇게 하여 순녀네 갯벌 논의 보리 파종의 모든 것이 마쳐진 것이었다.

● ● ●

1943년 2월 21일 정월 대보름을 지났는데도 날씨는 아직 겨울 날씨였다.

하늘에는 잿빛 구름이 가득하여 금방이라도 내려앉을 성싶다. 아니나 다를까 정오가 아직 이른 시간, 마당에서 벅구(개 이름)와 놀던 태곤이 소리친다.

"어메! 눈이 와, 눈. 벅구! 벅구! 이리 와!"

잿빛 하늘은 무량한 흰 눈을 쏟아 내리고 있었으며 벅구를 쫓아다니며 마당에서 놀던 태곤은 신이 난 모양이다.

광에서 길쌈을 하는 인길댁을 돕던 순녀는 눈이 온다는 소리에 귀가 솔깃하여 돌리던 물레를 잠시 멈추고는 마루로 나와 하늘과 마당을 번갈아 쳐다보았다.

잿빛 하늘에는 잔잔하게 부는 바람에 포물선을 그리며 날리는 눈송이로 가득하고 마당에는 은빛 세상이 펼쳐졌다.

"태곤아! 눈 맞지 말고 이리 들어와!"

순녀는 타곤이를 쿠르며 이를 핑계로 하여 잠시 쉬기도 할 겸, 창공에 휘날리는 눈을 구경하고 서 있었으며 태곤은 누나의 부름에 아랑곳하지 않고 벅구를 쫓아 다닌다.

잠시 내리던 함박눈은 실눈으로 바뀌면서 온통 시야를 가리어 허공인지 눈인지 알 수 없을 만큼이었다.

순녀가 태곤이를 데리고 광으로 들어서며

"어무이! 느이 겁나게 많이 와."

하고 문밖의 상황을 말하자 씨실 사이로 북을 옮겨 끼던 인길댁은 혼잣말로 두런거린다.

"체! 어지께 정월 보름인디 뭔 눈이 저렇게 많이 온다냐."

순녀가 물레를 돌리려던 손길을 멈추고 인길댁을 쳐다보며 걱정스러운 듯 말한다.

"오메! 어쩔라고 논에 보리를 갈아논께 해필(하필) 눈이 저렇게 많이 쏟아져 부네. 싹이 다 얼어불겄네."

순녀의 푸념 섞인 이 말에 바디질을 하며 듣고 있던 맹심이 어른스럽게 한마디 한다.

"눈이 저렇게 와야 쌀농사가 잘 되는 뱁이여. 그라고 눈이 으면 보리싹에 강추위도 막어 주고 촉촉해져서 싹이 잘 큰당께."

"언니가 뭣을 알기나 알아?"

"그럼 알제. 아부지도 그러시고 어메한테도 들었어. 그렁께 눈이 풍풍 많이 쏟아져야 돼."

이때 말례가 큰방 쪽 문을 열고
"어메! 상 차렸어."
하고 소리치자 세 모녀는 하던 길쌈질을 멈추고 점심상이 차려진 큰방으로 들어섰다.

어제가 정월 대보름인지라 그래도 밥상은 갖가지 찬거리로 그득했다.

병어와 죽상어찜, 갖은 나물에 김까지 차려져 평소의 그것보다 월등하여 무엇이라도 맛난 반찬들이다.

늘 그러하듯 태곤은 자신의 밥을 다 먹어치운 뒤, 숟가락을 놓지 못하고 이 사람 저 사람 눈치를 살핀다.

게다가 얼마 전 젖을 뗀 점돌까지 가세하여 숟가락으로 빈 그릇을 긁적거린다.

"점돌아! 여깃다. 자! 많이 먹고 얼릉얼릉 크거라!"

인길댁은 아직 식욕을 만족시키지 못한 점돌을 불러 자신이 먹던 밥그릇에서 크게 한 숟갈을 떠 아장걸음 점돌의 밥그릇에 담아 준다.

평소 여느 때의 이런 상황이면 두 아이는 밥그릇을 놓고 간혹 다투기도 한다.

태곤은 아직 철부지인 까닭이요, 점돌은 아직 이성이 없는 생존의 본능만이 왕성한 유아인 까닭이니 이 아이들의 다툼을 두고 누가 탓하랴!

어느 시기, 어느 곳에라도 배곯고 굶주린 사람이 전무할 수야 있겠는가.

도덕지는 비록 논이 많은 들 가운데 있는 동네이긴 하지만 먹을 식량이 모자라는 것은 예외가 아닌 것이었다.

그나마 순녀네는 딴 집에 비해 조금은 나은 편이었으니 딴 농가들의 양식 사정은 가히 짐작을 하고도 남을 일이다.

점심을 모두 마친 후 아침나절에 하던 길쌈은 이어지고 저녁나절 밥 짓는 시간이 다 되어서야 비로소 이날 길쌈이 다 마쳐졌다.

순녀와 맹심은 꽁에 남아 베틀 언저리를 정리하고 인길댁은 불룩해진 자신의 배를 어루만지며 광을 나서고 있었으며 문밖에는 아직도 눈발이 날리고 있었다.

* * *

정월 대보름이 지난 사나흘 후, 순녀는 여동성인 말례를 데리고 지난가을에 보리를 갈았던 뻗등 논으로 가고 있었다.

보리의 성장 과정이 궁금했던 것이다.

기온이 아직 차가워 며칠 전에 내렸던 눈은 얼고 녹기를 반복하며 처음 내릴 때와는 달리 다져져서 단단해졌으며 이러한 눈은 온통 대지를 다 덮어 들판은 물론 멀리 보이는 마을이나 산의 능선 등 모두가 은빛 세상이 되어 있었다.

"꺼우 꺼윽! 꺼꺼우 꺼욱!"

머리 위 창공에 가득한 수많은 기러기들,

창공뿐만이 아니고 이 논 저 논에 기러기들은 가득 앉아있었으며 순녀와 말례가 다가가면 논바닥을 헤집던 기러기들이 목을 길게 세우고 경계하다 더 가까이 가면 일시에 푸드덕거리며 비상한다.

너덧 마리가 횡으로 열을 지어 나는 기러기 무리가 있는가 하면 아치형 사선을 끄트머리가 산자락에 닿으리만치 길게 늘어뜨린 무리도 있고 또 어떤 무리들은 v자 형, 편대를 이룬 무리도 있다.

이렇게 들판은 수많은 기러기 무리로 가득하다. 이 기러기들은 무엇을 먹자고 들판에 지천으로 깔려있을까.

기러기의 먹이는 지난가을 추수 때 바닥에 떨어진 볍씨나 마른 풀씨, 풀뿌리 따위인 것이다.

수많은 기러기들에 비해 턱없이 모자라는 먹이일 텐데도 기러기 입장에서는 그렇게라도 해야 비로소 월동을 할 수 있는 것이다.

생존 의욕이 애절한 반면 주어진 환경은 척박하기만 한 것이 영화농장을 삶의 터전으로 하는 도덕지 사람들이나 기러기가 똑같은 입장인 것이니 이것은 자연의 순리일까.

기러기들이 먹이를 찾아 북녘을 떠나 영화농장을 찾아왔듯이 도덕지 사람들 또 한, 철에 따라 먹거리를 생산하는 일에 혼신의 힘을 다 쏟아야 하는 것이었다.

순녀가 말례에게 기러기들이 가득한 논을 손가락으로 가르친다. 기러기들은 꼬리를 하늘로 한 채 주둥이로는 눈 속을 헤집으며 먹이 찾기에 분주하다.

"말례야! 기우(기러기) 떼가 겁나게 많지? 저 눈 우게다 싸 논 똥 좀 봐라!"

"응! 저것들은 뭣을 먹을라고 저렇게 많이 있어?"

"그것이사 오리밥(얕은 물에서 자라는 수생식물)도 먹을 테고 나락도 먹을테고…. 보리도 뜯어 묵나 모르겄다. 언능 우리 논으로 가보자!"

순녀네 논에도 눈은 가득 쌓여 있었고 눈 위에는 기러기 분변이 지천으로 널려있다. 순녀는 논바닥의 눈을 조심스레 파헤치더니 화색이 만면하여

"말례야! 이것 봐라! 놈(남)들이 뻘논에 보리를 간다고 비웃었는디 보리싹이 잘만 돋았다."

하며 말례를 쳐다본다. 말례도 눈이 휘둥그래지며 묻는다.

"이 싹이 보리여? 많이 돋았네."

"그럼 보리제. 가실(가을)에 보리를 뿌렸응께 보리제. 나락이 났겄냐?"

뻘논에 보리 자라는 모습이 의심스러운지 순녀는 몇 군데를 더 파헤쳐 본다.

차디찬 눈 속의 동토이지만 약속이나 한 것처럼 보리는 생명력이 넘치는 새파란 모습으로 봄을 꿈꾸고 있는 것이었다.

순녀는 기쁜 마음을 감추지 못하고

"말례야! 언능 집에 가서 아부지랑 어메한테 말해 드리자!"

하고 말례의 손을 잡고 집으로 향했다.

눈 속의 보리싹을 보고 마음 안에 넘치는 희열을 감출 길 없는 순녀는 어서 집으로 가고 싶은 것이었다.

머리 위로는 한 무리의 기러기 떼가 사선으로 열을 지어 남쪽으로 날아가고 있었으니 아마도 인의산 너머 자방포 뜰을 향해 가고 있는 것이리라.

이윽고 순녀와 말려 가 집 앞에 이르자 누렁이 벅구가 꼬리를 흔들며 마중을 나온다.

순녀는 벅구를 제치고 마당으로 들어서며

"아부지! 아부지!"

하고 부르자 봉창문이 열리고 인길양반이 내다봤다.

돋보기안경을 낀 것으로 보아 책을 보던 중이었던 모양이다.

"춘디(추운데) 어디를 갔다 오냐?"

"아부지! 니 말 좀 들어 보이쇼! 글씨 들판에 가본께 기우 떼가 말도 못 하게 겁나게도 많해부요."

"그것이사 들판에 갈 것도 없이 여그서도 저렇게 날라댕기는 기우 떼가 많이 보이쟎냐!"

인길양반이 들판을 손짓으로 가르치며 말하자 순녀가 숨을 고르고 상기된 어조로 말을 잇는다.

"아부지! 말허자면 그 기우 떼가 문제가 아니라 우리 논에 보리가 싹이 났드랑께라우. 그것을 볼라고 말례 덱꼬(데리고) 논에 들렀어라우."

"어디 갔는가 했디만(했더니만) 논을 둘러보고 왔는갑구나! 보리가 싹이 났닥 허니 참 잘 되얐다."

그때 부엌에서 귀 기울여 듣고 있던 인길댁이 궁금해하며 토방으로 나왔다. 순녀는 마음에서 넘쳐나는 즐거움을 온몸으로 나타내고 싶은 듯 손발짓을 섞어가며 눈앞에 보고 있는 것처럼 말한다.

"야~아, 눈을 파 제쳐 본께 보리가 요만큼씩 자랐는디 색깔이 새파란 것이 겁나게도 이쁘드랑께요."

들고 있던 인길댁이 기쁜 얼굴로 미소지으며 말한다.

"워따워따, 싹이 그라게 났닥 허니 우리 순녀 말 듣고 보리를 잘 갈었는갑다. 그나저나 춘께 언능 방으로들 들어오니라!"

인길양반은

"그렁께 말이세."

라며 인길댁의 말에 맞장구를 쳐 주었다.

이날 순녀의 눈밭, 보리논 소식으로 순녀네 식구들은 모두가 즐거워하고 있었던 것이었다.

- - -

5월이 되었다. 영화 농장 앞 영산강물은 쓰고 나기가 하루에 두 번씩 거듭된다.

아마도 목포 앞이나 그 아래 어디선가 커다란 수문을 열었다 닫기 때문에 물이 들락거리는 것 아닐까.

유소년기, 적어도 사고가 있는 아이라면 한 번쯤은 의아스러운 눈으로 흐르는 강물을 바라보며 해 봤음직 할 상상이다.

그러나 기실은 지구의 자전과 달의 인력에 의한 천문현상으로 물이 드는 시각은 지구를 중심으로 달이 있는 쪽과 그 반대편이 물이 드는 때인 것이다.

영산강에 강물이 들고나는 것은 지구가 생긴 이래 태곳적부터 시작되었고 날마다 해가 뜨고 지는 것이 지속되는 한 멈추지 않을 것이다.

5월 어느 날 영산강에 밀물이 든다.

강 아랫녘으로부터 뻘바탕을 집어삼킬 듯 봄바람을 따라 스멀스멀 밀려온다.

밀물이 맛조개랑 짱뚱어는 물론 뻘밭까지 다 삼키고 지루한 듯 하품을 할 즈음이면 찰랑거리던 파도는 잠들고 밀물이 몰고 온 바람은 영화농장 들판에서 산들거린다.

이 바람이 해풍이며 영화농장에서 자라는 곡식들은 이 해풍고- 햇살을 먹고 자라는 것이다.

아카시아 향 그윽하게 퍼지고 노란 감꽃이 떨어질 즈음 훈풍이 불어오는 들녘 여기저기에서는 모심을 준비를 하느라 쟁기질이 한창이다.

순녀네 보리논은 어찌 되었을까.

너 마지기 보리논에 봄볕 가득 머금은 해풍이 불어와 누렇게 익은 보리가 물결치듯 일렁거린다.

아무래도 뻘땅이어선지 보리의 키는 고작 두 뼘 남짓으로 작았지만 키에 비해 이삭은 튼실했다

순녀네 식구들은 모두 나서서 논보리를 벤다.

인길댁은 만삭에 이른 데다 아이들을 돌보느라 집에 머물고 그 나머지 식구들인 순녀와 맹심 그리고 경주댁과 인길양반, 넷이서 보리를 베는 것이었다.

평소 같으면 논일을 하자고 인길양반이 나설 리 없지만 뻘논의 보리농사를 신기하게 여겼던 것인지 이날은 식구들과 합세하여 보리를 베는 것이었다.

'싸악 싸악! 싸삭 싸악!' 젊은 나이의 순녀와 맹심은 다리를 곧게 세우고 허리를 구부려 보리의 밑동에 낫질을 해 대는데 그 모습이 힘차고 숙달된 모습이다.

'싹 싹 싹! 그런가 하면 체격이 풍성한 경주댁과 나이 들어 노구인 인길양반은 쪼그려 앉은걸음으로 벨 보리를 쫓아가며 낫질을 하는데 그 능률이 순녀와 맹심의 절반에 못 미쳤다.

5월의 햇살은 따사롭다. 이 따사로운 햇살과 해풍을 쐬고 들판은 연둣빛으로 물들어가는 것이며 칠팔 월의 작열하는 햇살 아래서 비로소 신록이 짙어진다.

따사로운 햇살 때문일까 낫질에 힘을 쏟은 탓일까 인길양반은 벌겋게 달은 얼굴에 땀을 흘리며

"휴~우! 인자 몸이 예전 같덜 않구나. 근디 맹심아! 저기 내려오는 사람이 느그 작은아부지 아니냐?"

"야~, 작은아부지네요."

"저 사람이 어쩐 일로 내려오는 것일꼬. 걸음걸이가 펄럭펄럭 거리는 것이 또 술 한 잔 했그만."

가까이 이른 순녀네 작은아버지는 손에는 낫을 들고 있었으며 얼굴이 벌겋게 달아오른 것으로 봐 인길양반의 말처럼 그는 어디선가 술을 마셨던 모양이다.

"성님! 보리가 제법 잘 되얐소이. 아적나잘(아침나절)에는 월곡 앞 육답 논을 갈아 놓고 성님네 보리를 빈(벤)닥 해서 손 쪼깐 너 드릴라고 왔소."

"고단헐 텐디 쉬제 왔는가?"

"탁배기 한 잔 했디만 괜찮허요.

그나저나 올해는 우리 논에도 보리를 갈아야 쓰겄네요.

뻘논이라 이렇게 잘 될지는 생각도 못 했는디…."

"그래야것네. 모자란 식량을 쬐깐이라도 보탤라면 빈 논 없이 다 갈아야지."

'싸사삭 싸사사삭!' 힘 좋고 덩치 큰 순녀 작은아버지의 보리 베는 솜씨는 인길양반과 경주댁은 물론이요, 맹심이, 순녀도 따라갈 수 없이 날렵했다.

하기야 머슴으로 치면 상머슴에 이를 덩치에 젊음이 넘치는 나인데 이깟 보리 베기쯤이야 식은 죽 먹기 아니겠는가.

순녀의 작은아버지가 손을 넣어 준 까닭에 보리 베기는 일찍 끝이 났다.

보리 베기가 끝나고 이틀 후 보릿단을 집으로 저 나르는 일은 동네 청년들인 만복, 무현, 쌍본과 순녀의 사촌오빠인 동봉이 맡아서 해 주었다.

순녀의 오라버니인 대전이 일본으로 외유 중이고 인길양반이 의원과 구장 일을 보는 까닭에 집안에 큰일이 있을 때면 이들 청년들이 솔선으로 도와주었던 것이며 이것이 도덕지 사람들의 삶의 모습이요, 사람 냄새 물씬 풍기고 온정이 넘치는 사람들의 삶의 모습이 아닐까.

논에서 집으로 옮겨 놓은 보릿단은 마당 한쪽 가득하여 큰 벼늘이었다.

인길양반은 이마의 땀을 훔치는 네 장정들에게 진심 어린 감사 인사를 한다.

"허허! 자네들 덕택에 내가 편하네. 늘 이렇게 도와준께 참 고맙기는 허네만 내 어찌 감사 인사를 다 헐지 모르겄네."

"아제! 당최 그런 말씀 마이쑈! 아제가 동네를 위해서 허시는 일에 비허면 우리가 헌 일은 간에 기별도 안가제라우."

인길양반의 감사 인사에 네 청년들은 이구동성으로 겸양의 답례를 한다.

"아니네. 자네들이 손대 없는 집을 도와준다는 그 맘에 어떻게 나를 비허겄는가? 그것은 그렇고 방으로들 듬세! 찬은 없어도 저녁은 둔어사제."

인길양반은 청년들의 등을 두드리며 방으로 들게 한다. 방으로 들며 넉살 좋은 무현이 말한다.

"야~아! 아제네 반찬이 맛있응께 저녁이나 얻어 묵을라우.

근디 아제! 보리타작은 어떻게 허실라우? 힘든께 홀태로 허지 마시고 시르묵(신원목) 후근이한테 부탁해서 탈곡기로 해부이쑈!"

"글씨! 그래야 쓸랑갑네. 저 많은 놈을 어떻게 홀태질, 도리깨질로 다 허겄는가. 어서 들어가세!"

밥상을 받은 청년들은 허기졌는지 게눈감추듯 한 그릇씩을 다 먹어치우고 막걸리까지 곁들여 대접을 받은 후 돌아갔다.

그리고 이튿날 무현의 말대로 신원목 후근에게 부탁을 하여 탈곡기로 타작을 하였으며 수확한 보리 알곡은 일곱 섬에 이르렀다.

같은 한 가다니라도 보리는 나락보다 무겁다.

성인 둘이 달라붙어야 겨우 보리 한 석을 움쭉거리고 세 사람이어야 가볍게 들 수 있다. 인길양반과 그의 동생 헌규 그리고 조카인 동봉이 합세하여 마당에서 곡간으로 보리 일곱 석 모두를 옮겨 석 섬 씩 두 줄에 그 옆으로 한 석을 쌓아 놓으니 모두 일곱 섬이었다.

곡간에 채워진 보리가마니를 바라보며 흡족해진 마음으로 인길양반이 말한다.

"봐라! 논 한 배미 반년 농사의 수확이 이만큼인데 이만큼이면 우리식구가 반년을 묵을 양식이다.

그리고 저쪽에 쌓아 논 보릿대는 모자라는 땔감으로 쓰고…. 근디 우리는 해 보지도 않고 뻘땅에 보리가 안 된다고만 했으니 어리석은 것 아니겠는가? 거그다 겨울에 짓는 보리농사에 히도미상은 관심도 없으니 공출도 않을 것이고…."

듣고 있던 동봉이 제 아버지인 헌규를 바라보며 말한다.

"아부지! 올 가실에는 우리 월곡 앞 논에도 보리를 갈아사 쓰겄네요."

"글씨! 그래야 쓰겄다."

헌규네 부자가 돌아가고 곡간 앞에서 인길양반이 식구들을 부르자 경주댁과 맹심 그리고 순녀가 곡간 앞에 섰다.

인길양반은 곡간의 보리가마니를 가리키며

"봐라! 시안(겨울)에 노는 우리 논 너 마지기에 반년 농사를 지은께 이런 곡식이 생겼다. 이놈이면(보리 일곱 석) 우리 식구들이 반년은 묵을 양식인디 이 얼마나 큰 소득이냐? 그런디도 불구하고 사람들은 뻘논에 보리농사가 되랴 생각하고 시안 내내 저 귀한 땅들을 놀리는디 올 가실부터는 들판이 달라질 것이다. 이런 새로운 경험이나 소득이 우리 순녀의 생각에서 나온 것이니 순녀는 어려운 가사에 큰 보탬이 된 일을 헌 것이다."

하고 말하자 식구들은 모두 순녀를 바라보며 박수를 쳤던 것이며 순녀는 아버지의 치사에 마음 가득 넘치는 즐거운 마음을

"어무이랑 성님, 언니들이 힘을 합쳐서 그러제 저는 별로 헌것도 없어라우,"

하고 식구들에게 공을 돌리는 것이었다.

인길양반은 가족들, 특히 자녀들에 대하여는 훈계와 칭찬을 분명히 하여 올

바른 인생관을 갖출 수 있도록 교육하는 데 많은 노력을 기울였던 것이며 순녀는 그러한 아버지로부터 칭찬을 받는 것을 큰 즐거움으로 여겼기 때문에 어떤 일을 하더라도 최선을 다 하였던 것이다.

1943년 6월, 6월이면 영화농장 들판 여기저기에서 모내기가 한창이다.

이 동네나 저 동네나 영화농장 언저리 마을은 벼농사 외에는 특산물이 별로 없으므로 일 년 소득을 다 해봐야 논에서 나는 벼가 전부이며 한 해 벼농사를 지은 것으로 자녀들의 학비 마련이나 의복 이외 여타의 필수품을 마련해야 하므로 모내기 철이 되면 죽기 살기로 앞을 다퉈 가며 모내기에 열중하는 것이다.

순녀네 논에도 여느 논과 다름없이 모내기가 한창이다.

예년의 모내기 논 같으면 물이 벙벙하여 모심는 사람들의 종아리에 찼던 물이 이 해는 바닥에 질척거릴 만큼이었다.

봄 가뭄이 심하여 저수지의 물로 겨우 모내기를 할 만큼이었기 때문인 것이다.

어쨌건 제대 모내기는 하고 봐야 앞으로 다가올 우기, 6, 7, 8월에 대비하는 것이었다.

모를 심는 사람들은 대체로 젊은 남정네와 아낙들로 도덕지와 신원목 사람들이며 이들은 품앗이로 모내기를 하는 것이었다.

그들이 모내기를 할 때면 순녀네 식구들 중 누군가 품을 갚으면 되는 것이다.

순녀와 맹심은 논의 이쪽과 저쪽에서 못줄을 잡는다.

"여~어!"

순녀가 논둑에 박힌 못줄 막대를 뽑을 준비를 하며 크게 소리친다. 이쪽에 심는 사람은 다 심었다는 신호인 것이다. 이번에는 맹심이

"자~아!"

하고 소리친다.

이쪽도 다 심었으니 못줄을 떼 옮기자는 신호인 것이다.

순녀는 날렵하게 못줄 막대를 옮겨 질러 놓고 논바닥에서 모를 집어 논둑 쪽으로부터 안쪽으로 심어가는데 안쪽에서 심어 오는 사람과 맞닥뜨리면 심던 모를 제쳐 두고 잽싸게 못줄을 잡는 것이다.

수줍을 나이, 열네 살 새내기 처녀치고 치맛자락과 소매 깃에 흙탕이 묻는 것쯤에는 아랑곳하지 않고 오직 일에 집중하는 억척스러운 모습이다.

이러한 순녀를 보고 바로 앞에서 모를 심던 길수가 묻는다.

"너는 언제 배웠길래 모를 그렇게 잘 심냐? 나이도 어린디 말이여."

길수는 순녀와 한집안으로 6촌 오라버니였으며 본래 순녀네처럼 복룡촌에 살다가 작년에 도덕지로 이사를 왔던 것이었다.

순녀네가 도덕지로 이사를 한 후로 길수네 말고도 복룡촌에서 도덕지로 이사를 온 세대는 예닐곱 세대로 모두가 순녀네와는 일가나 친척지간이었으며 이들이 이사를 오게 됨으로 도덕지의 세대 수는 약 30여 세대에 이르게 됐다.

순녀가 길수의 물음에 대답한다.

"멋 헌다고 이런 것까지 다 배운다우? 배우고 자시고 헐 거 없이 보면 헐 줄 알아사제."

당돌하고 자신감 넘치는 대답이다.

그 말을 들은 길수는 심통스런 모습으로 왼손에 쥔 모를 오른손으로 몇 줄기씩 갈라 그것을 논바닥에 쿡쿡 찔러 심으며

"니 말이 맞긴 맞다. 요로코 요로코(이렇게 이렇게) 숭구먼(심으면) 되야 분디 멋 헌다고 배운다냐! 니 말이 맞긴 맞어."

하고 자신의 말에 맞춰 가며 모를 심는다.

"그렇께 오라베(오라버니) 언능 모나 숭구랑께. 쩌쪽 편에는 다 숭궈 가는구만."

"알었당께."

길수는 더는 말없이 못줄에 맞춰 가며 모심기에 열중하였다.

모심기가 한창 진행되는 가운데 누군가 노래를 시작했다.

"심세 심어. 모를 심어. 이 논에다 모를 심어."

"여~여으 여러 사~앙사 디여."

"이 배미 모를 언제 심나 반달만큼 남았네."

"여~여으 여러 사~앙사 디여."

"이 배미 심고 저 배미로 가~아세!"

이 노래는 모내기 노래이다.

윗마을 사는 두일이가 선창을 하니 여럿이 후렴을 이어 부른다. 두일이는 동네의 몇몇 또래 청년들과 소리꾼이 되겠다고 육자배기를 배우는 청년 중 한 사람이며 그러니 무리를 이끌어 선창을 할 만한 사람인 것이다.

목을 짜내듯 바람소리처럼 천둥소리처럼 끊길 듯 이어지는 두일의 선창은 구성진 노랫소리가 되어 들판 저 멀리까지 울려 퍼지고 후렴 소리 또한 그 꼬리를 물고 파도처럼 퍼져 나간다.

모내기 노래는 삶의 고달픔이나 모심기의 고단함을 노래로 뱉어 버리고자 함일 것이며 다 같이 삶이 고달프고 들녘의 일은 힘에 겨울 것이니 이들이 부르는 모내기 노래는 도덕지 영화농장 사람들의 애환을 달래주는 노래인 것이 틀림없는 사실이었다.

"길수 오라베! 못줄 좀 잡아 주이쏘!"

순녀가 쥐고 있던 못줄 막대를 논둑에 질러 놓은 채 논둑길을 뛰어간다.

못밥 광주리를 인 경주댁과 인길댁에 이어 말리가 좁은 논둑길을 따라 내려오는 것을 보고 순녀가 뛰어간 것이다.

앞장서 오던 경주댁이 순녀에게 길을 내주며 인길댁의 광주리를 받아 주라는 시늉을 했다.

광주리를 인 인길댁의 배는 밤하늘의 누런 반달처럼 불룩하였고 검은 무명

치마는 마치 병풍처럼 벙벙했다.

만삭이 되어 산달이 멀지 않은 까닭인 것이다.

"어무이! 인내(이리 내게) 주이쏘!"

"아니다. 내부치깜송께(떨어뜨릴 수 있으니) 기냥 가자!"

"글지말고 인내 주이쏘! 몸알라(몸도) 무거우신디."

인길댁은 이고 오던 광주리를 순녀에게 넘겨주고 자신은 말례가 들고 오던 반 말짜리 주전자를 받아 들었다.

누런 양은 주전자는 막걸리 주전자이다.

논 어귀에 광주리가 내려지고 인길댁과 경주댁은 못밥을 차린다.

순녀가 양손을 입에 대고 모심는 사람들을 향해 소리 지른다.

"언능들 오이쏘! 밥 차렸응께 언능들 오이쏘!"

순녀가 부르지 않아도 못 일을 하는 사람들은 허기진 상태(시쳇말로 배꼽시계)로도 점심 못밥 시간에 이르렀음을 이미 아는 것이지만 목청을 돋워 부르는 순녀의 외치는 소리를 기다리기라도 했던 양 들고 있던 모들을 논바닥에 던져 놓고 못밥이 차려지는 논 어귀로 모여들었다.

못밥은 논둑에 차려졌다.

고봉으로 담긴 하얀 쌀밥은 김이 모락거리고 손바닥 크기로 잘라 무 위에 얹은 갈치조림, 말린 무청에 묵은 된장을 풀은 시래깃국 등 가진 반찬들이 논두렁에 차려지고 일꾼들은 못밥을 먹기 위해 논두렁 양쪽으로 순서 없이 늘어 앉았다.

"종필아! 종필아! 언능 이리 오니라! 어메랑 밥 묵자!"

종필을 부른 사람은 금동굴댁이며 순녀의 먼 올케언니 뻘이 되는 여인네였다.

그리고 종필이는 일곱 살배기 금동굴댁네 아들이다.

금동굴댁은 순녀네 모내기를 하기 위해 아침에 집을 나서며 못밥을 얻어 먹일 요량으로 아들인 종필을 데리고 왔던 것이며 이 종필이가 손녀의 동생인 태곤이와 저만치 수로에 피어나는 부들꽃을 뽑으며 놀고 있었던 것이었다.

아이들은 노는 데 정신이 팔린 듯 대꾸가 없자 이번에는 맹심이 아이들을 부른다.

"태곤아! 종필이랑 언능 와! 언능 와서 밥 묵어라!"

맹심이 부르자 아이들은 들고 있던 부들꽃을 팽개치고 달려왔다. 늘 먹거리가 모자라던 탓에 아이들은 갓 피어나는 부들꽃을 따서 먹기도 했던 것이었다.

"종필아! 느그들 부들꽃 따 묵다가 개통(농수로)에 빠지면 못 써! 부들꽃 많이 묵으면 얼굴 붓응께 묵지 마라! 언능 쩌리 어메 옆으로 가서 밥 묵어라!"

종필과 태곤은 신이 나서 엄마들 앞으로 뛰어갔으며 맹심은 아이들 앞에도 각기 밥그릇을 놓아주었다.

못밥,

못밥은 모내기 중에 먹는 밥이다.

농민들에게 쌀이 소중하니만큼 모내기는 일 년 농사일 중 제일 큰 농삿일이라 해도 과언이 아닐 것이며 그러기 때문에 모내기 날을 받으면 아낙들은 일로나 목포의 시장으로 나가 어물이나 고기 등의 반찬거리를 모내기 며칠 전부터 준비를 하는 것이었다.

그러니 곤궁한 촌락에서의 못밥은 별식이나 다름없을 것이며 더구나 고단한 일 중에 먹는 밥일 것이니 그 맛을 에둘러 표현할 필요가 없다.

못밥의 내력이 이러하니 도덕지 사람들은 자식들이 없는 사람이라면 모를까 자식이 있는 부모들은 모내기 길을 나서며 으레히 아이들의 손을 잡고 나서는 것이었으며 이 때 만큼이라도 자식들에게 배불리 얻어 먹일 요량인 것이다.

그것도 못밥을 말이다.

그러나 부도가 자식을 데려왔다고 하여 미워하기는커녕 도리어 음식을 담는 손길에는 인심이 넘쳐나고 있었던 것이었다.

못밥을 먹는 일꾼들을 지켜보던 인길댁이 갈치조림이 담긴 솥을 들고 소리친다.

"여그 갈치가 몇 토막 더 있응게 더 잡술라면 말허이쑈!"

"당숙모! 여그 한 토막만 더 주이쑈!"

"응! 그러소! 여그 두 토막 줄랑께 종필이도 한 토막 더 먹이소!"

곡광에서 인심이 난다고 했다.

음식이 떨어져 못밥 광주리가 다 비워졌다면 모를까 음식이 있는 한은 반찬을 퍼 주는 인길댁과 경주댁의 손길은 풍성하고도 풍성했던 것이다.

못밥 점심이 끝나고 모내기는 이어졌으며 해거름이 아직 이른 시간 모내기는 끝이 났다. 모내기를 마친 일꾼들은 홀가분해진 마음으로 좁은 논둑길을 열 지어 걸어가고 못줄을 챙겨 든 순녀와 맹심은 그 뒤를 따른다.

돈도리 쪽 영산강 둑 너머로부터 불어오는 갯내음 섞인 산들바람에 논둑을 걷는 일꾼들의 꼬질꼬질한 옷자락들이 펄럭거린다.

길수가 뒤에 따라오는 순녀를 돌아보며

"오메 시원헌 거. 순녀야! 모를 다 심었다고 이렇게 시원헌 바람이 불어온갑다."

하고 상쾌한 표정으로 말하자 순녀가 혼잣말처럼

"모를 다 심자 요렇게 선들바람이 부는 것을 본께 올 가실에 풍년이 들어 나락이 잘 될랑갑네. 나락 농사가 잘 되아야 우리 언니 시집도 가제."

하고 언니인 맹심의 시집 얘기까지 들먹인다.

말수가 적은 맹심은 자신의 시집 얘기에 순녀의 옆구리를 쿡 하고 찌를 뿐 말이 없었다.

길수가 논바닥을 가르치며 말한다.

"모를 이렇게 이쁘게 씨줄 맞추고 날줄 맞춰서 잘 숭겄응께 인자 비만 오면 되제. 그래사 우리 맹심이 동상 시집도 갈 것이고…. 허기사 모사재인(謀事在

人)이요, 성사재천(成事在天)이라고 했응께 인자 나락이 잘되고 안 되고는 하늘이 알아서 헐 테제."

그렇다.

논을 갈거나 모를 심고 김을 매는 일은 사람이 할 수 있는 일이지만 논에 햇살을 내리거나 비를 뿌리고 바람이 불게 하는 것은 하늘만이 할 수 있는 일인 것이다.

이제 논에 모를 다 심어놨으니 하늘이 할 수 있는 일, 햇살이 내리고 바람이 불며 여기에 적당히 비만 내려 준다면 도덕지 사람들의 바람인 풍성한 가을을 기대할 수 있게 될 것이다.

제2부
가뭄

●●● 모내기가 끝난 7월 초의 영화농장,

농민들의 염원이 담긴 피땀 어린 노력으로 온 들판은 초록빛 일색으로 물들여졌다.

유월에 모내기를 마친 논에는 모가 새 뿌리를 내리고 연둣빛 모의 줄기는 햇살을 머금어 감에 따라 초록으로 짙어가고 있었으며 불어오는 하풍을 맞으며 여린 모의 잎사귀는 파르르 나풀거리며 생명의 날갯짓을 하고 있었다.

모내기 이후 지금까지는 모내기 당시 저수지에서 흘려보낸 물로 모가 잘 자랄 수 있었으나 지금부터는 비가 와야 모가 성장을 원만히 할 수 있는 것이다.

저수지의 물은 모내기 당시 다 흘려보내 버리고 지금은 바닥이 드러났기 때문에 비가 오지 않으면 모가 제대로 성장을 할 수 없는 지경에 놓였다.

그럼에도 불구하고 유월 모내기 이후 비는 오지 않았다.

도덕지의 저수지(훗날 회산 백련단지로 명명됨)는 영화 농장의 간척과 함께 축조된 저수지로 들판 가운데 있기 때문이 자연히 흘러드는 굴은 없다.

그래서 근린. 몽탄면 청룡리에 있는 파근다리 저수지에서 물을 조달받는데 그것도 수원이 풍부한 상황에서의 말이다.

파군다리 저수지는 들 가운데 있는 도덕지 저수지와 달리 승달산의 끝자락인 몽탄면 청룡리와 일로면 상신기리 사이의 계곡을 막은 저수지이기에 사철 계곡에서 물이 흘러들고 이렇게 흘러든 수량이 둑을 넘는 양을 수로를 통해 도덕지 저수지로 보내는 것이었다.(이 저수지는 봄이면 둑 아래로 벚꽃이 만발하는 것이 장관이므로 몽탄남·일로동 국민학교의 봄 소풍 단골 장소가 됨)

이즈음에는 이 저수지도 겨울부터 이어지는 가뭄으로 담수량이 적었고 잘해야 제 앞뜰의 농사나 지을 정도였던 것이며, 그러니 영화 농장, 도덕지 앞뜰의 여름 벼농사는 전적으로 하늘 하기에 달린 문제였던 것이었다.

7월이면 우기다.

하늘은 애가 타는 농심을 아는지 모르는지 영화농장 사람들이 기다리는 비는 오지 않았다.

구름 한 점 없는 파란 하늘에는 붉은 태양이 이글거리고 불어오는 열풍에 대지는 말라만 갔다.

길어지는 가뭄으로 논바닥이 갈라지기 시작하자 크다 만 모는 생과 사의 한계점에 이르렀다. 잎사귀의 끄트머리가 또르르 말리며 붉게 타들어 가기 시작한 것이다.

이를 보는 영화 농장 농민들의 마음이라고 온전할 리 있을까.

마른 논에 타들어 가는 모 잎사귀처럼 농민들의 가슴 또한 타들어 가는 것이었다.

아침 이른 시간,

인길양반은 메마른 날씨를 걱정하며 마루에 서서 담장 너머 들판을 근심 어린 눈길로 바라보고 서서

"허허! 들판의 색깔이 하루가 다르니 큰일이네."

하고 실소 섞인 혼잣말로 중얼거린다.

이때 소쿠리를 들고 곡광에서 나오던 인길댁이 발걸음을 멈추고 인길 양반에게 묻는다.

"뭣이 큰일 났닥 허시요?"

"아 큼메(글쎄) 들판에 모가 다 말라가는그만. 이놈의 늘이 비는 안 오고 꺽정이네. 시방이라도 오면 아순 대로(아쉬운 대로) 모가 살아날 텐디…. 올 농사는 틀려 불었는갑다.'

"그렁께라우. 모가 다 꼬실라져(말라) 불면 가실(가을)에 맹심이는 어찌게(어떻게) 여울께라우?!"

"허~어허."

마른 논바닥에 모는 타들어 가는데 가을에 여워야 할 딸내미를 생각하니 막막하기만 한 것인지 인길양반은 말없이 기운 빠진 실소만 지을 뿐 툇마루에 놓인 검정 고무신을 신으며 인길댁에게

"월국 앞 서숙(조) 밭에나 댕겨(다녀) 올라네."

하고 집을 나서자 쥔네의 외출을 알아챈 것인지 마루 밑에 웅크리고 있던 벅구(개 이름)가 허리를 길게 늘여 기지개를 켜더니 꼬리를 치며 인길양반의 뒤를 따른다.

강 건너 희뿌옇게 보이는 월출산 앞으로는 짙은 운해가 깔려 이름 모를 야산들의 봉우리만 둥실 떠 있다. 해가 중천에 오르면 저 운해가 다 걷힐 것이고 작열하는 태양 아래 대지 위로 마른 아지랑이가 피어오르며 데워진 대기로 날씨는 뜨거울 것이다.

이윽고 인길양반이 월곡 앞 조밭에 이르렀다. 서 마지기 반짜리 기다란 황토밭에 파종된 조는 예년의 것에 비해 키는 작고 가늘었다.

조밭 아래로 세 이랑은 무가 자라고 있었지만 조나 무나 실하지 않기는 똑같았다.

하지만 조나 무는 들녘에서 타들어 가는 모와 달리 그래도 튼실하지는 않지만 흙이 가지고 있는 미량의 수분을 찾아 깊은 뿌리를 내리며 푸르른 생명의

빛을 지켜내고 있는 것이었다.

"벅구야! 이리 온나! 집으로 가자!"

밭을 빙 둘러본 인길양반이 벅구를 부른다.

타는 인길양반의 속내를 알 리 없는 벅구는 힘이 솟구치는 듯 조 밭과 무밭 사이를 뛰어다니고 있었다.

인길 양반이 집으로 돌아오니 아침 마실을 나온 이웃집 광암댁과 인길댁이 마루에 앉아 이야기를 나누고 있었다.

광암댁네는 학두리에서 순녀네보다 한 해 뒤에 도덕지로 이사를 왔으며 인길댁과는 같은 또래로서 자주 순녀네로 들르곤 하였다.

광암댁이 마당으로 들어서는 인길양반을 향해 아침 인사를 겸하여 묻는다.

"서숙이 잘 되얏습디여?"

"원체(워낙) 가문디 잘 되얏을랍디여만은 그래도 말라 죽던 안 했습디다."

"그렁께 말이라우. 뒷까끔(벌렛간이 있는 농가 언저리의 야산) 우리 밭에도 건모를 심었는디 다 꼬실라져 불었드랑께라우. 인자 비가 안 오면 들판에 모도 다 꼬실라져 불 텐디 시안에(겨울에) 뭣을 먹고 살아사 쓸지…. 만주에 간 우리 아들한테서는 기별도 없고…,"

광암댁은 기약 없는 비 소식과 만주로 간 아들을 생각하며 넋두리를 늘어놓았다.

인길댁네 큰아들이 섬나라 일본으로 간 반면 광암댁네 큰아들은 대륙의 땅, 만주로 간 것이다.

이들이 경제나 문화가 낙후된 곳, 도덕지를 떠나게 된 이유는 단순히 돈을 벌기 위해서만이 아니었다.

그도 그럴 것이 대전은 집을 떠나면서 그의 아버지에게

"제가 일본으로 가려는 것은 그저 많은 돈이 욕심나서가 아니여라우. 그렇다고 치면 여그서 다니고 있는 면사무소에 댕기면 그때그때 봉급도 나오고 신간이 편헌디 일본으로 갈 이유가 없제라우."

이렇게 말을 하고 떠났으니 그는 보다 넓은 미지의 세계에서 그의 이상을 펼치고 싶었던 것이며 또 다른 이유가 있다면 알 수 없는 그의 가정 내 사정이 있었을지도 모를 일이다.

이렇게 외유한 아들들로 동병상련 관계인 두 여인은 마주하면 늘 자식들에 대한 그리운 마음을 서로에게 토로함으로써 서로 위로가 되었던 것이었다.

인길댁 내외와 광암댁이 마루에서 하는 얘기 소리를 듣고 식구들이 하나둘 모여들었다. 순녀와 나란히 서 있던 맹실이 인길양반에게 묻는다.

"아부지! 밭에 가셨담서 서숙은 잘 되았습디여?"

인길양반은 뻔한 사실을 새삼 설명하기가 성가신 듯 입맛을 다시더니

"논바닥에 모 마냥 타던 안 했어도 근다고(그런다고) 실겁게 잘돼도 안 했드라. 논이나 밭이나 비가 와야 쓸 텐디…"

하고 대답했다.

끝을 흐리는 아버지의 말에 안쓰러움을 느꼈던지 순녀가 제안을 한다.

"그러면 당아(아직) 방죽에는 물이 짜박짜박 남아 있응께 그 물을 여다 밭에다 뿌려주면 어쩌께라우?"

먼 곳을 바라보던 인길 양반이 이 말을 듣고 화들짝 얼굴에 미소 가득한 모습으로 순녀를 바라보며

"니 말이 맞다. 진인사대천명(盡人事待天命)이라 했응께 지금 우리가 할 수 있는 것이 그것이고 가실에 결실은 하늘의 뜻이다. 순녀 말대로 우리가 힘은 들더라도 식구들이 다 나서서 물이라도 져 날라다 뿌려봐사 쓰겄다."

이렇게 하여 밭에 물을 주기 위해 온 가족이 다 동원되었다.

물동이를 이고 물지게를 지고 저수지 물은 다 마르고 바닥이 낮아 깊은 곳에 종아리 깊이로 고여있을 뿐이었다.

여인네들은 물동이에 물을 퍼 담아 머리에 이고 인길양반은 지게를 지고 하

여 신원목 뒤 고개를 넘고 외곬 논길을 따라가 순녀네 밭에 이른다.

　인길댁은 만삭의 몸이라 임질은 할 수 없고 이고 온 물을 받아 조 밭에 물을 뿌린다.

　이렇게 급수 작업은 해 질 녘이 다 돼서야 끝이 났다.

　이날 이후 도덕지 사람들은 물론이거니와 신원목, 용호동, 회산 사람들이 앞을 다퉈 저수지의 물을 퍼다 밭에 뿌리는 바람에 저수지는 곧 바닥을 드러내고 말았던 것이었다.

　8월이 돼도 비는 오지 않고 염천 아래 논바닥은 거북등처럼 갈라져 버리고 타버린 모들 사이로 듬성듬성 이름 모를 잡초들만이 자랄 뿐이다.

　이로써 이른 봄 못자리 일부터 초여름 모내기에 이르기까지 공들였던 영화농장 사람들의 수고는 모두 허사가 되고 만 것이었다.

　8월 19일 이른 새벽, 인길 양반이 큰방을 나와 다급하게 마루를 건너 작은방으로 가더니 방문을 두드린다.

　이내 잠이 덜 깬 맹심이 부스스한 얼굴로 눈을 비비며 문을 열고 나온다.

　"맹심아! 느그 어메가 산통이 심헌갑다. 언능 느그 올케언니를 깨워라!"

　"야~아! 알었어라우."

　맹심이 자다 말고 일어나 놀란 토끼마냥 허겁지겁 경주댁의 방으로 가 경주댁에게 큰방의 사실을 알린 후 곧바로 큰방으로 들어갔고 이어서 경주댁도 통통통 바닥을 차는 다급한 걸음으로 마루를 건너 큰방으로 들어갔다.

　딸과 자부가 큰방으로 들어가자 인길양반은 마루 끄트머리에 걸터앉아 궐련을 말면서도 생각은 온통 큰방 쪽에 있는 듯 힐끗힐끗 큰방 쪽을 바라본다.

　밖이 소란스러움을 알아차린 순녀가 마루로 나와 인길양반에게 무슨 일인지 묻자 인길 양반은 말없이 손짓으로 큰방을 가리켰다. 순녀가 누구이던가.

　과연 눈치가 빠른 순녀는 큰방으로 들어가 잠이 덜 깬 말례와 태곤을 끌다시피 밖으로 데리고 나왔다.

태곤은 지 누나인 순녀를 탓하여 짜증을 부리며 인길양반 옆으로 가 마루에 걸터앉았고 순녀는 달례를 데리고 부엌으로 갔다.

"언니가 솥에다 물을 부어 주께 너는 부삭(아궁이)에다 불을 때라! 비땅(부지깽이)으로 또작(뒤적)임서 때면 잘 타! 뜨건 물이 있어야 우리 동생 나오면 씻어 주제."

"알었어. 언니!"

순녀는 말례에게 아궁이에 불을 지피게 하고 방으로 들어간다.

아직도 마루 끄트머리의 인길양반은 궐련을 태우며 초조한 듯 큰방 쪽을 힐끗힐끗 쳐다본다.

기다림의 시간이 얼마나 흘렀을까.

"응애! 응애!"

이윽고 큰방에서 아기의 우렁찬 울음소리가 들려왔다.

새생명의 신호인 것이다,

아이는 인길댁의 육신을 얻고 인길양반의 부름을 받아 저 세상어서 이 세상으로 온 것이다.

아기의 울음소리에 인길양반은 벌떡 일어나 큰 방문을 쳐다보는데 마침 문이 열리고 순녀가 화들짝 웃는 모습으로 마루로 나와서는 방안의 소식을 알린다.

"아부지! 꼬치(고추)여라우. 꼬치 달린 동생이 나왔어라우."

"오냐. 어메는 괜찮혀냐? 허! 허! 허!"

"야~아! 어메도 괜찮허제라우."

인길양반은 화색이 만면하여 얼굴 가득 즐거움이 넘치는 모습을 하고 있었으며 순녀는 따신 물이 담긴 대야를 들고 방으로 들어갔다.

이윽고 방안에서의 산후 정리가 다 끝나자 인길 양반이 방으로 들어섰다.

아기는 아직 물기도 마르지 않은 채 하얀 무명 요 위에 뉘어져서 가냘프게 숨을 쉬고 있었다. 아기의 옆에 누워 있는 인길댁은 산고의 흔적으로 머리는 헝클어지고 얼굴은 창백했다.

한 사람이 또 하나의 사람을 잉태하는 고통, 산고의 고통을 어찌 말로 다 표현할 수 있으랴! 인길양반은 핏기없는 인길댁의 손을 잡으며

"고생했오."

하고 말했으며 눈을 감고 있던 인길댁은 겨우 눈을 뜨고는 고개를 끄덕일 뿐이었다. 인길 양반이 적삼 주머니를 뒤적이며 순녀를 부른다.

"순녀야! 이 돈을 갖고 돈도리에 가서 미역을 좀 사 오니라!"

순녀는 대답할 겨를도 없이 지전을 손에 쥐고 들 건너 돈도리로 향했다. 모가 벌겋게 타버린 들판을 건너고 절강(切江)을 지나 한달음으로 돈도리 포구에 이르렀으며 도덕지에서 돈도리까지는 약 1.5 킬로미터에 이르는 거리이다.

물대는 밀물이 끝나가는 만조 시간이라 유속이 없어져 잔잔해진 물은 포구 가득 차 있었으며 간밤 고기잡이를 나갔다 돌아온 배들이 서너 척 말뚝에 매어져 물결 따라 흔들거리고 있었다.

해물전은 포구의 강물과 불과 50여 보 떨어진 곳에 있었으며 예사 집과 다를 바 없이 허름한 초가집의 추녀 끝에 전빵(店房)이라고 쓰인 판자때기가 걸려있어서 비로소 그곳이 해물 가게임을 알 수 있을 만치이다.

순녀가 점빵 앞에 이르자 흰 저고리에 검은 무명치마를 입은 중년의 여인이 문 앞을 쓸다 말고 순녀에게 다가서며 묻는다.

"어디서 온 처녀여? 뭣 사실라고?"

해물 가게는 진열대나 전시판이 따로 없이 보통의 마루에 건어물이 쭈욱 널려있다.

"야아~, 도덕지서 왔는디 미역 좀 사 갈라고라우."

"오메! 어짜까이. 요새는 찾는 사람도 많덜 않체만 우리 배가 고장 나 진도에 갔다 온 지가 오래 되야서 미역이 없는디 어짜까이? 오늘 아직(아침)에 누구 생일이간디?"

순녀는 곁네의 말을 확인하고자 어판을 쭈욱 훑어보았다. 마룻바닥에는 마른 홍어와 멸치, 전어 등의 마른 생선과 따리 지어진 감태가 먼지와 섞여 있을 뿐, 미역은 없었다.

사 오라는 미역은 없고 먼지를 뒤집어쓴 홍어나 감태 따위만 있으니 어찌해야 될지…. 순녀는 당혹스러운 생각에 여쥔네의 물음에는 아랑곳없이 해산물 가게를 나와 걸음을 재촉하여 일로 읍내로 향했다.

5일 장이던 미역쯤이야 얼마든지 살 수 있으련만 이날은 장 서는 날이 아니어서 미역 대신 푸줏간에서 소고기를 살 생각에서였다. 소고기는 비싸고 귀해서 아무나, 아무 때나 먹을 수 있는 것이 아니다.

예사 농가의 사람들이라면 평생에 몇 차례밖에 먹을 수가 없으며 어쩌면 평생을 두고 먹어보지 못한 사람도 있을 것이다. 그만큼 귀한 것이다.

그러나 아이를 잉태한 어머니, 한 몸을 갈라 두 몸이 된 어머니는 무엇이라도 영양진 음식을 먹어야 비로소 덜어진 몸을 채울 수 있지 않겠는가 하는 것이 순녀의 생각이었던 것이므로 냉큼 소고기를 사야겠다는 생각을 하게 됐던 것이었다.

한 편, 인길양반은 순녀에게 심부름을 보내놓고 마루에 앉아 새끼를 꼬고 있고 이웃집 쾅암양반이 마실을 와 말동무가 되었다.

"아들을 낳으셨닥 허던디 금줄 치실라고 새내끼(새끼) 꽈시는갑네요. 축하드리요!"

"고맙네. 근디 외약손(왼손) 새내끼라 잘 못 꽈겄네. 식사는 허고 오셨는가?"

"아먼(암)이요. 벌써 먹었제라우."

꼬는 새끼줄이 서너 발가량에 이르자 인길 양반은 꼬인 새끼줄의 틈을 벌려 한 뼘 간격으로 까만 숯과 빨간 고추와 하얀 무경천을 차례로 반복하여 끼운다.

이렇게 금줄을 다 만들어 대문의 기둥에 달고 있을 때였다. 미역을 사러 갔던 순녀가 새끼줄에 묶인 소고기를 치렁치렁 들고 집 앞 다리를 건너 마당으로 들어섰다.

인길양반이 순녀에게 묻는다.

"어째 이리 늦었냐?"

"야~ 아부지! 돈도리에 갔다만 미역이 없어서 일로 읍내로 가서 미역 대신 소고기를 사 오니라고 인자사 왔어라우."

순녀가 심부름 내력을 이야기하자 인길양반은 순녀의 임기응변에 크게 만족해하며

"사 오라는 미역이 없으먼 딴 애기들 같으먼 그냥 올 텐디 우리 순녀는 소고기로라도 대체하는 융통성을 가졌구나! 그래, 그것을 임기응변이락 허고 사람은 그때그때 그렇게 상황에 적응헐 줄 알아야 쓴다. 잘했다."

하고 순녀를 칭찬하는 것이었다. 순녀는 바쁜 걸음으로 그것도 식전 공복에 영화 농장을 한 바퀴 돌아왔기에 허기지고 파곤죽이 되었을 텐데도 아버지의 칭찬 한마디에 도리어 힘은 솟고 마음은 즐겁기 이를 데 없는 것이었다.

이윽고 술참에 가까운 아침상이 큰방으로 들여졌다. 갓난아이는 아랫목 요 위에서 깊은 잠에 빠져있었으며 상을 들이는 모습을 보고 인길댁은 일어나 앉으며 헝클어진 머리와 옷매무새를 고쳤다.

갓난아이가 태어남으로써 순녀네 식구는 아홉이 되고 식구가 다 앉으니 밥상 둘레로 빼곡하다.

"자! 고깃국에 한 술 드시고 기운 차리시게!"

인길양반이 권하자 인길댁은 국물을 후루룩 한 모금 맛보더니 입맛이 돌아온 것인지 연신 잘 먹었으며 이 모습을 지켜보던 점돌이 빈 숟갈을 들고 입맛을 다시자 인길댁은 먹던 고깃국 그릇을 점돌 앞에 놓아주는 것이었다.

요람에 뉘어진 아이는 여전히 잠들고 있었으며 인길양반은 신기한 듯 아이를 들여다보다 문득 생각난 것인지 아니면 이미 생각해 놨던 것인지

"대전 어미! 울 애기 이름을 경배라 허야 쓰겄오. 겨엉~배, 경배. 이름이 어쩌요?"

하고 고개를 돌려 인길댁을 바라본다. 인길댁은 미소지으며 고개를 끄덕였다. 이렇게 경배는 더위가 성성하던 어느 여름날에 이 세상으로 왔던 것이었다.

제3부

이국에서 온 편지

●●● 하늘은 무심하게도 8월이 가고 구월이 되도 비는 내려주지 않고 날마다 무정하리만큼 어김없이 내리는 불볕, 햇살 아래 도덕지 저수지와 그 수원인 파군다리 저수지는 말라만 갔다.

뜨거운 열풍에 푸석해진 대지는 먼지만 자욱할 뿐 살아있는 모든 생물은 시들시들 고개를 떨구고 있다. 이 지경에 이르자 가뭄에 해볼 수 있는 것이란 것은 다 해본 사람들이 또 해볼 수 있는 것, 산에 올라 불을 피우는 것, 이른바 기우제가 그것이다.

그야말로 비가 오기를 기다리는 농민들의 애절한 마음인 것이며 이렇게 기우제를 지내는 것으로 실낱같은 희망을 가지려 애를 쓰는 것이었다.

사람들이 영화 농장의 언저리인 인의산 봉우리에 올라 장작과 덤블을 모아 놓고 불을 지핀다.

"이렇게 지독허게도 가문 것은 나라님이 죄가 많은 것이여."

"맞어. 그렇께 이렇게 비가 안 오제 어쩐다고 안 오겄어. 냉갈(연기)을 많이 피어 불어! 그래야 하눌님이 알고 비를 내려 주시제."

기우제, 예부터 가뭄이 극심하여 기근으로 백성들의 생활이 참담하 지면 군

주는 궁여지책으로 산에 올라 기우제를 지내게 했다. 이것은 실현 불가한 토테미즘에 근거한 것일 뿐, 우연이라면 모를까 실현 가능성은 거의 없을 것이다.

기상학적 측면에서 본다면 다음과 같은 이치로 그 가능성이 전혀 불가한 것은 아닐 것이다. 산봉우리에서 불을 피우면 상승기류가 형성될 것이다.

불의 범위가 크면 클수록 상승기류도 크고 강해질 것이며 따라서 국소적이지만 주변에 저기압이 형성될 것이다. 그렇게 되면 외부의 수증기를 머금은 공기가 유입될 것이고 그 수증기를 내포한 공기가 상승기류를 따라 상승하여 기온이 낮은 상층부에 이르면 냉각이 될 것이고 냉각된 수증기의 알갱이는 서로 응축이 되어 그 무게로 비가 되어 내릴 수도 있다는 것이 그 가능성인 것이다.

그러나 이것도 가능성이 희박한 것은 불을 피워서 외부의 공기를 빨아들일 만큼의 열에너지에 못 미친다는 것이 그것이다. 따라서 기우제를 지내 비가 오기를 바라는 것은 오직 비가 오기를 기대하는 농민들의 마음일 뿐인 것이다.

영화 농장 사람들이 간절한 마음으로 기우제는 지냈지만 9월이 다 가도록 하느님은 이들의 청을 들어주지 않았다. 이렇게 하여 밭작물을 제외한 논농사는 결국 다 망하게 되었다.

농사가 잘되어도 먹거리가 넉넉지 않은데 더구나 온 들판이 다 말라버렸으니 어질고 어진 영화 농장 사람들은 앞으로 다가올 겨울 동안 무엇을 먹고살아야 할지 막연하기만 할 뿐이었다.

이러한 지경에 이르자 도덕지, 신원목, 월곡 사람들은 하나둘 마을을 떠나 외지로 이사를 하든가 아니면 젊고 힘이 있는 청년들은 마른 들판과 정든 고향을 등지고 만주행 열차를 타게 되었던 것이었다.

이런 가운데에 세월은 흘러 명세기 추석 명절이 되었지만 곡광이 궁하니 명절은 흘려보내듯이 지나갔다.

1943년 9월 15일, 추석 명절이 지난 그 이튿날이다. 경주댁과 순녀와 맹심은 마당 가운데 쌓인 조 이삭을 조금씩 덜어가며 도리깨질을 하고 있다.

가뭄으로 들판이 황량해졌으니 밭에 경작한 조의 작황이 좋지는 않지만 한 모가지라도 허실 할 새라 조의 이삭을 베어다 마당에 쌓아두고 도리깨질을 하고 있는 것이다.

도리깨를 돌리면 휙 바람 가르는 소리가 나고 땅에 깔린 조에 맞으면 퍽 소리에 먼지가 날린다.

세 사람은 끊임없이 이마의 땀을 닦아가며 도리깨질이 한창일 때 이웃에 사는 금동굴댁이 마당으로 들어서자 세 사람은 누가 먼저랄 것 없이 도리깨를 내려놓고 바닥에 앉는다. 쉴 요량이다. 금동굴댁이 마루에 걸터앉으며

"날도 더운디 쫌 수었다들 허이쑈!"

하고 권하자 경주댁이 옆으로 다가가 앉으며 묻는다.

"성님! 금동굴 아제가 만주 간닥 허던디 참말이라우?"

금동굴댁은 경주댁의 10촌 손위 동서이다. 그런 사이의 시아주버니가 만주로 간다는 말을 듣고는 사실 여부를 알고 싶은 것이었다.

"글씨 여비만 마련허면 시방 당장이라도 갈란다고 저 난리여."

"딸이사 여웠응께 그러제만 종필이, 우길이 애기들 먹여 살릴라면 뭣이라도 해사제라으."

"그렁께 말이세. 들판이 다 말라 불고 묵고 살 것이 없응께 이사를 하든가 뭣이라도 허기는 해사 쓸 텐께 말기든(말리든) 못 허것는디…"

금동굴댁은 만주로 가겠다는 남편의 뜻에 동조도 말리지도 못하겠다는 듯 말꼬리를 흐렸다. 과부 속 과부가 안다고 했다. 남편이 일본 외유를 간 지 4년 남짓을 생과부로 살고 있는 경주댁으로서는 어떤 확정적인 대답도 할 수 없는 입장이다.

두 사람의 이야기 중에 부엌문이 열리고 인길댁이 내다보자 이야기는 끝이 났다. 금동굴댁이 인길댁에게 인사를 한다.

"당숙모! 안녕해겠소? 정제(부엌)에 지겠었던갑소이?(계셨던가 보네요?)"

"어이. 질부 왔는가? 정심 묵세! 맹심아! 점심 묵고 허자! 부삭(부엌)으로 와서 상 내 가그라!"

맹심이 부엌으로 가서 상을 마루로 가져왔다. 밥상이 나오자 금동굴댁은 자신의 집으로 돌아갈 요량으로 자리에서 일어나자 인길댁이 한사코 같이 먹자며 눌러 앉힌다.

추석 명절, 더도 말고 덜도 말고 한가위만 같아라! 연중 풍요의 극치를 이루는 날이 중추 명절이요. 이날은 햅쌀로 시루를 앉히고 논 어귀에 몇 줄 심은 차나락을 베어다 인절미를 만들고 햇과일에 고기반찬으로 조상님 제사상을 차리니 이 어찌 산해진미가 아닐쏜가.

오곡백과가 풍요롭고 인심 또한 넉넉해지는 시기가 이 시기이며 그래서 더도 덜도 말고 이 시기만 같아라 하는 것이다. 예년 같으면 중추 명절을 지내고도 며칠간은 추석 음식으로 배불리 먹을 수 있을 텐데 이 해는 달랐다.

제사 음식으로 마련하는 시루떡은 겨우 시루의 밑구멍을 때울 정도의 시늉만 내고 막걸리 한 사발 부어놓고 제사를 지냈던 터라 중추절 이튿날에 추석 음식이 남아있을 리 없다.

추석 끝의 상차림치고는 너무도 볼품이 없고 정도가 심하여 궁상스러울 만큼이다. 콩나물, 마른 가지나물에 밥은 무를 채로 썰어 보리쌀과 섞어 삶은 밥이다.

주곡인 보리쌀이 모자라니 궁여지책으로 무를 넣어 밥의 양을 부풀린 것이며 이 묘책은 짜내고 짜낸 인길댁의 궁여지책이었던 것이었다. 그래도 궁색한 반찬이지만 그나마 다행인 것은 늘 밥상에 약방의 감초처럼 등장하는 삭힐 대로 삭힌 시커멓고 삼삼하며 골골한 게장이 있어 그나마 다행이라고 할 수 있을 것이다.

이렇게 차려진 상 주위로 식구들이 빙 둘러앉았다. 아이나 어른이나 차려진 반찬이 궁색하니 투정을 부릴 법도 한데 그렇지 않아도 모자라는 밥그릇을 앞에 놓고 투정을 부릴 만큼의 뱃보를 가질 사람은 아무도 없었다.

도리깨질로 허기진 경주댁과 순녀 그리고 맹심은 말할 것도 없으려니와 네 살 점돌과 식객인 금동굴댁에 이르기까지 누구라도 똑같이 밥 한 그릇 비우는 것은 삽시간이었다.

점심이 끝나고 밥상을 낼 즈음, 아침에 일로 면사무소에 나갔던 인길양반이 마당으로 들어섰다. 여전히 인길양반은 하얀 두루마기에 중절모를 쓴 모습이다.

"맹심아! 언능 부삭에 가서 아부지 진지 가져오니라!"

인길댁의 말에 부엌으로 가려는 맹심을 인길양반이 손을 들어 갈리며

"아니다. 내비 둬라! 나는 쩌그 농장 오다 소나다상네 집에서 묵고 왔다. 농장 앞을 지나오다가 만났는디 자기 집으로 가 점심을 묵고 가라고 어찌게나 손을 잡어 끄는 바람에 거그서 묵고 왔다."

이렇게 말하자 점심상은 치워졌다. 얼마 전 영화 농장의 공출미 담당자인 일본인 소나다상이 인길양반을 찾아와 어깨통증을 호소하자 인길양반이 서너 차례의 침술치료로 그를 치료해준 적이 있다.

그 치료로 어깨통증은 깨끗이 완치되었고 이후 소나다상은 인길양반에게 호의적인 감정을 갖게 되었던 것이며 간혹 순녀를 찾아와 인길 양반과 바둑을 두기도 하고 서툰 조선말로 시국담을 나누기도 했던 것이었다.

이렇게 인연이 맺어진 관계로 인길양반은 소나다상에게 점심 접대를 받고 온 것이다. 점심 식사가 끝나자 다시 도리깨질은 이어졌으며 점심 객이 되었던 금동굴댁도 도리깨질을 거들었다.

도리깨질이 한창인 저녁나절, 배낭을 어깨에 짊어진 우편 배달부가 하얀 봉투를 들고 순녀네 마당으로 들어섰다.

"편지 왔소. 가만있자. 일본에서 왔는갑는디요(왔는가 본데조)?"

배달부의 말에 순녀가 도리깨를 내던지고 배달부에게 달려가며 소리 지른다.

"우리 오빠한테 왔는갑네. 인네 조보이쑈(이리 줘보세요)!"

과연 순녀의 오빠인 대전이 일본에서 보내온 편지였다.

"아부지! 성님! 일본 간 오빠한테서 편지가 왔어라우, 편지가…"

순녀의 호들갑에 방에 있던 인길양반이 뛰어나오고 온 식구가 순녀 앞으로 다 모여들었다. 편지를 건네받은 인길양반이 겉봉투를 개봉하며

"순녀야! 방에서 돋보기 좀 가져 오니라!"

이러자 순녀가 부리나케 안경을 가져왔다. 인길양반이 나지막한 소리로 천천히 편지를 읽었다.

'아버님, 어머님 전상서. 제가 집을 떠나온 지도 어언 4년여의 세월이 흘렀습니다. 그동안 어머님, 아버님 옥체 만강하옵시며 아프신 데는 없으신지요? 그리고 점돌 에미와 동생들 맹심이, 순녀, 말례, 태곤이도 몸 건강히 잘 있을런지요? 점돌이는 이제 뛰어다닐 것 같습니다. 그리고 맹심이 동짓달에 시집을 보내신다고 하시는데 아버지 어머님 고생을 덜어드리지 못하는 이 불효자는 송구스럽기 짝이 없습니다. 맹심이 시집가고 또 이어서 순녀도 시집을 보내야 할 텐데 아마도 그때쯤이면 귀국할 것으로 생각합니다. 그 즈음에는 아버님, 어머님 모시고 꼭 효도해 드릴 것을 지면으로나마 약속드립니다.

저는 동경의 운수회사에서 일을 하다가 이번에 대동아전쟁이 한창인 까닭으로 회사의 사정이 급속도로 안 좋아져서 회사를 그만두고 귀국을 하려 하였습니다만 일로는 지금 가뭄이 극심하다고 광암 사는 친구 임종연에게서 기별이 왔습니다. 그래서 귀국을 포기하고 오는 동짓달에 만주로 가려고 합니다. 봉천 쪽에 일로 사람들이 몇 명 있다고 전해 들어서 그쪽으로 갈까 하는데 가서 자리 잡히면 그때 또 연락드리겠습니다. 불효자 귀국하여 아버님, 어머님께 효도할 수 있는 날을 손꼽아 기다리며 이만 필을 놓겠습니다. 늘 건강하십시요! 1943년 8월 21일 토요일 밤 불효자 대전 올림.'

편지를 다 읽는 동안 쥐 죽은 듯 조용한 가운데에도 훌쩍거리는 사람이 있

었다. 경주댁이 눈물 바람을 한 것이다. 순녀는 훌쩍이는 경주댁 곁으로 다가가 손을 꼬옥 잡는다. 경주댁은 순녀가 잡은 손을 그대로 두었다.

순녀는 경주댁이 시집을 와 지금까지 한 식구로 살아오며 알게 모르게 한 가족으로서 깊은 정이 든 까닭에 눈물 바람을 하는 올케언니가 안쓰럽게 여겨졌던 것이다.

경주댁이 눈물짓는 까닭은 남편 없이 살아온 지금까지 4년의 세월도 긴데 돌아온다는 기약도 없이, 그나마도 만주로 간다고 하니 앞으로 살아가야 할 회한의 세월들을 생각하며 경주댁은 눈물을 짓고 있는 것이었다.

인길양반은 편지를 접어들고 마루에 걸터앉아 궐련에 불을 붙였다. 경주댁이 시아버지 앞으로 다가가

"아버님!"

하고 부른 뒤 뜸을 들였다.

"응! 그래. 무슨 말인지 기탄없이 말해 보거라!"

인길양반은 며느리가 자신을 부른 까닭을 어렴풋이 짐작은 하지만 무슨 말을 어떻게 할 것인지, 어떤 생각을 하고 있는지 들어보고 싶은 것이었다. 경주댁은 긴 뜸을 들인 끝에 입을 뗀다.

"아버님! 점돌 애비에게 언능 돌아오라고 기별해 주이쑈! 단주로 가지 말고 여그로 오라고라우. 제가 시집온 지 4년어 그 사람과 같이 산 날은 불과 서너 달인디 대체 이 것이 시집을 온 것인지 식모살이를 온 것인지 알 수가 없당께라우."

경주댁은 이렇게 시아버지에게 강요하듯 말하는 것이었으며 눈망울은 젖어 있었다. 얼핏 경주댁의 주장은 지극히 타당한 것이다. 시집살이 4년의 독수공방은 누가 봐도 불편한 세월임에 틀림이 없다.

며느리의 말을 들은 인길양반은 머릿속이 복잡한 듯 잠시 머뭇거리다 입을 연다.

"니 말을 일부 이해는 허겄다. 근디 너도 알다시피 저렇게 마른 들판을 보고 뭣을 먹고살자고 오라고 허겄냐? 그리고 점돌 애비는 지 나름 꿈을 갖고 일본으로 간 것이다. 아직 창창헌 젊은 나이에 이런 벽촌에 묻혀 있으락 허기에는 그 인물이 너무 아깝다."

인길양반은 기실 말은 이렇게 해도 대전이 일본 외유를 하는 까닭이 며느리에게 있다는 것을 알지만 그 사실을 말을 하여 본질적인 문제가 해결되지 않을 뿐만 아니라 긁어 부스럼을 만드는 격이 될 것이 뻔하기에 언급하지 않을 뿐인 것이었다. 인길양반의 말을 듣고 있던 경주댁은 겁박하듯

"그래도 나는 이로코(이렇게)는 못 살아라우. 점돌이 덱꼬(데리고) 끝배(극배)로 가 불 텡께 그라게 아이쑈!"

이렇게 말하며 하얀 옷고름으로 눈물을 닦는 것이다. 인길양반이 도리깨를 들고 마당에 서 있는 금동굴댁을 불렀다.

"질부! 금동굴 조카가 만주에 간닥 허던디 어찌게 됐는가? 말 좀 해보소!"

"큼메, 아까도 아님(손아래 동서)허고 말했어라우. 여비만 되면 갈란다고 그러요."

인길양반은 경주댁을 바라보며 보란 듯이

"자~아! 가뭄에 묵을 것이 없응께 저렇고들 도덕지를 뜨는(떠나는) 사람이 부지기순디, 도덕지뿐이냐! 시름묵 영기네 아부지로 해서 몇 사람이 더 뜬닥 허드라. 근디 애미 너는 어쩌자고 그러냐?"

경주댁은 아무런 대꾸도 않은 채 점돌이의 손을 잡고 자기 방으로 들어간 후 문을 쾅 하고 닫아버리는 것이다. 인길양반은 그 모습을 일그러진 얼굴이 되어 묵묵히 바라볼 뿐 말이 없었다.

그리고 맹심과 순녀, 금동굴댁은 힘없는 모습으로 도리깨질을 다시 하기 시작했던 것이었다.

제4부

정(情)

● ● ● 해거름이 되어 도리깨질이 끝나고 알곡의 조를 가마니에 담으니 석 섬에 이르렀다. 이날 밤, 낮의 도리깨질 노동으로 맹심과 순녀는 피곤했던 것인지 일찍이 자리에 누워 잠을 청하고 있었다. 아직 잠들지 않은 순녀가 묻는다.

"언니! 잠들었어?"

"아직…. 어째 안 자고 그냐?"

"낮에 오빠- 편지 받고 성님이 눈물바람 헌 것을 본께 맘이 짠해서 그래."

"오빠가 보고 잡은 것은 우덜도 똑같은디 근다고(그런다고) 아부지 말씀 끝에 자기 방으로 문을 쾅 닫고 들어가 불면 쓰것냐?"

"그러기는 헌디…. 그래도 저녁밥도 안 묵고 저러고 계신께 맘이 겁나게 짠허네."

순녀는 자리에서 일어나며

"언니! 나 시방 성님 방에 갔다 오께."

하고 맹심에게 말하자 맹심이 그만 자라고 만류했지만 순녀는 아랑곳하지 않고 마루를 건너 경주댁의 방문 앞에 이르렀다. 음력 팔 월 열엿새라 휘영청

달이 밝아 추녀의 그림자가 토방에 길게 늘어졌다.

순녀가 방문을 두들긴다. 방안의 불빛이 창에 훤하게 비쳐 호롱불이 켜져 있음에도 방안에서는 반응이 없었다. 다시 또 문을 두드려도 반응이 없자

"성님! 나 순녀여라우. 문 좀 열어주이쑈!"

하고 부르자 그제서야 문이 열렸다. 경주댁은 낮에 눈물 바람을 했던 까닭인지 눈두덩이 둥실하니 부풀어 있었으며 상지 앞에 앉아 점돌의 바지를 꿰매는 중이었다. 점돌은 아랫목에서 잠이 들고 있었다.

"애기씨! 안 자고 뭔 일로 왔소?"

"성님이 낮에 우시는 것을 본께 잠이 오덜 안 해서 왔어라우. 저녁밥도 안 잡수고…."

"오빠가 만주로 간닥 헌디…. 집이(순녀를 일컬음) 오빠는 집 걱정도 않는개비요. 일본서 못 있을 테먼 여그로 와사제 멋 헌다고 만주로 가껏이요?!"

"성님! 오빠라고 어째서 집이 안 오고 잡겄소. 그만헌 입장이 안 된께 그럴테제라우. 성님 우덜이랑(우리랑) 쪼깐 참고 살먼 오빠가 오실테제라우. 성님이 울면 우덜도 눈물 난께 심드시더라도 참고 우덜이랑 재미지게 삽시다!"

"애기씨는 어린께 잘 몰르것제만 내가 시집온지가 다섯 해가 다 돼가는디 집이 오빠랑 살대고 살기는 포도시(겨우) 너덧 달이요. 긍께 나는 식모살이를 왓제 시집을 온 것이 아니요!?"

"성님! 오빠가 성공허시먼 멋지게 허고 금의환향 허실 텐디 그러면 오빠랑 성님이랑 점돌이랑 우리 식구들 얼마나 재미지것소?"

"……."

경주댁은 말이 없었다. 정이란 양지 녘에서 스멀스멀 피어나는 아지랑이처럼 마음의 심연에서 끓어오르는 따뜻한 피이다. 따신 피 없이 어찌 정을 운운할 수 있겠는가.

기쁠 때 같이 기뻐하고 슬플 때 슬픔을 나눌 줄 아는 그것이 따신 피인 것이

며 정인 것이다. 경주댁이 시집을 와, 사 년 남짓의 세월을 함께 살아오며 경주댁에게 순녀는 싫은 정, 고운 정, 온갖 정들이 몸에 배어 이제는 곰삭은 정으로 녹아나는 것이었으며 이것은 인간애가 넘쳐나는 순녀의 따스한 마음이었던 것이다.

그럼에도 경주댁은 친정집으로 돌아간다고 으름장을 놓으며 저처럼 토라져서 당장이라도 사달을 낼 모양이니 이것은 그동안 가족으로서 맺어 온 깊은 정을 잊었음일까…

이렇게 하여 경주댁은 식음을 전폐하고 문을 안으로 걸어 잠근 지 사흘이 지났다. 인길댁이 문을 두드린다.

'텅 텅 텅!'

"에미야! 문 열어라! 너도 너제만 점돌이 굶어 죽겄다."

인길댁은 여러 차례에 걸쳐 얼레 보기도 하고 호통도 쳐 봤지만 방 안의 경주댁은 돌부처와 같았다. 포기한 인길댁이 큰방으로 들어서자 인길 양반이 묻는다.

"거 삼 일씩이나 암 것도 안 묵고 죽어분 것 아니여?"

"아니여라우. 뽀시락 뽀시락 소리가 안에서 나요."

"그렇닥 허던 죽던 안 했는디. 그나저나 저렇게 문을 꽉 닫고 통을 파니 저놈의 것을 어째야 쓰끄나?"

"냅둬 부이쏘! 지가 나올 테제 어쩔랍디여(어떻게 하겠나요)"

이날도 결국 경주댁은 걸어 잠근 문을 열지 않았다. 나흘째 되던 날 아침 식사를 하기 전이다. 마침 임자도에서 침을 맞으러 왔던 사람이 가져왔던 전어가 있어 그것을 인길양반은 인길댁에게 굽게 했다.

아궁이에서 전어가 노릇노릇하게 구워지자 구수한 냄새가 온 집안에 가득해졌다. 그리고 인길양반은 작심을 한 듯 며느리 방문 앞으로 갔다.

"점돌 에미야! 사나흘 통팠으먼 인자 그만 나오그라! 오늘도 안 나오먼 아예 보따리 싸서 끝배로 보낼텐께 그리 알아서 해라!"

경주댁은 아직 잠자리에 누운 채 생각에 잠겼다. 시아버지 말대로 보따리를 싸서 친정으로 쫓겨 가게 되면 소박을 맞고 돌아왔다는 손가락질을 어찌 받을 것이며 친정으로 돌아간다 치더라도 슬하에 자식까지 둔 여자가 잘되면 얼마나 잘되랴 싶은 생각이 든 것이다.

경주댁은 고개를 가로저으며 네 살배기 점돌의 이마를 쓰다듬었다. 그때 문틈으로 스며드는 고소한 냄새가 있었으니 그 냄새는 바로 집 나간 며느리도 불러들인다는 전어구이 냄새가 아닌가.

결국 전어구이의 구수한 냄새에 후각이 자극되고 경주댁은 굳게 걸었던 빗장을 뽑아 문을 슬그머니 열고 점돌을 밖으로 내보냈던 것이었다.

점돌은 며칠 보지 못했던 할머니에게 달려들어 치마폭을 파고들며 연신 허튼 발음으로 할머니를 외쳐댔으며 경주댁도 결국 방문을 열고 나왔던 것이니 이는 인길양반의 시의적절한 전어구이 작전이 잘 맞아떨어진 까닭이었던 것이었다.

◆ ◆ ◆

여름 벼농사가 망조가 들자 가을 추수기를 보내는 영화농장 사람들은 망연자실 빈 들판을 바라만 보고 있을 수는 없는 일이어서 젊은 남정네들은 일자리를 찾아 만주로 가든가 아니면 가뭄의 영향이 미치지 않는 경기도나 그 외 내륙 쪽으로 이주를 해 가는 사람들도 있었다.

이렇게 하여 동네에 남은 사람들은 그나마 밭떼기라도 있어서 그것으로 그럭저럭 먹고는 살 수 있는 사람들이거나 그도 아니면 죽고 사는 운명을 하늘의 뜻에 맡긴 사람들인 것이다.

늦가을이 되자 지난봄 순녀네가 논보리를 성공적으로 경작했던 것이 본보기가 되어 영화농장의 온 들판은 빈 논 한 자루 없이 보리를 갈았던 것이며 이

때부터 겨울에는 보리를 갈고 여름에는 벼농사를 짓는 이른바 이모작의 경작이 시작되었던 것이었다.

 이 해 순녀네는 세 배미의 논에 보리를 갈았고 보리 파종을 끝낸 초겨울에 맹심이 시집을 가게 된 것인데 맹심이 시집을 가게 된 배경은 이렇다.

 약 30여 년 전 순녀는 아직 태어나지도 않은 복룡촌에 살던 시기의 일이다. 인길양반의 본처는 영산강 건너 영암군의 인길이라는 곳에서 시집을 왔는데 그래서 댁호가 인길이다.

 인길댁은 시집을 와, 인길양반과 사이에 첫 딸을 낳았고 그 첫 딸의 이름은 순금이다. 순금이 두 살에 이른 어느 날 인길댁은 용호동 두 영산강으로 맛조개를 잡으러 갯일을 나갔다가 개에 빠져 죽고 말았다.

 그리하여 인길양반은 지금의 인길댁과 재혼을 하게 되었던 것이며 후처인 지금의 인길댁은 순녀의 형제자매들을 낳게 되었던 것이었다.

 순금은 성장하여 무안군 몽탄면 이산리 배뫼의 제법 뼈대가 있는 집안인 임씨 문중으로 시집을 가게 되었던 것이며 순금은 같은 집안의 총각을 여동생인 맹심에게 중신을 하였고 한해가 극심했던 이 해의 겨울에 맹심은 임 총각을 맞아 시집을 가게 되었던 것이었다.

제 5 부

학교

●●● 1944년 4월 어느 날 아침, 흰 적삼에 핫바지를 입은 아홉 살 태곤은 책보를 등에 메고 사립문 옆 배나무 아래서 울상이 되어 서 있다. 태곤의 나이 아홉 살이 된 이해 초에 백호동에 있는 일로남 국민학교에 입학을 하였다.

이 학교는 백호동 다을 뒤쪽에 있었으며 그 뒤로는 나무가 없어 뻘건 속살을 드러낸 공동산이 있었다. 입학생들 대부분은 태곤보다 서너 살씩은 더 먹어 만학을 하는 아이들로서 이곳이 워낙 오지의 농경지이기 때문어 학문이 농사일과 직접적인 관계가 없다는 학부모들의 인식이나 경제적인 형편이 어려웠던 점이 만학의 원인인 것이었다.

이렇게 하여 태곤은 상머슴처럼 덩치가 큰 아이들과 동기생이 되어 입학을 하게 되었던 것인데 이 날은 학교에 가야 할 시간임에도 사립문 옆서 울상을 짓고 서 있는 것이다. 이를 본 인길댁이 회초리를 들고 쫓아 나왔다.

"이 박살 맞을 놈이 늠(남) 애기들은 다 학교에 가는디 너는 어쩐다고 거룽에(문전에) 서서 떼장이냐?"

인길댁은 화가 몹시 나 회초리질을 해댈 요량으로 태곤에게 다가간다. 그러나 태곤은 꼼짝하지 않고 그대로 서 있다.

"어메! 우리 학교는 똥통 학교여. 그렇께 일로북 국민학교(이후 일로중앙 국민학교로 개칭함)로 보내 주랑께!"

"놈 애기들은 잘만 가는디, 옆집 윤제도 잘 가고 근디 너는 뭣이 어쩐다고 이렇코 통을 파! 언능 안 갈래?"

"그래도 나는 똥통 학교는 안가."

"씨벌 놈이 새끼! 이리 온나(오너라)!"

인길댁은 태곤의 어깨를 들어잡고 엉덩이와 등짝에 회초리질을 '퍽퍽' 해댄다. 이 모습을 보고 순녀가 달려와 회초리를 잡으며

"어메! 이러지 말어라우! 우리 동생 죽어불겄네."

이렇게 회초리를 낚아채며 인길댁과 태곤 사이에 끼어들었다. 회초리 몇 대에 죽기야 하랴만 순녀의 눈에는 그의 동생 태곤이 작은 타격에도 꺾여지고 말 어린 떡잎처럼 여겨졌던 모양이다.

"회초리 인내(이리) 줘! 이놈 새끼 학교에 안 가면 패 죽여 불랑께."

"어메! 내가 학교에 델다(데려다) 주 것인께 어무이는 들어가이쏘!"

그렇다. 때리는 사람이 있는가 하면 말리는 사람도 있어야 한다. 그래야 맞는 사람은 두 가지 감정 사이에서 스스로 성찰할 기회를 얻게 되는 것이다.

순녀는 인길댁의 등을 떠밀다시피 하여 집으로 들어가게 한 후 태곤을 데리고 학교로 갔다. 그러나 끝내 태곤은 백호동에 있던 일로남국민학교를 중퇴하고 말았던 것이다.

이후, 1946년 1월 16일 농장에 있던(당시 창고형 건물로 일제강점기 공출미 창고 3동과 부속 건물 2동) 일로남 국민학교를 광암리로 이전하여(이전 당시는 개인 사가를 빌려 교사로 사용함) 규모를 늘리고 교사를 신설하여 비로소 학교다운 학교로 면모를 갖추어 개교를 하게 되었던 것이며 1956년 7월 21일 광암국민학교로 개칭했다가 이듬해, 1957년 7월 21일 일로동국민학교로 다시 개칭하

게 되었던 것이다. 일로동 국민학교의 교가는 이즈음에 지어졌으며 교가의 가사는 이렇다.

무궁화 핀 삼천리어 역사 반만년 / 백두산 정기 받은 매봉산 아래 / 호남선의 철도를 앞에 안고서 / 경산강 푸른 물을 바라보는 곳 / 빛나는 배움터다 일로동교

서사적으로 표현한 지역의 특성과 학구열을 북돋아 주는 내용의 가사이다. 태곤은 열한 살이던 1946년도에 일로동국민학교 제4회 입학생으로 다시 입학을 하게 되었던 것이었다.

그럼 순녀의 학력 관계는 어떻게 되었던 것이었을까? 순녀는 상신기리 한학동마을에 있던(당시 일로북 국민학교의 분교 정도로서 공인 된 학교가 아니고 3학년까지 있었음) 학교에 아홉 살에 입학을 하였던 것이며 같은 입학생이라도 나이가 일정치를 않아 심한 경우는 장가를 든 학생도 있었다고 하니 웃지 못할 일이요 격변기의 한 일면이라고 해야 하지 않을까.

이 시기는 일제의 우리 민족혼 말살을 목적으로 우리 국민을 황국신민화한다는 명목하에 창씨가 명을 강요당하고 학교에서는 우리의 역사와 우리글인 언문을 배우지 못하게 하였다.

시대가 이러하였으니 순녀가 배웠던 국어는 일본 문자, 히라가나와 가타카나를 익히고 산수 역시 일본어로 암송했던 것이었다. 순녀는 같은 교실, 같은 책상 앞에 앉아 같은 선생님에게 배워도 다른 교우인 오빠, 언니들보다 이해가 늦고 더뎌 이것이 마음의 상처가 되어 3학년 2학기를 마지막으로 학업을 그만두게 되었던 것인데 이것이 순녀 학력의 전부이다.

하기는 여자가 공부를 하여 무엇하냐는 것이 당시 부모들의 정서였고, 그래서 여자아이는 학교에 입학을 시키지 않는 것이 대다수인 가운데에 문맹은 면했으니 그나마 다행 아닐까.

제**6**부

영산강

●●● 1944년 가을, 지난해에 이어 이해도 비 한 방울 내리지 않은 가뭄이 이어지자 이로 인한 한해가 극심했다. 저수지의 바닥이 쩍쩍 벌어지는 지경이 이르니 이해는 아예 못자리조차도 할 수 없었고 이렇게 되자 영화 농장 들판의 논에는 초롱 잎과 둑새풀, 갈대 따위의 잡초들만 자라고 있었으며 이 잡초들마저도 여름내 불어오는 열풍에 찌들어 앙상한 모습이 되어 있었던 것이었다.

이러한 가운데에도 그나마 다행인 것은 지난겨울, 논과 밭에서 수확한 보리가 있었기에 넉넉하지는 않지만, 아사만큼은 면할 수 있었던 것이었으며 그래도 모자라는 곡식을 보충하기 위해 논두렁과 밭둑에서 쑥과 이외 나물들을 뜯어다 쑥밥을 짓고 무밥을 지어 먹기도 했다.

어떤 이는 만주나 이외 지역으로 돈벌이를 위해 떠나는가 하면 고향에 남은 사람들은 그들 나름대로 배를 짠다든가 갯일을 하는 등 생존을 위해서라면 인간으로서 할 수 있는 그 어떤 일이라도 감내해 내고 있었으니 이는 거 나긴 가뭄을 극복하려는 영화농장 사람들의 애절한 절규와도 같은 것이었다.

아침 이른 시간, 바구니를 옆구리에 낀 순녀는 부엌을 나와 집 귀퉁이 기둥

뒤에 서서 얼굴을 빼꼼히 내밀고 마당의 동태를 훔쳐보고 있었다.

큰방 문이 닫혀 있고 마당에 아무도 없는 것을 확인한 순녀는 도둑걸음으로 마당을 건너 집을 나왔다. 순녀는 영산강으로 맛을 잡으러 가는 길인데 그녀의 아버지, 인길 양반이 알면 큰일인 것이다.

자라 보고 놀란 가슴 솥뚜껑 보고 놀란다니 인길 양반에게 있어서 영산강은 자라와도 같다. 예전 복룡촌에 살던 시기, 인길양반의 본처가 영산강으로 갯일을 갔다 변을 당했으니 인길 양반에게 있어서 영산강은 자라와 같이 여겨졌던 것이며 식구 중 누구라도 갯바닥의 '갯' 자도 입에 올리지 못하게 했던 것이었다.

이러한 까닭에 순녀는 인길양반 모르게 영산강으로 맛조개를 잡으러 가는 중인 것이다. 순녀가 저수지 둑 아래에 이르자 먼저 온 다른 여인네들이 순녀를 기다리고 있었다.

여인네들은 신원목과 도덕지 여인네들로 젊은 부녀자들과 혼기가 임박한 처녀들이다. 그중 순녀의 또래인 양님이가 치근대어 순녀에게 말한다.

"순녀야! 언능 오제 뭣 헌다고 인자사(이제야) 오냐? 오늘 물대가 이른 물댄디."

"아따. 울 아부지 모르게 오니라고 정제(부엌)로 갔다 마당으로 갔다 험서(하면서) 눈치 보니라고 늦어 불었땅께. 미안해. 언능 가세!"

일행들은 제각기 대바구니를 머리에 이고 좁다란 논길을 따라 한 줄로 열지어 영산강으로 향한다. 긴 댕기머리에다 몸빼 바지가 하늘거리니 봄바람에 수양버들 일렁거리는 듯한 이들 여인들의 행렬은 영화농장 선녀들의 행진인 것이다.

일행 중 누군가 노래를 시작한다. 목청 좋은 양근예였다. 처음 한 사람, 두 사람 따라 하더니 나중에는 다 같이 합창을 한다.

간다 간다 나는 간다 / 님도 보고 맛도 잡고 / 불어오는 강바람에 / 치맛자락 날림 시러 / 쓰는 물에 맛을 잡고 / 드는 물에 기를 잡세 / 맛을 잡아 탕을 끓여 / 울 아부지 탁주 안주 / 기를 잡아 젓을 담어 / 우리 어메 알뜰 반찬 / 영산강에 부는 바람 / 월출산아 너는 알지 / 춘삼월에 꽃바람은 / 처녀총각 바람나고 / 영화농장 훈풍에는 / 보리밭이 춤을 추고 / 남서풍에 황포돛배 / 영산포를 찾아드네 / 간다 간다 나는 간다 / 영산강에 나는 간다 / 강물 따라 흘러가면 / 그 어디에 님 있을꼬 / 불어오는 갯바람에 / 이내 시름 다 보내네.

노래가 끝나자

"저 참에 돈도리 앞 절강(강이 잘린 곳으로 민물과 갯물이 섞이는 곳)에서 잡은 맛이 크던디 오늘도 거그로 가보까?"

누군가가 일행들의 의중을 묻는다.

"피배미 뜰 옆에 절강? 아니여. 그때 다 더튀(더듬어) 불어서 시방은 없응께 용당 끝으로 가불세!"

이렇게 하여 일행은 용당 끝 언저리 강둑에 이르렀다. 강 안에서는 이미 썰물이 시작되어 갯벌은 저만치 민 살을 드러내고 있었으며 반짝거리는 갯벌 위로는 뿔 모양의 두 눈을 곤두세운 게들이 바쁘게 기어 다니고 갈매기는 끼룩거리며 머리 위를 난다.

처녀들은 둑 앞 보조 석축 위에 바구니를 내려놓고 개옷으로 옷을 갈아입는다. 벗은 옷은 곱게 접어 석축 위에 단정히 놓은 다음, 바람에 날릴세라 돌멩이로 눌러 놓는다.

긴 새끼줄의 한끝에 바구니를 매어 달고 반대편을 끝을 허리에 묶어 새끼줄로 이어진 바구니를 끌고 갯벌로 들어간다. 갯벌의 입자는 어찌나 고운지 밟아도 밟은 느낌을 알 수 없을 만큼 보드라우며 그 층이 두터워 무릎까지 들어간다.

순녀 일행들은 옆으로 나란히 줄을 지어 뻘을 헤집어 가며 앞으로 나간다. 한 손에 쥔 단지에 상반신의 무게를 싣고 한 손으로는 조개 구멍을 쑤셔가며 앞으로 나가는 것이다.

맛조개란 놈은 사람이 다가가면 보호 본능에서일까 오줌을 구멍으로 내 뿜는다. 맛조개를 잡는 사람에게 '나 여기 있다.'라는 신호까지 친절히 해주는 셈인 것이니 잡는 사람에게는 반가운 일이다.

일행들이 이렇게 오줌이 솟구치는 구멍을 쑤셔가며 앞으로 나아가다 보니 뻘바탕의 중간 즈음에 이르고 앞에 개웅이 나타났다. 개웅은 썰물이 만들어 낸 갯벌 가운데 있는 깊은 개울이다.

편편한 뻘바탕 위에 물이 쓰면서 그중 낮은 곳으로 수천 년 동안 흐르고 또 흐르다 보니 깊은 개웅이 된 것이며 이 개웅은 너른 뻘바탕에 커다랗게 S자형으로 흐르기를 몇 번 거듭하며 흘러 강의 중심부인 본류에 이르고 본류 가까이에 이른 개웅 깊이는 사람 키의 서너 질에 이르는 것이다.

맛조개를 잡는 처녀들, 이른바 영화농장 선녀들은 물이 허리춤에 차는 개웅을 건넜다. 더 많은 맛조개를 잡기 위해서라면 몇 번의 개웅인들 못 건네랴.

개웅을 건너 뻘밭을 더듬어 가던 순녀가 허리를 펴며

● ● ●

"부담아! 된장 가져왔지? 이리 와! 운지리(망둥이) 한 볼테기 허자!"

하고 옆에서 맛을 잡는 친구 부담이를 부른다. 부담이 순녀 옆으로 다가간다. 순녀는 바로 잡은 망둥이를 미리 준비한 호박잎으로 훑어 닦은 후 배를 갈라 속 것을 끄집어내고 두 동강을 내어 그중 한 토막을 부담에게 준다.

그리고 제각기 허리춤에서 된장과 고추를 꺼내어 망둥어에 바른 후 그것을 입에 넣고 씹어 대는 것이다. 입안 가득 찬 고기 살을 오물오물 씹는 맛, 이 맛은 먹어보지 않고는 뭐라 형언할 수 없는 천하의 절묘한 맛이다.

사각거리는 식감이나 담백함이 그 어떤 생선에서도 맛볼 수 없는 영산강 망둥어만이 가진 절묘한 맛인 것이다. 이어서 맛잡이는 계속되었다. 한창 맛잡이 중에 신등댁이 묻는다. 신동댁은 외지에서 도덕지로 시집을 와 딸을 하나 낳은 젊은 부인이었다.

"순녀 아가씨! 아가씨는 몇 오가리(항아리와 단지 사이 크기의 옹기) 잡었소? 나는 니(네) 오가리 짼디."

"나도 구덕에(사각형 대바구니) 시(세) 오가리 붓고 니 오가리 째요."

맛조개를 잡는 솜씨는 날고 기어도 거기서 거긴가 보다. 그럼에드 신동댁은 자신의 조개잡이 솜씨를 가늠해보고 싶었던 것이었을까. 이렇게 맛조개를 잡아 오가리에 감고 오가리가 차면 구덕에 담기를 반복하는 것이었다.

간다 간다 나는 간다 / 님도 보고 맛도 잡고 / 불어오는 강바람에 / 치맛자락
날림 시러 / 쓰는 물어 맛을 잡고…….

찌든 가난과 고달픈 삶의 애한을 입으로 씹어 뱉으려는 것일까. 맛조개를 잡으며 목청껏 불러대는 영화농장 선녀들의 구성진 노랫가락은 잿빛 뻘밭 위를 미끄러지듯 퍼져 나가고 이에 장단이라도 맞추듯 갈매기들은 끼룩거리며 허공을 난다.

대바구니가 다 차 갈 무렵 '철썩철썩 쏴아~' 영화농장 선녀들이 갓조개를 잡는 뻘밭 앞쪽으로 밀물이 몰려들고 있었다. 맨 앞쪽에 나아가던 양님이 소리 지른다.

"오메! 순녀여! 부담아 물이 든다."

영화 농장 선녀들은 하나 같이 손길을 멈추고 앞을 쳐다봤다. 밀물은 선녀

들을 집어삼킬 듯, 아니 온 뻘밭을 삽시간에라도 집어삼킬 듯이 드센 기세로 밀려온다.

"언능 나가자!"

그러나 발길을 돌린 영화 농장 선녀들은 아연실색을 했다. 아침나절에 이들이 건넜던 개웅은 이미 무서운 속도로 물이 흐르고 있었으며 개웅이 끝나가는 바깥쪽으로도 벌써 물이 하얗게 차오르는 중이었다.

이들이 맛조개를 잡던 곳이 마침 지대가 높았던 탓에 앞뒤로 물이 들도록 이들은 아무도 그것을 몰랐던 것이었다. 개웅을 건너자니 거센 물살에 휩쓸릴 지경이요, 옆으로 돌아 나가자니 이미 그곳도 물이 차기 시작했을뿐더러 그쪽으로 돌아갈 즈음이면 이미 때가 늦게 될 지경인 것이다.

사면으로 무서운 파도와 함께 밀려드는 물, 어찌해야 할까. 영화농장 선녀들은 모두가 겁에 질렸다. 그러던 중 덩치가 큰 양님이 바구니와 연결된 허리춤의 새끼줄을 풀더니 비워진 단지를 물에 띄워 그것을 잡고 개웅의 급류 속으로 뛰어들었다.

그리고 물살에 밀리며 개헤엄으로 간신히 건너편에 도달하였다. 이 모습을 본 신동댁도 허리춤의 새끼줄을 푼다. 양님이처럼 개웅을 건널 요량인 것이며 새끼줄을 푸는 신동댁의 손은 바들바들 떨리고 있었다. 겁에 질려 제정신이 아닌 것이다.

"신동떡(댁)! 신동떡! 가지 말어라우! 가지 마이쑈!"

남겨진 영화농장 선녀들은 이구동성으로 만류하였으나 겁에 질린 신동댁에게 그 소리가 들릴 리 없었던 것일까 끝내 급류 속으로 뛰어들고 말았다.

"신동떡! 신동떡!"

이리하여 신동댁은 회도리 치는 급류에 휩쓸려 두세 차례 수면 위로 떠 오른 후 영영 자취를 감추고 만 것이었으니 젊디젊은 아낙, 신동댁은 이렇게 개웅에 빠져 죽었다. 이를 본 영화농장 선녀들은 더욱이 겁에 질리고 물살은 점점 거세졌다.

"쩌쪽으로 가자! 감서 소리를 질러!"

갯벌의 늪은 부분, 갯등을 타고 개웅을 돌아 최대한 빨리 빠져나갈 요량인 것이다. 그러나 앞으로 나아가며 물이 허벅지에 이르게 되자 다시 발길을 돌려 애초의 늪은 지대로 물러선다.

"정님아! 부담아! 인자 큰소리로 외칠 수밖에 없다. 요이 땅 해서 소리치자!"
"사람 살려! 사람 살려~어!"

그러나 이들이 외쳐대는 절규는 점점 커지는 파도 소리에 묻혀버릴 뿐, 애꿎게도 갈매기만 이리저리 끼룩거리며 날아다닌다. 개웅 건너편에서는 이미 개웅을 건너간 양님이 안타까운 모습으로 발을 구르고 있었으며 그도 이제 차오르는 물 때문에 둑을 향해 나가기 바쁜 지경에 이르렀다.

"사람 살려! 사람 살려~어!"

이제 영화농장 선녀들이 서 있는 곳에도 물이 차오르기 시작하여 그나마 조금 남았던 갯벌이 모습을 감추자 두려움은 더해 갔다. 영화농장 선녀들 중 가장 나이 어린 정님이 순녀의 손을 꼭 잡으며

"언니! 인자 우덜(우리들) 물에 빠져 죽겠네. 어쩌까이!"

하고 겁에 질린 얼굴이 되어 순녀를 쳐다본다. 순녀는 정님의 손을 꼭 붙들며

"정님아! 호랭이한테 물려가도 정신만 차리면 산닥 했응께 정신 꽉 차리고 크게 소리 질러야!"

하고 정님의 등을 다독거려 준다.

"사람 살려! 사람 살려~~어!"

그때였다. 강 안쪽에서 강을 거슬러 올라가는 발동선 한 척이 저 멀리 모습을 드러냈다.

"쩌그 배다. 배가 온다. 우덜 함꾼에(함께) 소리지르자!"
"사람 살려~어!"

영화농장 선녀들은 더욱 목청을 돋워 소리를 질러댔다. 그러나 발동선은 울부짖음에 가까운 이 들 영화농장 선녀들의 외침 소리를 들은 것인가 못 들은 것인가.

저 배마저 지나쳐 버린다면 꼼짝없이 죽을 판인데 배는 그저 가던 쪽으로 계속 가고 있을 뿐이고 물은 무릎까지 차올랐다.

"아그들아! 언능 소리질러!"

"요이 땅! 사람 살려~어! 사람 살려~~~어!"

영화농장 선녀들의 외침 소리는 발악에 가까워졌다. 그때 바람이 저쪽으로 불었던 것일까 아니면 천우신조인가 발동선의 뱃머리가 이쪽을 향한 것이다.

"배가 머리를 돌렸다. 배가 이쪽으로 와!"

"사람 살려~~~어!"

영화농장 선녀들은 두려움과 반가움이 뒤섞인 얼굴이 되어 배를 향해 손을 흔들었다. 이윽고 발동선이 도착했다. 발동선의 주인은 다름 아닌 양님의 친오빠인 대봉이었으며 강 아래쪽에 그물을 놓고 돌아오는 길에 위험에 처한 영화농장 선녀들을 우연히 발견하게 된 것이다. 영화농장 선녀들은 모두 배에 오르고 너나없이 기진하여 바닥에 털썩 주저앉았다,

"신동떡! 신동떡!"

목 놓아 신동댁을 부르며 사방을 둘러봐도 신동댁의 흔적은 없고 물결만 찰랑거릴 뿐, 아무런 일도 없었던 양 갈매기는 한가로이 허공을 날고 있었으니 영산강은 이날 또 하나의 슬프고 가슴 아픈 영화농장의 역사를 엮어 가고 있는 것이었다.

제7부

귀향

● ● ● 1945년 2월, 갯일 중 신동댁이 물에 빠져 죽는 사고가 있었지만 그래도 동네 아낙네들이 할 수 있는 일은 본업인 농사일을 제쳐 두고는 갯일이었다.

없는 살림에 그나마 갯바닥으로 나가 맛조개나 게를 잡아서 팔아야 양식이라도 마련할 수 있으니 영화농장 아낙네들에게 있어서의 갯일은 소중한 일인 것이다.

그러나 순녀는 달랐다. 신동댁의 익사 사고가 있던 날 그녀의 아버지인 인길양반으로부터 강력한 훈시 때문에 순녀는 갯일을 할 수 없었다.

그리하여 이즈음은 순녀도 길쌈을 하는 그녀의 어머니, 인길댁을 거들고 있는 중이었다. 2월 열 사흗 날 해거름, 이날도 순녀와 경주댁 그리고 말례는 곡광에서 길쌈 일을 하고 인길양반은 큰방에서 임자도에서 찾아온 환자와 이야기 중이었다.

그런데 근래에 없이 마당에서 개가 요란스럽게 짖어대고 웅성거리는 소리가 들려왔다. 부엌에 있던 인길댁이

"순녀야! 누가 오셨는갑다. 나가 봐라!"

하고 곡괭 쪽 순녀에게 말하자 순녀가 들고 있던 솜뭉치를 망태에 던져 놓고 일어서는데 밖에서 구두 소리와 함께

"어무니! 어무이! 저 왔어라우."

하고 인길댁을 부르는 소리가 들렸다. 순녀가 문을 열고 보니 토방에 우뚝 서 있는 사나이, 그동안 온 식구들이 학수고대하여 기다리던 대전이 돌아온 것이었다.

대전의 뒤로는 동구에서 만났던 듯, 길수와 맹술을 비롯하여 몇 사람의 이웃 사람들이 마당으로 들어섰다.

"오빠! 아이고 우리 오빠 오셨네. 아부지! 오빠가 돌아왔어라우."

너무나 기쁜 나머지 순녀는 처녀로서의 부끄러움도 잊은 채 목소리가 담을 넘을 만치 큰소리로 외쳐대자 온 식구가 다 마루로 나왔다. 대전이 인길댁 내외를 향해 허리를 굽혀 절을 한다.

"아부지! 어무니! 저 없는 동안 얼마나 고생 많았겠오?"

"오냐! 내 아들 기별도 없이 이러코 왔구나!"

인길댁은 눈물을 글썽이며 대전을 얼싸안았다. 부모와 자식 간의 깊은 정리를 어찌 눈물로 다 표현할 수 있을까만은 인길댁이 흘리는 눈물에는 그동안의 자식에 대한 그리움과 사랑하는 마음이 피보다도 진하게 농축된 희열의 눈물을 흘리고 있었던 것이다. 인길 양반도 반가운 마음은 한가지다.

"그래. 그동안 타국생활로 고생이 많았던갑다. 몸이 많이 수척해 졌구나! 점돌아! 느그 아부지다."

인길 양반이 경주댁의 치맛자락을 틀어잡고 서 있는 점돌을 보고 말하자 점돌은 낯선 이방인이 무서운 것일까 경계의 눈빛으로 대전을 바라본다.

대전은 그런 아들을 끌어안으며 코 묻은 볼에 입을 맞춰 준 후 경주댁을 향해 말했다.

"나 없는 동안 고생 많았오!"

경주댁은 고개를 끄덕일 뿐 말이 없었다. 순녀네 식구들을 비롯하여 순녀의 작은댁 식구들과 동네 사람들이 방안에 모여 앉으니 방안은 사람들로 가득하였으며 대전이 돌아왔다는 소문에 열 일을 제쳐 두고 앞을 다퉈 찾아온 사람들은 광암댁을 비롯하여 만주로 간 자식이나 남편의 소식을 알고자 하는 사람들이었다.

이들이 남편이나 자식이 몸은 성한지 돈벌이는 잘 되는지 신상에 관한 실오라기 같은 사연이라도 듣고 싶은 것이 당연지사요 인지상정이라 해야겠다.

"아제! 종길 아부지는 뭣을 허고 있습디여?"

금동굴댁의 물음에 대전은 눈앞에서 보고 있는 것처럼 생소하그도 세심하게 대답해 준다.

"금동굴 성님은 광암 종남이 성님이랑 봉천어서 진흙으로 쥐구녁 막는 일을 헙디다."

하고 대답한다. 이러한 소식을 바람인들 전할 수 있을까 구름인들 전할 수 있겠는가. 대전은 그들이 살고 있는 모습들을 봤건 대로 느낀 대로 소상히 일러 주고 있었다. 이렇게 묻고 대답하기가 한참 이어지던 중 인길양반이 경주댁에게 말한다.

"점돌 에미야! 이 아그가 반 십 년의 세월을 타국에서 보내고 돌아 왔는디 있는 음식 다 내오고 닭도 잡고 술도 좀 사 와서 여기 있는 사람들 함꾼에 들도록 허자!"

이에 경주댁은 때아닌 음식을 준비하게 되었는데 씨암탉을 잡고 영산강 맛조개탕에 이날 임자도 손님이 가져온 죽상어찜까지 진수성찬의 상이 차려졌다. 부엌에서 조리를 돕던 순녀가 방문을 열고 묻는다.

"아부지! 상을 다 봤는디 방이 좁은께 둘레(마루)로 가져갈라우."

"그러자! 물레로 가는 것이 좋겠다."

이렇게 하여 가루에 큰상이 차려지고 대전이 막걸리를 좌중을 빙 둘러 가며 한 잔씩 따라주었다. 그야말로 때아닌 잔칫집이 되었다. 재회의 기쁨이란 이런 것일까. 술을 한 잔 받아마신 길수가 자리에서 일어나며 이렇게 말한다.

"대전 성님! 성님이 돌아오신게 이렇코 좋으께라우? 그전에 복룡촌 살 적에도 성님이 일본 가부신게 동네가 빈 것 같디만은 성님 안 계신 도동지도 그랬어라우. 인자 성님이 돌아오셨응께 동네가 사람 사는 것 같을 것이오. 지거멉씨벌꺼 하도 좋은께 내가 가서 꽹메기를 가져와서 한바탕 놀아불라우."

넘쳐나는 기쁨이 컸던 까닭에 길수는 이렇게 극단의 표현밖에는 달리 더 표현할 방법이 없었던 모양이다. 대전은 대답했다.

"그래! 고맙네. 내가 돌아왔닥 해서 동네가 어찌게 많이 달라지기사 허겠는가만 열심히 잘해보세!"

이윽고 길수가 꽹과리를 가져오고 마당에서 한바탕 놀이판이 벌어지자 이 집 저 집 동네 사람들이 모여들고 마당은 사람들로 가득하였다. 길수는 꽹과리의 고수였다.

'꾀굉꽹꽹 꾄 꽤 꽹' 사람들은 꽹과리 소리에 맞춰 어깨를 들먹거리고 마당을 돌며 춤을 추고 박수를 쳤다. 도덕지에서 창가의 명수는 단연코 오쌍본이었다. 쌍본이 미끄러지듯 매끈한 목소리로 창가를 부르고 사람들은 박수를 친다.

"타향살이 몇 해던가. 손꼽아 세어보니 고향 떠난 십여 년에 청춘만 느으고~오. 부~우평 같은 내 신세~에가…."

한바탕 놀이마당은 어둠이 깔리며 막을 내리고 사람들은 다 돌아갔다. 이제 순녀네 방에는 순녀네 식구들과 순녀의 작은아버지인 신촌 양반과 그의 외아들인 동본이 남았다.

혈육의 정은 물보다 진하고 뜨겁다. 아까 대전을 경계의 눈초리로 바라보던 점돌은 그새 아버지의 정을 느끼게 된 것인지 찰거머리처럼 대전에게 달라붙어 대전의 무릎을 떠나려 하지 않는다.

대전이 젙돌을 무릎에 앉은 채 아랫목에 앉은 인길 양반을 위시해 식구들을 둘러보며 입을 열었다.

"아버님! 그리고 작은아버님! 인자 우리 조선팔도에도 신 세상이 옵니다."

대전의 이 한 마디에 방안이 조용해졌고 대전은 말을 이어간다.

"시방 일븐은 태평양에서 미국하고 전쟁을 몇 년째 계속허고 있는디 미국은 중국보다 더 큰 대국인디다 구라파 쪽에서 몇몇 나라들이 지원을 해 준께 곧 일본은 망헐 수밖에 없을 것이고, 그렇게 되면 일본인들은 조선반도에서도 물러갈 것인디 더 중요헌 것이 있어라우."

대전이 잠시 말을 쉬는 사이 인길 양반이 묻는다.

"가만…, 그러이면 농장에 소나다상이나 히도미상 그리고 시름묵의 구찌상도 일본으로 간데야?"

"아부지! 조쟁에서 일본이 진닥 해도 그 일본사람들이 가든가 말든가는 즈 그들이 알아서 헐 테제라우."

"일본 사람들이사 그러기도 허것제만 시름묵 나상은 일본에 징용으로 갔다가 다리를 잃고 얼마 전에 돌아왔고 지난 시안(겨울)에는 또 시름묵 후근이로 해서 월국 요 근타리(근처 복룡촌, 용호동, 회산, 월곡, 신원목, 도덕지를 지칭), 그러고 여러 청년들을 데려다 방죽에서 연성 훈련을 시켰는디 일본 징병으로 데려갈 모양이더라. 나사 동네 구장인께 면에서 시키는 대로 허고 있기는 허다만."

"연성 훈련을 허고 그렇게 해서 징집을 당허면 져가는 전쟁에 총알 밥이 되기 쉬울 텐디…. 근디 그것보다도 더 중요한 일이 앞으로 또 성긴당께요. 그것이 뭣이냐 허면 앞으로는 부자나 가난뱅이가 따로 없이 다 같이 잘사는 평등한 세상이 온다는 것이여라우. 시방은 어떤 사람은 토지를 많이 브유해서 턱없이 잘살고 어떤 사람은 궁파지(엉덩이) 붙일 밭뙈기 하나 없어 쪼드라지게 못사는디 이 가난한 사람들은 부잣집에 일 다니며 정상에 못 미치는 쬐깐(조금)의 대가를 받기 땜세(때문에) 마냥 가난을 면털(면하지를) 못 하는디 그 반면에 부자는 가난헌 자들의 노동의 대가를 정상에 못 미치게 지불하므로 더욱이 가진 자에게 부가 쏠리게 된다는 말이여라우. 그렁께 앞으로는 그러한 폐단이 없는 공평한 세상이 온다는 말이제라우."

대전은 대륙의 땅, 만주의 이곳저곳을 다니며 공산주의를 알게 되었고 진보적 성향을 가진 그는 유토피아와 같은 그러한 세상을 영화농장에 펼쳐가고 싶었던 것이었다.

공산주의, 약 1세기 전 독일의 철학자인 카를 마르크스가 생산분배의 불공평함을 지탄, 타파하기 위해 주창한 이 사상이 공산주의 사상이다. 근대산업이 한창 발전하던 그 시기에 산업현장에서 노동자들의 피나는 노동의 대가는 부당한 것이었다.

부당한 노동의 대가란 것은 노동자들이 아무리 노동을 하여도 겨우 먹고살기에 급급한 대가가 부당한 것이며, 노동의 대가에 못 미치는 공평하지 못한 대가라는 것이다.

이렇게 발생한 부당한 그 대가의 나머지가 자본가에게 쏠리는 폐단을 막기 위해 주창한 것이 카를 마르크스의 공산주의 이론이며 단적인 표현으로 '합동으로 생산하여 공동 분배를 하자.'라는 이론이 그것이다.

그러나 마르크스의 이처럼 아름다운 이상은 인간이 가진 나태 하고자 하는 본능적인 심리를 간과한 것으로써 '나 아니어도 누군가가 나를 대신하여 생산에 가담할 것'이라는 공산주의의 폐단의 원인을 간과하고 있었던 것이었다.

그럼에도 만인의 평등과 행복할 권리, 특히나 소외된 자들을 위해 헌신적인 삶을 살았던 카를 마르크스, 그는 희대의 대인이요, 사회철학자로서 인류사에 길이 남을 것이다.

이러한 공산주의 사상은 1세기 전 유럽에서 출발하여 소비에트 연방 공화국에서 충실히 이행되었고 파란의 격변기를 겪고 있던 동남아의 끄트머리, 한반도의 최남단 영화농장에까지 이르고 있는 것이었다.

제**8**부

해 방

●●● 1945년 3월 동네의 구장인 인길양반은 정신대에 관한 문제를 논의하고자 동네 사람들을 불렀다. 그리하여 순녀네 마당에 동네 사람들이 모였다.

이즈음의 마을 단위 행정편제는 리를 분할 행정구역의 최소 단위인 구로 분할되었던 것이며 산정리는 3개 구로 분할, 도덕지와 신원목, 월곡은 산정리 3구로 개편되었었다.

따라서 순녀네 마당에 모인 사람들은 도덕지와 신원목, 월곡 사람들이다. 인길양반이 마당에 모인 동네 사람들 앞에서 말한다.

"여러분! 모다(모두)들 어러우실 텐디 이렇코들 와줘서 고맙소. 오늘 여러분을 모테시락(모이라고) 헌 것은 딴 것이 아니고 정신대에 관한 얘기를 헐라고 그런디요, 이참에 우리 아들 대전이가 만주에서 돌아왔는디 말을 들어본께 일본이 미국허고 몇 해 째 전쟁을 허고 있는디 일본은 대체 미국을 이길 수 없고 질 것이란 말입니다. 어째서 그러냐면 미국은 중국보다도 큰 대국인디다 설상가상으로 구라파의 몇몇 나라들이 미국을 돕는다는 것이여요. 그렇께 일본은 질 수밖에 없다는 것입니다. 그리허니 이미 징집통지서를 받은 청년들은 순사들한테 안 잡히게 도망을 쳐 불든가 꿈어 불든가(숨어 버리든가) 요령껏 허시고 시집을 안 간 처녀들이 있는 집에서는 서둘러서 딸들을 여워(출가) 버리쑈! 시집을 간 기혼녀들한테까지 정신대 나오란 말은 안 헌께 말이요."

이 말을 듣고 사람들은 여러 소견들을 말하며 웅성거린다.

"우리 순자는 나이가 올해 열 다섯인디 어쩌께라우? 여워불자니 나이도 아직은 어린디다 가진 것이 없기도 허고 꺽정이네."

누군가 이렇게 말을 했다.

"해마다 숭년인디(흉년인데) 역서(여기서) 굶어 디지나 군대 가 총 맞어 디지나(뒈지나) 똑같은디 원 없이 군대서 밥이나 실컷 묵고 죽는 것이 났제."

이렇게 말을 하는 이도 있고 특히 신원목 후근이는

"그래도 전장이 끝나봐야 어디가 이길지 질지 알제 시방 그것을 어찌게 알 것소! 그라고 일본이 이기면 돈도 벌 수 있지 않을께라우?"

이렇게 묻는 것이었다. 이에 인길양반은 약간 언성을 높여 반박의 말을 했다.

"그럴 리 없네. 신원목 나종식이는 징용으로 갔다가 한쪽 다리만 잃어 상한 몸만 가지고 겨우 돌아오지 않았든가 말이세. 하이간에(하여간에) 요새 시국을 빌어서 나는 여러분에게 구장으로서 우리 동네 사람들에게 이렇코 당부를 했응께 낭거지(나머지)는 여러분들이 알어서들 잘 허시요!"

인길양반의 이 말을 끝으로 동네 사람들은 모두 돌아갔다. 그리하여 대체로 동네 사람들은 인길양반의 말대로 징집영장을 받은 사람들은 어디론가 종적을 감춰버리고 미혼인 처녀들은 서둘러 시집을 보내버렸다.

이즈음의 시류가 이러한 까닭에 동네의 총각들은 별 밑천이 없어도 장가를 드는 데 애쓸 필요가 없었다. 예전 같으면 화란(不謁) 두 쪽만 가진 놈이 장가는 뭔 놈의 장가냐고 했던 고민들을 쉽게 해결할 수 있게 되었던 것이다.

도덕지의 만복이를 비롯한 몇몇 총각들은 이러한 시류에 편류하여 손쉽게 결혼을 할 수 있게 되었는데 그중 무현이는 가장 어린 나이, 열다섯 살의 소녀를 새 각시로 맞아들여 총각 딱지를 땐 사람이다.

이 소녀는 목포에서 시집을 온 여자였기에 돈포댁이라 불렸고 너무 어렸던 까닭에 살림이 서툰 것은 물론이려니와 아궁이에 밥 짓는 불도 제대로 못 피웠으므로 그럴 때면 새신랑인 무현이 신부를 대신하여 아궁이 앞에 쪼그려 앉아 불을 지폈다고 한다.

그런가 하면 신원득의 후근이와 봉수, 도덕지의 성숙이는 고집스럽게 징병의 길을 선택했던 것이며 이는 궁핍한 살림살이가 이유였을 것임이 틀림없을 것이다.

한편, 이즈음 만주에서 돌아온 대전은 절친한 친구들을 만나면서 공산주의 이론에 대하여 논의를 하기도 하고 지인들을 규합하여 공산주의에 대한 계몽활동을 하기에 여념 없이 세월을 보내는 중이었다.

보리 이삭이 한창 피어나는 4월의 어느 봄날 초저녁, 어둠과 함께 누군가 순녀네 집을 찾아왔다.

"대전이! 대전이 집이 계신가?"

대전이 방문을 열고 나왔다. 대전의 친구인 광암리 사는 임종기였다. 종기는 대전과 어릴 적부터 동문수학하며 우정을 쌓아온 막역한 친구 사이였다.

이들은 늘 서로의 집에 번갈아 가든가 아니면 제3의 장소에서 만나 공산주의를 토로하고 조직을 규합해 나가고 있었던 것이었다. 이날 밤은 평정마을에서 회합을 갖기로 미리 약속되어 있어서 광암리의 종기가 대전의 집을 찾아온 것이다. 대전이 마루를 내려서며 반가이 종기의 손을 잡는다.

"오셨는가? 그러면 바로 가도록 허세! 옆집 쌍본이는 부르면 바로 나올 것이네."

"그러세! 지금 가도 늦은께 서둘러서 가세!"

이때 밖의 인기척에 인길양반이 문을 열고 나왔다.

분위기를 짐작한 인길양반이

"느그(너희)들이 새로운 사상을 받아들여 세상의 모든 사람들이 공평하게 잘 살 수 있게 해보겠다는 패기에 찬 열정은 과연 찬사를 받아 마땅한 일이다. 그러나 세상사는 다 내 뜻하는 대로 될 수는 없으며 특히나 느그들 나이 인자 약관(弱冠)을 넘어 이립(而立)을 눈앞에 둔 나이인디 열혈의 젊은 패기만 믿고 처신했다가는 자칫 인생의 큰 오류를 범 헐 수 있응께 조심조심 처신 하그라! 무릇 사람이 지혜롭기 위해서는 세 번의 생각 끝에 행동해야 쓰고 근면하기 위해서는 당장 실천에 옮기는 습관을 지녀야 쓴다. 물론 이 두 가지의 관계는 모순된 관계이지만 두 관계 사이를 잘 조절하여 실천허는 것이 슬기인께 오늘 내 말을 명심해서 앞으로 처신을 잘허기 바란다!"

하고 말했다.

"야~, 아부지! 잘 알겄습니다. 너머 걱정 마이쑈!"

두 사람은 이렇게 대답하며 정중히 허리를 굽혔다. 대전과 종기에 합세하여 쌍본이 동행하므로 세 사람은 평정으로 향한다. 신작로 양쪽으로 펼쳐진 보리논에 달빛이 내리고 가끔 불어오는 밤바람에 보리밭의 풋내가 콧전을 스친다

세 사람은 바쁜 걸음으로 평정마을 오근식의 집에 도착했다. 대전의 앞장을 서서 대문을 들어선 쌍본이 아래채 사랑방으로 두 사람을 안내하였다.

방안에는 오근식을 비롯한 예닐곱 명의 젊은 청년들이 앉아있었다. 오근식은 평정마을 부잣집 외동아들로 큰 키에 이목구비가 반듯하여 귀티가 흘렀으며 쌍본과는 동년배기 일가였다.

쌍본이 대전과 종기를 소개하자 모두 자리에서 일어나 악수를 청하며 인사를 나눈 후 방 가운데 놓인 호롱불을 중심으로 하여 빙 둘러앉았다. 청년들의 선량한 눈빛은 초롱불에 비쳐 반짝거린다. 대전이 입을 열었다.

"여러분! 이렇게 만나서 참 반갑습니다. 아까 인사를 해서 알다시피 나는 도동지 사는 박대전입니다. 인자 우리는 새 시대, 새 세상을 맞게 될 것이며 우리 젊은 청년들은 이 지역을 대표하여 이 시대에 부응하고 앞장을 서야 비로소 모

두가 평등하게 잘사는 새로운 세상을 만들어 갈 수 있습니다. 인자 머지않은 날 일본은 대동아전쟁에서 패망 헐 것이고 우리는 그때 우리의 세상을 맞을 수 있을 것입니다. 부자와 가난한 이가 따로 없이 모두가 평등하게 잘사는 세상, 바로 공산즈의 세상이 그런 세상이며 우리는 그러한 세상을 맞을 준비를 해야 합니다!"

이렇게 대전은 열변을 토로하고 있었으며 대전의 열변이 끝나자 방안은 환호와 박수 소리로 가득하였던 것이다. 공산주의에 대한 대전의 논단이 끝나고 광암리 임종기는 미리 준비된 노트에 모인 사람들의 신상명세를 기록하고 있었던 것이며 이것이 공산당 입당자들의 명부였던 것이다.

이렇게 대전을 비롯하여 임종기, 오근식은 일로면 일대를 무대로 지하 공산당원을 조직하고 그 수뇌부로서 맹활약을 하게 되었던 것이다. 1945년 8월 15일,

"대한 독립 만세!"

이날 정오를 기하여 용암처럼 솟구치는 외침 소리가 삼천리 방방곡곡에 메아리치고 있었으니 이는 동양의 평화를 위한다는 허울 좋은 구실 아래 일본에 의해 강압적으로 체결된 1910년 8월 29일 한일합병이 되던 날로부터 36년의 긴 세월이 지난 날이며 일제강점기의 종지부를 찍은 날이다.

8월 15일 정오, 일본 천황의 육성이 라디오 방송을 타고 흘러나왔다.

"대동아전쟁 종결 조서. '짐은 세계의 대세와 제국의 현황을 감안하여 비상조치로써 시국을 수습고자 충량한 너희 신민에게 고한다. (중략) 굳건히 신주(神州)의 불멸을 믿고 책임은 무겁고 길은 멀다는 것을 생각하여 맹세코 국체의 정화를 발양하고 세계의 진운에 뒤지지 않도록 하라! 너희 신민은 짐의 이러한 뜻을 명심하여 지키도록 하라!'

이 내용이 일본 천황이 발표한 대동아전쟁 종결 조서로서 1945년 8월 15일 정오를 기하여 이 방송이 흘러나오자 대한민국은 열광하는 환희 속에서 그동

안 치욕과 울분의 역사에서 해방이 되어 광복을 맞고 있었던 것이었다.

  온 동네를 통틀어 라디오 한 대 없던 도덕지는 해방 하루가 지나서야 비로소 해방 소식이 전해졌던 것이다.

제9부

인연

●●● 1945년 8월 16일, 아직도 영화 농장 사람들은 조국의 해방 사실을 모르고 있었다. 그도 그럴 것이 동네를 통틀어도 라디오 한 대 없었기에 외부의 소식이 전해지는 것은 1일과 6일, 닷새마다 서는 일로 장날이나 되어야 비로소 멀리 사는 지인들의 소식이나 나라에 생기는 새로운 소식을 전해 들을 수 있었으니 조국이 일제로부터 해방되고 그 이튿날인 이날도 영화 농장 사람들은 아직 조국의 해방 소식을 모르고 있었다.

이날은 일로 장날이다. 장날을 이름하여 영화농장 사람들은 촌놈 생일날이라고 한다. 이날이 되면 지푸라기에 가지런히 싸진 계란이나 조, 맛조개 등의 농수산물을 내다 팔고 고무신이나 농기구, 기타 필수품을 사 오게 되는 것이며 내친김에 덜리 사는 친척이나 지인의 소식도 전해 들을 겸 재수가 좋으면 탁배기라도 한잔 마실 수 있는 기회가 생기는 날이기 때문에 이날을 일컬어 촌놈 생일날이라고 했던 것이다.

정오를 지난 시간 대결은 이웃집 쌍본과 집을 나서서 협궤철로가 놓인 신작로를 따라 일로로 향해 가는 중이었다.

"동생! 저 친구들 아는 사람들 아니여?"

가던 발길을 멈추고 대전이 앞을 가리킨다. 저만치 앞쪽에서 다가오는 세 사나이들,

"성님! 찰로(정말로) 저것들은 시름묵 후근이랑인디요. 얼마 전에 군대 간다고 갔는디 먼 일이께라우?"

과연 앞에서 보따리를 털래털래 손에 들고 다가오는 세 사나이들은 며칠 전에 징병으로 불려 갔던 영화농장의 세 사나이들, 신원목의 후근이랑이었다. 대전은 다가오는 세 사나이들에게 다가가 반가운 표정으로 손을 잡으며 물었다.

"아니 이것이 어찌게 된 것이여? 자네들은 일본으로 가지 않았는가?"

며칠간의 여행으로 초췌한 모습을 한 영화농장 세 사나이들은 되레 반문하듯

"아니 성님들! 당아(아직) 몰라요? 해방이 되얐어라우, 해방이."

"일본 천황이 전쟁에서 져 갖고 손을 들어 불었당께요. 인자 왜놈들이 이 땅에서 다 물러간답니다."

"인자 징병이고 뭣이고 필요 없어져 불었제라우. 긍께 우덜(우리)은 부산항에서 배를 탈라고 지다리다 빠꾸(되돌이)해 불었소."

이렇게 저마다 앞다퉈 자랑하듯 말했다. 대전과 쌍본은 눈이 휘둥그레졌다. 대전은 대동아전쟁의 내막을 대략은 알고 있었기에 이런 날이 언젠가는 올 것이라 짐작은 했지만 그래도 의외인 것이다.

그러나 이들은 해방이 어떤 의미인지조차도 몰랐다. 왜냐하면 이 들은 일본인들이 없는 세상을 살아 본 경험이 없었기 때문이며 그것은 이들 모두가 한일합방 이후 탄생한 사람들이기 때문이다.

어쩌면 일제의 강탈마저도 합당한 것으로 여기고 있었을지도 모를 일이다. 그러나 일제 이전이건 일제 이후이건 그 시기와 관계없이 일본 관헌이 이 땅에서 사라져만 준다면 틀림없이 유토피아와 같은 세상이 올 것이란 것이 대전의 생각이요 믿음이었다. 대전이 후근 일행에게 말한다.

"어쨌든 잘들 돌아왔네. 언능 집으로들 가보시게!"

이렇게 하여 후근 일행은 동네로 돌아가고 더전과 쌍본은 일로로 향하던 발길을 돌려 광암리로 향했다.

"종기가 이 사실을 알면 얼마나 좋아헐 것이네. 언능 가 보세!"

"그 성님 벌써 알고 있는 것 아닐께라우?"

"아니여. 그 친구가 알았다면 벌써 쫓아왔을 테제."

대전과 쌍본은 발길을 재촉했다. 월곡을 지나 방뫼고개를 넘고 철둑을 넘어서 광암에 이르렀다. 종기네 집은 고래등 같은 기와집으로 여섯 칸 겹집에 마당도 널찍한 광암리의 부잣집이다. 대전이 대문을 들어서자 종기의 마누라는 마당 한 켠어 널린 고추를 다듬고 있었다.

"아짐! 안녕하시오?" 마당으로 들어서는 두 사람을 보고 종기의 마누라는 손에 든 고추를 내던지고 다가오며 말한다.

"야~아! 안녕하시게라우? 근디 애기 아부지는 도동지 간다고 갔는디 못 만나겠오?"

"오메! 그랬어라우? 길이 엇갈렸는갑네. 저 그러면 우덜은 이만 가 볼라우."

이렇게 하여 대전과 쌍본은 부리나케 다시 도덕지로 향했다. 종기도 이미 해방 소식을 전해 들은 것이며 이 사실을 한시라도 바삐 대전에게 알리고 싶었던 것이다.

두 사람이 도덕지로 향하여 월곡의 대밭 옆길을 지나는데 저만치 도덕지로 갔다 돌아오는 종기를 만났다. 종기가 반가운 듯 손을 높이 흔들며 다가와 말한다.

"어찌게 그쪽에서 오는가? 나는 하도 기쁜 소식이 생겨 자네에게 알린다고 자네 집으로 갔다만 일로로 갔닥 해서 도로 우리 집으로 돌아가는 길이네. 해방이 되얏담서?"

"나도 그 기별을 들어서 자네 댁으로 갔다 오는 참이네. 잘되얐네. 기왕에 여그서 만났응께 여기 도남이 성님 댁엘 들리세!"

하고 대전이 대밭 안쪽 집을 가리켰다. 이렇게 하여 세 사람은 월곡의 나도남의 집으로 들어갔다.

월곡의 나도남, 그는 대전보다는 여남은 살 위로 언젠가 공산주의 이론을 접한 후 둘째가라면 서러우리만치 공산 사상에 대하여 집요하게 매달리는 사람이었다. 대문을 들어서자 도남의 내외는 햇살 좋은 마당에 멍석을 펼치고 그 위에 고구만 순을 널고 있었다.

"아따! 자네들 먼일인가? 자네들이 우리 집을 다 찾아온 것 본께 아칙(아침)에 해가 꺼꿀로 떴든갑다."

"성님! 그것이 아니고 해방이 됐다고 헙니다, 해방이!"

대전의 이 말에 도남은 반색을 하여

"뭣이여! 해방? 누가 그러든가?"

대전이 자초지종 설명하자 도남은 이렇게 말했다.

"그렇다면 왜놈들이 이 땅에서 물러갈 텐디 그리되면 우리도 떳떳이 우덜의 일을 펼쳐갈 수 있겠네. 너나없이 다 같이 잘 살작 헌께 저짝 백호동 남용 씨나 또 그 마냥 잘 사는 사람들이사 좋아헐 리 없겠지만 가난허고 배고픈 사람들이사 안 좋을 사람 어딨겠는가? 인자부터 우덜 열성으로 해보세! 새로운 세상이 눈앞에 있네그랴! 당장 진사동 김해봉이한테로 가 해방 사실을 알리세!"

나도남은 숨 쉴 겨를도 없이 당장 사달을 낼 것 같았다. 이에 종기가 말리고 나선다.

"성님! 지금 당장은 안 되야요. 그 사람들 낮에는 논밭에 나가 일들을 할 것인디 가드라도 냇중에 가사 써라우(가야 되요)!"

"성님! 종기 말이 맞습니다. 냇중에 가도록 허십시다!"

이렇게 대전이 종기의 말을 거들자 나도남은 자신의 의견을 접고 마누라를 시켜 찐 고구마를 내오게 하였다. 이날은 이렇게 모두 헤어졌던 것이며 진사

동은 며칠 뒤에 가게 되었던 것이다.

이해의 시월 경, 오 무렵 대전과 평장의 오근식은 지난 4월 첫 단남 이후 급격히 친밀해져 있었다. 대전이 일로 면사무소를 들렀다 집으로 돌아오는 길에 언 몸이나 녹여 가자고 오근식의 집을 찾았다. 오근식은 토방까지 나오며 대전을 반겨 맞는다. 대전이 말한다.

"마침 집에 계시네. 면사무소에 좀 들렀다 가는 길에 몸이나 좀 녹여 갈까 하고 들렀네."

"야~아. 성님 잘 와겠습니다. 내 가서 따신 차 한 잔 가져올 텐께 쫌 지다리쑈!"

대전은 빈방에 앉아 사방을 훑어보았다. 윗목 책장에는 책들이 키 순서대로 가지런히 꽂혀 있고 그 옆으로 상 위에는 보다가 덮어놓은 듯 잡지가 놓여 있었다.

구름이 흐르는 하늘이 보이는 창 옆 횃대에는 잘 다려진 검정 무명 바지저고리와 검정 모직 코트가 길게 걸려있다. 대전은 코트를 바라보며 큰 키의 오근식에게 잘 어울리겠다는 생각과 '부잣집 아들에 인물 또한 훤칠하며 늘 미소짓는 여유로운 인품을 지녔는데 왜 결혼을 안 하고 있을까?' 이런 생각을 하던 중에 '드르륵' 문이 열리고 차 쟁반을 든 오근식이 들어왔다.

"이놈의 곤로가 오래 되야서 불이 언능 안 붙어서 시간이 걸렸네요. 자! 땃땃허니 한 잔 드리쑈!"

"어이. 뿌담씨(괜히) 내가 와서 귀찮허게 허네. 앉으소!"

차를 마시며 시국담을 논하기를 한 식경, 대전이 자리에서 일어나며 말한다.

"인자 몸도 늑이고 했으니 가야것네. 근디 내가 연길에서 구한 소중한 책 한 권이 우리 집에 있는디 자네 보실란가?"

"무슨 책인지 모르제만 성님이 소중히 여기시는 책을 어찌게 제가 돌라고(달라고) 허것습니까?"

"괜찮허네. 자네가 그 책을 보고 공부헌다면 뛰는 말에 날개를 단 셈이 될 것이네. 그렁께 나랑 같이 우리 집으로 가세!"

대전의 말을 듣고 근식은 잠시 생각을 하다 대전에게 곧 따라가겠노라며 혼자 먼저 가라고 한다. 그리하여 대전은 먼저 자신의 집으로 돌아왔다. 그리고 곧이어 근식이 대전의 집으로 들어서는데 그의 손에는 아직 핏기가 마르지 않은 소고기가 들려 있었다.

"이 사람아! 이 비싼 소고기를 멋 헌다고 사오시는가? 기냥 오면 어쩐다고…. 그나저나 방으로 들여감세!"

"실은 어르신이 계신닥 헌께 이놈을 사 올라고 성님 먼저 가시락 헌 것입니다. 그 사이 장터 조 씨네 푸줏간에 댕겨 왔어라우."

대전은 고기를 받아 들며 근식을 인길양반이 있는 큰방으로 안내하였다. 이들이 방으로 들어서자 인길양반은 아랫목에 앉아 침술 관련 책을 보다가 돋보기안경을 벗어 책과 함께 상지 위에 올려놓는다.

"아버님! 이 친구는 평정에 사는 후배입니다. 아우! 인사드리시게!"

"어르신! 인사 올리겠습니다."

오근식은 넙죽 엎드려 절을 하였다.

"저, 평정에 사는 오근식이라고 헙니다."

"오~호! 그러신가? 자네 어르신의 함자는 누구신고?"

"야~아. 시방은 작고허시고 안 계신디 오 병자 권자, 오병권이셔라우."

"아! 몇 해 전에 용산리 구장 허셨던 오병권 씨? 내가 잘 알제. 반갑네그려."

몇 해 전 용산리의 구장을 했던 오근식의 아버지를 같은 구장 일을 했던 관계로 인길양반은 이미 알고 있었다. 이어서 인길양반이 다시 묻는다.

"자네 선친의 기일이 아마도 6월 경일 텐디. 내가 문상을 갔었응께 알제. 그러면 제사는 자네가 모실까?"

"야~아. 맞어라우. 유월 초 사흘날이 제산디 제가 모시제라우. 그날은 큰집에 성님들 그리고 작은아버지와 사촌들이 다 참석헙니다."

　인길양반의 물음에 오근식은 차분히 대답을 했다. 두 사람의 대화를 옆에서 듣고 있는 대전은 인길양반이 왜 오근식에게 세세하게 묻는지 그 까닭을 짐작하고 있었으며 아버지의 생각이 자신의 생각과 같다는 것을 알고 있었다.

　"아버님! 그럼 저희는 제 방으로 가겄습니다."

　"그래라! 자네도 같이 가서 놀다 가시게!"

　이렇게 하여 두 사람은 큰방을 나왔다. 대전이 근식을 데리고 자신의 방으로 가면서 작은방을 향해 순녀를 부르자 순녀가 나왔다.

　"순녀야! 이분은 평정 사는 오빠 후배다. 인사드리고 옆집에 가서 쌍본이 좀 오라고 해라! 평정서 친구가 왔다고 말어다. 그리고 근식이! 이 애는 내 여동생일세. 서로 인사허시게."

　하고 순녀와 근식에게 서로를 소개했다.

　"아따! 이쁜 동생이네. 나는 오근식이여."

　"야~아. 저 같은 박색을 이쁘닥 헌께 고맙기는 허요만 실은 이쁘던 않제라우. 저는 박순녀여라우. 그러먼 나는 쌍본 오빠네 갔다 오께라우."

　잠시 후 순녀가 쌍본을 불러왔다. 이렇게 하여 대전과 근식, 쌍본은 해 질 녘까지 얘기를 하다 근식과 쌍본은 돌아갔다. 두 사람이 돌아가자 대전이 순녀를 불러 묻는다.

　"순녀야! 인자 너도 시집 갈 나이가 다 되얐는디 아까 봤던 근식이 어쩌디야? 내가 너를 생각허고 쌍본이한테 물어본께 그 친구도 아직 짝이 없다고 헌다. 내 생각은 너와 짝을 지어 주고 싶은 생각이다."

　순녀는 얼굴이 붉어지며 선뜻 대답을 하지 않고 서 있다. 대전이 재차 묻는다.

　"사나그가(사나이) 저만침(만큼)이면 덩치나 인둘이나 가정이나 다 괜찮은디 어찌게 생각허냐?"

이때 옆에서 듣고 있던 경주댁도 대전의 말을 거들었다.

"애기씨! 그 총각 인물도 좋고 싹싹허니 좋습디다."

이리되자 순녀도 본마음을 솔직하게 털어놓는다.

"오빠랑 성님이 그렇게 생각허시면 나도 괜찮허제라우. 근디 내가 빠꾸 맞으면 부끄라서 어찌게 헌다요!"

"그것이사 이 오래비가 알어서 헌께 걱정을 말그라! 알었다."

사실 대전이 근식에게 책을 주겠노라고 했던 것은 근식을 자신의 집에 오게 하기 위한 구실이었던 것이며 이들 두 남녀에게 간접적으로 서로 마주할 기회를 주기 위해서였던 것이다.

그래서 순녀의 의중을 안 대전은 이렇게 장담을 하고 있는 것이었다. 그리고 저녁 밥상머리에서 이 이야기가 인길양반의 입에서 다시 나왔다.

"점돌 애비야! 아까 왔던 병권 씨 아들, 총각인 모양이던디 색싯감이 있다냐?"

"없는 것 같습니다."

"그러면 잘되얐다. 머스마가 인물도 괜찮허고 집안 내력도 괜찮헌께 니가 서둘러서 순녀랑 어찌게 맺어줘 봐라! 사람 속이야 겪어봐야 알기는 허제만 본마음과 습관이 얼굴과 행실에 다 나와 있는 법인께 내가 보기에는 괜찮은 총각임이 틀림없다. 순녀야! 너는 아까 본 총각이 어짜디야?"

인생의 나이 이순이면 산전수전 다 겪고 수많은 사람을 겪어 보았을 것인즉, 인길양반의 나이가 나이니만큼 예순에 이른 세상을 살아오며 인생사에 달관하였을 것이며 사람을 보는 눈 또한 정확하였다. 순녀가 섣불리 대답을 않고 머뭇거리자 대전이 대신 대답한다.

"아버님! 저도 아버님이랑 생각이 같어라우. 그래서 제가 아까침에 순녀한테 일러 뒀는디 어무이랑 아부지만 좋닥 허시면 제가 어찌게든 맺어 줄랍니다."

"그래. 순녀도 인자 과년한 나이에 이렀응께 오라버니인 니가 꼭 힘써보기 바라마!"

"야~아. 아부지 명심 헐께라우."

이렇게 하여 인길양반과 대전은 근식을 순녀의 짝으로 댕어 주자는 데에 뜻을 같이하게 되었던 것이었다. 이렇게 세상의 인연이라는 것은 둘 따라 길 따라 이리저리 맺어지는 것인가 보다.

이날 밤 순녀의 방: 말례와 태곤은 아랫목 잠자리에 누워있고 순녀는 태곤의 구멍 난 양말을 꿰매고 앉아있었다. 쉽사리 잠을 이룰 수 없던 순녀는 어머니인 인길댁이 바느질하던 것을 뺏다시피 하여 바느질을 하는 것이었다. 잠자리에 누웠던 말례도 잠이 오지 않는 것인지 꼼지락거리다가 순녀에게 말을 걸었다.

"언니! 낮에 온 그 으빠한테 언니 시집 갈랑가? 그 오빠 겁나게 잘생겼든디…."

"응? 암만(다무리) 잘 생겼어도 뭣 헌데야. 내가 시집을 가고 잡아야 가는 것이제. 씨얄디 없는 소리 말고 언능 자그라!"

"칫! 뿌담씨(괜히) 좋음시러(좋으면서) 그러제? 나는 우리 성부(형부) 허고 싶그만."

"니가 뭣 안다고 그냐? 언능 자그라이!"

"알았당께. 언니도 불 끄고 언능 자! 불 안 끄먼 나 잠 못 자."

순녀는 꿰맨 양말을 접어 잠이든 태곤의 머리맡에 놓고 자신도 이불 밑으로 파고드는 것이었다.

제 10 부

두 여인

●●● 1945년 12월 한 해가 다 저물어 가던 어느 날, 대전은 쌍본에게 이렇게 말했다.

"동생! 자네에게 부탁할 것이 있네."

"뭐인디요? 죽는 것 말고 성님 부탁을 마닥헐 것 있을랍디여!"

대전은 지난번 오근식이 자신의 집을 다녀간 후 오근식에 대하여 인길양반과 나눴던 이야기의 자초지종을 말하고 쌍본에게 이렇게 부탁을 하는 것이다.

"내가 직접 근식이한테 말하는 것보다는 제삼자인 자네가 물어 보는 것이 그 친구가 대답하기에 편허지 않겠는가? 그렇게 자네가 그 친구의 맘을 한번 떠보소!"

"아이고! 성님 그까짓 것이 뭣이 힘들것소! 쌈은 말기고(말리고) 흥정은 붙이락 했응께 내가 착 엉겨붙어서 얘기허면 지가 별 수 있것어요? 내가 발 벗고 나서서 다리를 놀라우."

"그래. 동생 고맙네."

이렇게 하여 쌍본이 오근식의 집을 찾아갔다. 마침 오근식의 집에는 그의 모든 식구, 모든 식구라 해봐야 세 식구인 오근식을 비롯하여 그의 할머니와

어머니가 같이 있기에 잘 됐구나 싶어 대전의 뜻을 전했다. 오근식의 어머니는 옳다구나 쌍본에게 다가서며

* * *

"잘 되얐소. 우리 근식이 명년에는 여워야제라우. 외아들인께 집안 대를 잇을라면 마땅헌 샥시(색시) 있을 때 언능 해사제라우."

하고 순녀와 그녀의 가정사에 관하여 요모조모를 묻는다. 쌍본은 한의원을 하는 인길양반의 내력과 면 직원으로 근무하다 일본 외유를 한 대전의 이력 그리고 살림꾼으로 당찬 모습을 한 순녀의 성향 등을 아는 대로 설명해 주었다.

중신아비가 되어 성혼을 시키자면 거짓말도 조금은 할 줄 알아야 하고 단점은 빼고 장점은 부각시켜서 듣는 이로 하여금 호감을 갖도록 해야 성사의 가능성이 높아질 것인데 쌍본은 우직하리만치 솔직했다.

물론 거짓말을 하고 과장을 한다는 것은 윤리와 도덕의 측면에서 권장할 것은 아니지만 중신의 성사를 위한 거짓말을 굳이 선과 악으로 따지자면 악은 아니지 않을까.

그러니 이 혼담의 성사를 위해서라면 쌍본이 조금은 과장된 포장을 해도 될 것인데도 쌍본은 솔직담백하기에 그지없었던 것이다. 어쨌든 그래도 쌍본의 우직한 말투가 적효한 것일까 근식의 할머니는

"고만허면 우리 근식이한테 잘 맞겄다. 인물이 물짜면 어쩌고 좋으면 뭣 헌다냐. 샥시 심성이 좋고 집안도 고만허면 더 볼 것 없다. 언능 식(결혼식) 올리고 살림 차라서 나 죽기 전에 손지(손자) 한 번 안아보고 죽을란다."

이렇게 단정하여 말을 했다. 그러나 근식은 입을 다문 채 뜨악한 표정으로 말이 없자 그의 어머니와 할머니는 답답하단 듯 근식과 쌍본의 얼굴을 번갈아 가며 바라볼 뿐이다. 쌍본이 답답히 여기며 근식에게 묻는다.

"근식이! 어르신들은 다 좋닥 허시는디 자네는 어쩐가? 좋든 싫든 말 해보소!"

"글씨, 쪼끔 생각을 해 볼라네."

"그래? 허기사 결혼이라는 것이 빠꿈사리(소꿉장난)마냥 하루 이틀 살 것이 아닌께 생각을 해보기는 해사제."

과연 그렇다. 근식의 입장에서 보면 일생일대를 걸고 결단을 혀야 하는 중차대한 일일 것인바, 선 자리에서 당장 대답을 하라는 것이 무리한 요구라는 것을 쌍본은 이해하고 있었던 것이다. 그럼에도 근식의 할머니는

"생각은 뭘 놈의 생각이여. 이 샥시먼 감지덕진께 눈 딱 감고 이 샥시랑 해라!"
이렇게 채근하는 것이었다.

"자! 그러던 식구들 잘 타협해 보시기 바람서 저는 갈라우."

근식은 쌍본을 배웅하고자 쌍본의 뒤를 따라 대문을 나섰다. 집 앞 아래쪽으로 펼쳐진 황량한 빈 들판에는 찬 바람이 불고 있었다. 동구를 벗어날 즈음에 근식이 걸음을 멈추며 쌍본을 나직한 소리로 불렀다.

"쌍본이! 사실은 얼마 전에 임자도에 사는 큰당의 사촌 형님 소개로 맞선을 봤네."

"아~하! 그랬어? 그대서 어찌게 되얐는가?"

쌍본은 귀가 솔깃하여 근식의 얼굴을 쳐다보며 물었다.

• • •

"임자도의 처녀는 면장의 딸인디 호릿헌 몸매에다 인물도 곱상허니 이쁘게 생겼지."

차분한 어조로 말을 잇는 근식의 얘기 내용은 이러했다. 스무 살 임자도의 아가씨는 면장의 외동딸로서 광주의 모 여고를 졸업하고 이후로는 가사를 도우며 마땅한 혼처가 있으면 결혼을 할 요량으로 신부 수업 중에 있었던 것이다.

이러한 내막을 잘 아는 근식의 사촌 형이 주선을 하여 선을 보게 되었던 것

이다. 처녀의 이름은 연의라고 했다. 연의의 용모는 아름다웠다. 검게 그을린 여느 섬 여자들과는 달리 연의의 우윳빛 하얀 피부는 가냘픈 선을 그리며 목을 타고 가슴으로 흘러내렸으며 심연처럼 까만 눈동자와 눈과 입가에 스민 세상에서 가장 아름다운 꽃 미소, 그녀의 고요한 미소는 잠자는 이성을 충동질하기에 충분하였다.

근식은 이처럼 아리따운 규수의 모습을 보고 첫눈에 반해버렸다. 설렘 속에서 요동치는 감정을 감추지 못하고 앉은 자리에서 바로 청혼을 하기에 이르렀던 것이다.

마침 처녀 쪽에서도 근식의 준수한 외모를 본 것만으로도 마음이 동하였던 것인지 선을 보던 그 자리에서 청혼에 응했던 것이었, 연의의 어머니나 당사자인 연의가 똑같이 근식에 대하여 호감을 가졌던 모양이다.

그러나 근식의 어머니와 할머니의 의견은 판이하여 결혼을 절대적으로 반대하였다. 그 이유는 두 가문의 격이 너무 차이가 있다는 것이 첫 번째 이유요, 두 번째 이유는 연의가 고교를 졸업하던 해에 역질인 호열자에 걸려 그로 말미암아 대학진학을 포기했던 것인데 그나마도 겨우 목숨을 건진 정도이니 건강이 얼마나 좋지 않겠냐는 것이 두 번째 이유이다. 결혼을 반대하는 할머니는

"옛말에 사우는(사위는) 부잣집에서 데려오고 며느리는 가난헌 집에서 데려오락 했단다. 그리고 우리 집에 올 며느리는 짱짱해야 써! 그래야 집안일을 잘 차고 나가고 애기도 잘 낳제. 그 처녀는 너머 양갓집 규수인디다 건강도 좋덜 안 헌께 당최(전혀) 안 된다이!"

이렇게 완강히 반대를 하였던 것이다. 근식은 난처하였다. 그러나 삶의 선생에는 체험처럼 좋은 선생이 없는 것이며 어른의 말씀에 거슬러서 잘된 사람이 없다는 생각에 이르자 어머니와 할머니의 뜻에 따르기로 작정했던 것이다.

그리하여 근식은 연의가 있는 곳, 임자도를 다시 찾아갔다. 신의를 저버릴 수 없기 때문인 것이다. 마음속의 뜻을 전하기 위해 연의의 앞에 선다는 것이

죽기보다 싫은 행위지만 그러나 결코 마음먹은 일, 죄인이 된 심정으로 연의의 앞에 섰던 것이다.

이런 근식의 마음을 알 길 없는 연의는 불현듯 나타난 근식을 화색이 만면하여 반갑게 맞았다. 게다가 근식에게 주려고 여러 날에 걸쳐 손수 짰노라며 털실 목도리를 근식에게 건네주는 것이었다.

연의는 첫 선을 본 이후로 오매불망 늘 근식을 그리는 맘으로 오늘에 이르고 있었던 것이었다. 목도리를 건네준 연의가 이런 말을 한다. 자신의 아버지가 구체적인 결혼 방안을 논의하려고 가까운 날에 일로 예비사돈댁(근식의 집)을 찾아가려는 참이라고….

이 말을 들은 근식은 눈앞이 깜깜해지며 도다 체 무거워진 입을 열 수가 없는 것이었다. 그렇다고 그냥 돌아갈 수도 없는 일, 근식은 결국 찾아온 내막을 이야기하였다.

의외의 말에 연의는 근식을 물끄러미 바라볼 뿐 할 말을 잃고 있었으며 근식은 차마 이러한 연의를 쳐다보지 못하고 시선은 먼바다를 바라보고 있었다. 한동안의 침묵을 깨고 연의가 입을 열었다.

"차라리 만나지나 말 것을…. 이녁이(당신이) 정녕 그러신닥 허면 나는 어찌게 허께라우?"

연의는 근식에게 시선을 고정한 채 소리 없이 눈물을 흘리고 있었다. 이 모습을 바라보는 근식은 이제 피어나는 파란 새싹을 짓밟은 것 같은 생각이 들어 차마 연의의 얼굴을 볼 수가 없는 것이다.

근식은 손수건을 꺼내어 연의의 뽀얀 볼에 흐르는 눈물을 닦아 주었다. 그리고 손을 꼬옥 잡아 주며

"참말로 미안허요. 나보다도 더 좋은 사람 만나서 행복하게 잘 살기를 간절허게 바랄께라우!"

이렇게 말했다. 연의는 여전히 눈물을 흘리며 볼멘소리로

"이것이 우리의 운명인개빈디(운명인가 본데) 여자인 내가 가신다는 이녈을 어찌게 틀어 잡겄어요. 가시쑈! 떠나가시쑈!"

라고 말할 뿐 더는 말을 잇지 못하며 신부양난(信否兩難)의 심경이 된 것이었다. 여자의 마음은 약했다. 사랑하는 사람이 떠난다 해도 붙잡지를 못하고 가시란 말밖에는….

근식을 떠나보내는 임자도 처녀, 연의는 봄바람에 하늘거리는 수양버들처럼 연약하기만 하였다. 근식은 더는 연의의 앞에 서 있을 수 없어 도망을 치듯 발길을 돌렸다.

내리막길을 다 내려와 길모퉁이에서 근식은 걸음을 멈추고 뒤를 돌아보았다. 연의는 아직도 고갯마루에 서서 갯바람에 치맛자락을 휘날리며 망부석처럼 근식을 바라보고 서 있었으며 근식은 떨어지지 않는 발걸음으로 나루터로 향했던 것이었다.

이것이 근식이 말하는 임자도 처녀 연의와의 짧고도 애절한 운명의 내용이었다. 긴 이야기 끝에 근식은 힘없는 소리로

"그래서 지금도 내 마음은 허둥둥 떠 있는 마음이여."

이렇게 심경을 토로하는 것이다. 이 말을 듣고 쌍본은

"그러네. 참말로 자네는 둘도 없는 효자네. 그렇게 이쁜 처녀에게 뒀던 맘을 접기가 쉽겄는가? 그러제만 그 처녀와 혼담 이야기는 나도 자네 어무이의 입장허고 같네. 그렇게 순녀랑 결혼을 헐지 말지 잘 생각해서 결정허소!"

이런 대화를 끝으로 두 사람은 헤어졌다. 쌍본이 돌아가고 근식은 자신의 방으로 들어가 상을 방 가운데 놓고 그 앞에 정좌를 하고 앉았다. 그리고 종이에 '박순녀, 방년 17세'라고 쓴 후 종이를 상 가운데 놓고 눈을 감았다.

그녀의 생김새는 인길양반과 인길댁을 절반 씩을 닮았다. 마른 듯 큰 키와 흔들림 없이 사물을 주시하는 힘 있는 눈빛은 인길양 반의 복사판이다.

약간은 불거진 광대뼈에 늘어지게 큰 귀 그리고 가르마를 타 쪽 지은 모습

은 인길댁의 정갈스러운 모습과 같다. 몇 번 되지는 않지단, 순녀는 볼 때마다 무엇인가를 하고 있었다.

 이런 점을 보아 그녀는 근면하고 성실한 사람이다. 성실함이라는 것은 인간에 대한 하늘의 명인 것이며 이를 통하여 도에 이른다고 하지 않았던가.

 사물을 바라보는 눈길이 두리번거리지 않고 흔들림이 없다는 것은 마음이 곧아서 간사하지 않은 사람이다. 반듯한 콧날과 꼭 다문 입술은 주관이 뚜렷한 사람이다.

 통틀어 그녀는 허틀지 않고 진실한 삶을 살아갈 여지가 있는 사람인 것이다. 이러한 반면에 임자도 처녀, 연의는 어떤가? 갸름한 얼굴에 하얀 피부는 티끌 하나 없이 곱다.

 애수에 찬 듯 까만 눈동자는 유혹의 눈동자이다. 가는 허리와 우려한 몸매는 남성들로 하여금 보호 본능을 발동케 하는 가녀린 모습이다. 그녀의 하얀 살결에서는 항시 아름다운 향이 풍길 것 같고 그녀가 지닌 모든 것들은 다 정결할 것 같다. 그녀가 지닌 마음까지도….

 '가시쑈! 떠나 가시쑈!'

 이것은 여성으로서 순종적인 모습이다. 그렇다면 임자도의 연의는 나와 천상 배필 아니런가? 그러나 너무 나약하다. 선하기는 할지언정 강하지 않을 것이니 이상적인 여인이라면 모를까 현모양처의 모습과는 거리가 있는 사람일 것 같다.

 게다가 사사로운 감정으로 부모의 뜻을 거스를 수는 없는 일, 그렇다면 나의 배필로 누구를 선택해야 할까? 현실적으로 합당한 사람, 나와 일심동체가 되어 함께 세파를 헤쳐 나아가고 가정을 이끌어 갈 수 있는 여인은 누구인가?

 그렇다. 영화 농장 처녀, 박순녀! 근식은 눈을 떴다. 그리고 하얀 종이에 '박순녀'라는 이름 석 자를 다시 한번 쓰고 있었던 것이었다. 더칠 뒤, 오근식은 쌍본을 만나 자신의 굳혀진 마음을 털어놓았다.

"쌍본이! 인자 내 마음을 결정했네. 우리 어무이나 할매의 말씀도 그렇고 해서 곰곰이 생각 끝에 임자도 처녀에게는 미안헌 일이지만 인자는 깨끗이 잊어 불고 순녀와 결혼허기로 맘 묵었네. 자네나 대전이 성님, 다들 고맙게 생각허네."

근식의 이 말을 듣고 쌍본은 근식의 등을 다독이며

"뭣이 고맙기는 고맙당가 친구지간에…. 하이간에 잘 생각했네. 내 대전이 성님한테 자네 뜻을 전할 텡께 인자 결혼 날짜만 잡으면 되것네. 잘 되얐어."

이렇게 말하며 쌍본은 친구의 새로운 운명의 길에 가교가 되어 주고 있었던 것이다.

1946년 2월 1일 음력 섣달그믐 날, 순녀네 부엌은 내일 정월 초하루 날 쓸 제수 반찬을 장만하느라 부산스럽다. 인길양반은 안방 아랫목에서 신원목의 응만과 바둑을 두고 있었으며 아이들은 부엌에서 풍기는 음식 냄새만으로도 신이 난 듯 부엌과 마당을 오가며 뛰어놀고 있었다.

해마다 설날이나 추석, 명절이 되면 순녀네는 남달리 음식 장만을 많이 해야 했었는데 찾아오는 손님이 많은 까닭이다. 부엌에서는 인길댁과 경주댁 그리고 순녀 자매, 저마다 음식 장만에 손길이 바쁘다.

경주댁은 검정 솥뚜껑을 뒤집어 부뚜막에 걸고 그 위에 돼지비계 기름칠을 해가며 생선 부침개를 부치고 있었으며 순녀는 식혜가 앉혀진 큰 아궁이에 불을 때고 있었다.

인길댁은 생선찜이 담긴 광주리를 들고 안방 건너 곡광으로 갔다. 다 만들어진 고기반찬이나 나물들을 곡광에다 갖다 놓고 손님들이 오면 그곳에서 손쉽게 음식상을 내오기 위해서인 것이다.

그런데 광주리를 들고 곡광으로 간 인길댁의 고함이 곡광에서 들려오고 그와 동시에 태곤과 점돌이 맨발로 마당으로 '후다닥' 도망을 친다.

무슨 일인지 순녀가 곡광으로 가 보았다. 곡광 바닥에 조청이 묻은 숟가락이 팽개쳐져 있고 상 선 광주리 옆에는 뚜껑이 열린 조청 단지가 놓여 있다.

　태곤과 점돌이 조청 단지를 사이에 놓고 마주 앉아 '삼촌 한 숟가락, 조카 한 숟가락' 이렇게 단재기의 반을 먹어 치운 것이다. 그러다가 곡광으로 들어선 인길댁에게 들킨 것이니 이를 두고 인길댁이 가만있을 리 없었다.

　인길댁은 도망쳐 나간 아이들을 쫓다 말고 문 앞에 서서 화가 몹시 난 듯 마당에 선 아이들을 향해 소리를 지른다.

　"저런 박살헐 놈들! 내일 묵어야제 으늘 그 많은 놈을 다 묵어 불면 낼은 뭣을 묵겄냐? 순녀야! 가서 비땅(부지깽이) 좀 가져오니라! 저놈의 자식들 양씬 패줘야 쓰겄다."

　"어무이! 제가 가서 혼내주 껏인께 들어가이쑈!"

　"그래. 저놈의 자식들 혼내줘라! 그나저나 저놈의 자식들 청(조청)을 저렇게 양씬 묵었는디 설사흘 감습다."

　인길댁은 순녀의 만류에 못 이긴 척 브엌으로 향했고 순녀는 아이들의 신발을 들고 마당 구석에 쫓겨가 있는 아이들에게 다가갔다.

　"이놈 자식들! 묵고 싶으면 누나한테 돌라고 해사제 둘이 단재기째 들고 묵어불면 쓰것냐? 언능 신발 신어라!"

　순녀는 아이들의 발을 닦아주며 방으로 들여보내고 자신은 부엌으로 향했다. 먹을거리가 모자라던 이 시기, 특히나 명절을 반기는 것은 아이들이다.

　이는 평소 굶주렸던 배를 채울 수 있는 것은 물론이요, 별식을 맛볼 수 있는 시기가 이 시기이니 이처럼 좋은 시기가 또 있을 수 있겠는가. 그렇기 때문에 아이들은 비록 인길댁에게 야단을 맞을지라도 태곤과 점돌, 이 아이들에게 있어서 다가온 설날은 좋기만 한 날인 것이었다.

　이윽고 설날이 되었다. 점심에 다 이른 시간, 순녀네 집에 세배객들이 무리를 지어 몰려왔다. 이들은 순녀의 부모인 인길댁 내외에게 세배를 온 것인데 모두가 복룡츤에 사는 순녀의 사촌 남매들과 조카들이었다.

신년하례가 끝나고 다과상이 차려졌다. 아랫목에 앉아 있던 인길 양반이 둘러앉은 사람들에게

"자! 차도 마시고 조청에다가 떡들도 찍어 묵어라! 그러고 올해는 느그들한테 헐 말이 있는디 마땅히 자손들로서 조상의 내력을 알고 사는 것이 당연허다고 생각되어 말허것다."

이렇게 입을 열었다. 방 안은 숨소리조차 거슬릴 만치 조용해졌다.

"잘 들어 보그라! 그 옛날 우리 아부지이신 박경림 씨, 긍께 느그들의 하나씨(할아버지)께서는 고 씨 할매를 맞아 초혼을 허셨드란다. 그런디 이 고 씨 할매는 결혼을 허시고 몇 해가 지나도 자식을 낳지를 못허셨지. 이때쯤 마침 과년한 딸을 앞세우고 이 동네 저 동네를 떠돌아 댕김서 대바구니를 팔러 다니는 사람이 있었는디 이 부녀가 우리 동네에 오면 하나씨는 이들 부녀를 가여히 여겨 사랑채 방을 이들 부녀의 숙소로 내주고는 허셨더란다. 그러던 어느 날 하나씨가 그 바구니 장시(장수)에게 하나씨의 사정 얘기를 허심서 딸을 달라고 허셨는디 그렇잖아도 과년한 딸의 앞날을 걱정허던 바구니 장시는 옳다구나 하고 순순히 하나씨의 요구에 응허게 되야서 하나씨는 임 씨 할매를 둘째 마누라로 맞아 재혼을 허셨더란다. 그런디 우리 하나씨, 느그들의 증조하나씨는 이것을 못마땅이 여기셨다. 어째 그냐 허면 이 임 씨 할매의 출신이 천허다는 것이 그 이유여. 하나씨가 임 씨 할매를 첩으로 맞으신 이후로 날마다 증조하나씨는 하나씨에게 닥달허셨다. 어디라도 내세울 수 있는 반듯한 집안의 규수를 정식 아내로 맞으시란 것이 증조하나씨가 강조허시는 말씀인 것이제. 그리하여 하나씨가 세 번째로 맞으신 분이 나의 어무니이신, 느그들로서는 김 씨 할매이시다. 공교롭게도 이 두 할매들은 같은 해에 똑같이 아들 하나씩을 낳았는디 임 씨 할매는 내게 몇 달 형이 되는 준규 씨를 낳았고 이로부터 몇 달 후 김 씨 할매는 나를 낳으셨더란다. 그렇게 이것으로써 느그들의 하나씨께서는 그동안 고독했던 세월을 한꺼번에 청산 허시게 된 것이제. 그리고 또 공교롭

게도 임 씨 할매와 김 씨 할매는 똑같이 아들과 딸 하나씩을 더 낳으셨으니 이렇게 해서 느그들의 하나씨께서는 여섯 남매를 낳으신 것이다. 이후로 나와 준규 형은 가문을 이을 적자 문제를 갖고 잦은 다툼을 허게 되았었다. 뭔 이야기냐 허면 준규 형은 출생이 나보다 빠르니 자신이 적자라 주장을 허는 것이고 나는 나대로 법도를 따라 정실의 자식이 나이기 때문에 내가 적자라는 것을 주장했었다. 이것은 뭔 말이냐 허면 임 씨 할매는 정해진 거쳐도 없이 동가식 서가숙 허셨던 분이라 하나씨께서 얼렁뚱땅 데리고 사셨기 땜세 첩이라는 것이고 김 씨 할매는 양갓집에서 정상적인 절차를 밟고 관혼상제의 예법에 따라 정식 혼례를 치르고 데켜오셨기 땜세 본실이라는 말이다. 즐국 이것이 문제가 되어 내가 도덕지로 이사를 하게 됨으로써 이 문제는 그렇지 일단탁된 것이고 오늘에 이른 것이다. 그렇게 오늘 복룡촌에서 나려온 조카들은 임 씨 할매의 후손들이고 여그 도덕지 사는 조카들과 대전이나 순녀는 김 씨 할머의 후손이다. 내 대에서는 이 태생의 문제를 갖고 왈가왈부 다툼이 있었제만, 그것은 적자와 서자의 처우 관계가 극명했기 때문인디 인자 느그들은 임 씨 할매니 김 씨 할매니 편을 가르고 따지먼 안 된다. 어째 그러냐먼 인자는 적자, 서자를 논헐 필요도 없어졌을 뿐만 아니라 우덜 모두, 조카들 모두는 박경림 하나씨의 후손임이 틀림없는 사실이고 그렇게 느그들은 앞으로 같은 피를 이어 받은 형제임을 명심허여 서로 어려울 때 협동하여 난관을 타개허고 따뜻한 마음을 나누어 화목허게 잘 살아가기를 바란다! 그리고 덧붙여서 병술년, 올 한 해에 이 방 안에 있는 박씨 문중의 으리 식구들 모두 무병허고 잘 살아가기를 기원허겄다."

이렇게 인길 양반의 신년사가 끝나자 모두가 일어나 박수를 치며 환호하였던 것이다. 설날은 이렇게 지나갔다.

정월 초 이튿날, 해거름이 되자 한바탕 세배꾼들이 왔다 간 순녀네 큰방은 파시가 끝난 장터처럼 즈용하다. 인길댁은 방 안쪽에 앉아 길쌈이 끝난 무명 베를 손질하고 있었으며 그 옆에서는 태곤이 그의 조카 점돌고 마주 앉아 놀고 있었다. 이때 아랫목에 앉아 두꺼운 돋보기를 끼고 책을 보던 인길양반이 문 밖의 인기척을 듣고 태곤을 불렀다.

"태곤아! 누가 왔는갑다. 문 열어 봐라!"

태곤이 문을 열고 마루로 나왔다.

"아부지 성님 왔어."

하고 태곤이 인길양반을 향해 소리쳤다. 세배를 하러 간다고 아침 식사를 마치면서 집을 나갔던 대전이 돌아온 것이다. 대전의 뒤로 광암리의 임종기, 평정의 오근식, 도덕지의 오쌍본, 이 세 사람이 따라 들어왔으며 오근식은 사과 궤짝을 어깨에 짊어지고 있었다.

이들은 친구의 부모들을 찾아 돌아가며 세배를 하고 마지막으로 평정의 오근식의 집으로 가 세배를 마친 후 순녀네로 온 것이다.

"자! 안으로 들어가세!"

대전이 근식에게서 사과 궤짝을 받아 들며 세 사람을 안방으로 안내하였다. 사과 궤짝은 신년 인사로 선물을 한다며 근식이 사 온 것이다. 세배객들이 방으로 들어서자 인길양반은 보던 책을 덮고 반쯤 일어나며 이들을 맞는다.

"추운디 이렇코들 오셨는가? 그리 앉거서 발들 좀 녹이소!"

"아니여라우. 아버님! 인나지 마시고 앉으시쑈! 글고 저 어무이 이리 오셔서 아버님 옆에 앉그셔라우! 저희들 세배 드릴랍니다."

종기의 이 말에 인길댁은 아랫목의 인길양반 곁으로 가 나란히 앉았다.

"그러면 저희 세배드릴랍니다. 자! 세배드리세!"

셋 중 연장자인 종기의 말에 세 사람은 옆으로 나란히 서고 허리를 구부려 절을 한다.

"아버님! 어머님! 만수무강허시고 복 많이 받으시쑈!"

"어이! 고맙네. 자네들도 올해는 건강들 허시고 뜻허는 것들 다 잘 이루시게!"

신년 하례가 끝나자 인길댁은 순녀를 시켜 저녁상을 차리게 했다. 잠시 후 경주댁과 순녀가 상을 들고 방으로 들어왔다. 김이 모락거리는 떡국에 빨간 실고추가 뿌려진 죽상어와 조기찜 등 상은 정성 들인 음식들로 가득하였다. 인길양반은 막걸리 주전자를 들고

"내가 술을 즐기덜 안 헌께 술 인사는 않네만 정초인께 복주(福酒)라 생각허고 탁베기 한 잔씩을 권할 텡께 받으시게!"

이렇게 말하며 대전을 제쳐두고 종기, 근식, 쌍본에게 차례로 막걸리 한 잔씩을 따라주었다.

대전은 술을 좋아하지 않았으므로 대전을 제쳐둔 것이다.

이들이 술을 마시는 모습을 보고 대전이 말한다.

"내가 술을 못 마신게 그렇제 그래도 남자라면 술 한 잔씩은 헐 줄 알아야 재미진디 말이여 나는 우리 아부지를 닮은 본께 술을 못 마시니 자네들이 부럽네. 많이들 드시게!"

대전의 이 말에 인길양반은 허허 웃으며

"그거 잘 묵으면 약과 같이 좋은 것이고 안 묵어도 정갈해서 좋은께 그렇코 부러울 것은 없다."

이렇게 말한 후 화제를 바꾸어 말을 이었다.

"근식이! 쩌참에 내가 자네를 본 후, 자네가 맘에 들어 우리 딸 순녀를 자네와 짝을 지어주자고 했는디 자네도 좋다고 했담서(했다면서) 사실인가?"

하고 오근식에게 물었다. 오근식은 인길 양반을 마주 보며 대답한다.

"야~아. 제 어무이와 할매께도 말씀드려서 그렇게 허기로 했는디 저를 그렇게 잘 봐 주신 어르신께 감사드립니다."

"그래. 잘 되얐네. 쇠뿔도 단김에 빼라고 했는디 내 생각으로는 올 농사를 지어서 가실에 식을 올려주고 잡네만 자네 어르신들께서는 어찌게 생각허실지 여쭈어보시겠는가? 허기사 순녀 어메가 자네 집을 찾아 정식으로 인사를 드리기는 헐 것이제만…."

인길 양반의 이런 말을 들으며 근식은 인길 양반의 말하는 기품과 바른 예절에 맘속으로 감동을 하며 대답한다.

"야~아. 어르신께서 그리 해 주신닥 허면 저야 좋습니다. 제 어르신들께도 그리 말씀 드릴랍니다."

"그렇코 허시게나! 결혼은 인륜지대사요, 이성지합이 백복지원이라 했으니 서로가 좋은 배필을 만나 혼인을 허게 되면 비로소 만복이 발원하게 되는 것이고 그래서 결혼은 하늘이 내리신 축복이라고 하는 것이네. 마누라 자랑, 자식 자랑을 허면 팔불출이라 허데만은 우리 순녀가 절세미인은 못 되지만 지혜롭고 총명해서 자네한테는 좋은 내조자가 될 것이니 이것을 천생연분으로 생각허고 성실한 마음으로 둘이 협심하면 빛이 되는 한 가정을 이룰 수 있을 것일세. 덕불고 필유린(德不孤 必有隣) 하는 것이니 가정을 통해서 이웃에 덕을 베푸는 것, 이것이 곧 빛나는 가정이라 할 수 있을 것이고 그 덕은 자손만대에 이를 것이여. 인자 양가의 뜻이 하나가 되았응께 좋은 날 잡아서 식을 올리도록 허시자고 자네 어르신들께도 이러헌 나의 뜻을 전해 드리게나!"

인길양반은 이렇게 말을 함으로써 이 혼담에 대하여 쐐기를 박는 한편 두 사람에 대한 삶의 방편까지도 넌지시 제시하고 있었던 것이다. 인길양반의 말이 끝나자 화제의 주인공인 근식보다도 종기와 쌍본이 더 좋아하며 한마디씩 격려 조의 덕담을 했다.

"근식이! 축하허네! 경술년, 새해 초부터 자네 복 터져 불었네. 올해 넘기지 말고 총각 딱지 띠어(떼어) 불소!"

이즈음의 결혼 양태는 이러했다. 언제 누구와 어떻게 혼인을 하는가의 문제는 자의적이기보다는 타의적인 것으로 양가 부모들의 뜻에 따라 이루어지는 것이었다.

다만 혼인을 하는 당사자의 뜻은 반영이 될 뿐, 주도적일 수 없었던 것으로 혼인을 하기 위해 양가의 부모들끼리 선을 보고 부모들끼리 마음에 들면 혼인을 하고 아니면 그만인 것이었다.

 순녀의 혼인도 예외일 수 없이 그녀의 아버지요, 오라버니인 인길 양반과 대전의 의도에 따른 것이었다. 그럼에도 이날 세배상 머리에서 결정된 사안에 대하여 순녀는 내심 쾌재를 부르고 있었던 것이며 이는 그녀의 내면에 근식을 향한 사랑하는 마음이 이미 싹트고 있었기 때문인 것이었다.

제 **11** 부

공산당

●●● 8·15 해방을 맞은 이후 대한민국은 대 격변기를 맞고 있었다. 일제 36년 동안 실추되었던 조선 왕실의 위상은 일정이 끝났음에도 불구하고 복구되지 않고 있었으니 이는 나라 안의 내환을 외세를 끌어들여 해결하고자 했던 무능한 왕실이었기에 존립 근거가 없어진 까닭이다.

일본은 조선을 무대로 하여 청나라, 러시아와의 전쟁에서 이기고 그 위세를 배경으로 칼을 차고 버젓이 조선 왕실 문전을 활보하는 도도함으로 왕실을 능멸하고 억압했다.

청나라의 힘을 빌어 왜세(倭勢)를 견제하고자 했던 국모, 명성황후가 일본 낭인에 의해 시해되자 이에 주눅이 든 고종황제는 자신의 안집과 다름없는 궁 안에서조차 일인의 눈치를 봐 가며 목숨을 보전하고자 아관파천을 하는 지경을 맞았던 것이니 어찌 국민들 앞에 왕권을 운운할 수 있으랴!

왕권의 실상이 이러했기에 국민들은 그 누구도 실추된 왕권의 회복에 관심을 가질 사람은 없었다. 다만 그동안 해외에서 독립운동을 하던 애국지사들과 국내에 머물던 지도층의 인사들은 서로 앞을 다퉈 새로운 정부를 수립하는 것으로 그동안 잃었던 국권을 되찾고자 분주할 뿐, 그 누구도 왕권의 보전에 무관하였니 이로써 이씨 왕조 오백 년은 역사의 뒤안길로 사라져 갔다.

한편 1차, 2차 세계대전을 겪으며 국제정세는 격동기를 맞고 있었다. 1943년, 미국, 영국, 중국이 연합하여 카이로에서 회담을 갖고 일본이 항복할 때까지 싸우자는 결의를 하였으며 더불어 한국의 독립에 관한 문제도 언급되었다.

이어서 미국, 영국, 소련이 얄타회담을 개최하였으며 회담 내용 중 일부는 한국독립 3단계 방안이 논의되었던바, 1단계는 한반도 연합국의 군사 점령, 2단계는 한반도의 신탁통치, 3단계는 한국독립이라는 점진적 독립방법 내용이 거론되었던 것이다.

이에 이어 1945년 7월 26일 미국, 영국, 중국, 소련이 포츠담회담을 개최하고 전쟁도발국인 일본에 대하여 군국주의 권력과 세력을 축출하고 전쟁 능력의 파괴와 평화안정 및 정의의 신질서가 확립될 때까지 연합군의 일본 점령을 받아들여야 하며 일본 영토의 제한과 일본군의 무장해제, 전범의 국제사법재판소에 따른 처벌, 군수산업 활동 금지, 일본군의 무조건 항복을 촉구하는 선언을 하였다.

만약 일본이 이 요구에 불응할 경우 '우리 연합국은 군사적인 공격을 할 것이며 그렇게 되면 일본은 완전한 파괴가 될 것'이라고 경고하였다.

그러나 포츠담회담 하루 뒷날 일본의 스즈키 간타로 수상은 '오직 묵살할 뿐'이라고 언론에 보도했다. 스즈키 간타로의 이 오만한 발언의 대가는 처절하였다.

1945년 8월 6일 새벽, 미 공군 폴 티베츠 중령은 B29 폭격기를 조종하여 티니안섬의 미 공군 기지를 출발하였다. 폭격기의 이름은 '에놀라 게이'이고 이 폭격기에는 핵폭탄 '리틀보이'가 탑재되어 있었다.

그 뒤로 두 대의 비행기가 따랐으며 한 대는 촬영을, 한 대는 과학적 측정을 위한 비행기였다. 목표지는 히로시마, 세 대의 비행기는 태평양 상공 구름 사이를 비행하여 08시 15분 히로시마 9,700m 상공에 이르러 폭탄을 투하했다.

상공 580m에서 폭발이 일어나고 반경 1.6km 이내의 모든 것들은 90%가 파괴되었다. 폭발과 함께 버섯구름은 18km 상공까지 치솟았으며 폭발 초기 사망자는 7만에 이르렀다.

이후 방사능 피해로 사망자가 약 7만에 이르렀으니 히로시마 원폭에 의한 사망자는 14만 명에 이른 것이며 피해 면적은 12평방킬로미터가 완전 초토화 되었던 것이다.

그러나 일본은 스즈키 간타로의 '오직 묵살할 뿐'이라고 했던 말처럼 아직도 항복하지 않고 있었으며 이에 미국은 사흘 뒤 군수공장이 밀집돼 있는 나가사키에 히로시마와 똑같은 폭격을 실행했다.

피폭의 현장은 이전의 모습은 찾아볼 수 없이 파괴된 처참한 모습이었으며 폭발 초기의 사망자는 3만5천 여 명에 이르렀다. 이는 인류 역사의 유래에 없는 대참사였던 것이며 이렇게 하여 일본은 겪지 않아도 될 대비극을 맛본 후 포츠담회담에서 연합국이 요구했던 사항들을 모두 수용하는 조건으로 항복을 하게 되었던 것이다.

스즈키 칸트로의 무리, 이들은 민족주의자들인가 민족주의를 빙자한 위선자들인가. 내 민족의 생존과 미래를 위하고 있다는 측면에서 보면 민족주의자라고 할 수 있을 것이다.

그러나 그들은 위정자들, 혹은 그에 준하는 몇몇 사람을 위한 체계의 존속을 위해 많은 인명의 희생을 감수해 가며 전쟁 도발을 한 것이다. 조선 침략과 대동아전쟁을 봐도 그렇다.

그들은 천황을 위해서라면 '이 한목숨 기꺼이 바치겠다.'라는 세뇌 교육을 통하여 자신들의 체제를 수호하고자 했던 것이었다. 따라서 인간의 생명을 마치 전쟁 도구처럼 이용하고 있는 이들의 처사는 민족주의를 빙자한 위선이 아니고 무엇이겠는가.

설사 그들의 행위가 자신들의 범주를 벗어나 민족주의적인 것이라 할지라도 그것이 타민족의 아픔을 딛고 일어서려는 것이기 때문에 지극히 이기주의적인 것으로서 인류의 성현인 예수님이나 석가모니, 공자님, 슈바이처가 봤을 때 그들은 지극히 불량한 자들임이 틀림없다.

일본의 항복과 함께 조선은 해방을 맞게 되었으며 그 대가로 조선반도는 이미 얄타회담에서 거론된 바가 있는 신탁통치가 시작되었다. 한반도의 공산화를 우려한 미국은 한반도의 허리를 가로지르는 획을 긋고 그 획에 대하여 소련에 넌지시 묻자 소련은 긍정적이었다.

이렇게 하여 남북을 가르는 38선이 생겼으며 38선의 이북은 소련이 점령하고 이남은 미국이 점령하게 된 것이다. 9월 7일 맥아더는 포고령을 발표, 전승군은 38선 이남의 조선지역을 점령하고 '38선 이남 주민에 대한 행정권은 나에게 있다.'라고 발표한 후 9월 8일 인천으로 상륙하였다.

이렇게 하여 남조선은 미 군정하에 들어가게 되고 북조선은 소련군이 진주하게 됨으로써 남북이 갈리어 신탁통치가 시작된 것이다. 점령군들은 38선 165마일에 걸쳐 쇠 말뚝을 박고 철조망을 친 후 남북의 왕래를 통제하기 시작했다.

이에 국내의 여러 지도층 인사들은 이구동성으로 신탁통치 반대와 통일독립을 주장하고 일어섰다. 시민들은 깃발을 들고 시가지를 행진하며 반탁구호를 외쳐댔다.

중국에서 광복 활동을 하며 대한민국임시정부를 이끌었던 김구는 남북이 분단된 상태의 독립은 절대 불가함을 강조하며 통일된 조국의 독립을 실현시키고자 38선을 넘어 남과 북을 오가며 끝까지 통일독립을 주장하였다.

그런가 하면 조선 땅에 민주 정부를 수립해 보겠다는 야심 찬 희망을 가지고 서방에서 돌아온 이승만은 신탁통치에 대하여 온건한 견해를 가지고 있었다.

그는 해방 소식을 듣고 귀국하는 길에 일본에 있던 맥아더를 만나 조국의 앞날에 대해 논의하고 귀국을 했던 터라 반탁에 대하여 적극 동참을 하지는 않았으나 남북이 갈리는 데에는 그도 반대하고 나섰다.

그러나 점령군들의 의지는 뚜렷했고 힘은 막강했으며 이에 반탁의 기치를 들고 일어섰던 지도층의 인사들과 시민들은 슬그머니 뒤로 한 발짝씩 물러서기 시작했다.

그도 그럴 것이 일제 식민지로부터의 독립이 우리 민족 스스로 이뤄낸 것이 아닌 연합군에 의해 이루어진 것을 알기 때문에 미소 양국의 신탁통치를 인정하지 않을 수 없었던 것이다.

이제 국내의 굵직한 몇몇 인사들은 계파를 이루어 서로 자기 방식대로 정부를 수립하고자 혈안이 되었다. 김구는 끝까지 남북이 분단된 독립은 절대 불가하다는 입장을 고수했다.

미군정은 그러한 김구가 그들의 군정을 수행하는 데 있어서 눈엣가시처럼 걸림돌이 되고 귀찮은 존재일 뿐으로 여기게 되었다. 한 편, 1945년 8월 20일 조선 공산당 재건준비위원회를 조직한 박헌영은 8월 테제를 발표하였다.

제목은 '현 정세와 우리의 임무'였으며 이 테제는 이후로 좌익 계열의 지침서가 되었다. 테제의 주된 내용은 민족적 완전 독립과 토지 문제의 완전한 해결, 자유 민주적 권리인 언론, 출판, 집회, 결사의 자유, 8시간 노동제 주장, 이것들의 실현은 노동자, 농민, 도시 소시민들이 이뤄내야 한다.

조선의 독립은 우리 민족의 주관적 투쟁적 힘에 의해서보다는 진보적 민주주의 국가 소, 영, 미, 중에 의해서 이뤄진 것으로 으리 조선은 민족적 자기비판을 해야 할 모멘트에 이르렀다.

인민 정부는 일반 근로 인민의 이익을 대표하는 기관이며 노동자 농민의 민주주의적 독재로 발전하면서 혁명의 높은 정도로의 발전을 보장하는 전제 조건을 만드는 것이니 우리는 모든 힘을 집중하여 프롤레타리아의 영도권을 확립하기 위하여 대중을 전취하여야 하며 대중이 지지하는 혁명적 인긴 정부를 수립해야 한다.

조선 공산당은 프롤레타리아 혁명으로 속히 넘어가게 만들기 위하여 그 전제 조건인 문제를, 즉 반제 반봉건적 투쟁으로 그 자유로운 발전의 길을 열어주고 노동자 농민의 민주주의 독재 정권의 수립과 프롤레타리아 헤게모니 확립이란 중요한 문제 해결을 위하여 민족적 통일 전선의 실현을 강조하여 둔다는 것이 테제의 주 내용이었다.

이 내용을 발표한 후 공산당원들은 '조선 공산당 만세, 세계 혁명 운동의 수령 스탈린 동무 만세'라고 외쳤던 것이다. 그렇잖아도 미국은 조선의 공산화를 우려하여 이를 견제할 목적으로 남조선의 점령이 불가피한 선택이었는데 이러한 상황에서 공산주의를 부르짖는 박헌영의 정치 노선을 미군정의 시선에 고울 까닭이 없었다.

이후로 박헌영은 미군정의 요시찰 인물이 되어 가고 있었다. 이승만은 미국에서 독립운동을 하며 미국인들과 쌓아온 인맥이 많았다. 그러한 이승만은 대한독립국민촉성회를 만들고 이를 지지하는 자들을 기반으로 활동을 하였으며 1946년 2월, 미군정이 주도한 남조선 대한민국 대표민주의원의 의원을 맡아 하던 중, 한반도 문제 해결을 위해 미소가 회담을 가지려 하자 이를 반대하여 의장직을 사퇴하고 전국을 순회하며 남한 단독으로라도 위원회 또는 정부를 수립할 것을 주장하는 연설을 하고 다녔던 것이다.

이렇듯 조선은 일제강점기로부터 해방을 맞아 봄바람을 맞고 있었지만 정작 그 봄바람은 사리사욕에 가득 찬 사람들에 의한 요동치는 산란스러운 바람인 것이며 모든 인민들이 자신의 마음을 채우고 있는 욕심의 때를 털어버리고 가녀린 세상을 향해 손길을 내밀 때 비로소 한반도에 따스한 봄바람은 불어올 것이다.

1946년 2월 말, 곧 있으면 봄이 다가올 것이고 그리되면 못자리에 쓸 볍씨를 담가야 할 시기이며 그 전의 영화농장은 농한기다. 이 시기, 영화농장의 간척 초기에 공출미를 운반하기 위해 일본인 소나다에 의해 놓였던 협쾌철로의 해체 작업이 한창이었다.

이 철로는 공출미 창고가 있는 농장에서 두래미 간의 제1 선로와 농장에서 돈도리 간의 제2 선로로서 지난해의 해방과 더불어 공출미 반출이 없어지게 됨과 동시에 도로의 효율적인 이용을 위해 영화농장 사람들의 자발적인 참여로 해체 작업이 진행되고 있는 것이었다. 해체 작업을 하며 사람들은 저마다 한 마디씩 내뱉는다.

"허이쓔! 디놈의 철뚝을 치워분께 속이다 시원허네."

"맞어. 인자는 그 히도미(일인 소나다의 하수인)란 놈 안 보게 된께 나는 그것이 제일 좋그만."

이렇듯 영화 농장 사람들은 일제 36년간의 긴 세월 동안 한 해 농사 중의 일부를 공출미란 명목으로 이 선로를 통하여 수탈을 당했던 것이니 이 선로는 수탈의 길이요, 통한의 선로인 것이다.

따라서 선로의 해체 작업을 하는 것은 마치 앓던 이를 빼는 일처럼 영화농장 사람들에게는 즐거운 일인 것이었다. 해체 작업이 통한의 흔적을 지우는 즐거운 일이 되는가 하면 일면으로는 해체된 선로에서 나오는 레일이나 갱목이 나름 쓸모가 있기 때문에 사람들은 이 일에 벌떼처럼 달려들었던 것이었다.

레일을 토막 내어 집으로 가져가는 사람, 갱목을 지게에 지고 가는 사람, 선로의 해체 작업은 누가 나서서 이래라저래라할 것도 없이 능동적으로 이루어졌기 때문에 삽시간에 끝이 났다.

레일과 갱목이 해체되고 바닥의 흙을 고르고 다지니 들 가운데 곧게 뻗은 길은 멋진 신작로가 되었으며 이것으로 영화농장 복판에 길게 늘어져 있던 일제의 잔재는 사라졌다.

이제까지 소나다에게 바치는 공출미를 나르는 데 쓰였던 길, 영화농장 사람들의 혼을 앗아가던 이 길은 이제부터는 영화농장 사람들을 위한 길이 된 것이다.

1946년 2월 어느 날 저녁나절, 대전과 광암리의 종기, 월곡의 나도남, 도덕지의 오쌍본과 탁동봉이 영화농장의 신작로를 걷고 있었다. 박동봉은 도덕지에 사는 대전의 사촌 동생으로서 얼마 전에 공산당원으로 입당을 한 신출내기 당원이다.

이들이 가는 곳은 일본인 소나다가 일본으로 돌아가기 전인 작년도까지 공출미를 쌓아 두었던 농장의 빈 양곡 창고이다. 그곳에서 이날 남로당 일로면 위원장을 선출하기로 한 날이었다.

해그림자는 길게 늘어지고 들판 위로는 수많은 기러기들이 하늘 가득 수를 놓은 듯이 날아다니고 들판의 논바닥은 끈질긴 생명력으로 긴 겨울, 혹한을 견뎌낸 보리싹이 파릇파릇 자라고 있었다. 일행의 뒤를 따르던 종기가 말한다.

"며칠 사이에 철로를 싹 걷어 내고 길을 맷쫓허게(말끔하게) 손 봐 불었네! 인자 장에 나댕기기는 좋겠네."

레일을 걷어 낸 후 종기는 이 길을 처음 가는 중이다. 월곡의 나 도남이

"그렇께 말이세. 이놈의 철길을 뜯어 가락 헌께 어느 놈이 와서 뜯어 간지도 모르게 눈 깜짝할 사이에 다 뜯어가 불었어. 그나저나 인자 공출미를 안 내게 된 것만 해도 그것이 어디여."

하고 설명해 준다. 두 사람의 이야기를 들으며 앞장서 가던 쌍본이 걸음을 멈추며

"도남 성님! 위원장으로 누가 좋을게라우? 제 생각에는 성님이 연장자이시고 헌께 위원장을 맡으셨으면 좋겠는디요!"

하고 나도남을 쳐다보며 묻자 나도남은 손을 흔들며 대전을 지목한다.

"에끼 사람아! 내가 뭔 아는 것이 있어야제. 근다고 말을 잘허기를 허는가? 인물을 보나 실력으로 보나 대전이 동생이 위원장으로 딱 맞는 사람이시."

"맞어요. 대전이가 딱 맞습니다."

하고 광암리의 임종기가 나도남의 말을 거들었다.

"아니여라우. 도남 성님이 허셔야 따르는 사람이 많고 경험 또한 많으신께 위원회를 잘 이끌 것입니다."

하고 대전은 사양하였다. 소나다의 양곡 창고에는 먼저 온 사람들이 모여 있었다.

"안녕들 허시오? 많이들 오셨군요! 늦어서 미안헙니다."

"야~아. 언능들 들어오이쑈! 인자 올 사람은 다 왔는개비요."

창고에 므여든 사람들은 40여 명 남짓으로써 모두가 일로면 사람들이었으며 외지 사람은 단 한 사람, 청계면에서 온 청계면 공산당 위원장인 박병관이라는 사람뿐이었다.

박병관은 이날 일로면 위원장 선출을 격려하기 위해 온 것이며 광암리의 임종기가 초청을 하였던 것이었다. 먼저 온 사람 중에 평정의 오근식도 끼어있었다.

대전과 임종기가 먼저 와 있던 박병관에게 다가갔다. 대전이 손을 내밀며 박병관에게 인사를 한다.

"아이고! 박 위원장님! 이렇게 먼 디서 오셨는디 늦어서 미안헙니다. 예의가 아닙니다."

"아니여라우. 나사 시간이 남어돈께 일찍이 나서 갖고 오다 본께 쪼깐 일찍 도착했소. 근디 위원장 선출을 어찌게 헌답니까?"

하고 박병관이 물었다. 임종기가 대답한다.

"그것이사 후보자를 두세 명 뽑아서 거수로 해 불어야제라우. 도남 성님! 어쩌요?"

이렇게 말하며 나도남과 대전을 쳐다보자 나도남이

"그러제, 그러제! 그러면 누가 사회를 봐야제. 사회는 쌍본이가 보면 어쩌까? 그리고 우선 청계 박 위원장님이 먼저 인사 말씀 좀 해 주시고!"

하고 대답하며 박병관을 쳐다보자 박병관은 그러겠노라며 고개를 끄덕였다. 이윽고 쌍본이 앞으로 나갔다.

"여러분! 저는 도덕 사는 오쌍본입니다. 제가 오늘 임시 사회를 보겠습니다. 먼저 선출에 앞서 우리 일로면 공산당 위원장 선출을 축하해 주시자고 멀리 청계면에서 와주신 청계 위원장님의 소중한 말씀을 들도록 허겠습니다. 여러분! 박수로 맞어 주시기 바랍니다. 위원장님!"

박병관은 박수로 환대를 받으며 단상으로 나갔다.

"여러분! 안녕하십니까? 저는 이웃 청계면 공산당 위원장 박병관입니다. 오늘 일로 위원장 선출의 날을 진심으로 축하드리며 (중략) 끝으로 오늘 어느 분이 일로면 공산당 위원장에 선출되실지 모르겠습니다만 잘 의논들 하셔서 좋은 분을 뽑아 앞으로 일로지역 발전과 더불어 정통한 공산주의 사상을 일로지역에 잘 정착시켜 살기 좋은 공산주의 세상으로 만들어 갈 수 있기를 바랍니다. 공산당 만세!"

이렇게 박병관의 축사가 끝나자 장내는 박수와 함성으로 가득하였다. 이어서 위원장 선출 방식이 결정되었다. 무작위로 후보자를 추천하고 지지하는 후보에 거수하여 많은 지지를 받는 사람이 위원장이 되는 방식이었다.

"그러면 우선 후보자를 추천 받을랍니다. 여러분 주위에 마땅헌 분을 호명해 주이쑈!"

누구를 추천할 것인지 한참 동안의 술렁거림 끝에 세 사람이 결정되었고 거명된 세 사람은 차례로 앞으로 나가 자신을 밝히는 인사를 하였다.

"안녕하십니까? 1번 감돈리의 홍윤표입니다. 여러모로 부족헌 제가 위원장을 맡는닥 허는 것이 택도 없는 일이지만 기왕에 나섰응께 심차게 밀어붙여 볼랍니다. 저를 뽑아 주이쑈! 감사합니다."

기호 1번 홍윤표는 작달막한 키에 앞뒤, 상하로 살이 많고 단단한 체격을 하였으며 눈이 부리부리하였다. 어떤 일에 부닥치면 앉은 자리에서 뿌리까지 다 뽑으려는 시원스러운 성격의 소유자요, 달리 말하자면 급박스런 성격의 소유자인 듯하였다.

"여러분! 이러코 만난께 참말로 반갑소. 2번 청호리 나정율입니다. 인자 왜

놈들도 물러가고 나라는 뒤숭숭허니 어지럽습니다. 그렇께 시방 우덜은(우리들은) 정신을 바짝 차려사 씁니다. 우덜은 여지까지(여태까지) 부자들에게 노동력을 착취 당험서 살아왔습니다. 시방처럼 우덜이 변화 없는 시상을(세상) 산다면 평생을 놈의 집 살이나 험서 살게 될 것인게 우덜은 인자 시상을 바까야 헙니다. 우덜도 논밭을 많이 가진 부자들처럼 잘사는 시상, 공평허게 다 같이 잘사는 시상으로 말입니다. 제가 위원장이 되면 죽자거니 그 일에 앞장 설랍니다. 여러분! 저을 뽑아 주이쑈!"

2번 청호의 나정율은 훌쭉하니 큰 키에 검게 그을은 얼굴이었다. 너무나 솔직하여 깊이가 느껴지지 않는 그런 사람이었으며 학식 또한 짧은 듯 과연 패기만으로 위원장이란 책무를 감당할 수 있으랴 싶은 사람이었다.

"안녕하십니까? 3번 도덕지 박대전올씨다. 감히 제가 위원장직을 맡아 허기에는 여러분 기대의 절반에도 못 미칠까 걱정스러운 마음을 안고 이 단상에 섰습니다. 그러제만서도 우리들의 염원인 프롤리타리아 혁명을 완수하기 위해서라면 이 젊음 다 타치고 싶은 열정을 저는 갖고 있습니다. 제가 가진 열정 하나로 시대가 요구허는 과업을 완수허는 데 최선을 다해 보겄습니다."

이 세 사람의 후보자 인사가 끝나자 장내는 잠시 술렁거렸고 오쌍본이 단상으로 올라갔다.

"여러분! 쪼깐 조용히 해 주시고 인자 세 분의 간단한 인사와 더불어 자기 소개가 있었슴니다. 그러면 어느 분을 위원장님으로 선출해야 좋을까 여러분들 마음속에 정해지셨을 것으로 생각험서 1번 홍윤표 님부터 차례로 거수를 해서 젤로 많은 지지를 받는 분이 우리 일로면 남로당 위원장님이 되는 것입니다."

일로의 남로당 위원회, 이것은 유사 이래 일로 사회에 없었던 생소한 단체이며 이들의 사상과 활동에 의해 과연 일로 사회가 크게 개화될 수 있을지, 이들에 대한 면민들의 반향은 어떨지 이것은 아직 아무도 알 수 없는 일이다.

틀림없는 사실은 이들의 성분과 성향이 지극히 가난한 계층의 사람이거나 아니면 모험심과 탐구심이 뛰어난 진취적 성향을 가진 사람들임이 틀림없는 사실이다.

이들로 하여금 일로 사회의 환경이 개선되고 문화가 발전하기를 원한다면 저 하늘의 별을 따다 호롱불을 삼겠다는 것처럼 허황된 얘기일까.

그렇다. 원시시대의 문맹으로부터 오늘의 발전된 문명에까지 이르게 된 것은 이상주의자들의 꿈에 의한 것이다. 일로의 이상주의자들을 대표할 남로당 일로 위원장은 과연 누가 될 수 있을까.

제12부
이민위원장

● ● ● 일로의 남로당인민위원장은 과연 누가 될 수 있을 것인가. 후보자 세 사람은 모두 밖으로 나가고 단상에 선 쌍본은 당원들을 향해 외친다.

"자! 여러분들 집중히 봅시다! 후보자 세 분은 다 밖으로 나갔응께 옆 사람들 눈치 보지 마시고 여러분의 의견을 거수로 표해 주시면 아까 번에 말씀드린 것처럼 다수의 지지자가 - 우리의 인민 일로 위원장이 됩니다. 자! 그러면 기호 1번, 홍윤표 씨를 지지허시는 분 손들어 주이쑈!"

당원들은 서로 옆 사람들의 눈치를 보느라 두리번거리며 망설인다. 쌍본이 다시 독려했다.

"옆 사람 눈치들 보지 마시고 소신껏 손을 들어 불어요! 우리 당의 행로가 엇갈리는 문젠께 이녁들 소신 것이요."

기호 1번 '홍윤표'를 지지하는 사람은 14명이었으며 대체로 감돈리 인근 사람들이었다. 기호 2번 'ㄴ-정율' 지지자 9명, 기호 3번 '박대전' 18명, 이렇게 거수로 선출 결과가 마쳐지고 그동안 밖으로 나갔던 후보자들이 다시 안으로 들어왔다. 사회자 '오쌍본'이 장내를 정리하고 선출 결과를 공포하였다.

"거수로 한 선출 결과는 18사람의 지지를 받은 박대전 씨가 가장 많은 지지를 받아서 일로면 인민위원장으로 선출이 되셨습니다. 그러면 여러분 박수로 환영해 주십시다!"

우레와 같은 박수갈채가 이어지고 대전이 단상에 올라 당원들을 향해 인사를 한 후, 당선 소감을 말한다.

"여러분! 여러모로 봐도 부족헌 저, 박대전을 믿고 선출해 주신 데 대해 감사하는 마음 뭣이라고 해야 헐지 모르것습니다. 감사합니다. 지금은 국제정세도 불안하고 그중에 우리 대한민국은 소솔이(해오리) 바람 속에 있데끼(있듯이) 요동치고 있습니다. 북조선은 소련이 들어오고 남조선은 미국이 들어와 조선을 반으로 갈라놨습니다. 임시정부 주석을 지내신 김구 선생께서는 남북이 반쪽으로 갈려서는 절대 안 된다고 반탁운동을 하고 계시는데 이 박사(이승만)는 남쪽만이라도 독립정부를 수립허자고 헙니다. 그런가 허면 박헌영 동지는 민주주의 민족 전선을 결성하여 인민을 결합하는 데 총력을 기울이고 있습니다. 우리는 이 어지러운 때 쪼끔의 힘이라도 규합하여 이 땅에 조선 인민 공산당이 꽃피울 수 있도록 열성을 다해야 쓰겄습니다. 각 지역마다 우리 당원들, 낙오되고 이탈되는 사람 없이 잘 관리들 해 주시기를 당부드립니다. 그리고 제가 위원장을 허는 도중에라도 혹시 잘못하는 부분이 있으면 꼭 지적해 주시고 저는 그것을 적극 반영할 것이로되 그렇지 못할 시에는 언제라도 위원장직을 내놓겄습니다. 기왕에 위원장으로 선택을 받은 이상 최선을 다허겄습니만 지금이라도 혹시 이 '박대전'이 위원장을 허는데 미덥지 못하다 생각허시면 저는 위원장 자리에 절대로 연연허지 않고 양보헐 테니 기탄없이 말씀해 주시면 감사허겄습니다. 여러분, 항시 건강하시고 가정 또한 행복이 가득하시기를 기원헙니다. 고맙습니다."

'미덥지 못하다고 생각되면 당장이라도 위원장 자리를 양보하겠다.' 이 말의 뜻은 무엇일까. 대전은 언제 어디서나 스스로 앞으로 나서는 것을 버릇처럼 경계하였으며 이것은 지금까지 그가 살아오며 경험으로 터득한 하나의 처세술이었다.

그는 자타가 인정하는 호남형인 데다가 언변 또한 좋은 사람이었다. 이것을 스스로 내세우거나 과시하면 질투나 시기의 대상이 되기 쉽다는 것을 그는 잘 알고 있었던 것이다.

질투나 시기의 대상이 될 수 있다는 것은 우월한 사람에 대한 보편적인 사람들이 갖는 보상심리 때문이며 자신의 열등감을 우월한 자의 흠을 찾는 데서 심리적 보상을 받으려 한다는 지론인 것이다.

이러한 지론의 연장선상에서 보면 우쭐대는 일등에 대해서는 질투심이나 시기하는 마음이 생기는 반면 꼴등을 하거나 약한 사람에 대해서는 측은지심이 유발되어 일등을 하는 쪽보다 도리어 그보다 못한 사람에게 마음이 흐르게 된다는 것이다.

물론 개중에는 일등에 대한 존경심과 본받으려고 하는 긍정적인 사고방식을 가진 사람도 있으며 이러한 경우는 제외된 논리이다. 이러한 논리를 깨우친 대전은 항시 스스로 낮추려는 습관을 갖고 있었던 것이며 그러한 까닭에 '미덥지 못하다면 언제라도 위원장 자리를 내놓겠다.'라는 말을 했던 것이었다. 이렇게 하여 남로당일로인민위원장에 '박대전'이 선출되었다.

영화농장에 봄은 올 것인가? 그동안의 군주제 500년의 이씨 왕조가 무너지고 36년의 일제강점기를 맞아 물적인 수탈과 민족의 혼을 빼앗김으로 황폐했던 영화농장에 좌익사상이 펼쳐짐으로써 봄은 과연 올 수 있을 것인가.

● ● ●

논보리는 도랑을 만들어 배수가 원활케 해줘야 한다. 삼월 중순의 어느 날, 겨우내 불어오던 북동풍은 갯내음 섞인 남서풍으로 바뀌었다. 이 바람이 더하여 훈풍이 되면 그 바람을 맞고 영화농장 들녘의 보리밭은 황금빛으로 물들어간다.

오월이 되어 보리 수확이 끝나고 모내기 철로 이어지는데 이에 앞서 삼월에는 모판에 쓸 볍씨를 담그는 시기이다. 인길댁과 순녀가 토방 아래서 볍씨를 담그고 있다.

"순녀야! 내가 가서 나락을 쫌 더 갖고 올란다. 다섯 배미를 숭굴라먼(심으려면) 모지랄 감송께(모자랄까 보니) 반말은 더 담가야 쓰것다. 곤(썩은) 놈은 다 거둬내라!"

볍씨를 이루다 말고 인길댁은 빈 그릇을 들고 곡광으로 갔다. 순녀는 볍씨가 담긴 물을 일렁거려 위로 뜨는 썩은 볍씨를 거둬내고 있고 네 살배기 경배와 그보다 세 살 더 먹은 점돌은 마루와 토방을 오르내리며 놀고 있었다.

"꼬마야! 신발 인 내줘!"

고무 신발을 가지고 노는 경배에게서 점돌이 뺏으려는 것이다. 이 모습을 보고 순녀가 말한다.

"점돌아! 꼬마락 허면 못 써. 삼촌한테 꼬마락 허면 어찌게 헌다냐!"

타이르는 순녀에게 점돌이 묻는다.

"고모! 어째 동생한테 삼촌이라고 해?"

"으응! 그거는 어째 그냐면 너는 엄마가 나았고 경배는 할매가 낳으셨응께 경배가 너보다 어려도 너는 경배한테 삼촌이라고 불러야 써!"

"그러면 내 동생은 왜 없어?!"

"이놈아! 그것은 고모도 몰라. 아니, 엄마한테 물어봐라!"

이렇게 순녀와 그녀의 조카인 점돌의 얘기를 하는 사이 곡광에서 인길댁이 볍씨를 들고 나오며 순녀에게 묻는다.

"뭣을 모른다고 그러냐?"

"이놈 자식이 저는 어째서 동생이 없냐고 그러 안 허요. 그래서 느그 엄마한테 물어보라고 했든 참이어라우."

순녀의 얘기를 들은 인길댁은 긴 한숨을 내쉬며

"이리 해 봐도 안 되고 저리 해 봐도 안 되니 어쩌야 쓰끄나!"

이렇게 알 수 없는 넋두리를 하며 큰방으로 들어갔다. 인길양반은 방 아랫목에 앉아 산채 해 온 약초를 손질하고 있었다.

"대전 아쿠지! 대전이 좀 잘 타일러서 점돌 아미랑 합방을 허게 해 보이쑈!"

인길댁의 이 말에 인길양반은 들고 있던 칼을 놓으며 대답한다.

"어쩌 뜬금없이 그 말을 꺼내시는가?"

인길댁은 좀 전에 손녀에게 들은 얘기를 들려주었다. 인길양반이 정색하며 반문한다.

"글씨 자녀 생각은 어쩌신가? 공부한다고 밤이면 지(제) 탕에서 책을 들여다 보고 있으니 어쩌야 쓰겄는가?"

"한번 뜨끝허게 당신이 야단을 쳐 보이쑈!"

대전은 일본과 만주에서 보낸 6년 동안의 외유 끝에 귀향하여 일 년 남짓의 세월을 보내면서 자신의 처인 경주댁의 방을 찾은 것은 귀향 첫 달에 불과 사나흘이었다.

그 후로는 공부를 한답시고 사랑방을 청소하고는 자신의 책과 소지품 몇 가지를 그곳으로 옮긴 후 잠자리를 그곳에서 하였다. 그러니 점돌이가 일곱 살에 이르도록 형제가 있을 리 만무한 것이며 이에 인길댁 내외는 벙어리 냉가슴을 앓고 있는 것이었다. 인길양반은 답답하다는 듯이 이렇게 말한다.

"점돌 애비가 애기도 아니고 이제는 내가 백날 말을 해도 소용없는 일이네."

"그라면 어찌게 해사 쓰요?"

더 이상 말을 해야 개미 쳇바퀴 돌기 같은 얘기가 될 것임을 안 인길양반은

"그것을 내가 어찌게 아는가? 애초에 점돌 애미를 데꼬온(데려온) 사람이 자녠께 자네가 알아서 해 봐!"

하고 쏘아붙이며 자리를 털고 일어나 밖으로 나가버렸다. 수년 전, 대전이 결혼하던 날부터 이 문지만 불거지면 인길댁 내외는 심경이 굴편해지고 이야

기의 끝은 언성이 높아지는 것이었다.

인길댁은 뚜렷한 방편이 없는 줄 뻔히 알면서도 행여나 하고 인길양반에게 말을 붙였다가 감정만 만신창이가 되어버렸다. 인길양반은 상한 마음으로 마루 끝에 걸터앉아 궐련을 피워 물었다.

순녀와 인길댁이 마당에서 다 씻은 볍씨를 토방에 있는 항아리로 옮겨 담으려 하자 인길양반이 달려들어 거들었다.

"엄마! 아부지랑 엥게(옮겨) 담으이쑈! 내가 가서 물을 길어 올랑께."

"오냐! 가서 물을 쪼깐 길어오니라! 그나저나 이 볍씨가 잘돼 줘야 가실에 우리 순녀를 여울 텐디…."

볍씨를 퍼 옮기며 인길댁은 다가올 가을의 추수를 생각하고 있었으며 순녀는 말례와 함께 물동이를 들고 우물로 갔다. 그때 고개 너머 신원목에 사는 '박창헌'이 울타리 옆을 지나다가 인길댁 내외를 보고 큰소리로 인사를 한다.

그는 일제 때부터 줄곧 목포역의 역무원이었으며 퇴근길에 인길댁 내외를 본 것이다. 인길양반이 지나치려는 창헌을 불렀다.

"잠깐 이리 왔다 가시게!"

창헌이 가다 말고 순녀네 마당으로 들어섰다.

"다름이 아니고 자네는 날마다 목포를 나다닌께 시국이 어찌게 돌아가는지 잘 알 테제. 조선 땅이 남북으로 갈리면 안 될 텐디 어찌게 될 것 같은가?"

"큼메 말이여라우. 일본놈들이 다 물러가고 난께 온 나라가 태풍 지나간 뒤마냥 원채(워낙) 어수선해서 알 수가 있어야제라우! 김구 선생이나 박헌영은 절대적으로 통일독립을 해서 정부를 세우작 허고 이 박사는 남쪽만이라도 일단 정부를 세우자는디 미군정은 이 박사 손을 들어줌서 말허자면 이 박사와 미군정이 협조 체재를 이룬께 결국은 남북이 갈려서 정부가 세워질 테제라우."

"그리되면 결국은 자네 말대로 남북이 갈리게 생겼그만. 암짝에도(아무래도) 시방 조선의 통치를 소련놈, 미국놈들이 허고 있으니 말이네. 그 옛날 삼한

이 갈려서 수백 년의 시대를 보냈듯, 이참에 남북이 갈라지면 쉽게 다시 합쳐지겄는가!? 김구 선생이 그 옛날 일로장터에 온 적이 있는디 그분의 인품이나 살아온 과거, 그리고 현재 주장허는 노선을 보면 그 양반이 앞장서서 나라를 세우면 쓰겄그만…."

"우리 민족의 앞날을 보면 어르신 말씀이 맞슨니다만 그리 될랑가 모르것네요."

두 사람의 소견은 해방을 맞은 우리 민족 모두의 소망과도 같은 것이지만 몇몇 지도층 인사들은 소련과 미국의 주장에 반박할 수 없는 현실을 인식하고 그러한 양대 강국의 정략적인 노선에 동조함으로써 우위적인 자신들의 입지를 굳혀가고 있었던 것이었다.

어둠이 내리는 시간, 지도로 출장 근무를 나갔던 대전이 돌아왔다. 얼마 전 대전은 무안군청 직원으로 임용되어 군내의 도서 지방을 돌아다니며 일제의 잔재인 적산가옥을 정리하는 일에 임하고 있었던 것인데 이날도 대전은 지도섬으로 출장 근무를 나갔다가 어둠이 내리는 시간에 귀가를 한 것이다.

대전이 마당으로 들어서는 것을 본 점돌이 대전의 품으로 달려들며 누구보다도 반가워하고 대전은 그런 점돌의 손을 잡고 큰방으로 들어섰다.

"아부지! 어무니! 저 뎅겨왔습니다."

대전의 인사를 받은 인길양반이

"오냐. 고상했다. 피는 못 속인닥 허더니 애비가 돌아오니 점돌이가 제일 존갑다! 피곤헐 텐디 언능 가서 옷 갈어 입어라!"

하고 대전을 향해 말하자 대전은 큰방을 나서고 점돌도 그 뒤를 따라나선다.

제 아버지에게 달라붙듯 쫄랑거리며 따라 다니는 살가운 모습의 일곱 살배기 점돌이……. 그렇다. 브자간의 정이란 그런가 보다. 굳이 말하지 않아도 알

수가 있고 시키지 않아도 하고 싶은 것이 부자간의 정리인가 보다.

이것이 사랑이요, 뜨거운 혈육지정이 아닐까.

● ● ● ●

이날 초저녁, 인길양반이 대전의 방을 찾았다.

"으흠! 애비야, 나다."

"야~! 아부지 안 주무시고?"

마침 대전은 가방을 챙기며 외출 채비를 하고 있었다. 이즈음의 대전은 이 동네 저 동네를 돌아가며 젊은이들을 모아놓고 야학을 하며 더불어 공산주의 사상 교육을 겸하고 있던 중이다. 인길양반이 막 집을 나서려는 대전을 붙든 것이다.

"애비야! 잠시 앉거라!"

인길양반과 대전이 마주 앉았다.

"오늘 밤도 나갈 모양이구나?"

"야~, 광암에 좀 갔다 올라우."

"그럴래? 갔다 오그라만은 요새 나라가 시끄럽고 안정이 안 되야서 혼란스런디 처신을 잘해야 쓰겄다. 지난 36년 왜정이 끝난께 인자는 미국놈들이 들어와서 군정을 헌다고 허니 아무짝에도 그놈들을 등에 업은 자가 득세허지 누가 허겠냐? 그러니 미국놈들의 군정하에서 공산주의 사상을 펼친다는 것은 위험에 처할 수도 있을 것인즉, 너도 그것을 유념허고 그 사상에 더 몰입허지 말고 손을 떼도록 해라!"

"아부지 말씸 명심허겠습니다. 지금 박헌영 동지가 서울에서 많은 인민들의 지지 속에서 민주주의 민족전선을 잘 이끌고 있닥 헌께 쪼깐 지켜봐야 쓰겄습니다."

"그것은 그렇게 허는디 말이다. 오늘은 점돌이가 '어째서 저는 동생이 없냐'

고 즈그(자기) 고모한테 그러더란다. 그러니 이 애비는 그 점도 꺽정스럽다."

"아부지께 걱정을 끼쳐드리는 불효를 용서허 주이쑈! 제가 걱정 안 허시도록 노력헐랍니다. 인자 저는 좀 갔다 올랍니다."

대전이 가방을 챙겨 들고 일어서는데 점돌이 따라 일어서며

"아부이! 또 가?"

하고 울상이 되어 묻자 대전은 대답 대신 점돌의 머리를 쓰다듬어 주고는 방문을 열었다. 이때 창문 앞에 언제부터였는지 경주댁이 서 있다가 기다렸다는 듯이

"점돌아! 던능 이리 오니라! 가서 자자! 글고 당신은 뭣 헌다고 또 나가요? 거그 가면 쌀이 나오요, 밥이 나오요?"

하고는 점돌의 손을 낚아채듯 하여 자신의 방으로 들어가 버렸다. 그러나 대전은 아랑곳하지 않고 집을 나서고 인길양반은 큰방으로 돌아왔다.

큰방에는 인길댁과 말례와 순녀, 세 모녀가 도란도란 얘기를 나누다가 인길양반이 들어서자 마치 먼 길 손님을 대하듯 반색을 하며 인길댁이 묻는다.

"점돌 애비한테 뭔 말 좀 해 봐겠오?"

인길양반이 대답한다.

"참말로 안타깝네. 내 자식이어서가 아니라 저만한 인물어 사람 좋겠다, 배우지를 못했나 어디다 내놔도 빠지지 않을 아인디…. 꺽정이네, 꺽정이여."

시원스러운 대답을 할 줄로만 알았던 인길양반은 도리어 넋두리만 하는 것이었다. 인길 양반의 넋두리를 들은 인길댁은 누구보다도 속이 터질 노릇이다.

예전 대전이 총각이던 시절, 그 많던 신붓감들을 다 제쳐 두고 자신의 눈에 좋으면 아들 눈에도 좋으련 하고 지금의 경주댁을 갖며느리로 선택한 사람이 자신이기 때문에 아들의 가정생활을 지켜볼 때마다 인길댁은 내심 애를 태우는 것이었다.

어쩌면 대전이 과거에 일본과 만주로 외유를 갔던 것이나 지금 공산주의 사상에 심취하게 된 실마리가 가정생활에 있을 것이라는 생각을 하게 되면 지난 과거에 자신의 잘못한 선택에 대하여 끝없이 밀려드는 후회스러움으로 속앓이를 하고 있었던 것이었다.

인길댁이 어린 경배에게 젖을 물리며 자리에 눕자 인길양반이 나직한 소리로 순녀와 말례를 부른다.

"순녀야! 너는 올 농사를 지어서 가실에(가을)는 시집을 가야 헌께 잘 들어라! 여자는 시집을 가면 남편이 뭔 일을 허건 내조를 잘해야 쓰고 절대적으로 순종을 해야 쓴다. 느그 올케언니마냥 고집을 부린다거나 오기를 파서는 절대로 남편의 사랑을 받을 수 없는 것이여. 그러면 다가서던 마음도 도망을 가게 되지. 설령 남편이 억지를 부린닥 허드라도 그 면전에서 비수처럼 쏴붙이거나 냉정히 비판만을 허게 되면 남편의 마음은 점점 멀어질 뿐인 것이다. 그러니 아내는 남편의 억지에 일단은 순종허고 언젠가 자신의 잘못된 점을 스스로 깨닫게 되면 순종하는 마음에 감동허게 된단다. 이것이 어질고 순종할 줄 아는 아내의 덕목이고 지혜인 것이다. 말례야! 너도 뭔 말인지 알것지?"

"야~아."

"그래. 꼭 명심허기 바란다. 인자 늦었응께 가서들 자그라!"

순녀와 말례는 인길양반의 훈계를 듣고 큰방을 나와 자신들의 방으로 들어갔다.

"말례야! 요 위에다 베개 두 개를 놓고 그 위에 이불을 덮어! 자! 이렇게."

"어째서 그래?"

"보면 알 텡께 시킨 대로 해야! 그러고 우리는 오빠 방으로 가서 자자!"

말례는 언니의 알 수 없는 행동에 어리둥절하여 그저 언니의 말에 따를 뿐이다. 순녀 자매는 방의 한 가운데에다 큰 베개 두 개를 이어놓고 이불을 덮은 후 자신들의 방을 나와 대전의 방으로 갔다.

"말례야! 우덜 오늘 밤은 오빠 방에서 자자!"

"그러믄 오빠는 어찌게 허라고…. 오빠는 어디서 자?"

"그것은 오빠가 알어서 헐 테제. 긍께 오빠가 와서 깨워도 모른 체 허고 그냥 자기만 해!"

이렇게 순녀의 자매는 그들의 오라버니 대전의 방을 차지하여 잠들고 있었다. 자정이 다 된 시간, 대전이 귀가하여 방문을 열고는 눈 앞에 펼쳐진 모습에 깜짝 놀란다.

"누구요?"

대전이 잠든 이들을 향해 물어보지만 대답이 없자 성냥불을 켜고 살펴보니 순녀와 말례가 아닌가.

"순녀야!"

"……"

"말례야!"

대전은 잠든 동생들의 이름을 번갈아 가며 불러보지만, 대답이 없다. 자신의 잠자리를 두 여동생에게 내어 준 대전은 하는 수 없이 마당 건너 순녀의 방으로 가 문을 열었다.

그런데 이것은 또 무슨 일인가. 여기도 누군가 누워서 잠들고 있지 않은가. 대전은 열었던 방문을 슬그머니 닫고 토방으로 내려와 처마 밑에서 서성거린다.

밤바람에 실려 오는 솔부엉이 울음소리는 슬픈 신음소리가 되어 어둠 속으로 사라져 가고 검푸른 밤하늘 은하수를 가로질러 별똥별 하나가 쏜살같이 사선을 그리며 땅끝으로 곤두박질을 한다.

밤바람이 차가운데 처마 밑에서 서성이던 대전은 결국 경주댁의 창문을 열고 들어서게 되었던 것이다. 순녀가 놓은 올가미에 걸려든 대전…

이렇게 하여 인길댁 내외의 고민은 임시방편으로나마 해결이 되었던 것이며 왜 자신에게는 동생이 없냐는 점돌의 소망이 이루어질지는 두고 봐야 할 일이다.

제 13 부
천연두

●●● 1946년 사월의 어느 이른 아침, 순녀녀와 한동네에 사는 가마골댁이 숨을 헐떡이며 순녀네 집으로 달려왔다.

"아이고! 인길 성님 큰일 났어라우. 우리 영님이가 외욕질(구토)을 험시러 이마빡이 불뎅이가 되야 불었소."

가마골댁이 숨을 몰아쉬며 인길댁의 팔을 부여잡고 말한다. 가마골댁은 인길댁의 8촌 손아래 동서이며 영님이는 다섯 살짜리 가마골댁의 딸이다.

"언제부터 그런당가? 언능 자네 시숙한테 말해사제."

"큼메 언 저녁부터 그러디만 새복에는 끙끙 앓고 난리가 아니요."

이에 인길양반이 왕진 가방을 들고 가마골댁을 따라 영님이네 집에 이르렀다. 영님이는 기진을 한 모습으로 요 위에 누워있고 머리맡에는 밤새 토한 듯 요강과 수건이 널브러져 있다.

인길양반이 영님의 머리맡으로 다가가 앉자 영님이는 잠깐 눈을 빼꼼히 떴다가는 다시 감으며 끙끙 앓고 있었다.

"으흐흐 으흐흐응!"

어린아이는 몸으로 견내할 수 없는 고통을 입으로 토해내는 것이다.

"영님이가 많이 아프구나! 어디 한번 보자! 열이 많헌갑다?!"

인길 양반은 영님의 눈꺼풀을 뒤집어보고 눈을 지그시 감으며 손목을 잡아 맥을 가늠해 본다.

"열은 높고 맥은 보채듯 빠른디다가 구토를 헌다니 이것이 어쩌면 시두손님, 두창이라고도 허는디 시두손님이 아닌가 모르겠네. 이것은 침으로도 안 되고 일단은 내가 약을 처방해 드릴 텡께 한번 달여 먹여 보이쑈! 제수씨! 집으로 같이 가입시다!"

인길양반은 가마골댁을 데리고 자신의 집으로 돌아와 한약을 처방한다.

"감꼭지 다섯 개, 이놈은 외욕질이나 설사를 멈추게 허고 새양(생강) 한 뿌리, 이놈은 뱃속에 잡균들을 몰아내고 정향 두 촉, 이놈은 몸속의 통증을 없앤께 진통 역할을 허요. 요렇게 세 탕 분을 드릴랑께 언능 갖고 가서 끓여 먹이쑈! 시두손님에 걸리면 열에 서넛은 죽어부요. 긍께 이놈을 잘 달여 먹이면 곰보 자국은 어쩔 수 없제만 죽음은 면헐 것인께 언능 가서 달여 먹이시쑈!"

인길양반은 처방한 약을 봉지에 싸서 가마골댁에게 건네주었다.

"시숙님! 고맙소! 내가 맘이 급헌께 우선 가서 끓여 먹이고 약값은 내중에 와서 드릴라우."

"그런 꺽정은 허덜 마시고 언능 가서 달여 먹이쑈! 참, 잊어불 뻔했네. 오늘이나 내일이나 혹시 얼굴에 발진이 생기면 절대로 긁어 불면 안 돼요. 그러니 아예 손을 헝겊으로 싸매서 못 긁게 허시고, 고놈의 것이 패여서 곰보 자국이 되야 분께."

"야~아. 알었어라우."

이렇게 하여 가마골댁은 쏜살같이 자신의 집으로 돌아갔다. 이날 저녁나절, 아침에 한약을 지어 갔던 가마골댁이 순녀네 집을 다시 찾아왔다. 외상으로 가져갔던 약값을 가져온 것이다.

온종일 환자인 영님이를 돌봤던 탓에 피곤해서인지 마루 끝에 털썩 주저앉으며 인길댁을 부른다.

"아이고 다리야! 인길 성님 지겠소(계시요)?"

인길댁이 큰방 문을 열고

"방으로 들어오제 물레에(마루에) 앉는가!"

하고 말하자 가마골댁이 방으로 들어섰다.

"아칙에(아침에) 약값을 안 드리고 가서라우."

"뭣이 약값 주는 것이 그리 급허다고 역불로(일부러) 왔는가? 나중에 줘도 되제. 약값은 그러제만 영님이는 어쩐가?"

"야~아. 약효가 있는갑서라우. 열이 내리고 앓는 것도 덜허요. 근디 시두손님이 깜송께 꺽정이요."

"큼메 여식 알라 된께 시두손님은 아니여사 쓰껏인디…."

인길댁은 내 일마냥 가마골댁의 걱정을 함께했으며 지금껏 두 사람의 대화를 듣고 있던 인길양반이 끼어들어 가마골댁을 향해 말한다.

"제수씨! 흑시라도 모른께 말이요. 영님이 거처를 뒷방으로 옮겨서 식구들하고 따로 허게 허이쑈! 특히나 애기들이 위험헌께 근배랑 영배는 절대 접촉을 못 허게 해야쓰요!"

이렇게 신신당부를 하는 것이었다. 이때 문밖에서 누군가 인길댁을 부른다. 윗동네 사는 내동댁이었다.

"내동떡! 들어오이쑈! 꼬작(꼭대기) 집이서 여까지 뭔 일이라우?"

인길댁이 내동댁에게 말하자 내동댁은 손을 가로저으며

"아니여라우. 인길 다제 계시면 우리 연심이 좀 봐 주시락 허이쑈! 아, 글씨 우리 연심이가 이불을 흠목 뒤집어쓰고는 춥다고 덜덜 떨고 있소."

하고 토방어 선 채 호소한다. 이에 인길양반과 내동댁은 다급히 내동댁네로 갔다. 연심이는 열 살 여자아이다. 연심의 이마를 짚어 보고 손목을 잡아 맥을 짚어 본 인길 양반은 얼굴을 어둡게 하며

"역질, 그렁께 시두손님인 모양이요."

이렇게 말한다. 시두손님이 몸 안에 들어오면 자칫 목숨이 위태로워진다는 것을 알고 있는 내동댁은 놀란 얼굴로 눈이 휘둥그레져서

"오메! 어째야쓰까이. 시두손님이라고라우?"

하고 묻자 인길 양반이

"거정(거의) 그런 것 같으요. 언능 나 따라 오이쑈! 당장 약을 먹여사제 안 되겄소."

하고 대답하는 것이었다. 내동댁을 데리고 자신의 집으로 돌아온 인길 양반은 아침나절 가마골댁에게 지어준 약과 똑같은 처방을 하여 내동댁에게 건네주며

"언능 가서서 그 약을 달여 먹이시고 걸막에다(마당으로 들어서는 길목) 간짓대(장대)로 걸장을 치쑈!"

이런 당부를 하였다. 내동댁이 돌아가자 인길양반은 순녀와 말례를 불러 놓고

"동네에 역질이 도는 모양이다. 시두손님 말이다. 이 시두손님은 대체로 애기들이 많이 걸리는디 걸린 애기들 중 열에 두서너 명은 죽는다. 긍께 말례는 월국으로 가고 순녀는 신원목으로 가서 집집마다 돌아댕김서 걸막에다 걸장을 치락 허드라고 전해라!"

이렇게 심부름을 시키는 것이었다. 더불어 인길댁과 며느리인 경주댁을 불러 역질의 창궐에 대비하여 식기의 청결과 아이들의 문밖출입을 단속하게 하였던 것이다.

마당의 출입구에 걸장을 치는 것, 이것은 이웃들과의 왕래를 끊어서 서로 간의 전염을 막기 위해서인 것이다. 아니나 다를까 사나흘이 지나자 영화농장 언저리, 이 동네 저 동네에 역질인 마마가 창궐하고 동네 사람들은 만나면 시두손님이 화두가 되었다.

순녀네 집 앞 신작로로 건너는 나무다리는 동네 사람들의 만남의 장소다. 역질이 이 집 저 집으로 번져가던 어느 날, 다리목에 광암댁과 나주댁이 얘기

를 하고 서 있다. 나주댁이

"신원목에 연술이도 시두손님에 걸렸닥 허요."

하고 혀를 차며 얘기하자 광암댁이 갖장구를 친다.

"아, 글씨 이 동네뿐이 아니랑께. 어지께 백호동으로 새기지름(석유) 받으러 갔디만 거그도 애기들이 여섯이나 그노무 시두손님에 걸렸닥 허드랑께"

"이놈의 시두손님 땀세 큰일이네. 농사철은 다가오는디…."

두 여인네의 하얀 무명 치맛자락이 때마침 영화농장 들단에서 쿨어오는 봄바람에 하늘거린다. 이때 집을 나서던 인길양반이 이야기 중인 두 여인 곁으로 다가가 말한다.

"아짐들! 이렇코 모태서 얘기들을 허면 안 된당께요. 지금 바람이 분께 아짐들 치맛자락이 펄럭ㅈ리는디 시두손님은 이런 바람을 타고 댕기고 사람을 타고 댕기기도 허니 역질이 돌 때는 이유제(이웃의) 사람을 만나는 것도 삼가해사 써라우."

인길양반의 이런 말에 다리목에 서 있던 두 여인은 봄바람에 치맛자락을 펄럭이며 제각기 돌아갔다. 며칠 뒤, 다리목에서 광암댁과 얘기를 나누던 나주댁네 딸인 옥자가 여지없이 역질에 감염이 되었다.

몸을 으스스 떨며 이불을 덮고 아랫목에 누워있는 옥자의 이마에 손을 짚어본 나주댁은

"오메! 우리 옥자 이맛박이 불덩어리네. 어째야 쓰끄나! 옥자 아부지! 어찌게 한번 해봐라우!"

이렇게 발을 동동 구르는 것이었다. 그러나 나주댁의 성화에도 별 방법이 없는 옥자 아버지는 그저 안타까운 마음에 눈만 껌벅거릴 뿐이었다.

이렇게 역질은 이 아이에게서 저 아이로, 이 집에서 저 집으로 번져 나갔던 것이며 이러한 상황은 도덕지나 신원목, 회산, 백호동, 돈도리 어느 동네도 예외일 수 없었다.

시두손님, 이는 이름도 많다. 마마, 호창, 천연두, 두창 등의 이름을 가지고 있으며 초기에 발열과 두통이 있고 얼굴과 손발에 발진이 생기며 이 발진은 병이 다 나았다 하더라도 흉터(곰보)가 남게 되는데 이 흉터는 죽음의 사선을 넘어선 흔적인 것이며 한 삶에 있어서 이 흉터가 주는 정신적인 파급력은 악몽과 같은 것이 아니런가.

이 역질은 전염력이 강해 접촉 감염은 물론이요, 밀폐된 공간에서는 공기로도 감염이 되기 때문에 영화농장 사람들은 이웃 간의 전염을 막기 위하여 대문에 긴 막대를 치고 사람들의 왕래를 막았던 것이었다.

7월이 되자 봄내 창궐하던 시두손님은 사그라들었다. 그러나 역질을 앓고 난 아이들의 얼굴은 병마를 이겨낸 흔적이 선연하여 보는 이의 마음을 안타깝게 하였다.

이 시기 이 병을 앓고 난 혼기의 남녀를 지칭하여 생겨 난 말이 '곰보의 흔적마다 복이 소복소복 쌓였다.'라는 염려와 위로 차원의 말이 생겨나기도 하였던 것인데 이 말은 어쩌면 비아냥으로 잘못 받아들여질 수도 있는 말인 것이다.

※※※

7월 맹하의 더위가 기승을 부리던 어느 날 밤, 일로 인민위원장 선출을 하였던 곳 농장의 양곡창에 일로의 인민남로당원들이 모였다. 이즈음 일로 인민남로당원으로써 맹활약을 한 인물은 남로당일로인민위원장인 박대전을 비롯하여 그의 친구인 광암리의 임종기와 양도의 배한두, 평정의 오근식 등등이 일로 남로당 활동의 주축이 되는 인물들이었다.

농장의 양곡창고 안은 모여든 인민당원들로 빼곡히 들어차고 남포등 불빛에 비치는 당원들의 얼굴은 낮에 땀을 흘렸던 까닭으로 반짝거렸다.

이들이 낮에 흘리는 땀에 아랑곳하지 않을 수 있음은 곧 도래할 세상, 즉 유토피아에 대한 희망 때문인 것이며 이들이 이 밤에 모인 까닭도 그것 때문이다.

이윽고 박 대전이 단상으로 올라섰다.

"존경허는 당원 여러분들! 안녕하십니까? 나라는 어수선허고 시두손님 창궐로 인심 또한 흉흉해진 시기인디 이러코들 나와 주셔서 감사합니다. 아시는 분은 아실 테고 모르시는 분은 모르겄지만, 지난 시월에 정판사 위조지폐 사건으로 조선공산당은 위기에 놓여 있습니다."

대전이 말하는 정판사 위조지폐 사건의 전모는 이렇다. 8·15 광복 직후 여러 정치 집단들이 난립하여 사회가 어수선하던 시기, 조선공산당원이며 해방일보사 사장인 권 오직과 이 관술은 당 운영비와 선전활동비의 조달을 위해 해방 전 일제가 조선은행 100원권을 발행하던 차카자와인쇄소를 접수하여 조선정판사라 개칭하고 운영 중이던 박 낙종 사장에게 위조지폐 발행을 지시했다.

이에 박 낙종은 1945년 10월 20일 부사장인 송 언필과 그의 휘하인 김 창선, 박 정상, 정 명관 등의 직원들과 협의한 후 이날 오후 7시 다른 직원들이 모두 퇴근한 시간을 이용 위조지폐를 발행하였으며 이때부터 이 일행들은 6회에 걸쳐 100원권 1,200만 원을 찍어 조선공산당에 건네주었다.

출처 불명의 위조지폐가 나돌며 시중 경기가 혼란스러워지자 경찰은 수사에 착수했다. 1946년 5월 5일 김 창선이 지폐 원판 1매를 서울오프셋인쇄소 윤 석현에게 보관한 사실의 정보를 입수하고 김 창선을 비롯한 일당 7명이 서울 중부경찰서에 체포되었다.

이에 이어 5월 7일 이미 체포된 범인들의 자백으로 위조지폐 관련자 14명이 추가로 체포되었으며 이들은 모두가 조선공산당 당원이었던 것이다

이 사건을 계기로 이후, 미군정은 조선공산당에 대한 강경 대응을 시작하게 되었던 것이다.

대전의 말은 이어졌다,

"그러나 이 사건은 미군정이 조선공산당을 탄압허기 위해 만들어 낸 날조된 사건이라고 헙니다. 말허자면 우리 조선공산당을 와해시킬라고 허는데 미군정에게는 좋은 구실이 되야분 것입니다. 그래서 중앙의 박 헌영 동지를 비롯헌 여러 동지들이 거기에 대응허는 모양입니다. 시방 이 사건에 연루되야서 여러 당원들이 구속되고 재판을 지다리는 중이라고 허는디 세상의 이치는 사필귀정허는 것인께 우리 당원들은 차분히 그것을 지켜봐 주시기 바랍니다!"

대전의 말이 끝나자 장내는 제각기 한마디씩 내뱉는 말로 술렁거린다.

"고놈들이 우리 공산당 씨를 말릴라고 그런갑네."

"아무리 그래도 그러제. 뭣 헌다고 그라게 많은 돈을 찍어불었으까이. 사람이 정정당당허게 살아야제."

"아니여. 재판을 받아 봐사 알제. 저놈들이 음모를 꾸몄을 수도 있응께 지켜봐사 쓸 것이여."

그렇다. 정판사 사건이 어찌 되었건 이들 영화농장의 일로공산당원들은 그들의 이상인 유토피아를 향한 질주를 멈추지 않고 있었던 것이었다.

제 14 부
운 명

● ● ● 1946년 8월, 지난 4월에 발병하여 온통 영화농장 언저리의 동네들을 휩쓸었던 시두손님(천연두)은 7월 장마철에 접어들며 사라졌다. 그리고 8월, 우기가 끝나자 작열하는 태양 빛은 정수리가 벌어질 만큼이나 극렬하게 쏟아진다.

정오의 한더위를 피해 인길댁과 순녀는 논에서 피를 뽑고 집으로 돌아오는 길이다. 두 모녀의 하얀 무명저고리의 걷어 올린 소맷자락 끄트머리에는 논바닥에서 묻은 뻘국이 거뭇거뭇 묻어있다. 순녀가 이마의 땀을 저고리의 소맷자락으로 훔치며 인길댁에게 말한다.

"어무이! 논바닥에 이놈의 피는 어째 이렇코 많당가요?"

"그래도 우리 논은 옥답이라 그렇코 많던 않다. 쩌 밑에 피배미뜰 가 봐라! 피 반, 나락 반이여. 올허는 나락이 요만큼이라도 돼야 간께 참말로 다행이다. 가실에 나락이 치렁치렁 열려서 풍년이 들어야 시안(겨울)에 너를 넉넉허게 여우고 느그 동생들 사친회비도 마련허제."

하기는 가을 논바닥의 작황에 따라 집안의 살림살이가 풍성함과 빈곤함의 잣대가 되는 것은 물론이려니와 거기에다 올겨울에는 순녀가 시집을 가야 하는 큰일을 앞두고 있으니 당연히 벼농사의 결실이 좋아야 할 일이다.

순녀는 인길댁의 결혼 운운하는 자신의 말을 하지만, 정작 자신은 자신의 문제보다는 그녀의 가족들을 먼저 생각했다. 그러한 순녀가 말한다.

"어무이! 나 시집가는 것은 둘째로 치고 나는 어무이, 아부지랑 우리 오빠랑 동생들이 잘살면 돼야라우."

인길댁은 늘 가족을 위하는 순녀의 효성스러운 마음을 잘 알고 있었으며, 그러기에 되레 그러한 순녀를 항시 가여히 여기고 있었다. 인길댁은

"니 맘은 잘 알겄다만은 그래도 평생에 한 번 있는 큰일인디 남보다 더는 못 해도 못 허지는 안 해사제. 예단 준비도 해야 허고 시집가서 쓸 세간도 마련헐라면 농사가 질로(제일로) 우선이여."

하고 말하는 것이다.

"어무이! 나 시집을 가도 우리 아부지, 어무이, 그리고 동생들 보러 자주 집에 올 것이여라우. 보고 싶으면 어찌게 해요. 헐 수 없제…."

"순녀야! 시집가면 집이 오고 싶어도 참고 살아사 써! 자주 친정에 들락거리면 시부모들 눈 밖에 난다."

이렇듯 이들 두 모녀의 서로를 사랑하는 마음은 애틋하였다. 순녀가 화제를 바꿔 이렇게 말한다.

"근디 어메! 언저녁 밤에 요상헌 꿈을 꿨어라우."

"뭔 꿈을 꿨다고 그러냐?"

"아 글씨, 우리 마당 빨랫줄에 빨래를 널어놨는디 저만치서 소솔이(회오리) 바람이 마당으로 불어 오디만은 빨랫줄 끄트머리에 걸린 허연 바지를 획~허고 몰아서는 뒤 까끔(산)에 큰 솔낭구 가지를 스치더니 소소리 바람 따라 빙빙 돔서(돌면서) 하늘 높이 구름 속으로 날아가 부요."

"쳇! 애기들 개꿈이여."

"아따, 어무이! 뭔 개꿈이여라우?!"

개꿈이라고 일갈하는 인길댁이지만 내심으로는 기괴한 꿈에 대하여 이런 저런 나름의 해몽을 하며 고개를 갸웃거렸다.

"어메! 어째 나는 그 꿈을 꾸고 나서는 맘이 이상해."

"글씨 말이다. 바지가 휙~허고 날라갔닥 헌끼 쪼깐 이상허다만은 개꿈이제 뭣 일라던?"

인길댁은 에둘러 꿈 얘기를 외면하려 하였으나 집으로 돌아오는 내내 마음 한 켠에는 순녀의 꿈 얘기가 고개를 디미는 것이었다. 두 므녀가 도란도란 얘기하는 사이에 집 앞에 이르렀다.

누렁이 벽구는 그만의 발달 된 후각으로 동구 밖의 쥔네 냄새를 알아차린 것인지 다리 건너까지 꼬리를 흔들며 마중을 나와 인길댁과 순녀의 주위를 빙 한 바퀴 돌더니 앞장서서 집으로 향한다.

날렵한 벽구를 앞세워 인길댁과 순녀가 마당으로 들어섰다. 문이 열린 큰방에서는 인길양반이 손님을 앞혀 놓고 마름모 한지에 한약을 싸고 있었다.

약을 지러 온 손님은 백호동의 정 황용이라는 남정네며 인길댁이 마루로 올라서자 정 황용은 아는 체를 하며 인길댁에게 인사하였다.

"저희 마누라가 쪼깐 아퍼서 약을 좀 지러 왔어라우."

정 황용은 슨녀네와 사는 동네는 달라도 들단의 논을 이웃하고 있어서 농사일로 서로가 자주 대하는 사이였다. 인길댁이 흘러가는 말로

"어디가 많이 아픈개비요?"

하고 묻자 정 황용은

"아, 며칠 전부터 설사를 험서 머리가 아프다고 해 쌌다만 으늘 아칙 나절에는 이 더운 날씨에 춥다고 보들보들 떨고 야단인께 헐 수 없이 어르신한테 약을 지러 왔어라우."

하고 묻잖은 대답을 친절하고도 세밀하게 설명하는 것이었다. 인길양반이 쌈질한 약봉지를 정 황용에게 주자 정 황용은 약봉지를 받아들고 허둥지둥 돌아갔다.

"아니, 시두손님이 아직도 남아있는갑네"

인길댁의 이 말에 인길양반은 손을 가로저으며

"아니여. 저것은 시두손님이 아니여. 설사를 헌다니 뭔 음식을 잘못 먹었든가 해서 뱃속에 탈이 났을 것일세."

하고 인길댁의 말에 일축했다. 그리고 그 이튿날이다. 순녀네 이웃인 광암댁이 찾아왔다.

"인길 아제! 목포 사는 우리 여동상이 엊그저께 우리 집에 댕기러 왔는디 머리랑 배가 아퍼서 저리 죽것닥 허요. 그러니 쪼깐 봐 주이쑈!"

하고 인길양반에게 애원하듯 말하자 인길양반이 묻는다.

"언제부터 얼마나 아픈지 찬찬히 말해 보이쑈!"

"그~, 긍께 어저께 정나잘(정오)에 점심을 잘 묵고는 밥숟갈 놈서부터 머리허고 배야지가 하잖허닥 허디만은 오늘 낮부터는 치깐을 안방 드나들드끼 험서 죽는닥 허요. 긍께 언능 좀 가 보시장께라우!"

광암댁은 마음이 급한 것인지 말을 물동이 쏟아붓듯 하고는 재촉하는 것이다. 인길양반은 광암댁을 앞세우고 광암댁네로 향했다. 목포에서 왔다는 광암댁의 여동생은 갓 쉰을 넘긴 마른 체형의 중년 여인이었으며 반 주검이 돼 안방의 켠에 늘어지듯 누워있고 광암댁의 손자인 정언이는 그 주변을 맴돌며 놀고 있었다. 인길양반이 환자의 이마를 짚어 보고 손목을 잡아 진맥한 후 짐짓 놀란 표정으로

"열이 이렇코 많으신디 머리가 아프실 만도 허요. 배는 어짜요?"

하고 환자에게 물었다.

"아프요."

환자는 실 같은 소리로 겨우 대답을 하고 만사가 귀찮은 듯 눈을 감았다. 옆에서 마음을 졸이며 지켜보는 광암댁은 인길양반을 바라보며 애원이라도 하는 눈빛이었다. 인길양반은 광암댁을 데리고 자신의 집으로 돌아와 약을 지어

광암댁에게 건네주며

"아짐! 등생의 상태가 심헌 편인께 이 약을 먹고도 차도가 없으면 목포 병원으로 델꼬 가셔야 쓰요. 혹시나 큰 병일랑가도 모른께 말이여라우."

하고 일러 주었다. 한의는 한의대로, 양의는 양의대로 사람의 병을 다스릴 수 있는 영역과 한계가 따로 있을 것이며 광암댁 동생이 앓고 있는 병 또한 한의인 인길양반이 지어주는 한약의 한계를 벗어난 것일 수 있기 때문에 인길양반은 광암댁에게 그렇게 말을 했던 것이다.

그리고 이튿날 정오가 지난 시간, 순녀는 마루에서 깨 벗은 사내아이의 목욕을 시키고 있었다. 사내아이는 그녀의 막냇동생인 네 살배기 경배였다.

지푸라기를 뭉뚱그려 보드랍게 하여 그것으로 살갗을 문질러 때를 벗기는 것이다. 아이는 그것이 고통스러운지 자꾸만 몸을 비틀며 순녀의 손아귀를 벗어나려 한다.

"이놈의 자식, 가만 있어야제 누나가 때를 벗기제. 인자 누나 시집가면 해 주도 못헌께. 옳지. 쪼깐간 더 벗기면 다 된다."

순녀는 안간힘으로 아이의 팔을 잡고 문지르고 물을 붓고 하기를 반복하고 아이는 시간이 지날수록 몸을 비틀며 고통스러워한다.

"아퍼. 아~아~아! 아퍼"

"옳지. 우리 경배 이쁘지. 쪼깐만 허면 다 헌다."

아이는 여전히 오만상을 찌푸리고 순녀의 손아귀를 벗어나려 발버둥을 한다. 이때 어제 한약을 지어 간 광암댁이 애달픈 얼굴을 하고 마당으로 들어서며 순녀에게 묻는다.

"순녀야! 느그 아부지 계신다냐?"

순녀가 대답할 겨를도 없이 밖의 소리를 듣고 방에 있던 인길양반이 마루로 나왔다.

"아짐! 어서 으이쑈! 동상 분은 쪼깐 우선 허십띠여?"

인길양반의 말이 떨어지기 무섭게 광암댁은

"인길 아제! 우리 동상이 약을 달여 먹였는디도 그대로요. 아니, 모가지 쪽에 뻘건 뚜드럭(두드러기)까지 양씬 나불고 머리가 터지게 아프닥 허요. 어쩌야 쓰께라우?"

하고 하소연을 하자 인길양반이 심각한 얼굴을 하며 물었다.

"그래라우? 모가지 쪽에 뚜드럭까지 났다고라우? 큰일이네. 어디 그러면 한번 가 보입시다!"

이윽고 광암댁과 인길양반이 광암댁네 집에 이르렀다. 인길양반이 마당에 들어서자 광암양반과 그의 큰아들 순재가 마루에 앉아 근심 어린 얼굴로 이야기를 나누다 일어나며 인사를 하였다.

아픈 환자가 한 사람에게는 처제요, 또 한편은 이모가 되는 인척 관계이니 이들이라고 아픈 환자를 옆에 두고 마음이 편안할 리가 없다. 순제가 인길양반을 따라 방으로 들어서며 말한다.

"인길 아제! 이모님이 많이 아프신 것 같으요. 찬찬히 잘 좀 봐 주이쑈!"

"어이. 그렇코 험세."

인길양반은 짧게 대답을 하며 환자가 있는 방으로 들어섰다. 환자인 광암댁의 여동생은 어제와 다름없이 여전히 방 한 켠에 누운 채 끙끙 앓고 있었다.

머리는 산란스럽게 헝클어져 있고 풀어진 옷고름 사이로 보이는 목 언저리에는 쌀알만 한 발진이 깨알을 뿌려놓은 듯 수없이 돋아 있었다. 환자를 살펴본 인길양반이 순재에게 물었다.

"자네 이모님 심각허신 것 같은디 치깐은(화장실) 언제 가셨는가?"

"아칙밥 묵고는 서너 번 가셨는디요."

"그래? 그럼 치깐에 가서 똥을 한번 봐사 쓰겄네. 아무짝에도 이것이 장질부사 같단 말이시."

이 말에 순재가 놀란 얼굴로 묻는다.

"뭐이라우? 자, 장질부사라우?"

순재와 옆에서 듣고 있던 광암댁 내외가 눈이 휘둥그러 졌다.

"일단 치깐으로 한 번 가보세!"

인길양반을 따라 순재가 화장실로 갔다. 찌는 더위를 타고 퍼지는 악취를 무릅쓰고 인길양반이 변통(便桶) 속의 편을 확인했다.

"거 보소! 장질부사가 틀림이 없네. 자네도 한 번 똥을 토시게!"

인길양반의 권장에 변을 확인한 순저가 코를 틀어잡고 화장실을 나와서는

"야~아, 피 반, 똥 반이요. 그러면 이모님이 장질부사가 갖으께라우?"

하고 변통(便桶)의 내막을 확인 답변하였다. 이로써 광암댁의 여동생이 장티푸스에 걸린 사실이 확인되고 인길양반은 순재에게 그의 이모를 도회지의 큰 병원으로 데려가라는 당부를 하고 자신의 집으로 돌아왔다.

집으로 돌아온 인길양반은 방으로 들지 않고 토방에 서서 인길댁을 불렀다. 이때 총기 밝은 순녀가 먼저 알아차리고 대야에 물을 떠 왔다.

"아부지! 인자 저녁 진지 잡술 시간인께 손발 닦고 들어가이쑈!"

"오냐! 고맙다. 그리 좌라!"

인길 양반은 마루에 걸터앉아 대야에 발을 담그고 씻으며 순녀에게 이웃집 광암댁네의 장티푸스에 관한 얘기를 한다. 이때 부엌에 있던 인길댁도 마당으로 나왔다.

"대전 어메! 우리 동네에 또 역질이 돌 모양이네. 그렁께 식구들 관리, 특히나 애기들 단속을 잘해사 쓰겠네."

이렇게 인길 양반이 말하자 인길댁은 지레짐작으로 묻는다.

"어째 광암떡네 동상이 안 좋습디여?"

"그렁께 말이세. 열이 심허게 남시러 목 언저리에 보리쌀만 한 발진이 생기고 피똥을 싸는 것을 본께 여지없는 장질부사여."

이렇게 인길양반은 백호동의 정 황용 마누라에 이어 광암댁 동생의 병세를

보고 동네에 장티푸스가 발생했음을 판단하고 있었던 것이다. 이로써 지난 초봄의 시두손님, 즉 마마에 이어 8월 무더위 속에서 역질인 장티푸스, 이른바 염병이라는 역병이 영화농장에 창궐하기 시작하였던 것이었다.

도덕지는 광암댁의 여동생으로부터 시작된 장티푸스 환자가 너덧 집 건너 한 사람 꼴로 번져 나갔다. 광암댁네 여동생은 한약을 달여 먹어도 차도는 없고 격리 거처할 방이 없는 관계로 잿간에 멍석을 깔고 그 위에 누워서 자연치유가 되기만을 기다리고 있었던 것이며 애초부터 광암댁의 여동생이 장티푸스에 감염 된 사실을 알았더라면 한약 처방은 안 했을 것이다.

이미 장티푸스균에 감염이 된 환자를 한약으로 치료한다는 것은 병세를 다소 완화 시킬 수 있을지는 모르겠지만 본질적 치료 방법에는 못 미치는 까닭이라 해야 할 것이다.

광암댁의 여동생이 장티푸스를 앓기 시작하고 여남은 날이 지난 날이다. 인길양반이 아랫목에 누워 순녀를 불렀다. 순녀가 방으로 들어서며 묻는다.

"야~아, 아부지! 쪼깐 우선 허시요?"

인길양반이 두통에 몸져누운 것이며 인길댁에게는 경배를 데리고 작은방으로 가 있게 하였다.

"아니다. 무장 무장 머리가 아프고 열이 나는지 오한이 드는구나. 쩌기 시렁에서 금은화 세 꼬투리하고 정향 두 촉을 꺼내서 그놈을 달여서 좀 가져오니라!"

"야~아, 아부지. 알았응께 아무 꺽정 마시고 뉘 계시쑈! 내가 언능 해 갖고 오껏이라우(올테니까요)."

잠시 후 순녀가 금은화와 정향 끓인 물을 사발에 담아 왔다.

"아부지! 이놈 잡수고 새털같이 가붑게 털털 털고 일어나시쑈!"

"오냐! 이놈을 마시고 나면 쪼깐 나을 테제…."

이튿날 새벽이 되었다. 어제 약초를 달여 먹었어도 병증은 도리어 악화 일로여서 두통과 복통이 중복되고 게다가 설사까지 동반되는 것이었다.

인길댁은 하얀 천에 찬물을 적셔 인길양반의 이마에 올려 주며 체온을 낮춰 주려 하지단 이것은 근본 대책이 될 수 없는 것이다. 이 모습을 지켜보고 있던 순녀가 말한다.

"아부지가 어지께 탕을 잡쉈는디도 더 심허시면 어찌게 헌다요?"

인길양반은 여전히 양손으로 배를 만지며 끙끙 앓고 있을 뿐 대답이 없다. 이때 대전이 방으로 들어와 인길양반 곁으로 다가가며

"아니, 어째서 아부지가 더 아프신개비네요?!"

하고 묻자 인길댁이 대답한다.

"글씨 말이다. 새복(새벽) 내 치깐에 다니시고 열이 불뎅이신갑다. 어째야 쓰끄나?"

인길양반의 이마를 짚어 본 대전은

"아이고 이거 그냥 두시면 안 되겠네요. 목포 피병원으로 모시고 가사쓰겠소. 순녀야! 내가 회산 백용이를 델꼬 올랑께 작은집에 가서 동봉이를 좀 델꼬 와라! 그리고 어무이는 아부이 좀 보살펴 드리고 계시쑈!"

하고 인길댁과 순녀를 불러 당부를 하고는 집을 나섰다. 대전은 그의 사촌 동생인 동봉의 부축을 받아 아버지를 목포의 병원으로 모실 요량인 것이다. 잠시 후 대전이 회산으로 부르러 간 마차와 함께 집 앞 신작로에 도착하였다.

"백용이! 잠시 구루마 여그다 세우고 기다려 주소! 내 집에서 아부지를 모셔 올 테니…."

"야~아. 그러이쑈!"

대전은 집으로 들어가고 마부 백용이 몰고 온 말은 등에 구루마를 맨 채 길 가의 풀을 뜯고 있었다. 집으로 들어갔던 대전이 인길양반을 등에 업고 그 뒤로 동봉과 순녀가 부축하여 마당을 나왔다.

그 사이에 말례가 포더기를 가져와 마차의 바닥에 깔고 환자인 인길양반을 눕혔다. 인길댁을 비롯한 가족들은 모두 마차의 두쪽으로 서서 배웅을 하고

마차가 출발할 채비를 하였다. 인길댁은

"언능 출발해라! 지금 가면 학생 차를 탈 수 있겄다. 잘 갔다가 와!"

"야~아, 어무이. 꺽정 마시고 들어가시쑈!"

이렇게 하여 인길양반은 마부, 백용이 끄는 마차에 실려 목포로 향하였고 인길댁과 그의 식구들은 신작로에 서서 멀어져 가는 마차를 향해 손을 흔들고 있었다.

마차에 실린 인길양반을 떠나보내고 순녀네 식구들이 마당으로 들어서는데 순녀가 말한다.

"어무이! 아부지가 여적없는(여지없는) 장질부사가 맞은디 이유제 광암 아짐네서 엥긴(옮긴) 것이 틀림없어라우."

"큼메 말이다. 그렇게 오지 말라고 해도 약을 지어 돌라고 와 쌌는디 어찌게 허겄냐? 느그 아부지가 의원을 안 허시먼 몰라도 의원을 허신께 헐 수 없제."

그렇다. 장티푸스가 창궐함에 동네 사람들은 모두가 집 앞에 장대로 걸장을 쳐서 서로의 왕래를 최대한 삼가고 있는 것이었다. 그렇다고 내 집에 볼일이 있어 찾아드는 사람을 문전에서 돌려보낼 수는 없는 일, 광암댁이 장티푸스에 걸린 동생의 치료를 목적으로 하루가 멀다고 순녀네 집을 방문하는데 이를 오지 못하게 할 수는 없었던 것이며 이로 말미암아 순녀네 아버지는 장티푸스에 전염이 되었던 것이었다.

● ● ●

인길양반이 목포의 피병원으로 간 지 이틀째 되는 날 대전이 헐레벌떡 집으로 돌아왔다. 인길댁이 아들을 보자 반가워서 묻는다.

"어째 아부지는 병세가 좋아지셨다냐?"

"야~아. 설사랑 복통은 없어져겠는디 어째 기운을 못 차리고 일어나딜 못 허시네요. 그래서 제가 기운 차리시라고 한약을 쪼깐 달여 드려볼라우."

대전은 큰방의 시렁에 치렁치렁 매달린 약초 봉지를 내려 약초들을 몇 조각씩 챙기더니 순녀에게 건네 주며 말한다.

"아부지 드시고 기운 차리시게 언능 달여라! 복령 몇 쪼가리 허고 녹각에다 몇 가지 약재를 넣었응께 그놈 잡수면 일어나실 테제."

"야~아. 달었어라우. 이놈 잡수고 언능 인나셔야 쓰껏인디…. 근디 오빠 얼굴이 꾀죄죄허니 시수를(세수를) 안 허셨는갑소! 물 떠 드리께 약 달이는 동안 시수나 허이쑈! 오늘 아칙에는 내월촌 성님이 물을 두 동우나 여다 줘서 물도 많이 있응께라우."

"응! 그래. 근디 어째 내 얼굴이 던지럽냐(더럽냐)? 병원에서 씻기가 그렇더서 못 씻었다간."

"야~아. 얼굴이 깨끝잖으요."

순녀는 대야에 물을 부어 부엌문 앞에 내놓고 한약을 안친 아궁이에 불을 땐다. 순녀네 아버지가 장티푸스 환자가 되자 순녀네 식구들은 동네 사람들에게 혹시라도 장티푸스를 전염시키랴 싶어 스스로 동네 우물을 가지 않으니 이웃의 아낙네들은 번갈아 가며 물을 길어다 순녀네 집 앞에 놔 주었으며 이로써 순녀네는 밥을 짓고 빨래, 집 안 청소와 손발 등을 씻게 되었던 것이었다. 대전이 집을 나설 채비를 마치고 마루에 섰다.

"오빠! 여그 병에 담았응께 갖고 가이쑈!"

"응! 그래. 고맙다."

탕제를 마친 한약을 병에 담아 그것을 순녀가 대전에게 건네주었다. 대전의 처 경주댁은 병원에서 쓸 것들을 싼 듯한 하얀 보자기 꾸러미를 들고 신작로가 보이는 마당 끄트머리에 서서 대전이 나오기를 기다렸고 인길댁은 방 어딘가에 감춰뒀던 비상금인 듯 똘똘 말아진 지전 몇 잎을 들고나와 대전의 저고리 주머니에 넣어 주며 말한다.

"아나. 이놈 계아침에 너갖고 가서 병원비에 보태 쓰거라!"

"어무이! 비상전을 줘 불으시면 어무이는 어쩌실라고 그러요?"

"괜찮허다. 염려 말고 넣고 가그라!"

대전은 인길댁이 하는 대로 두었다. 인길댁은 어머니로서 자식에게 무엇을 준들 아까울 것이 없는 것이며 대전도 그러한 어머니의 심정을 이해하는 것이기 때문에 굳이 사양하지 않는 것이리라. 집을 나서며 대전은 문득 생각이 난 듯

"어무이! 우리 식구들 모두가 조심해야 쓰겄제만 특히나 애기들 점돌이랑 경배, 손발을 잘 씻쳐 주시고 날것은 절대로 먹이지 마이쑈!"

하고 당부하며 집을 나선다.

"오냐 오냐. 그럴랑께 꺽정 말고 아부지나 잘 돌봐 드려라!"

순녀네 식구들은 마당에 서서 한약 병을 들고 떠나는 대전에게 손을 흔들며 배웅하였다. 이윽고 대전이 병원에 도착, 문을 열고 들어서자 책상 앞에 앉았던 간호원이 일어서며

"아제! 친구분이신가 찾아오셔서 시방 병실에 하나씨랑(할아버지) 같이 계셔라우."

하고 묻잖은 것을 일러주었다. 누가 찾아온 것인지 궁금한 듯 대전은 병실이 있는 2층으로 바쁘게 올라갔다.

병실은 통로를 사이에 두고 양쪽으로 두 개씩 모두 네 개였으며 인길양반은 오른쪽의 두 번째 방에 입원하고 있었다. 대전이 여닫이로 된 문을 열고 들어서자 의자에 앉아있던 오 근식이 일어서며 맞는다.

"성님! 집에 가셨담서라우(가셨다면서요)?"

"어이. 아침에 여수행 타고 갔다 시방 오는 길일세. 근디 어찌게 알고 자네가 왔는가?"

두 사람은 반갑게 손을 마주 잡는다.

"어지께 쌍본이한테 소식을 듣고 아까 정나잘 차로 내려왔어라우."

문병을 온 근식은 선후배의, 아니 장차 처남, 매제 간의 의리를 지키려 했던 모양이다.

"그랬든가? 와 줘서 고맙기는 허네단 바쁠 텐디…."

대전은 말꼬리를 흐리긴 해도 문병을 와준 근식에게 고마움의 표시를 하고 시선을 인길양반에게 돌리며 묻는다.

"아부지! 쪼깐 좋아지셨소?"

인길양반은 핼쑥해진 얼굴로 두 사람의 대화를 듣고 있다가 대전의 물음에 대답한다.

"오냐. 인자 정신도 좀 맑어지고 두통도 개고 태도 많이 좋아졌다. 오늘 저녁 나절에 퇴원해서 집으로 가고 잡다."

발음은 또렷하고 목소리에 힘이 있어 장티푸스의 병고를 벗어난 듯하였다. 그러나 대전은 손을 가로저으며 말했다.

"아부지! 여그서 하룻밤 더 계시고 낼 오전에 퇴원허십시다."

"아니여. 내 몸은 내가 잘 알제. 인자 더 있을 것 없이 의사 선생께 말해서 퇴원해 집에서 몸조리해도 쓰것응께 언능 의사 선성께 가서 말해라!"

이렇게 하여 인길양반은 장티푸스를 이기고 일어났다. 8월의 해는 길기도 하여 해가 뉘엿거리는 해름에 벌써 목포 피병원을 출발하였건만 인길 양반이 대전과 근식의 부축을 받아 순녀네 마당에 들어서는 시간에도 아직 짙은 어둠은 내리지 않았다.

마당 어귀에 모깃불로 피운 마른 풀에서는 뭉실뭉실 연기가 피어오른다. 하루 일을 끝내고 저녁 식사를 마친 시간이라 순녀니 마루에는 마실 온 순녀네 작은댁 식구들과 옹기종기 모여앉아 이야기꽃을 피우고 있었다.

인길양반이 가당으로 들어서는 모습을 보고 마루에 앉아있던 사람들이 모두 일어나고 인길댁과 순녀는 버선발로 인길 양반을 향해 뛰어갔다. 의외의 빠른 귀가에 인길댁은 화색이 되어 인길 양반의 팔을 붙들며

"오메! 많이 수척해 불었소. 인자 다 났었을깨라우?"

하고 묻자 인길양반은 대답 대신 고개를 끄덕였다. 여러 사람의 부축을 받으며 인길 양반이 마루로 오르고 순녀는 큰방 아랫목에 요를 펼쳐 깔았다.

"아부지! 언능 오셔서 누우시쑈!"

인길양반은 기운이 없는 것인지 쓰러지듯 요 위에 드러눕고 인길댁은 저녁상을 차릴 요량으로 부엌으로 갔다. 대전과 일행이 되어 시중을 거들며 따라온 근식은 대전과 함께 윗목에서 인길 양반을 내려다보고 서 있다.

인길양반이 손짓으로 대전과 근식에게 앉으라고 하자 두 사람은 윗목에 앉았고 대전이 인길양반의 머리맡으로 바짝 다가앉으며 묻는다.

"아부지! 좀 어짜시요?"

"배고 머리고 아프던 않다만 기운이 없다."

"야~아. 아부지! 아직나절에 끓인 탕제를 한 보세기 자시면 수월허시 것이요. 말례야! 가서 보세기 좀 가져오니라!"

대전은 체온을 알아보려 인길양반의 이마를 손으로 짚자 인길양반은 아들의 미더운 손길이 뿌듯한 것인지 스르르 눈을 감았다. 잠시 후 부엌으로 갔던 말례가 사발을 가져오고 대전이 병에 든 약을 사발에 따랐다.

"아부지! 기운 나시게 이거 드시고 눠 계시쑈!"

"오냐. 그리 놔라!"

인길양반은 사발을 들어 벌컥벌컥 들이마시고는 입가에 묻은 약물을 손바닥으로 닦아내고 양반 자세로 앉으며

"나 쭈에(때문에) 자네까지 이렇코 와 줘서 고맙네."

하고 윗목에 앉은 근식에게 말하자 근식은 자세를 고쳐 앉으며 대답한다.

"아니라우. 아부지께서 편찮으신디 당연히 와사제라우. 인자 언능 기운 차리시고 일어나시기만 허시쑈!"

"어이 어이 알았네. 탕제도 마시고 했응께 낼 아직이면 나을 테제."

대답하는 인길 반의 얼굴색은 그다지 좋지 않았으며 억지로 웃음을 지어 보이려는 것이 역력했다. 이때 부엌문이 열리고 순녀가 상을 들고 들어왔다.

"아부지! 진지 잡수시쑈!"

순녀의 뒤를 이어 경주댁도 미음을 들고 들어와 상에 놓으며

"아부지! 여그 깨즉을 좀 썼응께 언능 잡수고 기운 차리시쑈!"

하고 인길양반에게 식사를 재촉하였다.

"오냐. 언능 묵자! 자네도 시장헐 텐디 들세!"

인길양반이 대전고·근식에게 말하고 세 사람은 식사를 시작한다. 여섯 살배기 경배가 인길댁의 치맛자락 언저리에서 얼쩡거리다 식사를 하는 인길 양반의 품으로 파고든다.

점돌이라그 가만히 있을 리 없다. 점돌은 제 아버지인 대전의 옆으로 끼어든다. 저녁을 이미 먹었어도 한창 성장기의 아이들이라선지 벌써 배가 꺼진 모양이다.

인길댁은 아이들의 속내를 모를 리 없지만 두 아이를 향해 소리쳤다. 인길댁에게 경배는 막내아들이요 그보다 두 살 위인 점돌은 큰 손자이다.

"이놈 자식들. 경배야! 점돌아! 아부이 진지 잡수게 이리 오니라! 언능 이리와!"

"내비 두소! 애기들이 배가 고픈 모양이네."

인길 양반이 점잖게 그냥 두라고 말하자 이번에는 순녀가 인길댁을 거들어 두 아이에게 소리친다.

"그래도 어른들 진지 잡수는디…. 경배랑 점돌이 언능 이티 와! 안 오면 둘다 목깐 니킬텐께..."

두 아이는 목욕하기가 싫은 것인지 마지못해 뒤로 물러난다. 세 사람의 저녁 식사가 끝나고 상을 내자 근식이 돌아가겠다고 자리에서 일어났다.

"아버님! 저는 인자 가볼랍니다. 편안히 뉘 계시쑈! 언능 쾌차허시고라우!"

"그러실랑가? 고맙네. 자네도 피곤헐 텐디 더 어둡기 전에 뜨시게! 그러고 자네 조모님께 안부 전허시게나"

인길양반은 궁둥이를 들썩이는 정도로 인사를 하고 다시 주저앉았다. 근식은 문을 나서며 부엌문 쪽을 돌아다 봤다. 순녀와 눈길을 마주하여 밖으로 나오라는 시늉을 하고 자신은 앞문으로 나서고 이를 알아차린 순녀는 부엌을 나서서 마당으로 나갔다.

날은 어두워져서 사람의 윤곽만을 알 만큼이고 근식은 대문 앞에서 순녀를 기다리고 있었다. 순녀가 다가가자 근식은 저고리의 안주머니에서 뭔가를 꺼낸다.

"날이 어두운디 어찌게 가실라요?"

순녀가 염려의 말을 하자 근식은 괜찮다며 손에 쥐었던 것을 순녀에게 건넨다.

"이거 얼마 안 되제만 아부지 고기라도 좀 사다 드리소! 기운 차리시게."

"오메! 뭣 헌다고 돈을 다 주요! 집이(당신) 쓰시제. 고맙기는 허요만은…."

근식이 건넨 돈은 50환이었다.

"마음으로 전허는 것인께 적다고 숭(흉) 보지 말고 받어 주소! 언능 들어가소!"

"야~아! 밤이 깊은께 언능 가이쑈!"

근식은 순녀의 손을 잡아주고는 이내 돌아서서 길을 떠났다. 순녀는 근식을 향해 손을 흔들었다. 근식이 다리를 건너 신작로 길로 멀어져 가고 힐긋거리는 모습은 이내 어둠 속으로 사라졌다.

근식을 배웅한 순녀는 다시 큰방으로 돌아왔다. 인길양반은 아랫목 요 위에 누워있고 식구들은 모두 인길 양반을 주시하는 가운데 얘기를 나누다 문을 열고 들어서는 순녀에게 시선이 모였다. 인길댁이 순녀에게 묻는다.

"갔다냐? 오늘 느그 아부지 모신다고 힘들었을 텐디 어두와서 어찌게 가는가 몰르겄다."

"어메! 걱정허지 마이쏘! 젊은디 밝은 눈으로 졸졸 갈 테제라우! 그나저나 거시기가 아부지 고기 사 드리라고 50원이나 주고 갔어라우."

순녀가 손바닥을 펴 접힌 지전을 펼쳐 보였다. 인길양반은 얘기 소리를 들어서인지 고개를 돌려 눈을 빼꼼히 떴다가 다시 감는다. 대전은 순녀 손에 놓인 지전을 바라보며

"요새 같은 돈 가뭄에 귄 돈을 그리 많이 줬다냐! 참말로 고마운 사람일세."

하고 말한다. 순녀에게 전달한 돈의 의미, 50원이라면 의미에 따라서는 그 액수가 많을 수도 있고 작을 수도 있지만 나락 몇 가마를 팔아야 겨우 몇백 원을 만들 수 있으니 50원이면 적은 돈은 아니다.

액수가 많든 적든 근식은 사위로서, 또는 장차 순녀의 신랑으로서 그 돈을 줬던 것이다. 밤이 깊어지자 큰방에 모였던 식구들은 모두 잠자리를 찾아 자기 방으로 돌아가고 큰방에는 인길댁 내외와 그 아들인 태곤과 경바가 남았다.

두 아들은 잠이 들고 인길댁은 잠든 아이들과 인길양반 사이에 앉아 상지를 앞에 놓고 바느질을 하고 있었다. 그때 옆에서 누워있던 인길양반이 숨을 가쁘게 쉬며 손은 자꾸만 허공을 향해 허우적거린다.

수상쩍은 행동을 보고 인길댁은 상지를 밀쳐내고 인길양반에게 다가갔다.

"대전 아부지! 어째서 그라요?"

인길댁은 인길양반의 이마에 손을 짚어 본다.

"오메. 이마에 열이 겁나게 많네. 대전 아부지! 대전 아부지!"

인길양반은 대답 대신 가끔 끄응 하고 앓는 소리만 뱉어낼 뿐이다. 인길양반의 모습에 놀란 인길댁은 황급히 막 잠자리에 들려던 대전을 데려왔다.

대전은 안색이 흑빛이 된 인길양반의 머리맡으로 가 꿇어앉으며 인길양반의 이마를 짚어 본다. 이마는 끓듯이 뜨겁다.

"아부지! 아부지! 어쩌시오? 아부지!"

인길양반은 대답 없이 가까스로 실눈만 떴다 감아 버린다. 초조해진 인길댁

은 방 한 켠으로 널브러진 바느질거리를 윗목으로 모조리 밀어붙이고 발을 동동 구르며 순녀 방으로 가 순녀를 불렀다.

부르는 소리가 어찌나 다급했던지 순녀는 잠옷 바람에 큰방으로 건너오고 이어서 말례도 따라 들어왔다. 순녀는 인길댁과 대전을 번갈아 쳐다보며 묻는다.

"어째 아부지가 더 아프시다우? 우메 울 아부지 언능 낫으시제…."

인길양반의 모습은 어수선한 분위기와는 달리 죽은 듯 가느다랗게 숨을 들이켰다가 가끔 길게 날숨을 내쉬었다. 대전이 순녀에게 찬물과 수건을 가져오라고 말하자 순녀가 가져왔다.

대전이 대야의 물에 수건을 적셔 인길양반의 이마에 얹고 손바닥으로 수건을 다독였다. 방안은 쥐죽은 듯 조용하다. 대전이 인길 양반을 부른다.

"아부지! 아부지!"

그러나 대답을 하지 않는다. 이번에는 순녀가 부른다.

"아부지! 아부지!"

부르는 소리에 대답하려는 것일까, 인길 양반은 미간을 잔뜩 찡그리더니 끝내 대답은 없고 눈은 감은 채였다. 순녀가 두 손으로 인길 양반의 손을 조심스럽게 감싸듯이 잡았다. 그리고 인길양반을 불렀다.

"아부지!"

여전히 대답이 없자, 식구들은 너나없이 인길 양반을 불렀다.

"대전 아부지!"

"아부지! 아부지!"

식구들의 부름에는 울음이 뒤섞이기 시작하고 요 위에 누운 인길양반은 크게 숨을 들이마시더니 온 힘을 다하는 듯 경련을 크게 서너 차례 하고는 사지가 늘어져 버렸다.

"아이고! 대전 아부지! 대답 좀 해 보시쑈! 아까도 멀쩡허시디만 이것이 어찌게 된 것이라우!"

인길댁이 통곡을 시작하고 대전은 인길양반의 가슴을 쓰다듬으며 자신의 귀를 인길 양반의 코에 갖다 대더니 인길댁과 한가지로 통곡을 시작했다.

호흡이 끊어진 것이다. 너무나 급작스러운 일이었다. 초저녁만 해도 곧 병마를 떨치고 일어날 것 같았는데 불과 몇 시간 사이에 운명하다니 식구들 누구라도 경악하지 않을 수 없는 노릇이다.

낌새를 지켜보던 순녀도 폭발하듯 울음을 터뜨리고 말레와 경주댁에 이어 아이들에 이르기까지 눈물을 흘리니 온통 방안은 울음바다가 되었다. 이렇게 인길 양반은 1946년 음력 8월 초이레 날 밤 12경 숨을 거둔 것이다.

인길양반의 본명은 박 평래, 그는 1886년 고종 24년 겨울에 밀양 박씨들의 집성촌인 복룡촌에서 부잣집 큰아들로 태어났으며 그 마을에서 성장하고 결혼하여 1940년에 도덕지로 이사를 하고 그로부터 여섯 해 만에 운명을 하였으니 그의 나이 예순한 살이었다.

한밤중의 통곡 소리에 이웃집 쌍본이 찾아왔다. 쌍본네는 순녀네와 이웃으로 서로 부엌의 시렁에 숟가락이 몇 개인지까지 알 정도이니 이웃집의 통곡 소리에 쌍본이 그냥 지나칠 리 없다.

"아니, 경주 성님! 이것이 뭔 일이라우?"

경주 성님은 대전을 일컫는 것이다. 방금까지도 울음 바람을 한 대전이 대답한다.

"글씨 말이세. 아부지가 숨을 거두셨네."

"아니, 아까 까장만 해도 다 나으신 것 같이 허셨는디 대체 뭔 일이라우? 진지를 잘못 들어 겠으께라우(드셨을까요)?"

쌍본의 이 말을 듣는 순간 대전의 얼굴이 굳어졌다. 그렇구나! 그놈의 탕제가 잘못된 것인가보다. 정황에 복령 그리고 녹각으로 끓인 그놈의 탕제를 드셔서 그런가 보다.

병원을 나설 때만 해도 병색이 다 사그라진 모습이었는데 아버지가 절명하신 데는 그 탕제가 잘못된 역할을 한 것이 틀림없었다. 대전은 밀려드는 자책감과 후회스러움으로 몸 둘 바를 몰라 하는 지경이 되었다. 대전이 꺼져가는 소리로 인길댁을 부른다.

"어무이!"

대전의 부름에 인길댁은 코맹맹이 소리로 대답한다.

"머다."

"아부지 말이여라우. …… 아부지가 …… 저, 저 땀시 돌아가신 것 같아라우. 무담씨(괜히) 그놈의 탕제를 해 드렸는개비여라우."

"먼 탕제 땜세 그런데야. 하이나 그런 소리 허덜 마라! 아이고오~~, 대전 아부지, 인자 우덜은 어쩨게 산다요."

인길댁은 아들의 자책하는 말에 에둘러 부정하려 대답을 하고는 죽은 인길 양반의 가슴을 어루만지며 꺼이꺼이 통곡을 한다.

천하에 아버지를 죽이고 싶은 사람이 있을까. 그러나 대전은 자신의 본의 아닌 실수에 아버지가 절명했다는 생각으로 비탄의 가슴을 치며 통곡을 하였으며 이 모습을 보고 있던 쌍본도 닭똥 같은 눈물을 흘리며 소리 죽여 울고 있었다.

온 식구가 뜬눈으로 밤을 새우고 첫새벽 네 시경이 되었다. 대전이 순녀를 부른다.

"야~아."

대전은 순녀에게 아버지가 돌아가신 사실을 작은댁에 전하라고 심부름을 시켰다. 순녀네 작은댁은 집 모퉁이를 돌아 왼쪽으로 꺾어진 길을 따라가서 두 번째 집이다.

순녀가 그녀의 작은댁에 이르렀다. 초가지붕 너머로 무성하게 자란 대숲은 아직 어둠이 가시지 않아 칠흑 같고 불이 켜지지 않은 깊은 마루 안쪽으로 창호지 문은 어스름하니 어둑하다. 순녀가 마루 앞 토방에 올라섰다.

"작은 아부지! 작은 아부지!"

 이른 새벽, 난데없는 불청객의 호출에 방안에서 부스럭거리는 소리가 들리더니 문이 빼꼼히 열렸다.

 "이렇코 이른 시간에 누구다냐?"

 순녀의 작은아버지 신촌양반은 고쟁이 바람으로 나왔다.

 "작은아부지! 나여라우. 순녀랑께라우."

 신촌양반이 어둠 속에 선 순녀의 모습을 헤아리려는 듯 눈을 크게 뜨며 물었다.

 "응. 근디 먼 일이디야? 이렇코 이른 시간에…."

 친근한 사람을 보든 감정이 복받치는 걸까, 순녀는 갇혔던 물이 쏟아지듯 왈칵 울음을 터뜨렸다.

 "흐흐흑! 작은아부지! 아부지가 돌아가겠어라우."

 "아니! 순녀야! 너 시방 뭣이락 했냐?"

 "흐으 흐흑. 아부지가 돌아가겠당께라우."

 "뭐, 뭐, 뭣이여? 참말로 성님이 돌아가겠다고? 이거이 뭔 소리다냐? 동본 어메! 동보이 어메!"

 신촌양반은 부랴부랴 방으로 들어가더니 그의 마누라인 신촌댁을 깨우고는 다시 방을 나서서 신발을 신는 둥, 마는 둥 하여 후다닥 순녀네로 한달음에 달려갔다. 순녀는 훌쩍이며 그 뒤를 쫓았다. 신촌양반이 방으로 들어섰다.

 "오메! 성님! 이거이 뭔 일이라요?"

 신촌양반은 절반의 정신이 나간 사람이 되었다. 그도 그럴 것이 신촌양반(헌규)와 순녀의 아버지는 다른 혈육이라고는 없이 단 두 사람, 형제이니 난데없는 사실에 충격이 아늘 수 없는 노릇인 것이다.

 헌규는 홑이불을 살며시 들어 굳어진 망자의 얼굴을 확인하고는 한동안 어깨를 들먹거리며 흐느껴 울었다. 그러다가 울음을 그치고 인길댁과 대전을 번

갈아 쳐다보더니 인길댁에게 시선을 고정하고 묻는다.

"성수님! 이것이 뭔 청천벼락 같은 일이라우?"

인길댁은 젖은 눈으로 망자를 바라보고 있을 뿐 대답이 없다. 신촌양반은 다시 대전에게 묻는다.

"어저께 초지녁까지도 괜찮허셨는디 어찌게 된 것이데야?"

"작은아부지! 저도 잘 모르겄어라우. 엊저녁 자시 쪼깐 못 되야서 절명허신 것밖에는 저도 잘 모르겄어라우."

"허어 허! 이런 허망헌 일이 어디가 있당가이."

대전은 분명치는 않으나 자신의 실수가 아버지의 직접적인 사인이 된 것이 확실하다고 짐작은 하고 있으나, 복잡해진 심경이 되어 차마 그 대답을 할 수는 없었던 것이었다.

한동안 흐르던 침묵을 깨고 헌규가 나직한 소리로 대전을 불렀다.

"조카! 성님이 이렇게 가부시다니 기가 맥힐 노릇이네. 근다고 어찌게 허겄는가? 이 마당에사 잘 모시는 수밖에…."

"야. 그래사제라우."

대전은 맥없이 대답했다.

"질부! 질부는 아부지 입으시던 흰 적삼을 간 데에다 걸어서 언능 지붕에다 띵기소! 날짜로 치면 어지께 밤에 별세를 허셨응게 낼 발인을 헐라면 바쁘겄다. 조카! 긍께 오늘, 낼 준비해서 모레 발인허는 것이 어쩌겄는가?"

신촌양반은 이렇게 자신의 의견을 대전에게 묻는 것이다. 대전은 쉽사리 대답하지 않고 인길댁을 쳐다봤다.

대전은 아직 그런 생각을 해 볼 겨를이 없었던 것이다.

인길댁은 무심히 망자 쪽만을 바라보고 있었다. 대전이 입을 뗀다.

"어무이! 글고 작은 아부지! 시방 동네마다 장질부사가 창궐허고 있고 아부지가 장질부사로 돌아가겠는디 장례를 치먼 못씁니다."

이렇게 대전은 장례에 대한 소견을 얘기했다. 이때 밖에서 인기척과 함께 방문이 열리고 대전의 사촌 동생인 동봉과 이웃집 쌍본이 들어왔다.

이들 역시 난데없이 벌어진 상황에 당혹스러워하였으며 방안의 침울한 분위기에 편류하려는 듯 쌍본과 함께 앞문 쪽에서 엉거주춤하니 서 있다.

"앉그소들!"

인길댁의 말에 동붕과 쌍본이 신촌양반의 뒤편에 불편한 자세로 앉고 신촌양반이 끊겼던 얘기를 잇는다.

"그러면 아부지를 어찌게 모셔사 쓰겄는지 조카 생각은 어쩐가?"

대전이 대답한다.

"아까 말씀드렸데끼(듯이) 시방 니 동네 내 동네 헐 것 없이 장질쿠사가 극성인께 아부지 장례는 소리 소문 없이 식구들까장 모시는 것이 어쩌께라우?"

대전의 말에 신촌양반이 고개를 끄덕이더니 형수인 인길댁에게 묻는다.

"성수님! 조카 말을 들어본께 대체나 그 말이 맞은 거 같은디 성수님 생각은 어쩌시오? 그래도 성수님 뜻대로 해사지라우. 성님이 안 계시면 성수님이 집안의 질(제일) 어른이기도 허시고 시방은 미망인이신께 성수님 뜻대로 해사쓰제라우."

시동생의 이 말에 결국 인길댁도 대전의 의견에 따르기로 한 것이며 장례는 식구들과 소식을 전해 듣고 찾아온 몇 사람만이 참석한 가운데 간단하게 치러지고 있었다.

날이 훤히 밝아오니 아침이 되었다. 발 없는 말이 천 리를 간다더니 어느결에 들었을까 동네의 남정네들이 순녀네 집으로 하나 둘 찾아들고 약식으로 발인 준비가 진행 중이다. 신촌양반이 주축이 되고 광암 양반과 길선이가 신촌양반을 도와 염을 마쳤다.

"누가 마당에 덕석을 좀 펴라! 마지막 가시는디 아직 진지는 들고 가셔야제."

염을 마친 신촌양반이 말하자 쌍본이 잿간에서 누덕누덕 낡은 장방형 멍석을 가져와 마루 앞에 툭 하고 내려놓고는 발로 툭툭 차니 말렸던 멍석이 쫘르르 펴졌다.

장정들에 의해 유해가 마당에 펼쳐진 멍석 위로 운구되고 병풍을 쳐 유해를 가린 뒤 그 앞에 제상이 차려졌다. 제사의 집전은 신촌 양반이 도맡았으며 급박스런 장례라 절차나 격식 따위는 아랑곳없이 최소한의 예만 갖추었다.

"아이고 성님! 시절이 시절인지라 지대로 예도 못 차리고 이렇게 보내드리게 되야서 죄송혀요. 자! 우선 남자들부터 순서대로 한 잔씩 올리자! 대전이 조카! 자네가 젤 먼저 올려드리소!"

대전이 신발을 벗고 제상 앞에 무릎을 꿇어앉아 술잔을 공손히 받쳐 들자 옆에 서 있던 무현이 세 번 첨잔하여 술을 따랐다. 그리고 대전은 허리를 굽혀 술잔을 상에 놓고 제자리로 돌아와 병풍 뒤 망자를 향해 이 배 반의 절을 하였으며 절을 하며 대전은 눈물을 흘리고 있었다.

대전의 의식에 이어 식구들 모두 일일이 제상에 술을 올리고 절을 함으로 제례가 끝났으며 비록 약식의 조촐한 제례였지만 그래도 근엄하게 치러졌다.

이윽고 망자의 유해를 가렸던 병풍이 젖혀지고 주변의 허드레 것들이 다 치워지며 덩그러니 관(棺)이 드러났다. 관의 운구는 자발적으로 나선 동봉과 쌍본이 그리고 무현과 만복이다.

도회지에서는 생각할 수 없는 이들의 자선, 도덕지라는 촌락의 공동체 생활을 바탕으로 형성된 인정이 넘치는 봉사협동 정신인 것이며 이날 인길양반의 장례식뿐만 아니라 동네 안의 어느 가정에라도 큰일이 닥치면 동네의 젊은이들은 너나를 가리지 않고 서로 협동하는 것이었다. 신촌양반이 준비된 네 사람에게 말한다.

"자~아! 언제 가도 가야 헐 일. 인자 떠나보세!"

네 사람의 청년들이 관을 묶은 하얀 무명 끈의 끄트머리를 어깨에 걸고 동시에 일어났다. 관의 받침목이나 상여의 뚜껑이 없는 맨 관이기 때문에 네 사람은 가뿐히 일어났다.

"성님! 그동안 여그 사셔서 이 정 저 정, 만정이 드셨을 텐디 그 정 다 떼어불고 인자 떠나십시다. 남자들은 산에까지 가고 여자들은 쩌짝 고사테까지만 뒤따라 오이쏘!"

이렇게 말하며 신촌 양반은 눈물을 흘리고 있었으며 관을 앞장서서 마당을 한 바퀴 돌았다. 망자에 영이 있거든 마지막이 될 집을 살펴보란 의미일 것이다. 그리고 그 뒤를 따르는 순녀네 식구들, 대전에 이어 그의 남동생인 태곤이 따랐고 그 뒤로 여인네들이 따랐다.

사별의 슬픔은 남은 자들의 몫이다. 남편을 떠나보내는 인길댁은 배웅하는 길에 집이 멀어질수록 절절한 통곡을 하였다.

"대전 아부지! 나를 두고 혼자 가 부시면 나는 어찌게 헌다요? 흐흑. 나사 괜찮허제만 울 애기들 어찌게 허란 말이요! 아이고, 아이고!"

인길댁의 치맛자락을 잡고 따라오던 어린 사나아이, 경배는 제 엄마의 통곡하는 모습을 힐끗힐끗 쳐다보며 통곡의 의미를 알기나 하는 것인지 제 엄마를 따라 덩달아 울어댔다.

슬픔은 번지는 것일까, 인길댁의 통곡 소리에 더하여 순녀와 경주댁, 말례에 이르기까지 애통한 모습으로 통곡하니 이 애잖한 모습을 누구라서 맨눈으로 볼 수 있으랴.

보내는 이들의 비통함이 가슴을 짓누르더라도 산 자와 죽은 자의 인연은 여기까지였다. 여인네들은 마을 어귀에서 따라가던 걸음을 멈추고 월곡 쪽으로 멀어져 가는 운구행렬을 서글픈 눈으로 바라보고 있을 뿐, 발길을 돌리지 못하고 있었다. 집으로 돌아오는 길에 인길댁이 순녀를 부르더니 이렇게 말했다.

"저 참에 니가 빨랫줄에서 허연 적삼을 소소리 바람이 걷어가는 꿈을 꿨닥 허더니 그것이 선몽이었든갑다."

이 말에 순녀는 일순간 가슴이 덜컥 내려앉는 듯

"오메! 참말로 내가 꿈을 잘못 꿨는개비요."

이렇게 말하며 주먹으로 자신의 가슴을 쳤다. 과연 그 꿈으로 인해 사달이 난 것일까 아니면 사달이 날 것을 선몽 하였던 것일까.

● ● ●

이 해의 장티푸스 전염병은 마을마다 적잖은 흔적을 남기고 추석 무렵이 돼서야 그 종적을 감추었던 것이며 이 시기를 전후로 하여 장티푸스는 물론이요, 세균성 이질이나 홍역, 소아마비 등은 의술의 혜택이 부재했던 촌락의 민초들에게 커다란 애한을 안겨주는 질환이었던 것이었다.

제 15 부
가을걷이

●●● 인길 양반이 불귀의 객이 되어 떠나간 그 이튿날, 순녀네 집은 어제나 그제나 다를 바 없이 모든 것이 이전의 것과 하나 다를 게 없지만 울타리나 돌배나무가 서 있는 대문과 마루 등 어느 것, 어느 곳을 보아도 쓸쓸한 모습이다.

더구나 늘 인길양반이 거하며 책을 보거나 접객을 하던 큰방 창문 옆 아랫목은 그 주인이 떠나고 없기에 적막이 겹겹이 쌓인 듯 쓸쓸하기만 하다.

인길댁은 큰방에 앉아 죽은 인길 양반의 소장품과 옷가지를 꺼내 방바닥에 늘어놓고 정리하고 있었다.

상자 속에는 평소 인길양반이 자주 보던 침술과 한의학에 관한 전문서적 그리고 실제 환자들에게 침을 시술하며 연구자료로 기록해 놓은 공책과 안경 등 잡다한 것들이 들어 있었으며 인길댁은 이것들을 종류별로 구분하여 상자에 넣고 보자기에 싸, 선반에 올려놓았다.

그리고 옷들을 열거해 놓고 순녀를 불렀다. 순녀가 마루를 걸레질하다 말고 방으로 들어온다.

"순녀야! 느그 아부지 옷을 다 내뿔자니 아깝고 노두기도 그런디 어쩌끄나?"

"어메! 두루마기하고 이렇코 큰 옷은 태곤이랑 점돌이 적삼하고 바지로 해주면 쓰겄소."

순녀가 적삼을 들어 보이며 말하자 인길댁은

"허기사. 아부지 입으시던 옷인디 어쩔라디야만…. 그라고 모자랑 다비(양말) 같은 것은 뒤 까끔(동산)에다 내다 다 꼬실라 불어야 쓰겄다."

이렇게 말하며 옷들을 양쪽으로 갈라놓는다. 그때였다.

"어메! 어메! 배뫼 매양(매형)이랑 누님이 쩌그 와라우."

태곤은 한달음에 달려온 듯 숨을 몰아쉬며 말한다. 과연 태곤의 말이 떨어지기 무섭게 맹심이 자매와 이들의 남편인 두 동서가 어깨를 나란히 하여 마당으로 들어섰다.

순녀의 바로 위 언니가 맹심이고 그 위로 큰언니는 인길 양반의 맏딸로서 별도의 이름이 없이 큰아기라고만 했다. 어느 집안이나 다 있을 큰아기라는 대명사를 고유명사로 쓰고 있는 것이다.

큰아기는 배뫼의 나주임씨 집안 종갓집 외동아들에게 시집을 갔는데 그 배필은 지모와 학식을 제법 갖춰 군청 출입 정도는 하는, 동네에서는 이름이 알려진 사람으로 이름은 임 종남이다.

임씨 가문으로 시집을 간 큰아기는 동생 맹심이 혼기가 되자, 임 씨 일가의 시조카뻘 되는 사람에게 중신하여 성사되자, 맹심이 친정으로 치면 동생이요, 시가로 치면 질부가 되는 것이었다.

하루는 당숙모와 질부가 되고 하루는 언니와 동생이 되는 교묘한 인연인 것이다. 이러한 큰아기의 자매와 동서들이 인길양반의 느닷없는 타계 소식을 듣고 조문을 온 것이다.

두 자매는 마루에 앉아있는 인길댁에게 다가가 얼싸안으며

"어머이! 이것이 뭔 일이랑가요? 어찌게 해서 울 아부지가 가부시다니 뭔 날벼락 같은 말씀이랑가요? 어흐흑! 아이고 아부지!"

하고 애통한 곡을 시작했으며 이 모습을 보고 있는 식구들 모두 눈물 바람을 하였으니 평소 인길양반의 인자하고도 자상했던 모습을 기억하는 가족들에게 그 빈자리는 비탄의 자리가 될 수밖에 없는 것이었다.

눈물을 찔끔거리던 순녀가 울고 있는 언니들에게 다가가 손을 붙잡으며 달랜다.

"언니들! 아무리 슬피 울어도 한 번 가신 아부지가 돌아오실 리 없응께 인자 그만 울어!"

한바탕 울음 마당이 그치자 그제서야 인길댁이 사위들을 맞는다.

"오니라고 고상들 했네. 이리 물래(마루)로 올라와 앉그소들! 순녀야! 느그 형부들, 언니들이랑 시장헐 텐디 상 좀 봐 오니라! 그라고 맹심이 언니 애기 좀 받아 줘라! 힘들겄다."

맹심은 돌배기 사내아이를 등에 업고 있었으며 아이는 말례가 받아 주었다. 잠시 후 순녀와 경주댁에 의해 상다리가 휠 만큼 음식과 반찬이 차려진 커다란 상이 마루 가운데 놓였고 상을 중심으로 식구들이 빙 둘러앉았다. 대전이 술 주전자를 들고 술을 권한다.

"매형! 매제! 술 한 잔씩 받으시쑈!"

"어이. 그럼세. 자네도 한 잔 받으소! 그런디 아버님은 어찌게 해서 이렇고 급작스럽게 들어가셔 불었당가?"

"사실은 쩌번에 이유제(이웃) 광암 아짐네 동상이 장티푸스에 걸려 불었답니다. 그래 그 아짐이 자꾸 아부지를 찾아와 약을 써달라고 우리 집을 들락거리셨제라우."

대전은 말을 이어 인길양반의 사인에 관한 전도를 그의 형제자매들에게 소상히 일러 주었다.

"어허! 그렇께 간접적인 원인이 장질부사고 직접 원인은 자네가 끓인 탕제 때문이다, 이런 말씀이구만!"

"야. 그렇게 생각허제라우. 그렇께 이노무 것이 통탄헐 일이여라우."

대답하는 대전의 눈에는 눈물이 맺혀 있었다.

"처남! 그런다고 너머 자책허들 마시게! 정확허게는 탕제 때문인지도 모르제만 다 당신 운명이려니 해사제 지금 와서 이런들 어찌게 허고 저런들 어찌게 허겄는가? 인자는 산 사람들이나 잘 살아갈 궁리를 해사 쓰네! 그라고 이유제 탓헐 것도 없네! 원인은 거그서 시작된 것이 분명허제만 그것을 탓 허면 서로 감정만 쌓이고 그런다고 가신 분이 돌아오시지도 안 헌께 다 잊어불어야 쓰네!"

"매양! 잘 알겠습니다. 그리고 누님, 맹심이 동상! 내가 아부지를 못 지켜드려 죄송허요."

임 종남은 매제인 대전에게 이렇게 위로의 말과 함께 마음가짐에 대한 당부의 말을 곁들이며 등을 토닥거려 주었다. 과연 임 종남은 그의 넉넉한 풍체만큼이나 넉넉한 심성이 엿보이고 게다가 말솜씨까지 매끈한 사람이었다.

이렇게 하여 배뫼에서 온 자매 부부들의 조문참례가 끝나고 하룻밤을 묵은 그 이튿날 배뫼로 떠나는 길이다. 순녀네 식구들은 신작로까지 배웅을 나왔다. 떠나는 사람이나 보내는 사람이나 이별의 아쉬움이 교차하는 순간, 서로들 잡은 손을 놓지 못하고 서성인다. 맹심이 순녀를 불렀다.

"순녀야! 아부지가 안 계신께 내 이 발길이 쉬 떨어지딜 않는다. 어무이 잘 모시고 올 가실에 너 시집 갈라면 하나하나 준비 잘해라!

아부지 돌아가셨제, 너 시집 가제. 우리 어무이는 어찌게 사실지 꺽정이네. 쩌렇코 어린 동생도 있는디 말이다."

"응! 언니! 나사 시집을 멀리 가도 가차운께 자주 와볼텐께 여그 꺽정 말고 우리 조카 애기나 잘 키워!"

"그래! 걸음이 차마 떨어지딜 않는다. 아부지 안 계신 우리 집을 생각이나 해봤겄냐!?"

맹심은 인길댁의 치맛자락을 잡고 서 있는 경배에게로 가서 경배의 등을 토닥이며 볼을 어루만져 주었고 어린 경배는 분위기를 조금은 가늠한 것인지 침울한 표정이다.

"잘 가시게!"

"야~! 몸 건강히 계시쑈!"

네 사람의 배뫼 사람들은 신작로에서 멀어져 가고 순녀네 식구들은 그들이 멀어져 가도록 손을 흔들며 발을 떼지 못하고 서 있었다. 배뫼 사람들이 떠나고 저녁나절 인길양반이 입던 옷과 그 외 유품들은 뒷산에서 모두 불태웠다.

―――― ◈◈◈ ――――

회자정리, 인생의 인연이란 만남 뒤에는 반드시 헤어짐의 순간이 따르기 마련, 한 번의 만나는 즐거움이 있었다면 또 한 번은 헤어짐의 아쉬움을 반드시 겪어야 하는 것이 인연의 법칙 아니던가.

인길 양반이 세상을 떠나고 그동안 침울하던 순녀네 집안은 저마다 주어진 현실에 치중하며 하루하루 날이 가게 되니 슬픔의 흔적들은 하나둘 걷혀 갔다.

그러던 초가을 어느 날,

"우~~~어! 우여~~~워!"

학교에서 돌아온 태곤은 일곱 살배기 조카인 점돌을 데리고 황금 물결 일렁이는 논에서 참새를 쫓고 있었다. 열한 살의 태곤은 국민학교 2학년 학생으로 그 본분에 맞게 마땅히 공부를 해야 할 일이지만 그보다 더 중요한 일은 먹거리를 지켜야 하는 일이 당장 해야 할 일인 것이다.

영화농장 언저리 마을, 이곳은 평야 지대이므로 쌀, 보리 외에 별도의 특산물이 없어서 쌀과 보리가 생명처럼 여겨진다. 여름내 땀 흘린 농부들의 정성으로 논은 황금 물결을 이루고 있으며 이것을 기회로 참새들은 죽자거니 날아든다.

농부들은 누더기로 사람 형상의 허수아비를 만들어 논바닥 여기저기에 세워 두지만 이를 알아차린 참새들에게 허수아비는 도리어 낭만 어린 쉼터가 될 뿐이다.

이에 태곤은 한 톨의 벼라도 더 지키기 위해 참새 쫓기에 나선 것이며 이는 당연히 태곤의 누나인 순녀의 지엄한 명령에 따른 것이었다.

"우여~~~워! 지미~쩌리 좀 날아가 불어라! 어째 우리 논에만 앉그냐? 점돌아! 그짝으로 앉그면 소리쳐! 못 앉게…."

태곤이 이쪽에서 쫓으면 새들은 저쪽에 앉고 저쪽으로 쫓아가면 새들은 이쪽에 앉는다.

셀 수 없이 많은 새들의 식탐에 태곤은 당해 낼 재간이 없는 것이며 이에 태곤은 마치 자신의 밥그릇이 축나는 것처럼 안타까운 마음으로 새들을 쫓는 것이었으며 점돌은 태곤의 뒤를 쫓아다니며 새를 쫓는 흉내를 내지만 참새떼들이 이 아이들의 요구를 순순히 들어줄 리가 없다.

이들 두 아이가 한창 새 쫓기에 여념이 없을 즈음 저만치 마을 쪽으로부터 누군가 다가오며 태곤을 부른다.

"태곤아! 태곤아! 인자 그만허고 언능 와!"

순녀였다. 순녀가 아이들을 데리러 오는 것이었다.

"점돌아! 쩌그 누나가 델러 온다. 가자!"

태곤은 점돌의 손을 잡고 제 누나인 순녀를 향해 논둑길을 따라 올라간다.

"태곤아! 점돌이랑 참새 다 쫓았냐?"

"누나! 우리 논에만 참새가 겁나게 많해. 쫓으먼 또 오고 또 쫓으먼 또 오고 나락 다 묵어불겄네."

"으응! 그렁께 누나가 쫓으락 했제. 점돌아! 이리 와! 고모 손 잡고 가자!"

순녀는 점돌의 손을 잡고 오던 길을 돌아서 앞서간다.

"누나! 가실(추수)은 언제 헌당가?"

"어째야?"

"퉤! 가실 허먼 누나 시집간닥 헌께…. 가실 안 허먼 좋겄다."

태곤은 제 누나가 시집가는 것이 싫은 모양이다.

"으응! 그래도 가슬은 해야 써! 누나가 시집가도 우리 태곤이랑 점돌이 보고 잡으면 보러 올 텡께 꺽정 마!"

"퉤! 누나! 차말로 매양이랑 올랑가?"

태곤은 대화를 주고받는 사이에도 노랗게 익은 벼 이삭의 목을 꺾어 한 알씩 입에 넣고 알을 까먹은 뒤 껍질을 뱉어내는 것이었다.

"그라먼. 우리 태곤이랑 점돌이 보고 잡으면 매양이랑 오제. 근디 너 나락 좀 그만 까먹어라! 밥맛 없어야!"

"배고픈께 나락이라도 까먹제…."

"그래도 밥맛 없응게 고만 까먹어라!"

순녀의 눈치를 보느라 태곤은 들고 있던 벼 이삭을 수로에 던져 버린다. 인생살이 인연 중 오누이 간의 인연보다 더 좋은 인연이 어디에 있으랴! 가끔은 엄마 같고 따로는 친구 같은 누이, 조금은 억지를 부려도 못 이기는 척, 져주고 먹을 것, 입을 것 자상하게 챙겨 주는 누이의 그 다정스러운 아량보다 더 좋은 게 또 어디에 있으랴!

태곤에게 있어서 순녀는 그러한 누이가 되고 있었던 것이었다. 순녀는 태곤과 조카인 점돌을 데리고 누렇게 익어가는 나락 논둑길을 걸어 집으로 향하고 있었다.

◆ ◆ ◆ ◆

며칠 뒤, 순녀네 논에 벼 베기가 한창이다. 시월의 영화농장은 서북이나 서풍이 드세지는 시기로 이날도 정오가 되자 광암 쪽에서 선들바람이 불어와 덥지도 차지도 않은 기온에 벼를 베기에 알맞았다.

'사악 사악 투두둑! 투두둑!' 날이 곤두선 낫에 포기마다 벼의 뭉툭한 줄기 잘리는 소리가 귀에 경쾌하게 들린다. 순녀와 그녀의 올케언니인 경주댁 그리고 순녀의 사촌 오라버니인 동봉, 거기에 이웃인 길선과 윗마을 사는 무현이 그리고 원둑 밑의 순녀 친구인 양님이가 벼를 베는데, 이 여섯 명이면 네 마지기 한 배미를 하루면 다 베는 것이다.

장방형 사각 논에 가로로 여섯이 서서 베어 나가면 각각이 40여 포기가 할당량이 되지만, 조금 힘에 부치는 사람은 옆 사람이 도와서 횡으로 나란히 베 나가는 것이다.

힘이 좋은 길선은 벼 베는 솜씨가 남달랐다. 서 있는 벼의 허리춤을 너덧 포기를 한꺼번에 쥐고 오른손에 든 낫으로 그 밑동을 오른쪽에서 왼쪽으로 힘껏 베면 보기에도 시원하게 '촤라라락' 하고 잘린다.

길선 옆에서 베는 순녀는 그나마 여자 중에 잘 베는 편이지만, 길선을 따라갈 수 없다. 길선이 자기 몫을 다 베고 일부러 허리를 펴고 서서 순녀를 놀려줄 셈으로

"순녀야! 아침을 안 묵었냐?"

하고 배시시 웃는다. 눈치 빠른 순녀가 길선의 말뜻을 모를 리 없다.

"오라바이! 나 어지께 저녁부터 밥을 못 묵었응께 요롷게 심을 못 쓰제라우. 긍께 오라바이, 그라게 섰지 말고 언능 비어라우!"

"응! 알었어. 근디 뭣 헌다고 저녁부터 굶어불어야? 시안(겨울)에 시집간다고 벌써부터 굶어 불면 안 돼야 불제."

길선은 순녀의 몫을 순식간에 베어내고 반대편으로 옮겨 베어가며 낄낄거리며 웃어댄다.

"아따망. 오라바이는 어지께 마신 술이 아직 안 깼는개비요. 지금 시안이 몇 달이 남었그만 시안에 시집간다고 벌써 굶으요!"

순녀의 말이 떨어지기 바쁘게 양님이 끼어든다.

"마산 오라바이는 장게 갈 때 한 달은 굶었을 것이여. 그렁께 저렇게 몰랐제(말랐지)."

길선의 댁호가 마산이다. 양님은 심심하던 차에 잘됐다는 듯 순녀의 말꼬리를 따라 잇는 것이었다. 순녀가 다시 맞장구를 친다.

"마산 성님이 그러시는디 저 오라방은 밤에 잠도 잘 안 잔닥 허드라. 그렁께 저렇코 몰라 불제."

길선은 생김새가 험악하여 옆으로 찢어진 눈은 달아매듯 양 꼬리가 올라가고 광대뼈는 불거져 얼굴 윤곽이 모가 졌으며 입꼬리는 처져 날 일 자로 어느 마을의 동구에 선 장승과 흡사했다.

그가 입을 다물고 있으면 그 험상스러운 모습에 무뚝뚝하기까지 하여 누구라도 쉽사리 말 붙여보기를 꺼리는 그런 사람이었다.

그러나 순녀와 양님이 길선의 그러한 분위기에 주눅이 들 처녀들이 아니며 도리어 둘이 합세하여 길선을 골려 주는 때가 종종 있던 것이어서 지금도 그와 마찬가지였다. 길선은 대꾸하자니 또다시 돌아올 말이 걱정되는지 헛기침을 하더니

"체! 이노무 가이나(가시나)들이 못 허는 말이 없어. 느그들 잔소리 말고 싸게(빨리) 나락이나 비어라이!"

하고 말꼬리를 돌렸다. 길선은 낫질과 힘에는 순녀와 양님을 앞설지 모르나 말로는 도대체 적수가 못 됨을 스스로 알고 있기에 아예 말씨름을 피하고 만다.

영화농장 일터의 선남선녀들, 이들은 노동의 고단함에 농담을 곁들임으로써 피곤함은 희석이 되고 덤으로 일하는 즐거움까지 얻을 것이니 일 년 사계절 중 겨울 한 철 농한기를 빼고는 들녘에서 일하며 살아가야 하는 환경에서 들녘의 일을 순수히 노동 그 자체로만 생각한다면 지루하고 따분할 일 아니겠는가.

순녀나 양님, 길선, 이들 또한 벼를 베는 노동의 고단함을 이야기를 함으로

써 잊어버리려는 것을 서로가 잘 알고 있는 것이었다. 이윽고 정오에 이르러 점심시간이 되었다.

인길댁과 순녀의 동생 말례가 점심 광주리를 이고 논 어귀에 도착하자 무현이 나락을 베다 말고 쫓아가 광주리를 받아 주었다.

"점심 푸요. 언능들 오이쑈!"

말례가 논 가운데를 향해 소리쳤다. 이 소리에 일꾼들은 허둥지둥 낫을 팽개치고 밥상이 차려지는 논 어귀로 모여든다. 힘들여 일한 만큼 배가 등짝에 붙을 시간이니 그럴 법도 하다.

논둑에 반찬 그릇과 밥그릇이 놓이고 일꾼들은 논둑을 밥상 삼아 양쪽으로 갈라 앉아 식사를 시작한다. 인길댁이 말례를 불러

"말례야! 쩌그 개통(농수로)에 나주양반허고 태천양반이 풍개질(수로의 양쪽을 막고 물을 품어 내 고기를 잡는 일) 허는갑다. 가서 진지 드시고 허락 해라!"

하고 심부름을 시킨 뒤 이어서 일꾼들을 향해

"찬은 없제만 많이들 드이쑈! 허기질 텐디…."

하고 말한다.

"아이고! 아짐 그런 말 마이쑈! 이 손바닥만헌 갈치 조림 이놈 한 가지만 해도 겁나게 맛나요."

너나없이 김이 모락거리는 갈치조림에 찬사를 아끼지 않는다. 과연 하얀 쌀밥에 두껍게 썰어 고춧가루를 빨갛게 뿌린 무 깍두기와 섞어 지져 놓은 두툼한 갈치조림, 이 한 가지만 해도 더 이상의 반찬이 필요 없다. 밥을 먹으면서도 길선은 입이 근질거리는지 순녀를 부른다.

"순녀야! 갈치 한 토막 더 묵고 싶은디 니 껏 좀 양보해 주면 안 되겄냐?"

"아따! 오라방(오라버니) 뭣이 안 돼야. 쩌그 많이 있응께 갖다 드리께."

순녀는 말을 붙여보려는 길선의 속내를 잘 알고 있었다. 넓죽한 갈치 두 토막을 더 가져다주니 길선은 입이 함박만 하여 맛깔스럽게 먹어 치운다.

한창 식사 도중에 뻘국에 젖어 허리춤에서 흘러내리는 바지를 부여잡고 나주양반과 태천양반이 왔다.

"아제들 언능 와서 한 숟갈씩 뜨이쑈! 시장허겠소."

인길댁이 밥과 반찬을 따로 하여 두 사람에게 떠 주자

"오메! 이렇코 많이 줘 부시면 우덜이사 좋제만 안 모자라께라우?"

하고 멋쩍어한다.

"꺽정 말고 양씬 드이쑈!"

이것이 영화농장 들녘, 일터의 인심이요, 영화농장 사람들의 따뜻한 인정인 것이었다. 부자와 가난한 사람이라 해서 다를 것도 없고 한결같이 영화농장 사람들은 이처럼 정이 넘치는 사람들이었던 것이다.

점심 식사가 끝나자 태천양반과 나주양반이 돌아가며 인길댁에게 인사를 한다.

"인길 아짐! 점심 든든히 잘 먹고 가요. 풍개질 끝나면 붕어 한 바구리(바구니) 갖다 드께라우."

"야~! 많이 잡기나 잡으이쑈!"

이날 순녀네 벼 베기는 해가 아직 많이 남은 시간에 일찍 마치게 되었는데 이는 벼 베기 최정예 일꾼들이 동원된 까닭이었다. 영화농장의 가을걷이 시기는 봄 모내기 철 못지않게 바쁘기 그지없는 농번기다.

벼 이삭이 너무 익어버리고 기온이 내려가도록 수확을 못 하게 되면 벼 알갱이가 줄기에서 떨어져 버리는 손실 때문에 제 때에 맞춰 벼 베기를 해야 하고 베어놓은 벼의 줄기가 웬만큼 마르면 집으로 져 날라야 하며 날라진 벼를 탈곡해야 한 해의 벼농사가 끝나는데 가을 농번기는 이것으로 끝나는 게 아니고 벼를 베어넌 논에 보리갈이를 해야 비로소 그해 농사일이 끝나는 것이었다.

영화 농장은 가을이 이처럼 바쁘기 때문에 손대가 모자라는 집에서는 초겨울 눈발 속에서 보리를 갈고 한 해 농사일을 마무리하는 일도 허다했다.

이 해의 시 월 말, '꾸~~우~~웅~~적, 꿍적~꿍적' 순녀네 마당에 발 탈곡기 돌아가는 소리가 요란하다. 순녀의 사촌인 동봉과 장래 순녀의 배우자가 될 평정의 근식은 발 탈곡기를 힘차게 밟고 있었으며 두 장정의 힘찬 발놀림에 따라 A자형 철심이 박힌 탈곡기의 원통이 빠른 속도로 돌아가고 두 사람은 옆에서 홀태질 하기 알맞게 집어주는 벼 줄기의 끝을 두 손으로 잡아 벼 이삭을 후려치듯 돌아가는 둥근 홀태에 때리며 벼 이삭은 쏟아지듯 마당으로 떨어진다. '꿍쩍~꿍쩍~꿍쩍'

"아따, 성수님! 언능언능 집어 주이쑈!"

동봉의 옆에서 볏뭇에서 벼를 갈라 집어주는 경주댁의 동작이 굼뜨자 동봉이 소리치는 것이다. 근식의 옆에서는 순녀가 근식에게 벼를 집어주고 있었으며 그 뒤쪽으로 쌍본은 탈곡이 끝난 볏짚을 묶어 내고 있었다. 탈곡질을 하던 동봉이 소리친다.

"말례야! 언능 좀 긁어내라!"

말례는 열네 살 소녀치고 키는 큰 데 비해 불면 날아갈 듯 몸매가 호릿하여 탈곡기 앞에 쏟아지는 벼를 긁어내기에 힘이 모자라 보였다. 두 장정에 의해 탈곡기 앞으로 쏟아지는 벼는 저만치 긁어내기가 무섭게 차올라서 그것을 긁어내는 말례는 죽어라 긁어내는 것이다.

거기에다가 빠른 속도로 돌아가는 탈곡기에서 이리저리 튀어드는 이삭의 알갱이가 얼굴에라도 맞으면 여간 아픈 게 아니어서 말례는 따끔거리는 통증으로 얼굴을 잔뜩 찌푸리고 고무래질을 하고 있었으며 힘에 부쳐 다 긁어내지 못하는 모습을 본 순녀가 탈곡기 옆으로 쌓인 낟가리를 돌아 말례에게로 갔다.

"말례야! 당글개(고무래) 이리 주라! 나랑 바까서 허자!"

고무래를 받아 든 순녀는 탈곡기 앞에 둥실하게 쌓인 벼를 힘차게 긁어내고 있었으며 말례보다는 갑절이나 빠른 속도였다. 탈곡할 벼의 낟가리는 마당 가장자리에 빙 둘러싸여 있었으며 네 마지기 논 다섯 배미 중 마지막 한 배미 분을 이날 탈곡하는 것이었다.

평정의 근식은 순녀네 손대가 없음을 알고 원정을 온 것이며 순녀는 내심 그가 고맙기도 하지만 마음 한쪽에는 내색하기 쑥스러운 반가운 마음을 가득 채우고 있는 것이었다.

이윽고 점심때가 되어 시끄럽게 '꿍떡'거리던 탈곡기가 멈춰서고 모두 마루에 모여앉았다. 다른 사람들도 다 그렇지만 근식과 동봉은 땀과 먼지로 뒤집어쓰고 하얀 적삼의 등이 땀에 흠뻑 젖어 있었다.

순녀가 물을 묻힌 무명천을 가져와 근식과 동봉에게 건네주자 두 사람은 옷 속으로 가슴을 닦아내고 교대로 등을 닦아 주었다. 이를 본 쌍본이 밥상 앞으로 다가앉으며

"순녀야! 알아봤다이. 나는 물걸레를 안 주고 둘만 준다 이 말이제. 뭔 속인지 알아봤다이."

이렇게 심통스럽게 짓궂은 표정을 하며 말한다.

"아따 오빠는 뒤에서 짐만 묶음서 그러네. 아~, 알았어. 갖다 주께."

순녀가 무명천을 가지러 가는 시늉을 하자 쌍본은 인심이라도 쓰듯 말한다.

"순녀야! 도얐다 되얐어. 그거는 아무나 갖다 주는 것이 아니제. 신랑감한테나 갖다 주는 것이여."

넉살맞은 쌍본의 이 말에 밥상머리에는 한바탕 웃음이 넘치는 가운데 식사가 시작되었으며 근식은 얼굴이 벌겋게 홍당무가 되었다. 이때 인길댁이 근식을 향해

"그나저나 손대가 모자란디 자네가 이렇코 와서 도와준께 얼마나 솔 허네. 찬은 없어도 점심이나 같이 드소!"

하고 치사를 하자 근식은 겸손하게 대답했다.

"예! 어무이! 일은 못 허제만 힘 닿는디까지 서로 도와야 쓰제라우."

근식은 인물도 좋은 데다가 일도 잘하지 예절까지 바르니 인길댁은 당장에 일을 도와줘서 좋은 것보다는 그러한 사윗감을 맞게 되었다는데 기분이 여간 좋은 것이 아니었다. 마음이 흡족해진 인길댁은 식사를 하는 사람들을 향해

"찬은 없제만 모다들 많이들 드소!"

이렇게 말한다. 마당에 곡식이 가득해졌으니 인심 또 한 넉넉해질 수밖에 없는 일이기도 하다. 탈곡은 저녁나절 아직 해가 많이 남은 시간에 일찍 끝이 났다.

탈곡한 벼는 마당 바닥이 높은 곳에 삼각뿔 모양으로 높이 쌓고 이엉으로 빙 둘러 덮은 다음 그 주위로 땅바닥의 홈을 파 물길을 만들었다. 그 옆으로는 한 뭇 한 뭇 묶은 짚단을 쌓은 짚 벼늘이 어른 키보다 높게 쌓였고 이 짚은 초가 지붕을 이을 이엉을 엮을 것이며 또 겨우내 땔감으로 쓰일 것이다.

이를 바라보는 인길댁과 그 식구들, 한 해 농사를 지어 수확까지 다 마친 농부로서 수확물을 앞에 두고 바라보는 보람을 어찌 말로 다 표현할 수 있으랴.

일을 모두 마친 즐거움에 식구들은 마루에 걸터앉아 미담을 나눈다. 동봉은 그동안 탈곡을 해 본 경험을 바탕으로

"오늘 탈곡한 것이 열한 석은 될 것 같으요. 허기사 나락 모가지가 이렇게 굵직허게 농사가 잘 되얐는디…. 큰어무이! 열한 개는 되겠지라우?"

하고 인길댁을 바라보자 인길댁도 맞장구를 쳐 줬다.

"아먼! 열한 개사 나오제. 올해는 쩌 아래 배미만 열 개가 나오고 낭거지(나머지) 웃 배미들은 다 열 개, 열한 개씩은 나왔제. 이러코 농사가 잘되기는 올해 첨이세."

이렇게 이야기가 이어지는 중에 근식이 일어서며 인사를 한다.

"어무이! 저 인자 가 볼랍니다. 모다들 고상해겠소."

근식이 여러 사람들을 향해 인사를 하자 인길댁은 더 붙들지 않고 떠나라는 인사를 한다.

"어이! 더 두와지기 전에 뜨소! 그나저나 고상했네. 순녀야! 부삭에 가서 거양두서 갖고 온 몰른(마른) 조구 몇 마리 갖고 와라! 사돈 일맛 없을 적에 궈 드시라고야."

순녀가 브리나케 부엌으로 가 지푸라기에 옝인 마른 조기를 들고나와 근식에게 건네즌다.

"여그! 이놈 갖다가 어무이랑 할무이 궈 드리쑈!"

근식은 사양하지 않고 받아 눈높이까지 올려 들고 마치 구워 먹기에 알맞게 건조된 조기를 요리조리 살피며

"어허! 주신께 받기는 헌디 귀헌 조구를 어무이 궈 잡수제 주시요?"

라며 인끝 댁을 바라본다.

"아니네. 우리는 자주 먹은께 꺽정 말고 갖고 가소!"

근식이 길을 나서차 순녀가 배웅한다며 따라나섰다. 어둠이 내리기 시작한 신작로에는 차갑게 바람이 불고 있고 들판 아랫녘에서는 기러기들이 끼룩거리며 어스름한 하늘을 날아다니고 있었다. 순녀와 근식은 신작로를 나란히 걷는다. 근식이 문득 생각난 듯 말한다.

"아부지가 돌아가시고 안 계신께 집안이 휘젓허네. 참말로 서운헌 일이여."

"말허먼 뭣 헌다우. 못 오실 길 가 부셨는디."

"그렇께. 너머나 가슴 아픈 일이제만 그래도 남은 분들이라도 잘 살아야제."

"……"

순녀는 더 이상 대꾸를 않고 근식과 발을 맞춰 걸을 뿐이었다. 한참을 걷다 근식이 걸음을 멈추고 옆에 선 순녀를 바라보자 순녀도 따라서 우뚝 섰다.

"순녀 씨! 내가 순녀 씨를 많이 사랑허는개 비요. 우리 언능 식을 올리고 같이 살고 잡소. 순녀 씨는 어쩌요?"

"아따! 부끄러와라우…."

순녀가 말끝을 흐리자 근식은 확답을 듣고 싶은 듯 재차 묻는다.

"순녀 씨는 나를 사랑허지 않는개 비요."

"아니여라우. 기냥 부끄럽소."

근식이 순녀의 속내를 모를 리 없지만 그래도 심중의 뜻을 말로 듣고 싶었던 것이다. 근식은 순녀의 허리를 감싸고 볼에 입을 맞추었다. 순식간이었다. 순녀는 고개를 돌리며 토라진 듯 소리쳤다.

"오메! 놈들 보면 어쩔라고 이런다우!"

"어허 참! 우리 둘 밖에 없는디 보기는 누가 봐?"

"그래도…. 낮말은 새가 듣고 밤말은 쥐가 듣는다는디…."

순녀의 작은 반항, 이것은 처녀의 내숭일 뿐 근식의 사랑 행위가 싫지는 않은 듯 몸을 비켜나지는 않았으며 선남선녀가 마음이 맞아 서로 끌어안은들 죄가 될 리 없지만, 몸을 맞댄 두 남녀는 죄라도 지은 듯 얼굴은 상기되고 숨은 거칠었다.

이렇게 사랑이라는 것은 잔잔한 수면 위에 햇살이 내리고 바람이 불어와 은빛 반짝이는 파도가 이는 것처럼 시작되어 타오르는 모닥불처럼 피어나는 것이 사랑인 모양이다.

이날 어스름한 신작로에서 순녀와 근식은 생애 첫 달콤한 키스를 하였던 것이었다. 근식이 정색을 하고 다시 가던 길을 가며 말한다.

"저기 말이여. 우리 대사 날짜 말인디…. 아까침에 순녀 씨 어무이한테 말씀드린다는 것을 깜빡 잊어 불었는디 우리 할무이랑 어무이가 다다음 달, 그렇게 음력으로 동짓달 열나흘 날로 잡으셨다고 허네. 그날이 토요일에다가 손이 없는 날인디 순녀 씨 생각은 어쩌까?"

"어르신들이 그렇코 허셨으면 그대로 따라사제라우. 열나흘 날이라고 했제라우? 어무이한테 오늘 지녁에 말씀 드릴라우."

"그래! 그렇코 말씀 드려 불어!"

"야~아."

농장에 다 이를 즈음, 순녀가 걸음을 멈추며 말한다.

"인자 나는 돌아갈 텐게 이녘은 찬찬히 가이쇼!"

"그래. 날 어두와진께 돌아가!"

이렇게 하여 순녀네 탈곡을 거들어 즌 근식은 평정으로 돌아가고 순녀는 가던 길을 돌아서 자신의 집으로 되돌아 왔다. 집으로 돌아온 순녀는 자초지종 근식과의 대화 내용을 인길댁에게 말했다.

인길댁은 화색이 만면하여 반기더니 이내 얼굴색이 어두워지며 인길양반의 부재를 한탄했다.

"느그 아부지가 계시면 오죽이 좋겄냐만 이것도 다 니 복이니라. 올해는 농사도 잘 되얐겄다 얼마나 좋을 것인디…."

이렇게 씁쓸한 입맛을 다시며 또다시 밝은 표정을 하여 말을 잇는다.

"올해 농사는 마흔대여섯 석은 될 것 같은디 우리 일곱 식구 양석으로 여남은 석허고 니 시집 밑천으로 스무 석허고 낭거지 여남은 석은 살림살이랑 애기들 사친회비로 쓰면 쪼깐 남겄다. 그러고 새달 초 닷새, 일로장부터는 장못짐 준비를 쪼깐썩 해사 쓰겄너."

"어무이! 나 시집갈 장만은 많이 허지 달어라우! 근식 씨도 말로는 이것저것 많이 허지 말라고 헙디다."

순녀는 자신보다는 친정 살림 걱정을 하며 자신으로 하여금 결혼 후 남겨질 자신의 어머니와 동생들 그리고 오라버니와 그 식구들을 염려하는 것이었다.

그런 반면에 인길댁은 인길댁대로 어머니로서 딸의 혼수를 한 가지라도 더 챙기려는 것이니 이것이 모녀지정 아니겠는가. 이전 순녀의 언니인 맹심의 시집보낼 때를 회상하며 인길댁은 아쉬운 듯이

"아이고! 니 언니 시집 보널 적에는 숭년 할라 들어서 시어른들 예도 하나 여법스럽게 못 해 준 것이 이렇코도 맘에 걸리는디 느 까장 그렇코 보내면 이 에미 속이 뒤집어져 분다."

하고 넋두리한다.

"어무이! 그래도 나는 앞닫이 농허고 요 이불만 해 주먼 낭거지 것들은 시집가서 보지란히 일해서 장만허먼 되제라우."

"아무리 그래도 시아부지사 돌아가겼응께 헐 수 없제만 시할무니허고 시어매 예단은 해사제. 그러고 사촌 성도 있다고 허드라. 시가 눈 밖에 안 날라먼 인사치레는 다 허고 넘어가야 뒷말이 없어야."

"허기사 혼사라는 것을 여러 차례 있는 것도 아니기는 허제라우…."

순녀의 고심은 크다. 혼수를 많이 하자니 친정 곡간이 헐거워질 것 같고 빈약하게 하자니 앞으로 시가에서의 질타가 있을 법도 하니 진퇴양난의 지경인 것이었다. 이럴 때는 그저 잠자코 침묵을 지키는 것이 상책이리….

"올해는 농사도 잘 되얐응께 나락이 모르는(마르는) 대로 돈을 사서 장을 봐야 쓰것다."

인길댁의 의견은 단호했다. 맹심을 시집 보낼 때 헐거웁게 해 줬던 것이 그토록 마음에 걸렸던 모양이다. 두 모녀가 오손도손 이야기를 나누고 있을 때 밖에서 발소리가 나더니 대전이 들어왔다.

"어무이! 저 다녀왔어라우. 나락 타작은 잘 마쳤으께라우?"

대전은 여전히 무안군청에 재직 중으로 군청의 일과를 마치고 귀가한 것이다.

"오냐! 잘 마쳐서 두대까지 다 쳤다. 근디 점돌 애비야! 순녀 날 잡었닥 헌다. 음력 동짓달 열나흘 날로 잡었닥 헌다."

인길댁의 말을 듣고 대전은 손가락 계산을 하더니

"가만있자. 그러면 양력 12월 7일이네요. 잘되얐소. 내달에는 장못짐을 해사 쓰것네요!"

하고 대답하더니 순녀를 바라보며 말을 잇는다.

"순녀야! 날짜가 얼마 안 남었는디 인자부터는 집안일은 쪼깐 제쳐두고 매무새도 좀 다듬고 시집갈 준비를 해야 쓰겠구나! 지난달에는 한양의 박 헌영

위원장도 북조선으로 피신을 해 불고 정국의 주도를 이 박사가 잡게 되는 모양인디 그렇코 돼 불먼 공산당 활동을 못 헐 텐께 나도 인자 그 짓을 고만 둬사 쓸랑게비여야. 긍께 착실히 군에나 뎅겨야 쓸랑게빈께 그렇코 알고 시집갈 준비 착실히 해라!"

대전은 지난 2월 남로당 일로인민위원장에 선출된 이후로 지금껏 커다란 꿈을 가지고 위원장직을 성실히 이행해 오던 참이다.

그런데 미군정은 공산주의를 인정하지 않고 탄압하기 시작하는 것이 이즈음의 정세였으며 더우나 서방에서 민주주의를 배워 온 이 승만이 미군정을 배경으로 득세할 경우 남로당이 발붙일 수 없는 상황에 이를 것임을 간파한 대전은 이즈음, 몇 사람의 반대를 무릅쓰고 일로인민위원회의 해체를 주장했던 것이며 따라서 공식적으로 일로인민위원회는 해체되었으나 일부 열성 당원들만이 미미한 활동을 이어서 하고 있었던 것이다

대전의 말을 들은 인길댁과 순녀는 반가운 기색을 하였으며 인길댁이 말한다.

"그래 잘 생각했다. 느그 아부지도 살어 생전에 그렇코 말기지 않디야!"

"야~아. 인자는 군(軍) 일에나 열중허고 순녀 시집갈 때까장은 거그다 집중헐랍니다."

"오냐! 잘 생각했다 시장헐 텐디 언능 씻고 와서 밥 묵어라!"

대전은 가방을 챙겨 들고 자신의 방으로 건너갔다.

● ● ●

달이 바뀌어 12월 1일이다. 대전과 순녀, 두 남매가 신작로를 걷고 있다.

며칠 뒤로 다가온 순녀 대사 날에 쓸 물건들을 구입하러 일로장으로 나가는 중인 것이다. 대전이 가던 걸음을 멈추고 뒤를 돌아보며 투덜거리듯 순녀에게 묻는다.

"어째 느그 언니는 아직도 안 온다냐?"

"오빠! 깐닥깐닥 가고 있으면 올 테제라우."

경주댁에 앞서 먼저 집을 나선 두 사람은 경주댁이 따라오기를 기다리며 느린 걸음으로 걸어간다.

"어무이는 엊그저께 영산포 장으로 홍어를 사로 가신닥 했는디 거그나 일로장이나 그놈이 그놈 아니께라우?"

영산포는 서남해에서 잡히는 해산물의 집결지이다. 특히나 흑산도 근해에서 잡히는 홍어는 수요자를 찾아 영산포 나루에 내려져 내륙으로 팔려가는 중간 기착지로서 언제부턴가 영산포구는 흑산도 홍어로 유명하게 되었던 것이며 그 홍어를 사기 위해 인길댁이 영산포로 가겠다고 했던 모양이다.

이에 대하여 순녀는 애써 영산포까지 갈 필요가 있겠냐는 말인 것이며 순녀가 소견을 듣고자 대전을 바라보자 대전이 설명한다.

"그러제. 홍어가 많기야 영산포장만큼이야 허것냐마는 숫자가 적은께 고르는 맛은 없어도 일로장에서 사도 우리 대사에 쓸 것을 사기에는 충분허제. 그러고 일로장이 영산포장보다 없는 것 없이 크다. 오래된 전통을 가진 장이 일로장이여."

순녀가 의아한 듯 묻는다.

"먼 일로장이 그러코 오래 되얐다우?"

"어허! 알도 못험시러…. 내가 갈쳐 주마. 본시 일로장은 조선왕조 성종 때 생겼는디 지금 장터가 아니라 남창장이라고 해서 쩌짝 자방포 뚝을 마기 전에 번개 앞까지 갯물이 들어올 적에 그 언터리가 남창 장이었단다. 그쩍에는(그 때에는) 무안, 나주, 함평에서 거둔 세곡을 남창포구에 모태서 배에 싣고 한양으로 갔응께 얼마나 장이 크겄냐!"

대전은 신난 듯 열심히 얘기를 늘어놓는다.

"그랬는디 자방포 뚝을 막어 분디다가 일로로 철뚝을 놔 분께 남창포구는 없어져 불고 장은 일로역전 옆으로 옮겨 불었제. 그렁께 지금도 일로장이 전라도에서는 질로 크단다. 아먼! 영산포장은 일로장에 대먼 택도 없제."

대전이 대기를 마치자 순녀는 덩달아 일로장을 자랑이라도 하듯

"오메 그라고 본게 그러기는 허겄소. 장에 소전이 있겄다 채전, 옷배전, 옷전, 비렁내 나는 어물전에다가 쩌 우갯짝으로 성냥간, 푸줏간, 약방까지 없는 것이 없소."

"아먼! 그러제."

두 남매가 도란거리는 사이에 경주댁이 씩씩 가쁜 숨을 쉬며 뒤쫓아왔다. 과연 일로장은 무안장이나 몽탄, 함평장보다도 크다. 오전 이른 시간임에도 불구하고 장터로 가는 오르막길에는 많은 사람들이 열을 지어 섰으며 순녀네도 그 사이에 끼었다.

일로장을 보는 사람들은 대체로 일로 인근의 촌민들이지만 멀리는 몽탄이나 청계, 고닥원, 심지어는 독천 나루를 건너 영암에서도 온다.

장터로 오르는 오르막 황톳길은 목포와 무안을 오가는 버스의 타이어 자국이 밭의 고랑처럼 파여 있고 사람들은 그 양쪽 가장자리를 따라 열 지어 장터로 가는 것이며 이 사람들이 머리에 이거나 지게에 짊어진 짐들은 다양하게도 지푸라기로 묶은 계란, 곡물 자루, 배추나 무, 새끼줄에 날개와 다리가 묶인 닭 등 다양하기도 한데 이들은 모두 가진 것들을 내다 팔고 돈을 사기 위한 것들이다.

순녀네가 장으로 들어섰다. 장의 첫 들머리에는 난장 바닥에 커다란 망태를 놓고 깨나 곡식, 고추, 마늘 등을 사는 장사꾼들이 막대 저울을 들고 사람들을 불러대고 그 양쪽으로는 고무 신발 수리공이나 뻥튀기 장수 또는 강아지나 새끼돼지 등 짐승을 파는 사람들이 주인 없는 빈터에 두서없이 자리를 잡고 있다. 인파 사이로 앞서가던 대전이 뒤따르는 경주댁과 순녀를 돌아보며 묻는다.

"뭣부터 사야 쓰까? 채전장부터 봐야 쓸랑가?"

"애기씨 코빼신부터 사야제라우! 저구리, 치매랑은 다 해 놨응께 코빼신만 사면 애기씨 옷치장은 다 끝난께…."

경주댁 말에 고무신가게로 갔다.

"어서 오이쑈! 누(누구의) 신이 필요허시께라우?"

하얀 무명 핫바지에 적삼을 입은 주인이 순녀네를 반겨 맞는다. 좌판 위의 신발들은 대부분 검정 고무신으로 남녀의 것이 구분되어 진열되어 있고 오래 팔리지 않았던 관계로 먼지가 낀 하얀 고무신은 몇 켤레에 불과했다.

하얀 고무신은 검정 고무신에 비해 가격도 비싸지만 때가 쉬 타는 까닭에 수요가 많지를 않아 그 숫자가 적은 것이다.

"희컨 코빼신 한나 줘 보이쑈! 쩌 우리 애기씨 맞을 놈으로라우."

경주댁이 순녀를 가리키며 말하자 주인이 순녀의 발을 대충 훑어보고는 신발을 가져왔다. 신발가게 주인의 눈짐작은 정확하여 순녀의 발에 맞춤처럼 꼭 맞았다.

"애기씨! 이쁘게 잘 맞으요. 아제! 얼마라우? 쪼깐 싸게 주이쑈!"

"아따 아짐! 첫 마순께 본래에 칠십 전인디 더 깎지 말고 오십 전만 내이쑈! 공갈 안 치고 딱 본전이요, 본전."

곱디고운 하얀 코빼신, 순녀는 이 신발을 신고 청사초롱 불 밝혀 시집갈 것이다. 순녀는 흐뭇해진 기분으로 보자기에 코빼신을 싸며 대전 내외간을 향해 말한다.

"오빠랑 성님도 한 켤레씩 신으시쑈! 내 것만 산께 미안허요."

"괜찮헌께 꺽정 말어라! 언능 어물전으로 해서 과일전으로 한 바꾸 삥 돌자!"

하고 대전은 순녀의 말에 괜찮다고 일축했다.

"그래도 내 것만 이쁜 고무신을 산께 짠헌디 성님 것이라도 같이 사면 좋겠 그만…."

어디서 몰려들었나 장터의 통로는 인산인해로 쉽사리 나아갈 수가 없어 앞쪽에서 가는 대로 따라가야 할 만큼이다. 순녀네를 앞서가는 대전은 간혹 아는 사람들을 만나면 간단한 목례를 하거나 손 인사를 하며 지나쳤고 순녀와 경주댁은 그저 대전의 뒤를 따랐다.

잡채를 만들기 위해 당면과 그 부속물들을 사고 이어서 어물전으로 향했다. 찬 바람이 살랑살랑 부는 날인데도 어물전의 꼬릿한 냄새는 진동하였다.

그러나 이 냄새가 역겹거나 굳이 피하고 싶은 냄새는 아니었으며 이 냄새의 가장 대표적인 원흉은 새우젓이다. 쌀을 하얗게 불린 듯 옅은 분홍빛을 띤 김장용 새우젓갈이 얕은 광주리에 수북이 쌓여 있고 그 옆으로 고기의 비늘이 덕지덕지 찌들어 붙은 오래된 나무상자 위에 반건조 되어 지프라기로 엮인 조기들이 즐비하게 늘어졌다.

그 옆이 홍어 전이다. 점액질이 번들거리는 홍어들은 허연 배를 깔고 팔자 좋게 엎드려 있다. 순녀네가 좌판에 깔린 홍어에 눈길을 주자 낌새를 알아챈 홍어 장수 아주머니는 들고 있던 뾰족한 깔꾸리로 홍어 꽂즈뎅이를 찍어 들어 보이며

"흑산 홍에요. 사이쑈! 쫄깃쫄깃 겁나게 맛도 좋아라우."

하고 구스린다. 체격만큼이나 통이 큰 경주댁이 물었다.

"들고 계신 놈 말고 쩌짝에 질로 큰 놈이 몇 근이나 나가께라우?"

"아따메! 우리 아짐이 보짱이 크신갑네. 어디 한번 저울로 떠(달아) 보입시다!"

홍어 아주머니는 막대 저울 끄트머리 고리에 홍어를 걸어 저울추를 눈금에 맞추더니 "열 근 나가요." 하고 대답하자, 이를 지켜보던 대전이 말한다.

"아짐! 그놈은 쑹놈이요. 암놈으로 줘 보이쑈!"

대전의 말어 홍어 아주머니는 질색하여 말한다

"오메 아제! 이놈이 암놈 아니면 뭣이다우? 살이 포동포동허고 이귤코 붕알이 없소안?"

"엣따! 그놈 붕알을 띠어낸 태죽이 있그만 그러시오? 언능 딴 놈으로 줘 보이쑈! 그래도 암놈이라사제 살이 요들요들허제."

닭도 암탉의 살이 보드랍고 맛있듯이 홍어 또한 암홍어의 맛이 더 좋은 까닭에 뱃사람들은 홍어를 싣고 뭍으로 나오는 배에서 숫홍어의 그것을 도려내 버리고는 수요자의 눈을 현혹시키는 것이었다.

그것을 알고 하는 대전의 말에 그제서야 홍어 아주머니는 어색한 변명을 하며 암홍어를 내놓았다. 대전은 거 보란 듯 쾌재감으로 유쾌하게 웃으며

"허허허! 그러면 그러제. 이런 놈으로 댓 마리 골라 주이쑈! 댓 마리는 가져야제?"

이렇게 말하며 경주댁과 순녀를 쳐다보자 두 사람도 수긍하여 홍어 다섯 마리를 샀다. 홍어 없이 대사를 치르고서 어찌 대사를 제대로 치렀다고 할 수 있으랴.

혼삿집이 됐건 상갓집이 됐건 홍어회가 빠지면 이외의 음식이 제아무리 산해진미로 차려진들 이는 씨 없는 석류 열매나 한 가지다. 이것이 영화농장 지역 잔칫집 음식문화의 속성인 까닭에 순녀네 역시 무엇보다도 홍어만큼은 넉넉하게 챙기는 것이었다.

때가 동짓달인지라 짧은 낮에 해름이 되고 순녀네가 장을 다 본 시간에 파시가 되었다. 그 많던 사람들이 대부분 빠져나가고 물건을 다 판 장사꾼들은 주섬주섬 보따리를 챙기는가 하면 아직 물건을 다 팔지 못한 장사꾼들은 뜨막하게 지나다니는 사람들을 향해 애원하듯 호객질을 한다.

"아짐! 이놈 떨이로 열댓 전에 다 가져가이쑈!"

뻬들뻬들 마르다 만 생태 스무 마리 정도를 엉거주춤 쌓아놓은 파장의 어물전 앞으로 순녀네가 다가가자 장사꾼은 화색을 하며 반긴다. 경주댁이 말을 붙인다.

"장시도 다 끝났는디 십 전에 다 줘 부이쑈! 아제도 언능 마쳐 불고 집이 가셔야제!"

생태 장스는 자신 앞에 벌려진 좌판의 생태를 바라보자니 넌더리라도 나는지 두 말이 필요 없이 십 전을 건너 받고 생태를 모두 싸 순녀네에게 건너 주는 것이었다.

이렇게 하여 채전, 과일전, 어물전, 옷전, 그릇전을 다 돌고 나니 순녀의 혼삿날에 쓸 장보기가 다 끝이 나고 그 즈음에 서풍에 실린 눈발이 하나둘 날리기 시작했다.

하늘이 어두워지고 눈발이 날리자, 순녀네는 발길을 재촉하여 집으로 향한다. 세 사람이 도란거리며 일로 무전산 자락에 있는 주막집 앞에 이르렀다.

여전히 가느다란 싸래기눈은 바람에 휘날리고 있었으며 저만치 들판은 어둠이 깃들어 오고 있었다. 그때 누군가 주막집에서 대전을 불렀다.

"어이, 대전이! 탁버기 한 잔 허고 가시게!"

산속의 태규네 아버지인 남천 양반이었다. 남천양반네 집은 도덕지 솔밭 깊숙한 곳에 있기 때문이 산속의 남천양반이라고 불렸다. 그 남천양반이 대전을 부른 것이며 술을 가히 좋아하지 않는 대전이지만 하는 수 없이 주막으로 들어가고 순녀와 경주댁은 집으로 향했다.

집에는 벌써 낮에 장을 봤던 물건들이 인길댁에 의해 다 정리가 된 후였으며 물건들은 이미 회산의 마부인 백룡이 마차로 실어왔던 것이었다.

뒤에 온다며 무전산 주막에 남았던 대전은 순녀가 채 옷을 갈아입기도 전에 순녀를 뒤따라 귀가하였다. 그 이튿날, 아침 식사를 마치고 대전이 군청으로 출근한 뒤 인길댁은 유과에 쓸 조청을 만들기 위해 쌀을 씻고 있었으며 경주댁은 설거지하고 있었다.

"나 학조에 안 가."

검은색 무명 학생복을 입은 태곤이 마루에 책보를 팽개쳐 놓고 학교에 안 가겠다는 것이다. 이를 보고 쌀을 씻고 있던 인길댁이 소매를 걷어올리며 회초리를 들고 쫓아간다.

"이 박살할 놈아! 어쩐다고 날마다 학조는 안 간다고 떼장을 쓰고 그래쌌냐? 이리 온나! 패 죽일랑께."

태곤은 마당 저만치 도망치며 하소연한다.

"학조 가면 친구들이 공산당 동생이라고 맨날 골려 묵은디 어찌게 학조 가라고…."

◆ ◆ ◆

이즈음 외세에 의해 독립을 맞았던 조선은 남과 북으로 갈리어 무정부 상태에 있었으며 남한은 미군정 치하에 있었다. 민주주의를 표방한 미군정은 공산주의에 대립하여 남한 내에 있는 공산주의자들의 활동을 통제하였으며 더구나 정판사 금융사건이 발생하자, 이후 공산주의자들의 발본색원을 실행하기에 이른 것이다.

따라서 그동안 공산주의 활동을 하던 사람들은 공산주의를 포기하던가 그도 아니면 지하활동을 하기에 이르렀던 것이며 대전은 공산주의를 포기한 사람 중의 한 사람이었다.

◆ ◆ ◆

순녀가 마루에 던져져 있던 태곤의 책보를 챙겨 들고 태곤에게로 가 손을 잡아끌며 태곤을 달랜다.

"태곤아! 그래도 참고 학조에 가야써! 그래야 낸중에 커서 훌륭한 사람이 되제. 긍께 언능 가자! 누나가 잔등 너머 시름묵 뒤에까지 데려다주께."

태곤은 마지 못해 순녀를 따라나서고 이를 지켜보던 인길댁은 태곤과 순녀가 나서는 것을 확인하고서야 다시 쌀을 씻기 시작하였다. 잠시 후 태곤을 바래다주겠다던 순녀가 돌아왔다. 인길댁은 혼자 돌아오는 순녀를 보고 안심을 한 얼굴로 묻는다.

"학조로 갔구나? 그노무 자식이 학조 가는 아칙이먼 떼줌을 써서 큰 탈이네."
"어무이! 그래도 쏠쏠 구실라서 보내사제라우."
"고것이사 두 말 허먼 뭣 허겄냐. 저노무 자식이 뿌다이 저래쓴께 그러제."
"……"

순녀는 대답이 없었다. 사람이 제때 배워야 하는 것은 당연한 것이요, 학생이 배우기 위해 학교에 가는 것 또한 당연한 것이다. 그러나 오라버니로 말미암아 아이가 직면하고 있는 상황이 곤혹스러운 것이기에 순녀는 더 말을 잇지 못하는 것이었다.

인길댁은 여전히 쌀을 씻고 있었으며 옆에 섰던 순녀가 분위기를 바꾸며 말한다.

"근디 어므이! 태곤이를 보내다 주고 옴시러 별척시런 일을 다 봤소이."
"뭣을 봤는디 그런데야?"

두 사람이 두런거리는 말소리가 궁금했던지 설거지를 하던 경주댁도 다가왔다. 순녀가 말을 잇는다.

"클씨, 태곤이를 보내고 오는 길에 산속에 남천 아짐네 집 앞에 슨흥 아짐이랑 사람들이 여럿 모태 있어서 가 봤디만은 그 남천 아짐네 집 앞에 큰 솔낭구 안 있소이."

인길댁이 순녀의 말 사이에 맞장구를 쳐준다.

"그래 있제."

순녀가 다시 말을 잇는다.

"그 솔낭구에다가 남천 아제가 언저녁에 피 묻은 짝대기를 새내끼로 꽉꽉 묶어 놨닥 허요."
"어째 누구랑 쌈했다냐?"
"아따, 쌈했으면 뭣 헌다고 짝대기를 솔낭구에다 묶어 놨겄소! 또채비를 잡어다 묶어 놨닥 허요"

"머다? 다께 말해봐라이!"

또채비, 또채비는 도깨비를 이르는 말이다. 또채비란 순녀의 말에 인길댁은 자신의 귀를 의심하며 재차 묻자 순녀가 대답한다.

"긍께 엊저녁 밤에 그 아제가 술에 많이 취해서 갖고 밤에 혼자 집에 오다가 쩌 앞에 신작로에서 또채비를 만났는디 그 또채비가 앞을 턱 허고 가로막더니 그 또채비가 허는 말이…."

순녀가 침을 꼴깍 삼키며 잠시 쉬자, 인길댁이 재촉하여 묻는다.

"뭣이락 했다냐?"

"아, 클씨. 지하고 씨름을 해 갖고 이기면 아제를 보내줄 것이고 지면 못 간닥 해서 남천 아제가 죽을힘을 다해서 그놈을 자뿌라뜨려 갖고 땅바닥에다 패대기 쳐 불었닥 허요. 그래 갖고 그놈을 끌고 와서 집 앞 솔낭구에다 묶어 놨는디 아칙에 일어나서 본께 아 그 또채비가 피 묻은 짝대기락 헙디다."

"오메! 잘해겠다이. 허기는 옛날부터 빗찌락이나 몽뎅이에다 피 묻혀서 버리지 마락 했어야. 또채비 된다고…."

세상에 도깨비가 어디에 있을 것이며 또 흔히들 말하는 귀신은 있기나 할까. 남촌양반은 만취 상태에서 자신이 만들어 낸 허깨비와 싸웠을 것임이 틀림없었을 것이다.

도깨비 얘기가 끝나자, 인길댁은 조청 빚을 준비를 하고 순녀는 바느질, 경주댁은 경주댁대로 잔칫날에 쓸 것들을 준비하기에 여념이 없었던 것이다.

제 16부

결혼

●●● 1946년 12월 6일, 잠자리어 들기 전 순녀는 앞닫이 장롱을 뒤적여 뭔가를 꺼내어 그것을 들고 마루로 나왔다. 때마침 큰방 문이 열리고 인길댁도 뭔가를 손에 들고 마루로 나와 두 사람이 마주쳤다. 인길댁이 앞에 선 순녀에게 묻는다.

"어째 나왔냐?"

"큰방에 갈라고 나왔는디…. 어무이는 치깐에 가실라고?"

"아니. 들어가자!"

이렇게 하여 인길댁과 순녀가 큰방으로 들어갔다. 방 안쪽으로 태곤과 경배는 솜이불에 머리만 내놓고 잠들어있다.

"그리 앉거라!"

방바닥의 이불을 밀치고 두 사람이 앉았다. 저녁밥을 짓느라 아궁이에 지폈던 불로 방바닥은 뜨거웠다. 순녀가 손에 쥐고 있던 것을 인길댁 앞에 내밀며 말한다.

"어무이! 이놈 받으이쑈!"

"뭐이데야?"

순녀가 들고 있던 손수건을 펼쳐 보였다. 노안이 시작된 인길댁은 눈을 찡그리며 들여다본다. 호롱불 아래 펼쳐진 것은 종이돈 150환이었다.

"오메! 니가 어디서 이렇코 많은 돈이 났데야?"

"어무이! 이놈을 내가 맛 잡고 기 잡어서 팔고 산 돈인께 필요헐 때게 쓰이쏘! 인자 시집가 불면 언제, 얼마나 어무이한테 뭣을 해 드릴 수 있겄소?!"

"워따 시상에 니가 어찌게 이렇코 큰돈을 어찌게(어떻게) 모뗐으끄나! 고맙기는 한없이 고맙다만은…."

인길댁이 안쓰러운 마음으로 손에 들고 있던 것을 순녀에게 내밀었다.

"이놈 조마이를 내가 만든 것이다. 허리에다 끄나불 묶어서 잘 차고 돈을 꼭 거그다 보관해라! 글고 이 돈은 고맙다만 여그다 그대로 넣어 주껏이 이놈을 씨돈으로 해서 돈을 모테 가그라!"

조마이, 조그마한 자루처럼 만들어 허리에 끈을 매달아 바지 안쪽으로 넣어 사타구니쯤에 매달리게 하여 여인네들이 쓰는 자루 모양의 주머니이다.

검정 무명 주머니에 복(福) 자를 하얀 실로 새긴 주머니에 순녀가 준 돈을 넣어 인길댁이 순녀에게 주는 것이었다. 주머니를 받아든 순녀는 한사코 주머니에서 돈을 꺼내어 인길댁에게 돌려준다.

그러나 안 받으려는 인길댁과 한동안 돈을 가지고 옥신각신 승강이 끝에 결국 인길댁이 받았다. 그리고 인길댁은 이렇게 당부했다.

"순녀야! 이 에미가 그랬데끼 누구나 여자는 성장허면 출가를 해야 쓰고 출가허면 출가외인이라고 안 허디야. 인자 너도 낼 예식을 올리면 오씨 집안 식구가 되는 것이다. 그렇께 그 집의 어른들 잘 받들고 내외간에는 뭣이든 작은 일이라도 꼭 물어보고 상의해서 이가 안 상허도록 해사 쓴다. 집안이 성허고 쇠허는 것은 여자 허기 나름인 것인께 친정은 잊어 불고 그 집에 충실해사 쓰고, 그러고 또 중헌 것은 건강인께 항시 건강을 잘 지키도록 해라!"

"야~아. 알았어라우. 그런디 어무이! 나사 젊은께 다 괜찮허제만 아부지도 안 계신께 어린 동상들 거천허실 어무이가 꺽정이요."

　인길댁의 당부의 갈, 이별사를 들으며 순녀는 조금은 서운한 생각을 하면서도 더불어 본가에 남을 홀어머니와 어린 동생들의 앞날을 걱정스러워하며 눈물을 짓고 있는 것이었다.

　그러나 여자가 출가한다는 것은 자신의 할머니나 엄마 그리고 언니들의 삶의 과정을 익히 봐 왔듯이 여자라면 누구라도 겪어야 하는 운명이요, 숙명인 것을 어찌하랴.

　이날 밤, 순녀는 엄마의 품을 떠나야 할 아쉬운 마음으로 인길댁 옆에서 하룻밤을 같이 잤다. 그리고 그 이튿날, 이날은 영화농장 처녀, 순녀가 시집가는 날이다.

　누릿하게 퇴색된 드꺼운 무명 천막이 하늘을 다 가릴 만큼 넓게 쳐진 순녀네 마당에는 술과 음식이 차려진 상이 여러 닢 차려져 있고 하객들은 삼삼오오 짝을 지어 음식상을 중심으로 줄레줄레 모여 앉아 이야기꽃을 피우며 술과 음식을 나누고 있다.

　하객들 대부분은 영화농장 마을인 도덕지와 신원목 그리고 월곡 사람들이며 이외는 드물게 복룡촌이나 용호동, 회산, 양도, 두레미 사람들이었다. 그중 복룡촌 사람들은 대부분 순녀네 일가 사람들이었다.

　음식을 만드는 부엌 그리고 만들어진 음식들의 상을 차리는 광방, 빈객들을 접대하는 마당, 안방과 작은방 등 어느 곳이나 브산스럽기 이를 데 없었으며 마당 귀퉁이에서는 어제 잡은 돼지의 불알에 바람을 넣어 공차기를 하는 아이들이 더욱이 시끄럽고 부산스럽게 하였지만, 대삿집의 흥겨운 분위기를 돋우는 데 아무런 문제가 될 것도 없는 것이었다.

　아침부터 한 방울, 드 방울 내리던 눈은 오전 열 시경에 이르자 제법 굵은 송이 눈으로 바뀌어 내리며 날씨마저도 부산스러웠지만, 바람은 없어서 도리어 아름답고 포근하며 정겨운 날씨였다.

순녀의 방, 홍원삼을 입은 순녀가 방 가운데 앉아있고 순녀의 언니인 맹심과 친구들인 양님과 부담이 순녀 얼굴에 화장을 시키고 있었다.

"아따, 가시나야, 인자 눈물 흘리지 말어라이! 또 지우고 새로 해야 쓴께. 니가 긍께 나까장 눈물이 날락 헌다."

순녀의 얼굴에 분을 바르며 한마디 한 양님의 이 말에 순녀는 피식하고 웃었으며 눈시울은 아직 촉촉이 젖어 있었다. 혼례를 앞둔 여자의 마음이란 불안하고 혼란스러운 모양이다.

그동안 낳고 자라며 오랫동안 살아왔던 정든 집을 떠나야 하는 아쉬움과 지금껏 가족들과 가졌던 관계를 가슴 속에 묻고 새 가족들과 새로운 관계를 맺고 살아가야 할 운명 앞에서 어찌 불안하지 않을 수 있으랴.

화장하던 순녀는 이러한 것들을 생각하며 눈물 바람을 하였던 것이었다. 홍원삼 예복에 머리에 족두리 비녀를 꽂고 얼굴에 분을 바른 후 연지곤지를 찍으니 신부의 혼례 준비가 다 끝이 났다.

홍원삼, 이것은 여인네들의 전통 혼례복이며 본래 궁중 여인들의 예복이었다고 하는데 조선 후기부터 일반 여인네들의 혼례복으로 허용됐다고 한다.

그 유려한 선이나 화려한 색조를 어떤 옷이 이를 능가할 것이며 어떠한 꽃이 이보다 아름다울 수 있을까. 젊음처럼 아름다운 게 어디 있으랴. 훤칠한 키와 호리한 몸매에 분장을 마친 열여덟 살 순녀는 마치 봉우리를 막 터뜨린 한송이 백합과 같았다.

밖은 소란스럽고 동네 사람들은 신부 구경을 하자고 가끔 문을 빼꼼히 열고 한 마디씩 덕담이나 농담을 던지고는 하는데, 그 사이에 유달댁이 문을 열고 들어왔다.

유달댁은 인길댁의 6촌 손아래 동서로서 순녀에게는 재종 당숙모가 되는 셈이다. 음식을 만들던 젖은 손을 한 유달댁이 순녀를 향해 말한다.

"워따워따, 순녀가 분 보르고 원삼을 입은께 하늘에서 내려온 선녀같이 이쁘네. 순녀야! 시집가면 잘살아라! 허기사 니는 말 안 해드 잘살 것이여. 책맹 허고(총명하고) 보지란 헌께….”

"야~아! 당숙모, 그맙소이."

긴 시간을 꼼짝없이 앉아있던 순녀가 실 같은 소리로 대답했다. 이때 마당 건너 신작로에서 누군가 소리를 질렀다.

"어이! 신랑이 쩌그 오네. 순녀 신랑이 와."

이 소리에 맹심이

"으음. 신랑이 오는갑네. 내가 가서 브고 올 텐께 느그들 마당으로 나올 준비 허고 있어라-이!”

이렇게 말하며 마당으로 나갔다. 마당의 천막 아래 음식상을 받고 있는 몇몇 나이가 그윽한 사람들 말고는 마당이 있던 대부분의 사람이 우르르 집 앞으로 나간다.

과연 저만치 신작로에 말을 탄 신랑과 상객을 비롯한 한 무리의 사람들이 와자하니 떠들어대며 터덜터덜 다가오고 있었으며 집 앞으로 나온 사람들은 신랑의 모습을 궁금해하며 한결같이 그들이 다가오기를 기다린다.

이윽고 여남은 명쯤 되는 상객 일행과 더불어 말을 탄 신랑이 순녀 집 앞 신작로에 이르자, 대전이 앞으로 나아가 신랑과 상객 일행을 맞이하여 정중히 인사를 나누고 그중 상객 서너 사람을 데리고 마당으로 들어갔다. 신랑과 더불어 나머지 일행들은 다리목 앞에 남았다.

신랑에 앞장선 함진아비와 일행 중 오징어 가면을 하고 기골이 장대한 사나이가 앞으로 나오며

"이리 오너라! 이리 오너라!"

하고 우람한 소리로 외친다. 이에 응다하여 쌍본을 선두르 하고 그 뒤로 얼굴이 험상인 길선과 힘깨나 쓸 듯이 어깨가 떡하니 벌어진 대봉이 신랑 일행들을 맞는다. 쌍본이 상대 편에 질세라 쩌렁 쩌렁한 목소리로

"그대들은 어디서 온 과객들이기에 이렇코 큰소리를 침서 떠들썩헌 것이요?"

하고 묻자 신랑 측 오징어 가면의 사나이는 말을 타고 있는 뒤쪽의 신랑을 쳐다보고 눈을 질끔 해 보이더니 대답한다.

"들자 허니 이 댁에 박 순녀라고 허는 이쁜 규수가 있다는 소문에 우리 오 사또님이 천생에 배필로 삼고자 하여 보물을 가득 담은 선물함을 들고 우리 사또께서 찾아왔소. 쩌기 저 사람이 지고 있는 함이 보물함이요!"

오징어 가면의 사나이는 함진아비가 지고 있는 함을 가르치며 말하자 쌍본이

"아하! 그런닥 허면 예의를 갖촤서 사또께서는 하마를 허고 언능 마당으로 들어오시오!"

하고 사또가 하마 하기를 청한다.

"우리 사또께서는 원채 귀허신 분이라 맨땅을 볿고 가덜 않으시는지라 징검다리를 놔 주셔야 그 징검다리를 볿고 지나가시오."

징검다리란 돈을 말하는 것이며 신랑이 마당으로 가기까지 걸음걸음마다 돈을 놔 달라는 요구를 하는데 여기서 받은 돈으로 그들은 돌아가는 길에 별도의 술자리를 마련하게 되는 것이다. 이것은 영화농장 혼례식의 관습이었다.

"아따 어디서 오신 싸또신가? 거 걸음걸음이 겁나게 비싼갑소!"

쌍본이 하는 수 없이 지전 한 닢을 신랑 앞에 놔 주었다. 신랑이 한걸음 나서서 돈을 밟고 머뭇거리자 옆에 있던 앞잡이가

"아이고! 우리 사또님이 날개도 없는디다 이렇코 눈할라 오는디 어찌게 징검다리 한 번에 지날 수 있으께라우. 다리를 놔 줄라먼 지대로 놔 주든가 아니먼 도로 가 불어야 쓰겄소."

아침부터 간간이 내리는 눈은 발꿈치까지 쌓였다. 쌍본이 주머니를 뒤지는 시늉을 하고는

"내가 가진 것이 다 떨어졌는디 어찌게 허란 말씀이요?"

익살을 떨자, 옆에 섰던 길선이 팔을 걷어붙이며 나선다.

"쌍본이 동생! 쩌리 치나소! 내가 사또를 업고 가 불라네."

이러자 앞잡이가 주춤하며 뒤로 한 발짝 물러서더니

"우리 사또께서는 이쁜 아낙이 업어 주면 모를까 뻣뻣헌 사나그(사나이) 등에는 안 업히시는 습관이 있소."

하고 늘어진다. 이에 길선은 쳇 하고 콧방귀를 뀌며 물러서고 쌍본은 또 마지못해 지전을 땅에 놔 준다. 이러기를 몇 차례, 쌍본의 주더니는 바닥이 났다.

이렇게 익살스러운 전례 행위가 끝이 나자, 함진아비를 앞세워 신랑이 그 뒤를 따라 마당으로 들어서고 이를 구경하는 사람들은 저마다 한마디씩 한다.

"신랑 인물이 여간 좋네."

"그렇께 키 꼴도 좋고 이목구비가 시원허니 잘 생겼그만. 순녀는 참 좋겄네."

과연 사모관대를 한 신랑은 우람한 풍채에 이목구비가 반듯하그 뚜렷하여 보는 이로 하여금 누구라도 호감을 가질 인물이었다. 이윽고 마당 가운데 놓인 초례상 위에 함진아비가 지고 온 암수 한 쌍의 목각 기러기를 놓고 화촉을 밝히자, 신부의 어머니인 인길댁이 탁자 뒤로 서고 신랑은 탁자를 사이어 두고 인길댁과 마주하여 섰다. 예식의 집전은 오쌍본이 사회를 맡아서 진행하였다.

"자~아! 여러분! 인자 예식을 진행허겄습니다 신랑은 거그 그다로 서 계시고 신부 입장하시오!"

집전자의 말에 따라 시종을 드는 부담과 양님의 부축을 받으며 신부인 순녀가 입장하여 신랑의 곁으로 가서 다소곳이 섰다.

"오늘 병술년(庚戌年) 동짓달 열나흗날, 진시를 기해 신랑 오 근식 군과 신부 박 순녀 양의 결혼식을 진행허겄습니다. 그러면 먼저 신랑이 장모님께 드리는 전안례를 올리겄습니다. 여그 상 우게 사이좋은 한 쌍의 기우(기러기)는 신랑 오 근식 군이 장모님께 기우처럼 다복다산 허겄다는 약속을 드리는 선물입니다. 신랑은 앞으로 나서서 장모님께 약조의 술을 올리시오!"

신랑이 기러기가 놓인 탁자 앞으로 나아가 술을 따라 장모인 인길댁에게 전하고 다시 물러서서 인길댁을 향해 큰절을 하였다. 이어서 축사로 이어졌다.
　"그러면 이어서 오늘의 예식을 축하하는 축사가 있겠습니다. 축사는 광암리 임 종기 씨께서 해 주시겠습니다."
　대전의 친구인 임 종기는 축사를 하기로 사전 약속이 됐던 듯 양복을 번드르하게 입고 있었으며 쌍본의 소개에 따라 앞으로 나아가 탁자 옆으로 서서 둘러선 사람들을 향해 인사를 한 후 축사를 한다.
　"축사, 오늘 병술년 동짓달 열나흗날, 혼례를 맞는 두 사람에게 우선 축하드리겠습니다. 이성지합(異性之合)은 백복지원(百福之源)이라고 헙니다. 오늘 이렇게 두 선남선녀가 혼례식을 허므로 인하야 두 명문가의 축복 받을 인연을 맺게 된 것이요, 두 사람에게는 새로운 세상을 열어가는 계기가 되얐습니다. 인자부터 신랑 신부 두 사람은 그 역할들을 성실히 하야 빛나는 가정을 이뤄가시기 바랍니다! 어부가 고기를 잡기 위해 고기의 뒤를 쫓아댕기면 고기는 잽히덜 않고 육신은 고달픕니다. 고기가 댕기는 길목을 짚어서 그곳에 그물을 치고 지다려야 비로소 고기를 수월허게 잡을 수 있습니다. 신랑 신부! 두 사람은 고기를 쫓아댕기지 말고 고기가 댕기는 길목에 그물을 치시오! 사리사욕에 앞서기보다는 이웃과 사회를 위하여 헌신, 봉사하는 마음으로 사는 것이 바로 고기가 다니는 길목에 그물을 치는 것과 같은 것입니다. 그러한 삶을 산다는 것은 지금 당장에는 고달프고 힘들지라도 종단에 가서는 가정은 윤택하고 이웃과 사회는 밝아질 것입니다. 오늘 나는 신랑 신부에게 당부합니다! 이렇코 빛이 되는 가정을 꾸려가시라고! 하늘도 두 사람의 혼례식을 축복해 주시는지 미영꽃(목화) 같은 이쁜 함박눈을 저렇코 내려줍니다. 두 사람 천생연분으로 만난 것을 하늘도 축복해 주는 것이 틀림없습니다. 일체가 무상허다 허니 살다 보면 어느 날 문득 난관에 부딪히게 되는 일도 있을 것입니다. 그럴 때면 오늘 시작허는 초심을 상기하여 서로 협의하고 인내허면 난관은 극복할 수 있을 것이며 극본의 희열도 맛볼 수 있을 것입니다. 항시 초심을 잃지 말고 서로 사랑허는 마음을 지키며 살아가 주시기 바랍니다! 끝으로 두 사람 협심하여 부모님들 잘 봉양해 드리고 건강헌 몸으로 자손들 많이 낳아 대대손손 번영허는 가문을 이끌어 갈 수 있기를 기원허면서 이만 축사를 가름험니다. 오늘 성스런 이 자리어 참석해 주신 향민 여러분 감사헙니다."

축사가 끝나자, 사람들은 우레와 같이 박수를 치고 신랑과 신부는 허리를 굽혀 답례하였다.

"임 종기 성님! 수고허셨습니다. 그러면 이어서 신랑 신부 교배례를 진행허겄습니다. 신랑은 신부 맞은 짝에 무릎을 꿇고 앉거서 절을 받고 신부는 세 배 반, 큰절을 올리시오!"

신랑은 신부의 맞은편에 꿇어앉고 신부는 시증의 도움을 받아 절한다.

"신부가 졸을 험서 웃으면 안 돼야!"

"그래. 웃어 불면 첫 딸을 낳는당께."

그러고 보면 '첫딸은 살림 밑천'이란 말은 첫딸 생산자에 대한 위로의 말일 것이고, 그래도 첫아이로는 사내아이가 좋은 모양이다. 늘어진 원삼 저고리의 긴 소매 깃 너머로 보일 듯 말 듯 한 순녀의 얼굴어는 엷은 미소가 배어 있었다.

신부의 절에 이어 신랑이 재배로 답배를 하고 합근례로 이어졌다. 합근례는 신랑과 신부 두 사람이 서로의 배우자가 되었음을 나타내는 상징적 행위로 먼저 신랑이 잔을 받아 음복한 후 그 잔을 대례상어 오른쪽으로 돌아 신부에게 전하면 신부는 잔을 입에 댔다가 퇴주 그릇에 따르고 같은 모습으로 상의 왼쪽과 상의 가운테를 거쳐 차례로 잔을 주고받으면 합근례는 끝이 나는데, 이런 모든 혼례의식을 다 마친 시간은 해름이 다 되어서였다.

그리고 저녁 끼니때가 되자, 동네의 장정들과 쳐녀들이 하나둘 순녀의 신방에 모여들었다. 이른바 새신랑 다뤄 먹기를 할 작정인 것이다. 인간이 세상을 살아가는 즐거움이 무엇이겠는가.

일상의 생활들을 재미나게 엮어가며 살아가는 것이 사는 즐거움일 것이요, 행복이 아닐까. 새신랑 다뤄 먹기도 그러한 것이었으며 영화농장 사람들에게 있어서 이러한 행위들은 언제부터인지 이어져 오는 관습이었던 것이다.

초저녁 어둠이 내리자, 순녀의 신방은 동네의 열혈 청춘남녀들이 가득하고, 물론 순녀의 절친한 친구들인 양님과 부담도 끼어 있었다. 의젓한 모습의 신랑과 요조숙녀가 된 신부는 아랫목에 나란히 앉았다.

신랑 신부의 주위를 빙 둘러앉은 사람들은 키득거리며 서로 잡담들을 하느라 와자하니 시끄러웠다. 그때 호롱불이 점차 사그라들더니 이내 꺼져버렸다. 아마도 호롱에 석유가 다 됐나 싶었다.

방안은 칠흑같이 어둡고 서로 옆 사람을 더듬으며 소리를 지르는 등 아우성이다. 어둠 속에서 누군가 큰소리로

"신랑 신부 입 맞추는 거 아니여?"

하고 말하자, 그 옆에서 또 누군가

"입 맞추는 것이 아니고 뽀뽀하것지라우. 그럴라고 역불로 색우지름을 비었는갑다."

그러자 방안은 한바탕 웃음소리로 가득 찼다. 그때 길선이 문을 열고 큰방 쪽을 향해 소리 지른다.

"경주 아짐! 큰일 났소. 여그 신방 초꼬지에 색우지름이 떨어져 불이 꺼져 불었당께라우."

이 소리에 큰방 문이 열리고 인길댁이 나오더니

"오메! 어째야쓰까이. 글 안 해도 아까 칙에 색우지름을 사 오라고 백호동에 태곤이를 보냈그만 당아 안 오는 개비네."

때마침 태곤이 댓 병을 대룽대룽 들고 마당으로 들어섰다.

"어메! 색우 사 왔어라우. 여그…."

"오냐! 어둔디 고상했다. 느그 누나 방으로 가지가그라!"

이렇게 하여 한바탕 소동 끝에 불이 켜지자, 신랑 다루기가 전격적으로 실행된다. 청년들 중 만복이 정색을 하고 나서며 아랫목의 신랑을 향해 말한다.

"새신랑! 우리 인사나 나누세! 나는 자네의 신부가 우리 일가의 동생이 되는 사람인께 자네 가 나한테는 매제일세. 내 이름은 박 만복이네. 순녀 동생 맞는가?"

하고 순녀를 바라보자, 순녀는 그렇다고 고개를 끄덕였다. 이어서 신랑이 대답했다.

"그렇게 되시오? 저는 성은 오가에 이름은 근식, 오 근식이라고 허요. 그렇코 되시면 앞으로 성님이라고 부를라우."

"그래. 그렇코 허소!"

이때 좌중에서 길선이 나서며

"아따! 만복이 동생! 시방 도란도란 일가친척 모임 허는가? 쩌리 치나소(저리 비키소)!"

이렇게 하니 신랑 앞에 앉았던 만복이 밀려나고 길선은 팔을 걷어붙이며 신랑 앞에 앉았다.

"오메! 잘허요, 잘해! 언능 신고식을 허고 한 턱 얻어 묵어사제라우!"

"그러제. 닻어, 맞어."

이렇게 좌중의 여인네들이 팔을 걷어붙인 길선을 향해 응원을 보내자 길선은 흥이 난 듯

"어~허! 그러면 그러제. 어이 오 서방! 우리 동네, 그렇께 도동지서 말이여 색시를 덱꼬 갈라면 값아치를 해사제. 어째? 돈을 뭉테이로 내 놀랑가 아니면 술상을 거나하게 한 상 내 놀랑가?"

하고 신랑에게 묻는다. 그렇다고 신랑이 고분고분 넘어가면 일이 싱겁고 재미없는 일임을 누구라도 아는 일이다.

"클씨! 저 맡이사 상다리가 휘어져 불게 한 상 차렸으면 쓰겄그만 우리 장모님이 알아서 허실 테제라우."

새신랑이 옆에 앉은 신부를 쳐다보며 이렇게 도도한 대답을 하자 이번에는 길선의 뒤쪽에 앉아있던 대봉이 나선다. 뭣이라도 신랑에게서 꼬투리를 붙잡고 늘어지려는 데는 별도리가 없는 것이다.

"우메! 참말로 못 쓰겄네. 우덜 새신랑 손 쪼깐 봐 줍시다! 어이 무현이! 거 몽데이(몽둥이) 좀 주소! 몽데이 찜을 해 불어사 쓰겄네."

하고 말하자 준비를 해 뒀던 빨랫방망이와 긴 띠를 던져 주었다. 이어서 억세디억센 도덕지 사내들이 신랑의 손발을 틀어잡고 띠를 받아 든 대봉은 날렵한 솜씨로 삽시간에 신랑의 양다리를 모아 묶어버렸다.

새신랑이 사지를 꼼짝 못 하는 지경에 이르자, 길선은 방망이를 들고 다리가 묶인 신랑의 발바닥에 매질을 해 댈 작정으로 신랑 곁으로 다가가 앉더니 신랑의 발바닥이 천정을 향하게 발목을 잡고 방망이질을 해 대기 시작했다.

"퍽 퍽 퍽"

한 대 두 대까지 반응이 없던 신랑은 네댓 대가 더 가해지자, 비명을 지르기 시작했다.

"아이고! 아이고! 아이고~오!"

신랑이 죽는 시늉을 하자, 구경꾼들은 재미난 듯 키득거리며 웃기도 하고 어떤 이는 마치 자신의 발바닥을 맞기라도 한 것처럼 방망이질이 가해질 때마다 눈을 찔끔거리며 손바닥으로 자신의 얼굴을 가리기도 하였다.

한편, 큰방에서는 인길댁과 대전의 내외 그리고 순녀의 작은아버지인 신촌양반과 순녀의 6촌 오라버니인 길수가 앉아 내일 순녀가 시집가는 일에 대한 논의가 한창 이어지는 중이었다. 대전이

"그러면 상각으로는 작은아부지허고 동봉이, 길수, 두 동생들에 저까지 넛이서 가면 어쩨께라우?"

하고 묻자 신촌양반이

"동본이는 빼고 우덜 섯이 가는 것이 좋제."

하고 대답하는 것이다. 그도 그럴 것이 동봉은 한쪽 다리를 저는 불구자였으니 상객으로는 적절치 않은 사람이었으나, 대전의 입장에서 6촌 아우인 길수를 들먹이면서 사촌지간의 동봉을 제쳐 놓을 수 없는, 말하자면 인사치례로 하는 말임을 신촌양반은 알고 있었던 것이었다. 이렇게 이야기가 오가는 중

"아이고, 아이고!"

왁자하니 떠드는 소리에 섞여 새신랑의 비명 소리가 들려왔다. 인길댁이 좌중의 얘기를 끊으며

"오메! 저 순녀 서느 빙신 맹기는갑다. 점돌 애비야! 한번 가 봐라!"

하고 염려하는 말을 하자 대전은 태연히 말한다.

"아따 어무이! 빙신기사 맹길랍디여. 냅둬 부이쑈!"

"아니여야. 옛날에 회산 삼호떡네 큰사우가 장게 온 날 첫날 지녁에 방마이로 쎄레 맞고 빙신이 되야 불었단다. 아가, 태곤아! 니가 가서 마양 좀 말게 줘라!"

점돌과 경배를 데리고 놀고 있던 태곤은 갑작스러운 인길댁의 말이 무슨 영문인지 모르는 태곤이 묻는다.

"어매! 뭣을 말게 줘!"

"느그 매양이 저 방어서 동네 사람들한테 양씬 맞고 있는갑다. 니가 가서 어매가 씨암탉을 잡고 있응께 고만 때리락 헌다고 허그라! 어디 우리 태곤이 얼메나 야무진가 한번 보자!"

태곤은 인길댁이 시키는 대로 마루를 지나 신랑인 순녀의 방으로 갔다. 마침 방망이질을 하는 길선의 팔을 붙들고 순녀가

"오라배! 고만 해라우!"

하고 말리던 참에 태곤이 문을 열고 들어섰다. 난생처음 매질을 하는, 그것도 아랫도리를 무명 띠로 묶어놓고 매질을 하는 경악스러운 광경을 코고 놀란 태곤이

"오메! 우리 매양 죽어불것네. 뭣 헌다고 쎄리요? 우리 어매가 씨암탉을 몇 마리씩이나 잡고 있다고 때리지 마락 허시는디…."

이러는 것이다. 열한 살 어린 태곤의 당돌한 이 말에 방 안 사람들은 배를 쥐어 잡고 박장대소를 하고 심지어 매를 맞던 새신랑은 물론 아직 족두리도 벗지 않은 신부까지도 눈물을 찔끔거리며 웃어댔다. 한참의 웃음이 끝나자 조용해진 틈을 타 만복이 물었다.

"몇 마리나 잡은신닥 허시디야? 여러 마리를 잡으시면 방마이질을 고만 허고 한 마리만 잡으시면 더 쎄려야 쓴다."

냉큼 대답을 않고 머뭇거리던 태곤은

"하이칸에 한 마리는 넘고 열 마리는 안 되는디 몇 마린지는 잘 몰라라우."

이렇게 모호한 대답을 하는 것이었다. 방 안은 또 한바탕 웃음바다가 되었으며 이로써 신랑 다루기가 끝이 났다. 이윽고 부엌 쪽 문이 열렸다.

"상 들어간께 쪼깐 받어 주이쑈!"

말례가 건네주는 상을 방에 있던 사람들이 받아 방 가운데로 옮겼다. 상에 차려진 음식들은 비록 이날 예식의 끝물로 남겨진 음식이었지만, 그래도 푸짐하여 커다란 양푼에 담겨 김이 모락거리는 닭도리탕, 매콤하게 삭은 홍어, 잡채며 톳나물 등 산해진미의 음식이 상다리가 휠 만큼 차려지고 막걸리까지 곁들여졌다.

무엇을 먹어도 삭혀 낼, 먹고 돌아서면 배고플 열혈의 청춘 남녀들이 웃고 노닥거리며 야심한 시간에 이르렀으니 어떤 음식이 맛이 없을까. 신랑 다루기를 즐겼던 만큼 음식들도 잘 먹는다.

술이 몇 순배 돌아가자 흥이 나지 않을 수 없고 흥이 나니 노래를 빼놓을 수 없다. 막걸리 몇 잔에 얼굴이 벌겋게 달은 길선이 쌍본에게

"쌍보이 동생! 요롷코 기분 좋은 날인디 노래 한자리해야제! 그, 그 뭐이냐? 응, 거 찔레꽃인가 허는 노래 한번 해 보소!"

기억을 더듬어 겨우 생각이 난 노래의 제목을 말하자, 쌍본은 서슴없이 목청을 다듬은 후 노래를 부른다.

"찔~레꽃 붉게 피는 남쪽 나라 내 고~~향 언덕 위에 초가 사~암간 그립습니~~~다. 자주 고름 입에 물고 눈물에 젖어 이별가를 불러주던 못 잊을 도~오옹 무야~~~~!"

맑은 목소리에 유성의 꼬리처럼 여운을 남기는 바이브레이션의 기교는 과연 일품이라 할까? 끼를 타고난 솜씨로써 이날 주인공들인 신랑 신부의 모습도 이 노랫가락에 파묻힐 만큼이었다.

노래가 끝나자 '재창이요'가 연발했다. '궁자라작짝 궁짝짝' 입 장단과 젓가락, 숟가락 장단에 맞춰 이어지는 노래는 그 시대를 대표했던 남도의 애창곡, 아니 온 국민의 애창곡 '목포의 눈물'이 영화농장 열혈 청년들의 합창으로 불려지고 있었던 것이었다.

신랑 다루기가 끝나고 자정이 가까워진 시간, 대부분의 사람들이 흩어져 자신의 집으로 돌아가고 순녀네 방문 앞에는 아직 대여섯 명의 처녀, 총각들이 남아있다.

휘영청 밝은 달빛 아래 사립문 옆 배나무 그림자는 하얀 눈 위에 긴 막대처럼 마당에 늘어졌다.

"침을 창호지에 많이 묻혀라이!"

"맞어. 그래 갖고 손꾸락 끝으로 꾸욱 눌러! 그래야 창 구녕이 소리 없이 뚫어지제."

이들 처녀, 총각들은 신랑 신부의 첫날 밤을 엿보기 위해 숨소리를 죽여가며 창호지에 구멍을 낸 것이다.

"아따! 가이나야, 좀 나와 보그라! 느그덜만 보냐"

뒷전에서 마른 침을 삼키며 차례를 기다리던 두일이 창구멍을 들여다보는 부담에게 말하자 부담이 자리를 내주었다. 두일은 여전히 침을 꼴깍 삼켜가며 창구멍에 눈을 들이댔다.

지금쯤 요 밑으로 들어가 있어야 할 신부와 신랑은 아직도 겉옷을 벗지 않은 채 요 위에 서로를 마주 보고 앉아있다. 근식이 자신의 옷고름을 풀며 말한다.

"인지까지는 날 이녘이라고 불렀는디 오늘 여러 어르신들과 많은 사람들이 보는 디서 우리가 부부임을 선포했응께 인자부터는 나를 여보라고 다정히 불러주시게!"

"야. 알었어라우."

신랑의 주문은 지극히 당연한 것이나 이런저런 화두로 분위기를 누그러뜨릴 요량인 것이다. 자신의 저고리를 다 벗은 신랑이 신부의 옷고름을 풀려고 손을 대자, 순녀는 상체를 조금 틀며

"나는 쪼깐 더 있다 누울랑께 먼첨 누우이쑈! 피곤허실 텐디…. 미안허제만 이 밤에사 어무이랑 애린 동생들 그리고 조카를 생각헌께 울쩍해지요. 언능 먼첨 누우이쑈!"

이러는 것이다. 순녀는 자신이 말하는 것처럼 울적한 것도 있는 데다가 그동안 느껴보지 못했던 생소한 기분이 있는 것이 사실이나 기실 옷을 벗지 않는 이유는 이전에 자신도 누군가의 신방을 엿보았던 전력이 있기 때문인 것이었다.

밤이 깊어지자 문밖에서 어둠을 지키고 서성거리던 영화 농장의 처녀, 총각들은 몸이 추워지는 것인지 발을 동동거리기 시작했다. 한동안 구멍을 내다보던 양님이 방안 들여다보기를 포기하고는

"오메! 가이나가 언능 자제만은 잘락 허덜 않네. 바람도 차가운디 우덜 계양 집으로들 가자!"

하는 것이다. 이렇게 하여 이날 신붓집에서의 공식, 비공식 혼례식은 모두 막이 내려졌던 것이었다. 그리고 이튿날 아침 식사를 마친 시간, 순녀네 큰방이다.

아랫목에는 인길댁이 앉아있고 그 앞으로 상객들과 함께 순녀와 오 근식이 나란히 앉아있다. 오 근식의 입장에서 보면 우귀요, 순녀로서는 시집으로 떠나는 길에 부모에게 인사를 올리기 위한 자리였다.

"짐꾼들은 먼저 떠났응께 언능 어무이에게 인사를 드리고 떠나자!"

대전의 달에 신랑과 신부가 인길댁 앞에 서고 인길댁은 두 사람을 담담한 눈길로 바라본다.

공들여 키워 놓은 자식이 제 갈 길을 찾아 먼 길을 떠나는 마당에 부모로서 어찌 평상심을 유지할 수 있을까마는 시집가는 자식의 마음에 요동을 염려한 까닭인지 인길댁의 모습은 담담하기만 하였다.

신랑과 신부는 어깨를 나란히 하여 큰절을 올리고 뒤로 한걸음 물러섰다. 인길댁이 다정한 목소리로 신랑을 불러

"오 서방! 자네를 더렇코 앞에서 본께 내 맘이 든든허네. 우리 순녀, 동생 모냥 애껴 주고 모르는 것이 있으면 갈쳐 줌서 화목허게 잘살소!"

이렇게 당부한 후 순녀에게도 당부의 말을 한다.

"순녀야! 친정은 인자부터 잊어묵고 고상스러워도 시어르신들 잘 받듦서 오 서방이랑 사이좋게 잘 살어라! 글고 뭣보다도 무병해사 쓴다!"

"야~아. 어무이도 건강허셔야 쓰요! 저는 인자 제 곁에가 이 여보가 있응께 여보 믿고 살라우."

순녀는 옆에선 새신랑을 가르치며 이렇게 대답했으며 이 말에 신랑은 잔잔한 미소를 지으며 고개를 끄덕였다.

인길댁 옆에는 아무런 영문도 모르는 어린 경배가 앉아서 의아한 눈으로 이 사람 저 사람을 쳐다본다. 순녀는 그러한 경배에게로 다가가 어린 동생의 양 볼을 어루만져 주고는 방을 나섰다.

"여그 가매를 머꺼(서워) 놨응께 언능 타그라! 운임대표(상객)들은 벌써 떠났어야."

하고 대전이 방을 나서는 순녀에게 말했다. 토방 앞에 놓인 가마 옆에는 가마꾼들이 서성이며 서 있고 그 앞에는 근식이 탈 말과 재갈이 물린 말의 고삐를 쥔 마부가 서 있다.

가마를 타기 전 순녀는 배웅하기 위해 마당에 둘러선 경주댁을 비롯한 여러 이웃 사람들에게 허리를 굽혀 인사를 하고 가마에 올랐다.

"아가씨! 시집가서 잘 사이쏘!"

"순녀야! 잘 가! 잘 살어라이!"

여러 사람들의 배웅 인사를 뒤로하며 가마의 휘장이 내려졌다. 이윽고 말을 탄 신랑이 의기양양한 모습으로 돌배나무가 서 있는 문간을 나서자 그 뒤로 가마가 따라나선다.

다리목 앞 신작로에 나와 있던 여러 명의 동네 사람들은 말과 가마를 향해 손을 흔들어 주고 있었으며 신작로 저만치 앞서가는 상객들을 따라 순녀를 실은 가마는 멀어져 가고 있었던 것이며 인길댁은 가마의 모습이 시야에서 사라질 때까지 신작로에 서서 어린 경배의 손을 잡고 눈물을 떨구고 서 있었다.

영산강의 둑 너머로 손에 잡힐 듯 아스라이 보이는 월출산과 그 우능선을 따라 시선을 옮기다 보면 보다 더 가까운 들판 건너에 '뫼 산' 자 모양의 인의산이 있으며 또 인의산의 우능선에서 더 오른쪽으로 시선을 돌리면 유달산의 노적봉이 저 멀리 손톱만큼 보인다.

더 우측으로 시선을 돌리면 노령산맥의 마지막 끝자락이 물결처럼 흐르는 승달산의 능선이 보이며 이 전경들은 도덕지에서 동남서 방향에 걸쳐 보이는 전경들이다.

그리고 매봉산 자락이 흘러내려 영화농장의 한복판에 촉수처럼 불거진 곳이 도덕지이다. 도덕지와 등을 지고 있는 동네는 신원목과 월곡이며 백호동, 농장, 산두, 돈도리, 두레미, 회산, 용호동 이 동네들은 도덕지를 중심으로 빙 둘러선 동네들이다.

순녀는 지금껏 이러한 지역적인 배경 속에서 영화농장의 일부가 되어 살아왔으며, 그렇기 때문에 순녀에게 있어서 영화농장은 정든 곳이다.

이제는 한 여자로서 새로운 세상을 찾아가는 가마 속에 앉아 영화농장과 멀어져 가고 있었으니 이것이 순녀의 운명, 아니 여자의 운명인 것일까….

태고로부터 우리의 선조들 그리고 그 선조의 선조들은 이렇게 소소한 일상의 갈피들을 만들어 오며 오늘날까지 대를 이어 왔고, 또 앞으로도 대를 이어 세월의 물결과 함께 흘러갈 것이다.

태고로부터 도도히 흐르는 저 영산강물처럼·…..

시가 살이

● ● ● 평정은 도덕지와 한가지로 영산강을 향해 흘러내린 승달산의 한 끝자락으로 야트막한 야산을 배경으로 하여 앞은 너른 들판이 펼쳐진 마을이다.

영산강 유역의 간척사업 이전에는 바로 마을 앞까지 들물, 날물의 바닷물이 들락거렸을 것이고 갈대밭에는 게와 짱뚱어가 기어 다녔을 것이며 들판 복판을 흐르는 개울 쯤에서는 논밭 일을 마친 선머슴들이 드는 둘에 운거리 낚시를 즐겼을 법한 갯마을이었다.

그러나 지금에 와 그러한 모습들은 동네 안 나이든 노인네 들의 기억 속에나 들락거리는 먼 과거 속의 모습이 된 것이다.

마을 왼쪽으로 호남선의 철길이 지척의 거리에 있고, 일설에 의하면 동네에 아이들이 많은 까닭은 밤중에 기차의 정적소리에 깬 청춘의 남녀가 마땅히 할 일이 따로 없었을 것이니 아이들이 많을 수밖에 없다는 웃지 못할 이야기가 전해져 오는 마을이기도 하다.

동네 뒤편은 산을 개간한 붉은 황토밭이며 마을 앞 신작로를 경계로 하여 그 아래쪽은 1920년대에 간척사업으로 생겨난 잿빛 옥토의 들판이 펼쳐져 있다.

마을 안으로 파고드는 신작로를 따라가다 보면 그 중간쯤에 오래된 팽나무가 마을의 수호신처럼 넓은 땅을 차지하고 서 있고 거기서 오른쪽으로 꺾어진 골목을 따라 올라가면 마을이 한눈에 내려다보이는 위치에 순녀네 집이 있다.

순녀네 집은 평정에 한 채밖에 없는 기와집으로 뒤안에 무성한 대밭이 병풍처럼 둘러 있고 마당은 넓었으며 사랑채에 대문과 외양간이 붙어 있었다.

순녀가 이러한 평정집으로 시집을 와 그 이듬해 가을이 되어 추수를 마친 밭이 겨울 동안 놀게 될 것을 본 순녀가 남편인 근식에게 제안했다.

"여보! 우리 시안에 밭을 빈 밭으로 놀릴 것이 아니라 뭣이라도 심는 것이 어쩌께라우?"

이에 근식이 생뚱스럽다는 듯이 반문한다.

"뭘 시안에 밭농사를 짓는단 말이요?"

"시안에 비금, 도초에서 나는 시금치가 목포 시장에서 보면 겁나게 잘 팔립디다. 그 시금치를 숭거 보면 어쩌께라우?"

순녀의 말에 근식은 얼토당토 않은 말이라며 처음에는 일갈하였으나 대체 겨울 동안 밭을 비워두느니 밑져야 본전이라며 결국 순녀의 말대로 하였다.

그런데 과연 눈밭에서 자란 짙은 초록의 시금치는 때깔이 좋고 영양이 풍부하여 여남은 마지기 밭에 재배한 시금치가 삽시간에 다 팔린 것이다.

소득으로 치면 조나 고구마 농사의 몇 곱절에 이르는 것으로 이는 여느 평정 사람들, 그 누구도 생각지 못한 상상 이외의 결실이었던 것이다.

이후 순녀의 지모나 성실한 성향을 알게 된 시할머니 시어머니는 살림살이의 전반적인 것들을 모두 순녀에게 맡기게 되었던 것이었다. 집 안에서는 소와 닭, 돼지를 기르고 논밭은 논밭대로 놀리는 철없이 계절에 알맞는 작물을 심으니 집안은 늘 생동감이 넘치고 살림은 날로 늘어갔다.

그랬다. 열아홉 살 순녀는 열혈의 강인한 생명력이 넘쳐나는 여인이었다. 할 일이 없다 하여 두 손발을 묶어두고 우두커니 앉아있는 것을 그녀 스스로 내버려 두지 않는 성미로 자는 시간을 제쳐 둔 나머지 시간에는 가만히 있지를 않았다.

이렇듯 그녀의 품 안에는 늘 세상을 향한 생명력이 끊임없이 꿈틀대고 있었던 것이며 그녀의 내면에 잠재된 그 왕성한 생명력은 일상에 그대로 반영되어 근면하고 성실한 생활상으로 여실히 나타나는 것이었으니 장차 그녀는 평정의 오씨 일가를 성대한 가문으로 꾸려 나아갈 자질이 충분히 갖춘 훌륭한 여인이요, 인재임에 틀림이 없었다.

순녀의 시집살이 드 해가 되던 춘삼월에 아들을 낳았는데 아이의 아버지가 되는 근식은 물론 시어머니나 시할머니는 대를 이을 아들을 낳았다며 좋아하였다.

그도 그럴 것이 근식 자신이 형제자매가 없는 독자였으니 당연한 것이었으리라.

그러나 득남의 기쁨은 그리 오래가지를 못하였으니 3월에 낳았던 아이가 때마침 마을에 유행하던 홍역에 걸려 11월에 그만 죽고 말았던 것이었다.

시어머니와 시할머니, 두 고부는 대를 이을 종손을 잃었다며 통탄을 하고 게다가 근식은 한술을 더 떠 식음을 전폐하고 애절해 하며 못 마시는 술로 슬픔을 달래 가는 것이었다. 순녀는 슬퍼하는 식구들을 위로하고 달랬다.

위로를 받아야 할 사람이 도리어 위로하는 지경에 이른 것이다. 그러던 어느 날, 술이 고주망태가 된 근식에게 순녀가

"한 번 죽은 아이를 못 잊어 험서 몸까지 해치면 어찌게 헌다요. 또 내가 아들을 낳아 드릴랑께 인자 다 잊어 불고 기운 차리시쑈!"

이렇게 달래는 것이었다. 이후로 날이 감에 따라 식구들은 차츰 슬픔의 늪에서 벗어나게 되었던 것이다. 어찌 순녀라고 비탄스럽지 않을 수 있었을까.

그러나 순녀는 밀려드는 슬픔을 가슴에 묻고 끝내 담담한 모습을 지켜 나아가고 있었던 것이며 그만큼 순녀는 주어진 현실에 순응하며 어떠한 난관에도

그것을 극기해 내는 적응력이나 대처 능력 또한 좋았던 것이었다.

1949년 정월 어느 날, 목포에서 찾아온 야채 상인과 순녀가 산밭으로 갔다. 이 야채 상인은 작년에 밭떼기로 순녀네 시금치를 사 갔던 사람으로 그때 재미를 좀 봤던 모양이다.

그때 그 상인과 순녀가 밭으로 간 것이다. 이해는 순녀네뿐만 아니라 순녀네를 따라 시금치를 재배한 이웃들이 많아 동네 뒤의 황토밭은 아직 잔설이 남아 있고 추위가 이어지는데도 튼실히 자란 시금치로 가득하여 푸른 초원과 같았다.

밭으로 들어선 야채 상인이 구둣발로 시금치 위에 쌓여있는 잔설을 밀쳐 본다. 붉은 황토밭의 땅심을 물씬 머금은 시금치는 생명력이 넘쳐나는 짙은 초록으로 싱싱하였다.

야채 상인은 시금치를 바라보며 시장에 내다 팔았을 때 두둑해질 주머니를 생각하는지 회심의 미소를 지으며 입을 뗀다.

"아짐! 올해는 섬초가 많이 나왔는디 얼마에 주실라우?"

상인의 이 물음에 작년과 달리 순녀네 이웃 밭들에도 빼곡히 자란 시금치들을 바라보며 야채 상인의 배짱이 두둑해진 것을 순녀는 벌써 알아차렸지만, 일체의 감정 변화 없이 태연하게 대답한다.

"작년에 500원 했응께 올해는 600원 줘야 쓰제라우!"

"오메 아짐! 내나 말헌 께는 금년에는 비금, 도초, 임자도까지 섬초가 많당께라우. 600원이면 우리가 사다가 팔들 못 헌디 500원에 넘게 부이쑈!"

덜 주려는 쪽과 더 받으려는 쪽의 의견이 상충, 결국 흥정은 틀어졌고 야채 상인은 돌아가 버렸다. 순녀가 집으로 들어서자 시어머니가 반색하며 묻는다.

"어찌게 잘 쳐 주디야?"

궁금하기는 근식도 마찬가지로 순녀를 바라보며 대답을 기다린다. 순녀는 고개를 가로저으며

"올해는 섬초가 많다고 금사를 작년허고 똑같이 500원백께 안 준닥 해서 기냥 내비 두라고 해 불었어라우."

하고 대답하자 시어머니는 안타까운 표정을 지으며

"그놈이라도 받고 줘 불제 그랬냐!"

하고 짠허한다. 그러나 순녀는

"뭔 물가라도 모다 다 오르는디 시금치라고 고대로 있을랍디여? 지다려 보면 그 양반이 다시 오 껏인께 쬐깐 지다려 보입시다! 정히 안 오면 광주로 내다 팔아불면 되제라우."

이렇게 단호하게 잘 담했으며 근식이나 시어머니는 애써 지은 농사를 헛되이 버리는 것은 아닌지 하고 우려했으며 순녀도 내심으로는 은근히 걱정하는 것이었다.

흥정이 틀거진 날로부터 이틀이 되고 사흘이 지나도 목도의 상인이 오지를 않았다. 닷새가 되어도 소식이 없자 순녀의 시어머니는 100원을 더 받으려는 욕심 때문에 그나마 다 날리는 것 아니냐며 걱정을 한다.

엿새째가 되는 날, 근식은 아랫방에서 혼자 책을 보고 세 사람의 고부, 자부들은 큰방에 모여 앉아 병집을 엮고 있었다.

병집은 병의 파손을 막기 위해 술병에 뒤집어씌우는, 집으로 엮어 만든 것으로 평정 사람들은 이것을 만들어 겨울 농한기의 소득을 올리는 것이었으며 순녀네는 이러한 병집을 엮고 있는 중이었다.

저녁나절 버가 출출할 때쯤에 이르러서 순녀가 김이 모락거리는 고구마를 쪄 동치미 김치와 함께 바구니에 담아 방으로 들고 들어왔다.

"할무이! 어무이! 시장허신디 감자 드시고 허이쑈!"

순녀의 시할머니는 고구마를 집어 들며

"아랫방 저 아그한테도 좀 갖다 주제 그랬냐?"

하고 손자를 챙긴다.

"야. 벌써 갖다 줬어라우."

"그래. 잘했다. 너도 앉거서 까 묵어라!"

손자가 아깝지 않은 할머니가 있을까마는 순녀의 시할머니는 유달리 근식을 챙기고 아꼈다. 술참으로 한창 고구마 간식을 즐기고 있을 즈음,

"쥔네 계시요?"

누군가 찾아왔다. 순녀가 먹던 고구마를 쟁반에 놓고 밖으로 나갔다. 며칠 전 시금치밭의 흥정이 틀어져 다시 오지 않을 것처럼 가버렸던 목포의 야채 상인이 찾아온 것이다.

안 그래도 순녀네는 이제나저제나 하며 기다리던 참이라 얼씨구나 하고 반겼다.

"오메 아제! 날도 이렇코 춘디 오셨네. 이리 방으로 쪼깐 들어오시쑈!"

순녀의 안내에 따라 야채 상인이 방으로 들어섰다. 반갑기는 순녀의 시어머니, 시할머니도 마찬가지다.

"여그 요 감자 좀 잡솨 보시쑈! 밤감자요. 동치미 국물에 자시면 체정도 안 생겨라우."

고구마에 시원한 동치미까지 내미는 친절함에 야채 상인은 고구마 하나를 먹어치운 후 방문 목적을 털어놓는다.

"그렇께 아짐들! 모냐 번에 내가 말씀드렸소만 올 시안에는 섬에서 시금치를 많이들 숭거 불었어라우. 그래서 시금치 금사가 좋덜 않은디 젊은 아짐이 600원을 달락 허신께 그렇코 많이는 못 드리고 550원 쳐 드리먼 되겠지라우?"

야채 상인은 열 마지기 시금치밭의 가격을 양쪽이 반반의 양보를 주장하는 것이었다. 그러나 두 번의 발걸음을 한 야채 상인의 속내를 알고 있는 순녀는 쉽사리 양보하지 않고 애초에 자신이 제시한 가격을 주장했다.

야채상은 머릿속에 뭣인가를 굴리듯 고개를 갸웃거리더니 금세 얼굴을 찌그리며 말한다.

"아이고메 아짐들! 나도 발품 삯은 해사제 안 냉기고 어찌게 헌다요! 좋소! 580원 허먼 됐지라우?"

이렇게 하여 이 하의 시금치밭은 580원에 팔기로 계약을 하였던 것이다. 계약금을 받아 든 순녀는

"낼부터 아무 적에라도 캐 가시쑈! 인부들이 없으먼 내가 소개해 드릴 텡께…."

하고 말하자 야채 상인은 흔쾌히 그러자고 대답을 하고는 콧노래를 부르며 돌아갔다. 그날 밤 순녀의 방, 이즈음 근식은 사법고시를 준비하느라 밤늦도록 책을 들여다보기 일쑤였다.

그러한 근식이 이날은 여느 때와 달리 하품을 하며 일찍이 책을 덮어 놓는다. 이상히 여긴 순녀가 묻는다.

"어째 오늘은 일찍 잘라우?"

"낮부터 척을 들여다봤디만 머리가 찌끈거리요. 그런디 당신은 참 야무지요. 어찌게 닳고 닳은 장사꾼을 그리 잘 구슬러서 80원씩이나 더 받아 냈으니 말이요."

근식은 장사꾼, 그것도 나이가 지긋하여 능청스럽기 그지없는 장사꾼을 상대하여 시금치 값을 제대로 받아 낸 마누라가 유달리 고와 보였던 모양이다.

"아, 그것이사 당연헌 것이제라우! 해년마다 도든 금사가 다 올르는디…."

"그 말이 맞기는 맞소. 피곤헐 텐디 언능 잡시다!"

순녀의 내외가 이불 속으로 파고들어 나란히 누웠다. 근식이 옆에 누운 순녀의 두둑해진 배를 만지더니

"배가 많이 불렀네. 당신 홀몸이 아닌디 집안일 너머 심들게 허지 마이쑈! 산달이 언제요?"

하고 묻는다. 순녀가 아이를 가진 것이다.

"팔 월 달이 산달이여라우."

"그래 홀몸이 아닌디 어르신들 모시랴 살림 꾸리랴 고상이 많소. 우리, 이 녀석은 낳아서 절대로 실패허지 말고 잘 키웁시다!"

근식이 홍역으로 잃어버린 첫 자식에 대한 슬픈 기억을 상기하며 하는 말이었다.

"야~! 모든 것에 당신이 단단한 울타리가 되야 준께 고맙소."

"여보! 사랑허요."

근식은 두둑한 순녀의 배를 만지며 잠이 들고 순녀는 그 손을 잡고 스르르 눈을 감았다. 자신의 몸 안에서 사랑하는 사람의 싹을 키운다는 것은 여자만의 능력이요, 여자만의 헌신이요, 여자만이 느낄 수 있는 행복인 것이다. 순녀는 아늑하고 오롯한 감정 속에서 잠이 들고 있었던 것이었다.

1949년 5월, 순녀의 집에 일로 지서에서 두 명의 순사들이 찾아왔다.

"오 근식 씨 집에 계시오? 오 근식 씨! 오 근식 씨!"

대답이 없자 순사들은 마당에 서서 연거푸 집안 여기저기를 기웃거리며 근식의 이름을 부르는 것이었다. 이윽고 뒤안에 있던 근식의 할머니가 잔뜩 구부러진 허리에 지팡이를 짚고 부엌을 통하여 마당으로 나와 난데없이 나타난 두 순사를 보고 짐짓 놀라는 표정으로 묻는다.

"순사 아제들이 뭔 일이시라우?"

노인의 질문에 순사들은 조금 실망스러운 듯

"여가 오 근식씨네 집이 맞지라우?"

하고 다짜고짜 묻자 노인은 고개를 끄덕였다. 순사들이 재차 근식이 어디 있냐고 묻자 노인은 밭에 나갔노라 순순히 대답을 해주었고 순사들은 밭의 위치를 물은 다음 허둥지둥 밭으로 갔다.

순녀와 그녀의 시어머니는 조밭에 쭈그려 앉아 김매기를 하고 근식은 밭둑

에서 삽질을 하고 있었다. 순녀가 밭둑을 따라 근식에게 다가가는 순사를 발견하고 짐짓 놀라며

"순사가 여까지 먼 일이께라우?"

하고 들고 있던 호미를 내동댕이치고는 댕댕해진 배로 무거운 몸을 뒤뚱거리며 순사들 쪽으로 다가가고 이를 지켜보던 순녀의 시어머니 역시 놀라워하기는 마찬가지였다.

"당신이 오 근식 씨 맞소?"

순사는 거만한 말투로 근식에게 물었다. 근식이 그렇다그 대답하자 순사는 자신의 신분을 밝힌 다음 가방에서 종이쪽지를 꺼내 근식에게 내코이며 지시한다.

"여그다 당신 이름을 쓰고 지장을 찍으시오!"

근식이 무슨 까닭인지 이유를 물었다.

"이거 말이요, 상부의 지시인디 당신네들을 브도 연맹어 가입시키라는 명령이요. 이것을 안 쓰먼 사상 불순자로 감옥으로 가야 쓰요. 이것 한번 읽어보고 거그 밑에다 이름 자를 쓰시오!"

반 죄인을 대하듯 퉁명스러운 말투와 불손한 순사들의 태도였으나 근식은 아랑곳하지 않았다. 근식의 인품이 대범하고 두루 사랑하는 인자한 마음을 가진 까닭이리라. 근식은 서면의 내용을 읽어 본다.

- 국민 보도 연맹 가입증 -

본인은 대한민국의 정체에 반하는 공산주의 교육 및 활동을 해 온 자로서 이후 국민보도연맹에 가입하여 우리 사회의 민주주의 정착에 기여할 것과 반공 이데올로기에 부합한 대한민국의 정책에 적극적으로 협조함은 물론 지하

조직화하여 활동 중인 좌익 및 공산주의 세력의 분쇄와 타파에 앞장설 것을 다짐합니다.

단기 4282년 월 일

주소
성명　　　　　인

　이른바 국민 보도 연맹 가입 증서인 것이다. 내용을 다 읽고 난 근식은 순사들의 지시대로 자신의 주소와 이름을 써 주었다. 이름 석 자를 써 주는 것이 무슨 대수랴.

　더구나 어차피 일로의 남로당 조직원 활동을 포기한 마당이니 저들의 의도대로 순순히 따라 주는 것이 편안한 일이라고 근식은 생각하였던 것이었다.

　느닷없는 순사들의 등장에 놀란 근식의 할머니는 순사들의 의도가 무엇인지 궁금하여 잔뜩 구부러진 허리에 지팡이를 짚고 밭둑을 따라 다가왔다.

　"어째 우리 아그가 뭔 일을 저질렀다우?"

　하고 노인이 순사들에게 묻자 순사들은 별것 아니라며 무성의하게 짤뚝한 대답을 했다.

　왜정 때부터 강압적이던 순사들에 대한 곱잖은 인식을 가지고 있는 노인은 뜻하지 않은 순사들의 등장이 불안한 것인지 어리둥절한 눈빛으로 근식과 순사들을 번갈아 쳐다보지만, 누구도 노인의 답답함에는 관심이 없다.

　순사들은 근식이 이름을 쓰고 지장을 질러 준 보도 연맹 가입증을 가방에 챙겨 넣으며 용산리 구장집이 어디냐고 묻는다. 근식은 내키지 않은 대답으로 구장집을 가르쳐 주었다.

순사들은 구장집을 찾아간다며 마을 안으로 사라졌으며 그들은 또 다른 그들의 실적을 올리기 위해 근식에 이어 제2, 제3의 목적 인물을 찾아가는 것이었다. 잠시 눈앞에서 전개되었던 상황이 궁금해진 순녀가 근식에게 묻는다.

"여보! 그것이 뭣인디 당신 이름을 써 줘도 암시랑토(아무렇지도) 안 허께라우?"

근식은 지금은 유야무야 되어 버린 지난날의 일로 남로당 활동 시절을 아쉬워하며 대답한다.

"응! 어차피 남로당 활동을 안 허는디 써 줘 부는 것이 시끄럽덜 안 허겄제. 이름 시 자 써줬다고 뭔 일 있겄소? 꺽정허덜 마시오!"

그러나 타연한 근식과는 달리 식구들은 무언중에도 이 일에 대하여 근심을 하고 있었던 것이며 이렇게 근식은 국민보도연맹에 가입하게 되었던 것이었다.

국민보도연맹, 이는 오제도 검사의 제안을 받아들여 당시 내무부, 법무부, 국방부와 사회 지도층 인사들의 주도하에 1949년 4월 10일 국민보도연맹이 창설되었으며 목적은 좌익 사상자들을 계몽, 지도하여 온전한 대한민국 국민으로 전향시킨다는 것이 명분이었으나 기실은 지하 좌익세력의 분쇄, 타파하는 데 더 큰 목적이 있었지 않냐는 것이 후세의 이야기이다.

연맹원들의 명부를 작성하는 과정에서 애초의 순수한 창설 취지와는 달리 조직을 관리하는 군경들은 실적을 올리는 데 급급한 나머지 사상과는 전혀 무관한 무고한 사람들을 본인 의사와 관계없이 연맹원 명부에 끼워 넣는가 하면 사적인 원한을 가진 사람들의 허위 밀고로 엉뚱한 사람들이 보도 연맹원이 된 경우도 많았다고 한다.

근식이 국민 보도 연맹에 가입한 그 뒷날의 저녁나절, 근식이 부엌에서 저녁 식사를 준비하는 순녀를 불러

"여보! 어지께 보도 연맹에 가입헌 것이 앞으로 어찌게 될 것인지 좀 알어보고 올 것인께 그리 아시게!"

하고 집을 나서겠다고 한다.

"어디로 간다고 그려요? 저녁밥이나 들고 가시제!"

"도덕지 대전이 성님에게 가 봐사 쓰겄어."

순녀는 친정 오라버니에게 간다는 말에 고개를 끄덕이며 더 묻지 않았으며 근식은 집을 나서고 있었다.

제 **18** 부
보도연맹

● ● ● 1949년 5월, 오뉴월의 영화농장은 분주하기 그지없다. 보리 수확과 모내기가 맞물리는 철이기 때문에 여느 농가를 막론하고 모자라는 일손으로 아녀자들은 물론 방과 후 학생들까지도 농사일을 거들어야 할 만큼 바쁜 철이다.

이즈음의 도덕지 대전의 집, 보리타작을 마친 마당은 널브러진 브릿대와 탈곡기의 빠른 회전으로 이곳저곳 먼지투성이가 된 집 안팎의 청소까지 다 마친 시간은 해가 뉘엿거리는 저녁나절이다.

농사일 중 보리타작만큼 힘든 일이 또 있을까. 급하게 돌아가는 요란스러운 탈곡기 소리에, 탈곡기에서 쏟아지는 알곡을 탈곡기의 속도에 맞추어 받아내고, 알곡에 섞인 검불을 풍로를 부쳐 걸러내고, 널브러진 보릿대를 한데 모아 보릿대 벼늘을 쌓고, 이렇게 치러지는 보리타작은 농부들의 허리를 휘게 하는 고단한 일 중의 하나이다.

이날, 보리타작을 마친 대전은 아래채 사랑방에 앉아 궐련을 태우며 쉬고 있었다. 사상과 관련되어 그동안 다니던 군청 일을 그만두고 가사에 전념하던 중으로 이날은 보리타작의 격한 일을 마치고 녹초가 되어 늘어진 몸을 쉬고 있는 것이었다.

그때 광암의 임 종기와 월곡의 나 도남 그리고 평정의 오 근식이 찾아왔다. 오 근식은 처가인 대전의 집으로 오면서 도중에 월곡의 나 도남의 집을 들렀고 그곳에서 세 사람이 모여 대전의 집으로 찾아온 것이다.

"오늘 타작을 했는 모양일시?"

두 사람의 앞장을 서 들어오는 나 도남이 마당의 흔적들을 보고 미뤄 짐작하여 묻자 대전은

"아이고 성님! 언능 오시쑈! 친구랑 매제도 언능 오시게나! 오늘 타작을 했는디 저녁 묵고 쪼깐 쉬는 참이요."

하고 대답한다.

"우덜 가서 인길 아짐 뵈고 인사드리고 옴세!"

"저도 장모님께 인사 먼저 드리고 올랍니다."

하고 세 사람은 인길댁이 있는 큰방으로 갔다. 잠시 후, 세 사람이 대전의 사랑방으로 들어오고 대전은 동생인 막례를 불러 막걸리를 받아오게 하였다.

술을 마시지 않는 대전은 어떤 사람이건 집에 손님이 들면 없는 안주라도 술대접을 하곤 했던 것이다. 이윽고 경주댁이 삐들삐들 말린 찐 조기 몇 마리에 계란을 삶아 안주로 상을 봐 들여왔다. 술이 몇 순배 돌아가자 연장자인 나 도남이 대전에게 묻는다.

"대전이! 자네도 이참에 국민 보도 연맹에 가입을 했는가?"

"야~아. 어차피 이 정부가 들어서서는 남로당을 멸살헐락 허는디다 우덜은 이미 공산주의를 포기헌 마당 아니요? 그렁께 순순히 했제라우. 동봉, 성숙, 쌍본이에다가 나까지 도덕지에서는 너이 다 가입 했는디 성님도 허셨소?"

"나라고 별 수 있간디? 했제."

대전이 임 종기와 오 근식에게도 물었다.

"나도 했제. 아, 그 가입허라고 우리 집으로 찾아온 순사 놈이 쩌 웃고랑 놈인디 어찌게나 으름장을 놓는지 칵 씹어 불라다 놔뒀네."

임 종기는 다혈질의 사나이로 마치 경찰관을 눈앞에 두고 말하듯 얼굴이 벌겋게 되어 끓는 속내를 드러냈다. 오 근식 또한 가입하게 되었던 정황을 이야기했다. 임 종기의 말에 나 도남이

"뿌다이 건들어서 좋을 것 없네."

하고 말하자 대조도 '잘 참었네.' 하고 나 도남의 말을 거들었다. 그러나 임 종기는

"에이! 가 자식들 허는 짓거리 하고는 눈뜨고 못 보겠당게. 아~, 기냥 남로당 출신들은 씨를 말려 불랑갑서."

하고 혼잣말로 넋두리한다. 임 종기는 새 정부에 대한 불만이 많은 것이다. 이 승만 대통령의 취임을 전후로 하여 새 정부는 2, 3년 사이 국회나 경찰, 검찰 및 사회의 전반적인 분야에 걸쳐 좌익계 인사들의 색출, 검거함으로써 남한 내에 있는 공산세력을 퇴출하는 것에 더하여 임 종기는 대단히 불만이 많은 것이었다. 나 도남은 임 종기의 감정이 누그러지는 것을 확인하고는 말한다.

"국민보도연맹원들을 불러서 전향을 시키는 교육을 헌다든디 자네들은 참석헐 참인가? 어쩐가?"

"클씨 어디서 받는가 모르겠는디 조용히 넘어갈라면 나오락 헐 때 나가서 받어야제라우. 매제나 종기! 자네들도 인자는 공산주의를 잊어 불고 그 교육에 참가 허시게나!"

하고 대전이 대답과 아울러 매제인 오 근식에게 당부하는 것이다. 다시 나 도남이 말을 잇는다.

"근디 감두이(감동리) 홍 윤표나 나 정굴이로 해서 몇몇 전향을 안 헌 친구들은 당아도 무안 읍내 등지들허고 활동허는 모양이던디 연맹에 가입은 당연히 안 했을 테제?"

하고 대전과 임 종기를 번갈아 쳐다본다. 임 종기가 대답한다.

"그 친구들은 올 3월에 당국에 체포된 김 삼룡, 이 주하 동지들을 얼마나 철

석같이 믿고 있는디 당연히 연맹가입은 안 했을 것이요. 그나저나 남조선, 북조선이 이렇코 갈라져 부니 통일독립을 그렇게도 단호하게 주장허시던 김 구 선생도 돌아가 부시고 장차 이 나라는 어찌게 될랑가….”

삼팔선 분단 독립을 두고 하는 말이다. 임 종기의 말에 나 도남은 주머니 안에 있던 궐련을 꺼내 또르르 종이에 말며 다소의 이견을 주장한다.

“인자는 북은 북대로 남은 남대로 살어야지 별 수 있겄는가? 미소 양 대국의 등쌀에 우리 조선 같은 소국은 어쩔 수 없제.”

조선은 힘없는 소국으로서 일제 36년의 식민지로부터의 해방이 미소 강대국들의 도움으로 이루어졌고 지금은 그것을 주도했던 미소 양국의 힘의 논리에 어떤 항거도 할 수 없다는 얘기인 것이다. 지금껏 듣고 있던 대전이 끼어들어 말을 꺼낸다.

“성님! 내 말 좀 들어 보이쇼! 우리 조선은 삼팔선 이북이 남으로 합쳐지든 이남이 북으로 합쳐지든 사상과 이념을 넘어서 백범 선생께서 주장허시던 대로 우선 통일독립을 했어야제라우. 그런디 이북에서는 김 일성이란 작자가, 이남에서는 이 박사가 쏘련과 미국을 등에 업고 별도로 각각의 정부를 새워 불었으니 언제 다시 우리 강산, 우리 겨레가 하나로 합쳐질지 아득허기만 헙니다. 그 옛날의 조선 반도를 생각해 보면 고구려, 신라, 백제가 한겨레, 한 나라인디 그 얼마나 오랜 세월을 원수의 나라로 생각허고 적대시허며 살았냔 말입니다. 그렇게 해방 후로 미소가 조선에 들어오지를 말었어야 허고 기왕에 들어왔닥 허드라도 김 구 선생이나 조 만식 선생님 같은 분들의 뜻이 잘 받들어져서 조선 반도가 하나가 되얐어야 허는디 남북이 갈라진 것은 우리 겨레에게는 크게 불운헌 일이여라우. 이것을 아는 학생들이나 애국지사들은 지난 몇 해 동안 얼마나 반탁을 외쳐댔소!”

이렇게 자신의 생각을 말하자 이에 임 종기도 맞장구를 친다.

“맞아. 47년도 12월에 김구 선생께서 남이나 북이나 단독정부는 안 된다고 발표했고 그 후로도 서울서는 반탁운동을 얼마나 했는디 대국들을 등에 업고 정권 잡는 데만 혈안이 된 두 놈들 땜에 나라가 두 동강이 나 불었당께. 그 처죽일 놈, 안 두희는 어찌게 된 거여? 누구의 사주를 받고 애국지사이신 김구 선생을 쏴 죽였으까?"

대전과 임 종기는 사상과 이념에 앞서 우선 통일독립을 주장하는 반면 나 도남은 국제정세, 즈 미소 양국의 세력 견제에 의한 한반도의 분단은 어쩔 수 없는 운명이란 것을 주장하고 있는 것이었다. 나 도남은 두 사람의 세론에 별 수 없다는 듯

"인자는 어쩔 수 없네. 자네들 생각도 일면 일리가 있제만 인자는 삼팔선에 말뚝을 박고 철망을 둘러쳐 불어서 결판이 다 난 지경이라 별수 없어. 대전이! 그렇지 않겠는가?"

하고 확신에 찬 푸념 조의 말을 하며 대전에게 묻자 대전은

"성님 말씀대로 38선에 말뚝을 박아 불어서 지금 상황이사 어쩔 수는 없제만 그래도 나라 안에는 통일독립을 여망허는 국민들이 많으니 내 생각으로는 틀림없이 머지않아 큰 변란이 있을 것으로 생각돼요."

하고 대답했다. 평정의 오 근식도 대전의 말을 거들어

"대전 성님 말씀이 맞습니다. 남녀노소를 불문허고 현 정권에 줄서기 허는 놈들 빼놓고 조선 사람이면 누구라도 남북이 갈라선 것을 좋아헐 사람은 없고 우리 국민들 여망이 그렇께 머지않아 변란이 나고 말 것이요."

나 도남은 할 수 없었던지

"큼메 말이시…."

부정도 긍정도 아닌 짤막한 대답을 했다. 이렇게 네 사람은 시간 가는 줄 모르고 정담을 주고받는 것이었으며 벌렛간 늙은 솔가지에 앉아 울어대는 소쩍새 울음소리 속에 5월의 밤은 깊어갔다.

그리고 이듬해, 들녘의 모심기가 다 끝나가는 6월 27일 이른 아침이다. 영화농장 들판 아랫녘에서 바쁜 걸음으로 수로와 나란히 한 농로를 따라 올라오는 사나이가 있었다.

사나이는 검은색 양복바지에 하얀 무명저고리를 입고 있었으며 구두에는 질퍽한 농로의 진흙이 철벅하게 묻어 있었으나 사나이는 그따위에 개의치 않고 바쁜 걸음으로 농로가 끝나는 신작로에 이르러서야 구두에 묻은 진흙이 마음에 거슬렸던지 길가의 풀에 구두를 문지른 후 다시 걸음을 재촉하여 도덕지에 이르렀다.

아직 이른 아침이라 길거리에 사람의 모습은 보이지 않고 이집 저집 초가지붕 너머로 밥을 짓는 연기가 무풍의 하늘을 향해 곧장 피어오른다. 사나이는 사람을 찾아 두리번거리다 동네 입구의 신작로 바로 옆 첫 집으로 들어갔다.

"실례헙니다. 쥔네 계시요?"

마당의 인기척에 부엌에 있던 초로의 여인이 나왔다. 이른 아침 낯선 사나이의 등장에 짐짓 놀란 표정을 한 여인이 누구냐고 묻자 사나이는 미안한 표정으로

"아짐! 이른 식전에 미안헙니다. 저는 인의산 너머 무룡둥 사는 이 동네의 박대전이 친구 되는 사람인디 대전이네 집이 어디께라우?"

하고 예의 바르게 묻자 여인은 사나이의 앞장을 서 신작로까지 나와 손짓을 해가며 자세하게 가르쳐 주었다. 사나이가 대전네 마당에 들어섰다.

"대전이! 대전이 집에 계시는가?"

마침 대전이 집 모퉁이 부엌 앞에서 세안하던 참에 자신을 부르는 소리를 듣고 세안은 허둥지둥 마치고 마당으로 나왔다. 대전은 난데없는 아침 방문객을 발견하고 반가이 맞는다.

"오메! 무룡둥 석규 아닌가? 이렇코 이른 아칙에 뭔 일이신가? 구두는 다 멍

쳐 불고…. 그나저나 먼 길 왔네. 언능 방으로 들어가세!"

찾아온 이유를 알 수 없는 대전은 우선 반가운 마음에 팔을 붙들며 방으로 데려가려 하자 석규는 극구 사양하며

"대전이 내가 지금 방으로 들어갈 시간은 없네. 지금 지서로 출근을 해야 된께 찾아온 용건을 간단히 말허고 갈라네."

하고 상황 설명을 하였다. 대전은 석규가 찾아온 용건이 무엇인지 궁금해졌다.

"그래 뭔 일이신가?"

석규는 경계의 눈초리로 좌우를 살피더니

"오늘이나 낼 지서에서 자네를 잡으로 올 것이네. 그렁께 당분간 어디로 피신해 있으소."

이렇게 말하는 것이다. 의아해진 대전이 왜 그러는지 다그쳐 묻자 석규가 이어서 설명한다.

"지금 한앙 쪽에 전장이 났어. 북조선에서 땅크를 몰고 내려왔다는디 함마 지금쯤은 콩대밭이 도얐을 것이여."

"시방 뭣이락 헌가? 전장이 났다고?"

"그런당께. 그저께, 궁께 일요일 날 새복에 밀고 내려왔닥 허네."

천지가 고요하고 산야는 푸른데 바람 없는 산허리에 흰 구름 머물고 여물 쑤는 머슴아이 휘파람 소리도 정겹네. 영화농장의 아침은 이처럼 평온하기만 하다. 그런데 전쟁이라니…. 대전은 믿기지 않는 사실에 짐짓 놀라운 표정으로 묻는다.

"차말로 전장이 났단 말이여?"

"아 이 사람아! 그렁께 내가 이리 새복같이 왔게. 그래서 상부에서 지시가 내려왔는디 여전 각 지역의 남로당 위원장을 했던 사람들을 잡아들이라는 것이여."

"어쩐다고 그러까?"

"적과 내통헐 수 있을 깜송게 미리 차단해 불잔 것이제. 어쩌먼 생명도 위험헐 수 있응께 잠시 어디로 몸을 피허소! 오늘 지서에서 나올 것이네. 나는 시방 이 자리서 떠날 텡께 그리 알소! 참, 그러고 혹시라도 오늘 나를 안 만난 것으로 허소!"

"어이 알겄네. 그래도 이렇게 왔다가 바람같이 가분닥 헌께 너머 서운허네. 이 은혜를 어찌게 갚으까. 정말 고맙네. 석규! 조심히 가시게나!"

석규는 남이 볼세라 서둘러 떠나갔다. 대전은 안방 앞 토방에 서서 나직하게 인길댁을 불렀다.

"어무이!"

"오냐! 누가 왔다 갔데야? 아까침에 두런거리든디?"

인길댁이 부스스한 모습으로 마루에 걸터앉으며 물었다. 대전은 한양 쪽의 전쟁 발발 사실과 이에 대해 자신이 처한 입장을 말하자 인길댁은 경악스러움을 금치 못하며

"오메메! 아쨔사께! (어찌해야 살까. 전라 서남부 지방의 방언으로 그 어원의 변천 모습은 이렇다. 어째야 살까-어쨔 살까-어쨔 쓰께-어쨔 사까 등으로 변천) 그러먼 너는 어쭈고 헌단 말이냐?"

하고 묻자 대전은 한참 동안 침묵 끝에 대답한다.

"일단 서둘러서 아침을 묵고 어디로든 피신을 해사 쓰겄습니다."

너무나 갑작스러운 상황이라 막연한 대책이지만 일단 피신을 해야 하는 것이 대책인 것이었다. 다급해지는 것은 인길댁이라고 다를 바 없어서 급하게 경주댁을 불러 조반을 차리게 했다.

영문을 알 수 없는 초조해진 분위기에 방 가운데서 혼자 식사를 하는 대전을 식구들 모두가 불안한 눈빛으로 바라본다. 허겁지겁 식사를 하며 대전은 경주댁을 시켜 여행 가방을 챙기게 하고 태곤에게는 동봉을 불러오게 하였다. 그사이에 대전의 여동생인 막례가 묻는다.

"오빠! 뭔 일이라우? 어디를 가실라고 그러요?"

"시방 한양에 전쟁이 터졌다고 안 허냐."

대전을 대신하여 더답한 인길댁의 말을 듣고 막례는 깜짝 놀라 일순간 숨을 들이켜며

"흡! 전장이 났다고라우? 그렁께 오빠가 전장터로 가시는개비요?"

하고 묻자 인길댁이 대전이 떠나야 하는 이유를 말해 주었다. 그때 태곤을 따라 동봉이 왔다. 느닷없이 불려온 동콩이 묻는다.

"성님! 뭔 일 있으시요?"

대전이 동란발발 사실과 자신이 처한 입장의 이야기를 해주고 끝으로 이런 당부를 하는 것이다.

"아우! 나는 한 달쯤이나 피신을 갔다 올 것인게 전장이 언제 어찌게 끝날지 모르것네만 혹시라도 보도 연맹허고 관련된 일이라면 심각히 생각하여 조심하기 바라네! 내가 지금 떠난 뒤에 이러헌 사실을 종기나 쌍본이, 성숙이, 도남 형님에게 알리기 바라네!"

이렇게 말하며 경주댁이 준비한 가방을 어깨에 메고 집을 나서며 인길댁의 앞으로 가 고개 숙여 인사를 한다.

"어무이! 차말로 죄송헙니다. 일정 때도 일본으로 만주로 외유만 했었는디 그 뒤로 쪼깐 집에 있다가 또 이렇코 집을 나서게 되니 어무이 마음에 심려를 끼쳐드려 죄송헙니다! 차말로 죄송헙니다."

이 말을 듣는 인길댁의 마음은 살얼음 밭으로 자식을 내보내는 심정이다.

"아니다. 니 본심이 어디 나쁜 디가 있디야 악헌 디가 있기를허냐. 니 맘을 이 에미는 다 알께 어디로 가 있든지 간에 몸만 성히 있다가 오니라!"

"야~! 그럼 다녀오겠습니다. 그리고 점돌 어매 어무이 모시고 집안 잘 봐 주시기 바라오! 말례야! 태곤아! 느그들도 나가 다시 올 때까장 어무이 말씀 잘 듣고 잘 있그라!"

두루 인사를 마친 대전은 경주댁의 치맛자락 앞에 아무런 까닭도 모르고 서 있는 세 살배기 용균을 한 번 안아주고는 모든 식구들의 눈물 바람 섞인 이별의 손짓을 뒤로하고 집을 나섰다.

용균은 대전의 둘째 아들로서 순녀가 시집을 가고 그 이듬해에 낳은 아이였다. 집을 나선 대전은 신작로를 우회하여 백호동 뒤 공동산 자락길을 넘어 평정 순녀의 집으로 향했다. 대전이 순녀네 집에 들어서니 마침 아침 식사 중이었다.

"사둔 어르신들 안녕하시오? 식사 중이시그만 많이들 드시쑈!"

난데없이 나타난 대전으로 말미암아 밥상 분위기가 흐트러지고 근식이 숟가락을 놓고 마루로 나서자 순녀도 보름달만큼 둥실해진 배를 하고 뒤뚱거리며 마루로 나와 대전을 맞는다. 순녀는 포태 중으로 만삭에 이른 몸이었다.

"우메 오빠! 이렇코 일찍 뭔 일이시요?"

"성님! 이리 와게서 진지 좀 드십시다!"

대전은 토방에 선 채 인사 소리라도 누가 들을까 두리번거리며

"내가 방에 들 시간은 없네. 매제! 이리 좀 와 보시게! 지금 한양 쪽에 전장이 터졌다네. 아칙에 일찍 무룡동 석규가 와서 전해주고 갔네. 그래서 나는 지금 몸을 피신헐라고 집을 나섰어."

이렇게 말하자 근식과 순녀는 깜짝 놀라며 묻는다.

"오빠! 전장이 터졌는디 어째서 오빠만 피신을 헌다우?"

"내가 남로당 일로 위원장을 했던 것이 화근이다. 적과 내통헐 깜송께 나를 잡아들이라고 헌다는 것이여."

이야기를 듣고 대충 이해를 한다는 듯 고개를 끄덕이며 근식이 말한다.

"성님! 그런닥 허시먼 돈이라도 넉넉히 갖고 가셔야제라우! 쪼깐 계시쑈!"

근식이 사랑방으로 들어가고 순녀와 대전이 이야기를 나누는 사이에 속내를 모르는 근식의 어머니와 할머니는 한사코 대전에게 방으로 들어올 것을 청

하지만 대충 급한 사정을 이야기하고 사양한다. 잠시 후 사랑방으로 갔던 근식이 손에 지폐를 쥐고 나와

"얼마 안 되제만 노자로 보태 쓰시쑈! 그런디 어디로 가실라고 그러요?"

하며 대전에게 건넨다.

"사정이 급헌께 염치없이 받고 볼라네. 고맙네. 나는 이 길로 강원도 쪽으로 가서 시국이 조용해질 때까지 고기잡이배나 탈라고 그러네. 매제! 앞으로 전장이 어찌게 될랑가 모르제만 보도연맹하고 관련해서 지서에서 지시가 있으면 신중허게 생각하여 행동허소! 광암 종기는 성질이 급헌 사람인께 월국 나도남 성님을 자주 만나서 상의를 해 보시게! 나는 시간이 급헌께 지금 뜰라네."

대전은 근식에게 이런 부탁을 하며 순녀의 집을 나서고 순녀는 대문 밖까지 따라 나와

"오라버니! 전장으로 나라가 어수선헐 텐디 위험스러워서 어찌게 허께라우? 너머너머 꺽정스럽소."

라며 눈물 섞인 이별사를 하였고 대전은 순녀의 등을 다독이며 걱정 말라는 말을 남긴 채 일로역 쪽으로 멀어져갔다.

"여보! 성님은 워낙 영리헌 분인께 무사히 다녀올 것이요. 들어갑시다!"

<hr>

이날 대전이 떠나간 도덕지, 대전네 집 앞 개천에는 방죽에서 방류한 농업용수가 흐르고 다리목에는 남정네들 몇이 나란히 쪼그리고 앉아 시국담을 나누고 있었다.

나라 안의 소식이 촌락의 오지인 도덕지에 전허지기까지는 일로 장이 서는 날이나 그도 아니면 어쩌다 목포에 나갔다 오는 사람들이 전하는 것이 전부이며 그나마도 다리목에라도 나와 이웃 간 왕래가 잦은 사람들은 뒤늦은 소식이라도 알 수 있는 것이었다.

다리목에 앉아 얘기를 나누는 사람들은 다리목 앞집의 순재와 수로 건너의 해남양반, 대전의 사촌 동생인 동봉, 신원목의 후근이었다. 후근은 삽을 깔고 앉아있는 것으로 봐 논에 물을 대고 오는 중인 모양이다.

이들은 남에 앞선 이야깃거리가 있으면 마치 자랑거리를 늘어놓듯 이야기를 하곤 하는데 이렇듯 다리목은 새로운 소식을 자랑하기도 하고 새로운 소식을 접하게 되는 곳이기도 하였다. 이날은 아침에 전쟁 소식을 들은 동봉이 말을 한다.

"그저께 말이세. 그렁께 25일 날인개빈디 북조선에서 삼팔선을 넘어 땅크를 몰고 내려와서 한양 쪽에 전장이 터졌는개비여."

난데없는 이 말에 모두가 자신의 귀를 반신반의하며 놀라워하고 해남양반이 반문한다.

"뭔 전장이여? 누가 그러든가?"

"클씨, 대전이 성님 말씀이 그러는디 전장이 터졌닥 허요."

"그러면 인민군들이 여그까지 쳐내려오는 것 아니여?"

"그것이사 누가 알 것이라고! 두고 봐사제. 그나저나 큰일이세."

그때였다. 저만치 신작로의 일로 쪽에서 두 명의 순경이 다가오는 것이었다. 순경들은 동네 사람들 곁으로 다가와 묻는다.

"여그 도덕지 박 대전 씨 집이 어디요?"

"바로 이 집인디요."

무슨 일인지 의아한 사람들이 대전의 집을 손짓으로 가르쳐 주자 순경들이 대전의 집으로 들어간다. 마당 절반에 보리가 널려있고 인길댁은 그 보리를 맨발로 젓고 있었으며 마루 한쪽 귀퉁이에서 경배와 점돌은 배를 깔고 엎드려 책을 들여다보고 있었다.

"아짐! 여가 박 대전네 집 맞으요?"

인길댁은 아침에 집을 떠나간 아들에게 들은 바가 있어 지금 직면한 상황을 이미 짐작을 하고 있었기에 태연히 그렇다고 대답한다.

"박 대전씨는 어디 있소? 좀 만날 일이 있는디요."

"어디 나갔는갑소만은 우리 아들이 뭣을 잘못헌 일이 있으께라우?"

인길댁이 시치미를 떼며 묻자 경찰들은 자기들끼리 은밀한 눈빛을 주고받으며 대답을 얼버무린다. 그때 마침 호미를 든 경주댁과 말례가 마당으로 들어오고 그 뒤를 따라 동봉도 들어왔다.

경찰들은 어떤 실마리라도 발견한 듯 경주댁에게 다가가 대전과의 관계를 물은 후 자신들이 찾아온 이유를 말하고는 대전의 행적을 다그쳐 묻는다. 경주댁은 순순히 그들에게 말을 다 해줄 필요도 없다는 생각을 하고 있었지만 그렇다고 숨길 필요도 없다는 생각으로

"그 양반은 어디를 가도 어디를 간다고 얘기를 헐까, 언제 온다던 온다는 기약을 허기나 헐까 그렇게 잘 몰라라우. 근디 어쩌서 우리 집 양반을 잡으러 오신 것이라우?"

이렇게 막연한 대답과 함께 반문을 하는 것이었다.

"지소장이 데리고 오락해서 그러제 우덜은 잘 모르요. 근디 박 대전 씨, 혹시 밭에 있는 것 아니요?"

하고 묻자 경주댁은 양손을 저어 손사래를 하며 아니라고 했다. 이렇게 하여 이날 경찰들은 떠나갔다. 그리고 그 이튿날, 해거름이 되자 인길댁은 마당에 널었던 보리를 당글개로 긁어모으고 있었다.

그때 집 옆구리 장독대 앞에서 절구질하던 가마골댁이 인길댁에게로 다가왔다. 가마골댁은 겉절이 김치에 양념으로 쓸 고추와 밥을 절구통에 찧고 있는 중에 뭔가 할 얘기가 생긴 것이다.

"인길 성님! 아까부터 쩌그 언덕 우게에 순사들 둘이 앉거 있는 것이 성님네 집을 엿고 있는갑소."

"밥 묵고 허는 일이 그것인개빈디 내비 두소! 지 풀에 지치면 깔데(다니는 것

<u>을 꾸미는 수식적인 방언</u>) 갈 테제."

경찰들이 대전네 마당이 내려 보이는 언덕 위에 앉아 대전의 행적을 감시하고 있다는 것을 인길댁은 벌써 짐작하고 있는 것이었다. 어둠이 내리는 시간이 되자 잔등 너머 고추밭에 일을 나갔던 경주댁과 말례가 돌아오고 뒷산 벌렛간에서 놀던 점돌과 경배까지 집을 찾아든 시각, 마당으로 두 명의 경찰관이 들어섰다.

"박 대전 씨 계시요?"

오전 이른 시간에 대전을 잡으러 왔다 대전이 집에 없자 자신들의 임무완수를 위해 종일 언덕에 앉아 망을 보던 경찰관들이다. 부엌에 있던 경주댁이 마당으로 나갔다.

"우리 그 냥반 시방 며칠째 소식이 없어라우."

"방에 있는 것 아니요?"

"어째서 사람 허는 말 곳이를 안 들으요? 없당께라우 없어…."

"쳇!"

경찰관들은 투덜거리며 이 방 저 방을 기웃거리다가 대전의 흔적이 없자 결국 돌아갔다. 경주댁의 뒤를 따라 나온 점돌이 집을 떠나가는 경찰관들의 뒷모습과 경주댁을 번갈아 쳐다보며 경주댁에게 묻는다.

"어매! 순사들이 어째서 아부지를 잡아갈라고 그런당가?"

"느그 할매한테 가서 물어봐라!"

경주댁은 이렇게 심기 불편한 대답을 하고 있는 것이었다. 과거, 대전은 신혼 초기부터 일본으로, 만주로 외유를 하였던 것이나 귀국 이후로도 공산주의 사상이나 직장 일에 전념할 뿐, 가사에 별 관심을 갖지 않았던 데 대하여 경주댁은 불만을 갖고 있는 중이었으며 그런 중에 또다시 도피 생활을 하게 된 남편을 두고 경주댁은 심드렁한 것이었다.

이날 밤, 낮 동안에 힘겨운 육체노동을 한 농가 사람들은 이른 시간에 잠자리에 든다. 인길댁네라고 예외일 수 없어서 초꽃이 불을 끄고 막 잠자리에 들려는 시간이다. 문밖에서 뚜벅거리는 여러 사람의 발소리가 들려오고 이어서

"쥔네 계시오. 쥔네 계시오?"

하고 아닌 밤중에 불청객이 찾아든 것이다. 이즈음 집안의 분위기도 순탄치 않은 참이라서 쉽사리 문을 열고 싶은 마음은 없고 어떤 이가 무엇을 하러 왔을까 뇌리를 스치는 생각이 무수하여 잠자코 누워서 밖의 반응을 기다린다.

"대전 씨 계시오?"

이름까지 부르는 것으로 보아 필시 아는 사람이라 생각한 것인지 인길댁이 방문을 열고 마루로 나서자 경주댁도 자신의 방문을 열고 나왔다. 달은 밝은데 어두운 그림자와 함께 서 있는 사람들은 세 사람의 사나이들이었다.

"누구시오? 누구신디 어렇코 야심헌 밤에 찾아와겠오?"

"쩌…, 쩌그 청호에서 온 나 정율이라고 허는 사람인디 박 대전 씨를 좀 찾아왔어라우."

나정율은 계전에 홍 윤표와 함께 대전과 남로당 일로 위원장 자리를 놓고 경합을 했던 사람이다. 그러나 인길댁이 나 정율이란 사람을 알 까닭이 없다. 더구나 청호리라면 적어도 한 시간 남짓을 가야 하는 곳의 사람이라니 섬찟 이러도 저러도 못하고 서서 인길댁이

"그 먼 디 사시는 양반들이 먼일로 우리 대전이를 찾아와겠으께라우?"

하고 묻자 나 정율은 의기양양하게 대답한다.

"아짐! 인자 새 세상이 오는디 그 대업을 달성허는디 우덜이 힘을 합쳐야 쓰고 대전 씨는 우덜보다는 한발 앞선 사람인께 이렇코 찾아 왔제라우. 곧 있으면 북조선으로 잠시 피신했던 박헌영 동지가 남조선으로 밀고 내려올 것이고 그렇코 되면 삼팔선이 없어지는 것은 물론이고 새로운 세상이 열릴 것인께 그때를 대비해서 우덜은 준비를 해야 써라우."

나 정율의 일행들은 여전히 좌경사상을 포기하지 않은 사람들로서 정부에

서 추진한 좌익분자들의 전향사업의 일환인 보도연맹 가입을 회피한 사람들이었으며 탱크를 앞세운 인민군들이 곧 관공서를 접수할 것으로 굳게 믿고 있는 것이었다. 나 정율이 찾아온 이유를 말하자 경주댁이 끼어들었다.

"새 세상이든 헌 세상이든 우리 그 양반은 집을 나간 지가 여러 날 째여라우. 어디로 갔는지…. 돌아오기나 헐지…. 언제 돌아올지도 모르요."

이런 말을 하는 경주댁은 싸늘한 눈초리였으며 나 정율 일행은 하는 수 없이

"낸중에 다시 올 텐께 대전 씨가 오시거든 말씀이나 전해 주시쑈!"

이런 말을 남기고 힘없이 발걸음을 돌려 어스름한 달빛 속으로 사라져갔다. 그 뒷날인 6월 30일 아침 식사가 끝난 시간, 인길댁과 말례가 잔등 너머 고추밭으로 가기 위해 사립문을 나서는데 경찰관 셋이 들이닥쳤다.

"박 대전이 집에 있오?"

어저께 대전을 찾던 경찰들의 모습과는 사뭇 달라진 거칠고 억센 태도였다. 집을 나서다 경찰들에 밀리다시피 뒷걸음질을 한 경주댁이 대답한다.

"아니라우. 여직 안 왔는디요."

"좋소. 그러면 당신이 대전이 마누라가 맞지라우? 무안 본서로 같이 가서야 쓰겄소."

경찰들은 두 말의 여지도 없이 경주댁의 양팔을 끼고 사립문을 나서려 하자 일이 심상치 않음을 감지한 인길댁이 앞을 가로막는다.

"이것이 뭔 일이요? 우리 며늘애기가 멋을 잘못 했가니 끌고 가는 것이요? 뭣을 잘못헌 것이 있으면 내가 잽혀갈 텐께 우리 며늘애기는 놔 주시오!"

"할매! 할매는 필요 없응께 쩌리 치나이쑈! 박대전의 처는 무안 본서 유치장으로 갈 것이고 박 대전이 자수헐 때까장은 거그 감금돼야 있을 것이요. 그렁께 박 대전이 집으로 오는 대로 본서로 오락 허시오!"

경찰들은 앞을 가로막는 인길댁을 밀쳐내며 경주댁을 끌고 가버리고 인길댁은 마루에 걸터앉아 바닥을 치며 통곡한다.

"어무이! 울지 마이쑈! 즈그들이 산 사람을 죽이기사 헐랍디여."

말례가 통곡하는 인길댁을 달래기는 하지만 스스로 말례도 소리 없이 눈물을 흘리고 있었던 것이며 집에 없는 대전을 대신하여 경주댁은 볼모가 되어 무안경찰서로 끌려갔던 것이었다.

한편 같은 시간 평정 순녀 집, 만삭이 다 된 순녀는 둥실해진 배 때문에 논밭의 거친 일은 하지 못하고 집 안에 머물며 허드켓일이나 하는 정도였다.

시어머니는 밭으로 가고 순녀와 그녀의 시할머니가 평상에서 도란도란 이야기하며 다 마른 빨래를 개고 앉아있던 중에 순녀가 말한다.

"할무이! 언저녁 밤에 희한헌 꿈을 꿨어라우."

"뭔 꿈을 꿨는디야?"

순녀의 꿈 이야기는 이렇다. 순녀가 동네 안의 평나무 옆을 지나는데 동네 뒤, 밭쪽에서 한 줄기 황토 먼지를 동반한 바람이 불어오더니 그 바람이 평나무를 스치고 지나가자 평나무가 그 바람을 맞고 뿌지직 소리를 내며 넘어지려 하길래 순녀가 달려들어 사력을 다해 그 나무를 받쳐 들고 넘어가지 않게 하려 했지만 결국 그 나무는 쓰러지고 말았으며 자신은 겨우 나무에 깔리지 않고 빠져나왔다는 것이 순녀의 꿈 이야기다. 이 이야기를 들은 근식의 할머니가

"어쩐다고 그렇코 큰 낭구가 자빠져 붓으끄나? 별척스런 꿈이구나."

하고 꺼림칙한 표정을 지었다.

"하도 괴상해서 아칙에 낭구가 지대로 서 있는가 허고 가봤당께라우. 근디 낭구는 말짱허게 고대롭디다."

순녀의 꿈과 동네 안의 나무가 상관관계가 있을 리 없으나 크나큰 나무가 쓰러지는 괴이한 꿈을 꿨다하니 개운치는 않을 법도 한 일이다. 이때, 사랑채에서 책을 뒤적이던 근식이 외양간으로 가, 소 구들에 여물을 퍼주고는 평상으로 다가왔다. 근식의 할머니가 자리를 내어주며

"입이 궁금헌갑다. 개떡 좀 갖다 주랴?"

하고 묻자 근식이 대답을 하기도 전에 순녀가 부엌으로 가 개떡을 들고나와 근식의 앞에 놔 주었다. 근식의 할머니는 이런 모습을 볼 때마다 헐헐 웃으며 좋아하였는데 근식이 외동아들인 탓에 어려서부터 금이야 옥이야 하고 애지중지 길러온 정 때문이리라. 근식이 개떡을 들고 입에 넣으려다 말고

"여보! 오후에 목포에 좀 갔다 올 일이 있오."

하고 순녀에게 말하자 순녀가 만류한다.

"뭣 땀세 가실락 허요? 꿈자리도 사나운디 며칠 지나서 갔다 오이쑈!"

"허허! 원 당신도…. 꿈 땀세('때문에'의 일로 사투리) 할 일을 미뤄 불다니…. 내 오후에 댕겨올 텡께 꺽정허지 마시오!"

근식은 꿈 따위의 얘기에 연연할 위인이 아니었다. 어차피 다녀오기로 마음 먹은 것이라면 점심 끼니때도 가까웠겠다 점심을 먹여 보낼 요량으로 순녀는 부엌으로 들어갔다. 이때, 대문을 열고 들어오는 사람이 있었다.

"오 근식 씨!"

근식을 부르는 사람은 평정, 같은 동네의 김 상선과 대동한 경찰관이었다. 김 상선은 근식과 함께 좌익활동을 하다 보도연맹에 가입한 연맹원이었다. 평상에 앉았던 근식이 마당 복판에 서 있는 이들에게 다가갔다.

"뭔 일이시오?"

근식이 경찰에게 묻자 경찰은 근식에게

"오늘 오후에 보도연맹원들 교육이 있응께 시방 지소로 같이 가야 되오. 언능 갑시다!"

하고 재촉하는 것이다. 김 상선이 경찰관과 서 있는 상황을 보아 근식은 묻고 따질 겨를도 없이 옷만 겨우 갈아입고 경찰관을 따라나서고 근식의 할머니나 밥을 차리던 순녀는 닭 쫓던 개 지붕 쳐다보듯 그저 멍하니 바라볼 뿐이었다. 바쁘게 경찰관을 따라 집을 나서는 근식은 뒤를 돌아보며

"여보! 연맹원 교육이 있닥 헌께 갔다 오리다."

하고 떠나갔다. 그리고 밤이 되었다 순녀와 그녀의 시할머니, 시어머니, 세 여인들이 저녁 식사를 마치고 방 가운데 상을 놓아둔 채 대화 중이다. 근식의 할머니가 근심 가득한 얼굴로

"시상에 권 일로 이렇코 늦도록 안 오끄나?"

이렇게 말한다. 낮에 보도연맹 교육을 받으러 간 근식이 아직 돌아오지 않은 것이기에 세 여인들은 식후 설거지도 잊은 채 태산 같은 걱정을 하고 있는 것이다. 괘종시계는 덩덩거리며 10시 정각을 가리켰다. 근식의 어머니는

"뭔 사고가 붙은 것이 틀림없는 개비요. 어쨔쓰까이."

하고 걱정스러운 말을 하자 순녀가

"지가 기영쳐 놓고(설거지의 일로 사투리) 지소로 갔다 와 볼라우."

하고 상을 들고 일어서자 근식의 어머니는 손사래를 하며 홀몸도 이닌 아녀자가 어떻게 늦은 밤길을 갔다 오느냐며 말렸다. 밤이 깊어 가도 근식은 오지를 않고 세 여인들은 뜬눈으로 밤을 지새웠다.

안달이 난 근식의 어머니는 새벽 동이 트기 무섭게 일로 지소로 갔다가 망연자실하며 집으로 들어온다.

"오매, 아가! 느그 신랑 말이다 무안 본서로 갔닥 헌디 어째서 그러끄나? 뭔 큰 죄를 졌다고 본서에 까장 갔단 말이여."

근식의 어머니는 마당 가운데 선 채 넋두리를 한다. 가는 귀를 먹은 근식의 할머니는 마루에 걸터앉아 자부와 손부를 번갈아 쳐다보며

"우리 근식이가 감악살이 갔닥 허냐? 어찌게 된 것이다냐? 속 터지겄다. 개안이(개운하게) 말해 봐라!"

하고 지레짐작으로 굴자 순녀가 큰소리로 설명을 해주자 노인은 털썩 주저앉아 눈물 바람을 한다. 순녀는 노인의 손을 잡아 달래 준 후 시어머니에게 묻는다.

"어째서 본서로 보냈으께라우?"

"몰르겄다. 일로 지소에서 여럿이 제무시(G,M,C) 차에 실려 갔닥 헌다."

이때 순녀의 친정 동생인 말례가 마당으로 들어섰다.

"아이고 말례야! 어서 오니라! 어무이랑 집 식구들 다 편안허시냐?"

"언니! 요새 집안이 편털 안 해. 어지께 성님이 잽혀갔어. 그래서 시방 벤또를 싸가는 길이여."

오랜만에 만난 자매들이었지만 반가움에 앞서 폭풍처럼 불어닥친 집 안팎의 사정을 늘어놓기에 바빴다. 말례는 외유 중인 대전의 일과 경주댁이 경찰에 잡혀간 경위를 소상히 말해 주었다.

"그래서 어지께 어무이가 일로 지소로 쫓아가 봤겄는디 성님이 무안 본서로 넘어갔닥 해서 벤또를 갖다 드릴라고 싸 온 참이여."

두 자매의 말을 곁에서 듣고 있던 순녀의 시할머니와 시어머니는 혀를 끌끌 차며

"대체 뭔 일로 여그나 저그나 예문 사람들을 잡어간다냐? 무안 읍내로 가 봐사 쓰겄다."

라고 하며 근심 걱정이 태산이다. 순녀는 생각했다. 양가에 태풍처럼 불어닥친 당혹스러운 현실이 전쟁을 맞고 있는 시국과 관련이 되어 조용히 넘어갈 일이 아닐 것이라고⋯. 잠시 생각을 한 순녀가 말한다.

"어무이! 아무짝에도 지가 본서에를 가 봐사 쓰겄네요. 이것이 보통 일이 아닌개비요."

"그래도 그러제. 홀몸도 아닌 니가 어찌게 간단 말이여!"

시어머니의 만류는 한가한 게으름이나 마찬가지, 만사는 다 제때가 있는 법, 어쩌면 근식의 생사여탈이 시를 다투는 일일지도 모른다는 생각에 순녀의 마음은 다급해졌다. 비자금 뭉칫돈을 챙겨 친정어머니, 인길댁이 만들어준 주머니에 넣으며

"말례야! 같이 가자!"

하고 무안 경찰서로 향한다. 순녀와 말례는 철둑 너머 인동에서 무안행 마이크로버스를 잡아탔다. 일로에서 출발하여 무안으로 가는 버스는 늘 비포장 황톳길을 다니므로 버스의 안이나 밖이나 붉은 황토 먼지투성이다.

차창 밖으로 지나가는 전경들은 논인지 산인지 혹은 나무인지 사람인지 분간을 할 수 없을 만큼 차창에 뿌옇게 먼지가 끼어있다. 창가에 앉은 말례는 시야가 답답한 것인지 도시락을 싼 보자기 끝자락으로 몇 번인가 차창을 닦아 보지만 헛수고임을 알고 이내 그만두면서 말한다.

"언니! 어무이는 요새 날마다 걱정을 태산같이 허시네. 오빠 땀세 낮에는 순사들이 찾아오제 밤이는 좌익들이 찾아오제 거그다 성님은 본서로 잽혀갔제…. 궁께 어 터져 죽을락 허신당께."

"없는 사람을 어쩌라고 그 지랄들이데. 썩을 늠들…."

"그렁께 말이여. 밤에 좌익들이 오먼 나도 무서와서 죽겄당께."

"그나저나 언니 배가 동산만이나 헌디 힘들어서 어찌게 댕겨오까!"

"힘들어봤자 죽는 고통만큼이나 허겄냐? 잽혀간 사람들은 대체 전장으로 보낼란지 아니면 죽여불라고 이러는지 큰 걱정이네"

두 자매가 애타는 대화를 하는 사이 버스는 무안에 도착했다. 버스에서 내려 도보로 경찰서로 가는 도중 순녀가 걸음을 멈추며 말한다.

"말례야! 본서에 가기 전에 들를 곳이 있다. 점빵에 들러서 댐배를 몇 갑 사가자!"

말례는 담배가 왜 필요한지 굳이 듣지 않아도 의미를 아는 것인지 순녀가 하는 대로 따르고 있었다. 이윽고 자매들이 무안경찰서 앞에 이르렀다.

정문에 두 명의 초병이 서 있는데 왼쪽은 검은 제복의 경찰이 서 있고 오른쪽에는 헌병이 M1 소총을 들고 서 있으며 평소와 다른 이 모습은 준 시체제임을 알 수 있는 모습이었다. 초병은 정문으로 접근하는 두 자매 앞으로 다가와

"뭔 일로 오셨습니까?"

하고 투박한 말투로 묻는다.

"우리 신랑과 친정 성님을 쪼깐 만나자 허고 왔는디요."

"신랑이 누구요?"

"신랑은 일로 사람, 오 근식이고 성님도 일로 사람, 이 영산이오."

초병은 초소 안으로 들어가 수화기를 들고 한동안 대화를 나누더니 초소를 나와 손짓으로 본관을 가르치며 그곳으로 가라고 일러준다. 순녀 자매가 경찰서 본관으로 들어섰다.

당직대에는 정문과 같이 경찰과 헌병이 서 있고 당직대 맞은편 쇠창살 안으로는 좌우로 남녀가 따로 나뉘어 수감 되어 있다. 수감자들은 약속이라도 한 듯 다 같이 당직대 앞에선 순녀 자매를 쳐다본다.

그 눈빛들은 혹시나 자신과 연관된 사람이 아닐까 하고 바라보는 애절한 눈빛들이다. 당직대에 선 경찰이 순녀 자매를 가까이 오라고 손짓을 하더니 이름과 나이 등 신상에 관한 것들을 묻고 이어서 피면회자의 이름을 묻자 순녀가 대답했다.

"오 근식허고 이 영산이오."

"오 근식은 보도연맹원이요? 이 사람은 만날 수 없소. 이 영산은 저 유치장에 있으니 30분 동안 만나고 가시오!"

근식을 만날 수 없다니 순녀가 따져 묻는다.

"어째서 오 근식은 만날 수 없닥 헌다우?"

"상부의 지신께 더 이상은 알락 허지 마이쑈!"

기가 찰 노릇이다. 상부가 누군지는 모르겠으나 상부의 지시라고 일갈해 버리니 더 따질 수도 없는 노릇이고 일단 올케언니인 경주댁을 만나기로 하고 순녀 자매는 유치장으로 간다.

여성 유치장에는 어떤 죄를 범했는지 다섯 명의 여자들이 수감되어 있었다. 경주댁은 긴장이 고조되었던 가운데 순녀 자매의 등장은 어둠 속에서 빛을 찾은 듯 반가운 모양이다.

"오매! 우리 애기씨들, 날할나 더운디 이렇크 왔소!"

"성님! 더무이가 성님 갖다 드리라고 이렇코 벤또를 싸 주셨어라우. 한 끼에 못 잡수면 나놔서 잡수이쑈!"

도시락을 받아든 경주댁은 눈물을 글썽거렸다.

"애기씨들 고맙소. 근디 시누이 양반이랑 동봉이 아제하고 내월촌 양반은 어저께 저녁나절에 쩌 뒷문으로 덱꼬 나갔는디 그 뒤로 안 뵈이요."

경주댁의 이 말에 순녀는 귀가 번쩍 띄었다. 순녀가 묻는다.

"서이만 나갔소?"

"아니, 여러 차례에 많이 나갔제."

순녀는 옳다거니 하고 당직 경찰관에게 다가가 품에서 담배를 꺼내어 경찰과 헌병에게 하나씩 건네주며 사정한다.

"아자씨! 보도 연맹원들이 쩌 뒤쪽에 있는 모양인디 한 번이라도 얼굴 좀 보게 해 주이쑈!"

경찰은 곤란스러운지 서너 발 떨어져 서 있는 헌병의 눈치를 보며

"아짐! 그랬다가 내 모가지 떨어지요. 그나저나 나 급헌께 변소에 좀 가야 쓰 겄소."

하면서 허리띠를 쥐어 잡고 밖으로 나가자 순녀도 뒤뚱거리는 걸음으로 쫓 아 나선다. 경찰은 건물 모퉁이 사람들의 시선이 닿지 않는 곳에서 걸음을 멈 추더니 뒤돌아서서 순녀를 쳐다본다.

"아짐! 눈치가 빠르시구만이라우. 내가 갈쳐 드릴랑께 그대로 허이쑈!"

당직 경찰의 귀띔은 이런 내용이었다. 보도연맹원들은 현재 경찰서 뒤 창고 에 가둬져 있으며 며칠 사이에 모두 죽일지도 모른다는 것이다. 그러니 돈을 좀 마련하여 경찰서장에게 찾아가 그 돈을 건네주며 붙들고 늘어지란 것이다.

그리고는 끝으로 자신의 이야기는 절대 듣지 않은 것으로 해야 된다는 것을

몇 번이고 당부하는 것이었다. 순녀는 품에 있는 담배를 마저 꺼내어 당직 경찰관에게 건네주며 고맙다는 인사를 하고 경찰은 남이 볼세라 담배를 주머니 여기저기에 쑤셔 넣으며 서둘러 당직실로 들어갔다.

순녀는 이마에 손을 얹고 벽에 몸을 기대었다. 모름지기 염려했던 일이 현실로 다가오고 있음을 예지하며 아찔해진 것이다. 순녀는 지난 어느 겨울밤, 근식이 자신의 부푼 배를 어루만지며 '우리 이 아이를 낳거든 잘 키워봅시다.'라고 하던 말을 생각하며 그러했던 남편이 지금에 와 잘못될 수도 있을 것이라는 생각을 하니 온몸에 기운이 다 빠져나가고 맥이 풀리는 것이었다.

스물두 살의 순녀, 아직은 신혼 초기의 풋내기 아낙, 인생의 초년기를 살아가고 있는 한 여인으로서 감내하기 어려운 운명의 고비를 맞고 있는 순녀, 그녀의 운명은 과연 어찌 될 것인가.

사람의 지능은 저마다 다르며 지능의 수준이나 성향에 따라 만물의 이치를 채 깨닫지 못하고 삶을 마치는 사람이 있는가 하면 일찍부터 만물의 이치를 깨닫고 세상사에 통달하여 지혜로운 삶을 사는 사람도 있다.

스물두 살, 순녀는 나이보다 비교적 세상사를 많이 깨우친 여인으로서 현실에 직면하게 되는 난관은 어떻게든 타개해 보려는 적극적 사고방식을 가진 여인이었다.

순녀는 전대 속의 두툼한 돈을 만지며 건물 모퉁이를 돌아 정문 쪽으로 갔다. 정문 앞에는 순녀를 기다리던 말례가 서 있었다. 순녀는 말례에게 당직 경찰에게 들었던 자초지종의 이야기를 해주고 경찰서장을 만나고 오겠노라며 건물 안으로 들어갔다.

순녀는 어려운 출입과정을 거쳐 서장실에 들어섰다. 서장은 합죽선 부채질을 하며 부하직원이 가져온 듯한 서류를 들여다보고 있고 그 옆에 부하직원은 서장의 어떤 지시를 기다리는 듯 서 있다. 서류를 들여다보던 서장은 힐끗 곁눈질로 순녀를 쳐다보더니

"아주머니는 뭔 일로 오셨소?"

하고 묻자 순녀는

"바쁘실 텐디 죄송허지만 서장님한테 꼭 드릴 말씀이 있어서 왔어라우."

하고 대답하자 서장은 잠시 기다리라며 보던 서류를 들여다본다. 문전박대는 않는 것으로 보아 실오라기 같은 가능성이라도 있을 것이란 희망적인 생각에 감지덕지한 마음으로 순녀는 기다린다. 이윽고 부하직원이 사무실을 나가고 사무실 안에는 서장과 순녀 단둘이 남았다.

"젊은 아주머니가 홀몸도 아니시그만 허고 잡은 말이 뭔 말입니까?"

서장의 물음에 순녀는 내내 머릿속에 준비하고 있던 말을 한다.

"야~. 저는 일로서 온 박 순녀라고 허는 사람인디 제 남편이 연갱원으로 여그 잽혀 온 오 근식이여라우. 그러고 도덕지 사람들 박동봉, 오 쌍본, 박 성숙이랑 다 한 동네 사람들인디 서장님 아량으로 이 사람들 좀 놔 주시쑈!"

순녀의 이야기를 들은 서장은 허허 하고 당찮은 듯 웃더니

"아니 시방 젊은 아주머니 신랑 한 사람을 놔주라고 해도 될까 말까 헌 마당에 동네 사람들을 무리로 놔 달라니 말이 되는 소리요? 그것은 절대 안 될 말이요."

하고 단호하게 말한다. 순간 순녀는 품속에서 돈뭉치를 꺼내 들고 한 걸음 물러선 제안을 한다.

"그러면 제 신랑만이라도 쪼깐 빼 주이쑈! 저는 보시다시피 이렇코 만삭이요. 신랑이랑 단둘이 살다가 혼자 돼 불면 어찌게 살겄소? 여그 인사로 돈을 쪼깐 마련했는디 사양허덜 마시고 쪼깐 힘써 주이쑈!"

서장은 어려운 관계의 청탁 중에도 동네 사람들까지 구하려는 순녀의 도덕적인 의리에 다소의 감명을 받은 터라 딱 잘라 거절도 못 하고

"내가 그 돈을 받으면 자칫 내 목숨과 바꿔야 될 수도 있소. 그렇다고 임부로서 만삭의 여인이 애절허게 청을 허는디 당신이 나라면 어찌 허겄소?"

하고 순녀에게 반문하자 순녀는 지체하지 않고 대답을 한다.

"저는 더 말을 못 허겄소. 우리 신랑을 구허는 것도 좋제만 서장님도 꾸리실 가족이 있으실 텐디 서장님의 목숨이 달린 문제락 허신께 더는 말을 못 허겄소."

"그 말이 사실이요. 그러나 사람은 뜨건 가슴을 가져야 쓰요. 그래야 이 사회가 서로 융화를 하고 밝아지는 것이요. 그러나 법은 지켜가면서 말이요. 내 여러 말 않고 당신 남편을 구해 줄 것이니 절대 비밀로 해야 되고 당신 남편이 집에 가더라도 일체 바깥 활동을 못 허게 해야 쓰요!"

서장의 이 말에 순녀는 순간의 기쁨을 감추지 못하고 희열의 눈물을 주르르 쏟는다.

"서장님! 차말로 감사허요. 이 은혜는 꼭 갚을라우."

순녀가 눈물 섞인 감사 인사를 하자 서장은

"오늘 저녁 어둠이 내리는 시간에 맞춰 오 근식 씨를 내보낼 테니 당신은 돌아가시오!"

서장의 이 말이 끝나기도 전에 문을 두드리는 노크 소리가 들려오고 대답을 할 겨를도 없이 문이 열렸다. 그리고 건장한 두 명의 사나이들이 들어왔다.

서장은 자리에서 벌떡 일어나 그들과 인사를 나누고 그들에게 자리를 권한 후 자신도 다시 의자에 앉는다. 두 명의 사나이 중 상급자인 듯한 사나이가 자리에 앉기도 전에 서장에게 말한다.

"오늘 상부의 지시가 왔습니다. 현재 본서에 있는 보도연맹원 전원을 명부와 함께 이송 준비를 하세요! 한 명도 빠져서는 안 되고 연맹원들 묶을 긴 밧줄도 함께 준비하세요! 내가 지시해 놨으니 차편은 GMC 다섯 대가 올 것입니다."

- - -

이 사나이는 방첩대의 목포지구대장이었다. 방첩대, 1948년 5월 27일, 창설한 조선국경수비사령부 정보처의 특별조사과가 그 전신이며 초기 대장은 김일안이었다.

1949년 10월 방첩대로 개칭, 군, 경, 검 합동수사대를 예하로 편입하였으며 남한 내의 시도에 12개의 지구대를 두었다. 주요인물의 뒷조사와 남한 내의 공산주의자들의 활동 감시, 대북정보, 첩보 수집이 주 업무였으며 이승만 정권에 반대하는 자들을 감시, 탄압하므로 이승만의 사조직(비밀경찰)이라는 말을 듣기도 했다.

	6·25 동란 초기 좌익전향자들로 구성된 보도연맹원들과 형무소에 수감 중이던 정치범들을 학살하고 이승만 정권에 반대하는 자들과 좌익세력의 타파와 척결에 최선봉 역할을 하였던 것으로 무소불위의 막강한 권력을 휘두른 단체이다. 이후 육군본부 직할부대인 특무부대로 개칭함.

● ● ●

	방첩대 지구대장의 지시에 서장이

	"예! 알겠습니다. 어디 교도소로 몇 시에 출발합니까?"

	하고 묻자

	"지금 한강 방어선이 무너져 우리 군이 수원까지 후퇴했다고 합니다. 그러니 교도소고 뭐고 따질 시간이 없어요. 바닷 물때에 맞춰 출발할 것이고 가는 곳은 칠산 앞바다입니다."

	지구대장의 말에 서장은 못 들을 말을 들은 듯, 아니 자신의 귀를 의심하는 듯 눈을 찔끔 감았다 뜨며 묻는다.

	"아~니, 연맹원들을 갯바닥에 처넣게요? 정당한 재판 절차도 없이?"

	서장의 이 말에 지구대장은 손바닥으로 책상을 힘껏 내려치며

	"여보시오! 지금은 전시체제고 인민군들이 언제 여기까지 밀고 내려올지 모르는 판국에 재판은 무슨 놈의 재판? 저놈들을 그대로 놔두면 옆구리에 적군을 끼고 놔둔 것이나 같으니 에누리 없이 똑바로 해야 됩니다! 가만…. 근데 저 임부는 누구입니까?"

하고 뒤늦게 순녀를 의식한 듯 지구대장이 묻는다. 어색하게 한쪽에 서 있던 순녀가 목례를 하였고 주눅이 든 서장은

"저 그렁께…, 저의 처제인데 일전에 돈을 좀 빌려 쓴 것이 있어서 시방 돌려줄 참이었습니다. 처제! 자 돈 여기 있응께 갖고 가시쑈!"

서장은 얼렁뚱땅 순녀를 처제라고 둘러대고 순녀가 준 돈은 빌려 간 채무라고 얼버무리며 순녀에게 돌려주는 것이었다. 순녀 또한 얼떨결에 돈을 받아들 수밖에 없는 처지가 되었으며 돈을 받는 순간 지구대장에게 직접 사정을 해 볼까 하는 생각을 해 보았지만, 서장이 지구대장 앞에서 쩔쩔매는 상황으로 보아 근식의 생사를 돈 몇 푼으로 흥정한다는 것이 불가하다는 것을 직감하고 있는 것이었다.

게다가 서장의 거짓 연출이 곧바로 들통이 날 지경이 아닌가.

순녀는 하늘이 무너져 내릴 듯한 좌절감 속에 서장실을 나와 말례를 만났다.

"말례야! 이 일을 어째야 쓰끄나? 느그 성부, 죽일랑갑다."

"오메 뭔 일이여? 그러면 경주 성님도 죽인단 말이여?"

"성님이사 여잔디 죽일라디야? 그나저나 연맹원들이 도독질을 헌 것도 아니고 살인을 헌 것도 아닌디…. 오매 잡놈들이네. 그것도 새내키로 묶어서 칠산 앞바다에 수장시킬랑개빈디…."

순녀는 자신의 부푼 배를 만지며 울고 있었다. 대체 공산주의 남로당 활동을 했다는 것이 어떻게 잘못된 것이기에 선량한 민초들을 살육하려는 것일까. 답답하고 사지가 떨리는 공포감에 순녀는 길바닥에 주저앉았다.

"언니! 쩌짝 나무 밑으로 가서 앉거! 몸할라 무거운디 잘못되면 어찌게 해."

순녀 자매는 경찰서 맞은편으로 가 정문이 잘 보이는 나무 그늘에 앉았다. 경찰서의 정문에는 여전히 두 사람의 초병이 서 있다. 얼마쯤 시간이 흘렀을까, 과연 방첩대 목포지구대장의 말대로 군용 GMC 트럭 5대가 경찰서 정문 앞에 도착하고 트럭에서 내린 다수의 군인들이 경찰서 안으로 들어갔다.

과연 아까 서장실에서 방첩대 목포지구대장의 말이 눈앞에서 실현되고 있는 것이었다. 순녀는 자신의 부푼 배를 만지며 눈물을 흘리고 있었으며 말례는 언니의 손을 꼭 잡고 자매의 슬픔을 나누고 있었다. 대체 공산주의 남로당 활동을 했다는 것이 어떻게, 얼마큼 잘못된 것이기에 선량한 민초들을 살육하려는 것일까.

민주주의기건 공산주의이건 그 본질은 인간의 행복의 여건 중의 하나인 생존의 본능을 효율적으로 해결하고자 하는 것이 최종의 목적일 것인데 그 실천 방식이 나와는 다르다 하여 상대를 억압하고 살육한다는 것은 행복을 추구하는 철학의 본질에서 일탈한 처사가 아닐까.

이윽고 총을 든 군인과 경찰들의 경계 속에 줄줄이 포승줄에 묶인 국민보도연맹원들이 경찰서 정문으로 끌려 나와 군용트럭 쪽으로 향한다. 다른 조기처럼 엮여 끌려가는 보도 연맹원들은 모두가 땀 범벅이 된 얼굴에 사방을 두리번거리는 눈빛은 공포와 두려움이 가득하다.

줄줄이 엮인 까닭에 앞사람이 넘어지면 뒷사람도 따라서 넘어지고 그러면 군인이 다가가 발길질을 하며 행진을 재촉한다.

"오매매~ 언니 쩌기 성부네 성부. 쩌기 봐!"

순녀는 차마 내키지 않는 마음으로 죽음의 대열을 바라본다. 과연 오 근식은 앞뒤 사람들과 한 줄에 엮인 채 끌려가고 있었으며 물론 도덕지의 동봉, 성숙, 쌍본, 나 도남 등, 다수의 일로 사람들이 죽음의 행렬에 끼어있었다.

보도 연맹원들이 다 트럭에 실려지자 각 차마다 뒤쪽으로 경계할 총을 든 군인들 네 명씩 동승하였다. 맨 앞 선두 차에 인솔 장교가 올라타며

"자~ 가자. 칠산으로…!"

하고 지시를 하자 다섯 대의 트럭은 출발하였다. 연맹원들을 실은 트럭은 작열하는 땡볕 속에 뿌연 황토 먼지만을 남긴 채 아스라이 멀어져 갔다.

공산주의 새로운 세상을 바랬던 영화 농장 사람들의 영혼은 이렇게 칠산 앞

바다로 사라져 가고 있었던 것이며 이를 바라보는 순녀 자매는 서로 손을 꼭 잡은 채, 하염없이 눈물을 흘리고 서 있을 뿐이었다.

제 **19** 부

6·25**전쟁**

●●● 고단한 노동에 찌든 영화 농장 사람들은 나날이 푸르러 가는 들녘의 벼들을 바라보며 시름을 잊는다. 뜨거운 햇살을 머금은 푸른 잎새들이 해풍에 사락거리며 반짝이는 것은 다가올 결실의 계절을 의미하는 것으로 이러한 들녘을 바라보는 영화농장 사람들은 가을의 풍요를 고대하며 고단함과 더위도 다 잊고 살아가는 것이었다.

1950년 7월 27일, 들녘의 가운데서 대전은 동생인 태곤과 영화 농장 사람들의 일부가 되어 신작로 아래 배미 논에서 일하고 있다.

행여나 벼를 밟을까 포기 사이를 조심스레 밟아가며 피를 뽑던 대전이 무자구질을 하는 태곤을 소리쳐 부르자 태곤이 무자구에서 내려와 대전에게로 다가갔다.

"성님! 무자구질 그간 허께라우?"

"그래! 그만 허면 논에 물은 되얐응께 쬐간 남은 피를 마저 뽑아블자!"

이렇게 하여 해가 뉘엿거리는 시간이 되자 피사리를 다 마친 형제는 집으로 향했다. 지난 6월 무룡등 석규의 귀띔으로 난을 피해 속초로 갔던 대전은 인민군들의 남침으로 속초 또한 끓는 솥처럼 소란스럽고 불안하여 차라리 그리된

바에야 죽든 살든 고향으로 가자고 영화농장으로 돌아왔던 것이며 대전이 속초에 머문 기간은 한 달 남짓이었던 것이다.

대전 형제가 마당에 들어서자 청호리의 나 종률이 몇 사람을 대동하고 마루에 걸터앉아 담배를 피우다 대전을 발견하고는 자리에서 일어서며 대전을 맞는다. 그 일행들은 인민군 두 사람과 일로의 공산당 열성분자 세 사람이었다.

"성님! 쬐깐 더 지다리다가 안 오시먼 논으로 뵈러 갈라고 헌 참인디 마치 와게 불었네. 성님! 자, 서로지간에 인사들 나누입시다. 이짝에 이분은 이참에 남조선 통일과업에 참여하여 북에서 오신 최창옥이시랍니다. 저 이분은 내나 말씀드렸던 박대전 씨이십니다."

인민군 최창옥은 얼굴이 붉고 눈알이 금방이라도 튀어나올 듯이 불거진 눈에 배가 나온 보통 키의 사나이로 성격은 화들짝하게 보였다. 최창옥이 만면에 미소를 가득히 하여 대전에게 악수를 청하자 대전도 엉겁결에 손을 내민다.

"박대전 동무 반갑습네다. 저는 최창옥이고 고향은 해줍네다. 이번에 김일성 수령 동무의 남반부 해방과 통일사업에 합세하여 죽기 살기로 내려와 무안내무서를 담당하게 됐습네다."

"야~~아. 그라시오? 저는 이 마을 사는 박대전이오만 어쨌그나 반갑소."

사나흘 전, 청호의 나정율은 대전을 찾아와 대전에게 남로당 일로 위원장을 맡아달라고 청을 한 일이 있었다. 그러나 대전은 여러 가지 이유를 들어 그 청을 거절하였고 이제 와 다시 그 청을 실현시키고자 최창옥을 대동하여 찾아온 것이다.

최창옥은 주머니 속에서 담배를 꺼내어 대전에게 권하며 무겁게 입을 열었다.

"박 대전 동무! 이제는 말입네다. 김일성 수령 동무의 영도 아래 남조선도 북조선과 함께 통일되어 위대한 조선인민공화국이 됐습네다. 기런 조국의 발전을 위해 대전 동무도 일어서시라요!"

나 정율의 말처럼 일로 인민위원장을 맡아달라는 것이었다. 최창옥의 말을 듣고 대전은 갈등했다. 불과하면 얼마 전에 보도연맹원이 되어 공산주의와 손을 끊겠다그 서약을 했던 것이나 그의 아버지의 생전에 만류했던 일들을 생각하면 그저 조용히 살아가고 싶으나 공산화가 되어 굶주리고 헐벗은 사람이 없는 일로 사회만 될 수 있다면….

고심하던 대전은 최 창옥의 설득에 결국 고개를 끄덕이고 말았으며 대전의 대답을 들은 최 창옥은 무거운 짐을 벗어버린 양 홀가분한 마음으로 돌아갔다.

붉은 벽돌 건물의 일로 면사무소, 그 앞으로 다섯 그루의 오래된 벚나무가 서 있고 그 그늘에 인민군 병사들이 서넛이 키득거리며 노닥거리고 서 있다. 그들이 면사무소 안으로 들어서는 대전 일행을 보고

"동무들 안녕하십네까?"

하고 인사를 하자 대전은 옆에 따르는 나 정율에게

"저놈들은 위아래도 없는갑네? 아무한테나 동무라니…."

하고 묻자 나 정율이 그에 대해 간략히 설명하고 일행은 아무렇지 않은 양 면사무소 안으로 들어섰다. 안에는 최 창옥과 더불어 인민군 복장에 총을 짊어진 병사들 서넛이 의자에 앉아있었다. 대전 일행이 들어서자 최 창옥은 벌떡 일어나며

"위원장 동무! 어서 오시라요! 여기 의자에 앉으시겠습네까?"

"아니 괜찮헌께 기냥 앉거 있으시요! 그나저나 아침 식사나 해겠오?"

대전은 위원장직을 수락하고 첫 출근을 한 참이라 부담스럽기도 하고 어색하기도 하여 얼렁뚱땅 아침 식사 인사로 분위기를 누그러뜨린다. 최 창옥은 의자를 기꺼이 대전에게 내 주고는 말을 꺼냈다.

"위원장 동무! 우리 조선인민군 주력부대가 부산을 눈앞에 두고 낙동강에서 교전 중이라는데 말이지요, 이제 부산 함락은 눈 깜빡할 사이일 겁네다. 기것도 기럴 것이 동에 번쩍 서에 번쩍 우리 인민군 6사단장이신 방 호산 사령관

동무께서 어제 목포에서 그쪽으로 대군을 몰고 가셨으니끼니 양키 쌔끼들 끝장이라우요. 곧 좋은 소식이 있을 겁네다."

최 창옥이 득의양양하여 자랑스럽게 일장 연설을 늘어놓자 대전은 책상 앞 의자에 걸터앉으며

"시방 낙동강에서 교전 중이면 사상자가 많을 텐디 어느 짝이 유리허당 헙니까? 많은 사상자가 안 나고 끝나사 쓸 텐디…."

하고 물었다.

"기거야 두 말이 필요 없이 남조선 에미나이들이나 양키놈들 종이호랑입네다. 기것보다도 우리는 우리 인민공화국 건설에 독버섯 같은 악질지주들이나 극악무도한 반동분자들을 색출하여 인민재판에 회부해야 됩네다."

최 창옥은 인민공화국 창설에 걸림돌이 되는 악질 반동분자들을 색출하여 제거해야 된다는 말과 아울러 이것은 김 일성의 명령이라는 점을 강조하는 것이었다. 최 창옥의 말이 끝나자 나 정율은 박수를 치며

"옳소! 그러면 그래야제라우."

하고 신이 난 듯 소리 질렀다. 대전은 미간을 찌푸리며 나 정율을 쳐다봤다. 그때 몇 사람의 장정들이 들어왔다. 이들은 예전 남로당 활동을 했던 사람들로서 다행히도 보도연맹에 가입하지 않아 지금껏 산목숨을 유지할 수 있었던 것이며 이 며칠 사이로 나 정율 일행들이 이들을 선동하여 이제는 내놓고 공산당원을 자처하는 사람들이었다.

최 창옥은 이들을 향해 재차 아까의 말을 되풀이했다. 이들도 최 창옥의 말을 반기기는 나 정율과 한가지였다.

"맞어요. 반동분자들을 색출해 불어야제 이 일로가 공평허게 잘 사는 사회가 되제라우!"

이들은 앞을 다퉈 이렇게 말하고 있었던 것이며 응원에 힘을 얻은 최 창옥은 대전을 향해

"위원장 동무! 여기 당원 동무들에게 리 별로 할당을 해서 반동분자들, 악질 지주들을 색출하는 것이 어떻습네까?"

하고 묻자 대전은 일언지하에 이렇게 거절을 한다.

"우리 일로면 사람들은 그저 농사밖에는 모르고 암소양치 마냥 유순허기 짝이 없는 사람들이요. 그렇게 우리 일로면에는 악질지주나 반동분자들을 색출헐 것이 없소. 다만 반동분자들이 있닥 허면 우익의 앞장을 서 좌익활동을 한 우리 동지들을 으랄허게 죽인 몇 사람이 있을 뿐이제라우."

하고 대전은 자칭 공산주의자들이나 최 창옥의 의견에 적극적으로 반대 의사를 주장하고 나섰다. 최 창옥은 못마땅한 듯 입맛을 쯥쯥 다시더니

"그럼 좌익 동지들을 살해한 에미나이들과 친일 앞잡이들이라도 색출하시라요!"

조선인민공화국의 남조선 합방을 위한 그 첫 과제로 민주성향이 짙고 지역사회에서 영향력이 있는 인물들을 제거하라는 것이 김 일성의 교지요, 최 창옥은 그 교지를 성실히 이행하고 싶었던 것이다.

그러나 대전은 최 창옥이 여러 차례의 독려에도 아랑곳하지 않고 깊은 속내를 쉽사리 드러내지를 않았으며 고작해야 보도연맹원들을 죽인 장본인들을 색출하는 것에 고개를 까닥거릴 따름이었다.

이날 저녁나절 퇴근길이다. 최창옥과 인민군 두 사람은 무안 읍내로 가기 위해 버스정류소로 향하고 대전과 나 정율을 비롯한 몇몇 공산당원들은 대전의 뒤를 따라 주막으로 향했다.

역 앞 주막은 장날이나 되면 모를까 평소에는 늘 한산하고 고작해야 역전에서 짐을 나르는 짐꾼(아까부라고 불림)들이 일과를 마치고 막걸리 한 잔에 고단함을 달래는 정도였으나 이즈음은 세상이 혼란스러운 까닭에 화물마저도 뜨막하여 짐꾼들 또한 없어서 주막 안은 조용했고 방문 앞 작은 마루에 걸터앉아 졸고 있던 주고가 주막을 들어서는 대전 일행에게 부스스한 얼굴로 호호호 웃

으며 아는 체를 한다.

"아짐! 어째 한가허신개빈디 여그 막걸리 한 되 줘 보이쑈! 안주는 솔전 붙인 거 있으면 몇 장 썰어 주시고라우!"

이윽고 술과 안주가 차려지고 대전은 주전자의 술을 딸아 좌중에 한 바퀴 돌린 후 말을 꺼낸다.

"자~아! 한 잔씩 듧서 내 말 좀 들어들 보소! 아까침에 최 내무서장은 악질 반동분자들허고 지주들을 색출해서 처단해사 쓴닥 허는디 우덜이 공산당원을 헌답시고 그 내무서장 말 그대로 헌다 치면 공산당에 대한 면민들의 인심이 채 좋을 수가 없네. 그러니 차라리 공산당을 안 허고 말제…."

이렇게 말하며 좌중을 둘러봤다. 모두들 고개를 끄덕이면서도 시장했던 까닭인지 안주들을 먹어대기에 여념이 없다. 그런 와중에 나 정률이 한마디를 꺼낸다.

"성님 말씀이 옳기는 헌디 그 최 내무서장, 이 사람 몇 차례 겪어 본께 보통 고집이 아니던디라우."

그러나 대전은 단호했다.

"지까짓 것, 고집이 시먼 얼마나 시겄는가? 여러분! 내 말 듣고 절대로 반동분자니 뭐이니 색출허라는 디는 우리가 서두르먼 안 되네! 지까짓 것들이 우덜한테 총부리를 들어대든 안 헐 테제."

술자리를 마치기 전, 대전은 다시 한번 당원들에게 당부를 거듭하고 있었던 것이다. 후일 대전의 이러한 속내를 알게 된 최 창옥은 대전을 몇 차례에 걸쳐 회유하려 하였으나 생각대로 되지 않자 나 정율을 불러 대전의 위원장직을 박탈하자는 뜻을 밝히자 나 정율은 펄쩍 뛰며

"일로에서는 대전 위원장님만큼 실력 있고 덕망 있는 사람이 없고 마땅헌 적임자가 없단 말이제라우."

이렇게 말하자 최 창옥은 떨떠름한 표정을 지으며 나 정율에게 없었던 것으

로 하자며 입단속을 시켰던 것이었다. 이즈음 이웃 면인 청계면이나 몽탄면 쪽에서는 반동분자를 색출하고 인민재판에 회부하여 총살까지 한다는 소문이 낭자하여 민심은 뒤숭숭하기 그지없었다.

    전답을 많이 가진 지주들을 잡아들여 재산을 모으게 된 경위를 캐묻고 조금이라도 불순함이 밝혀지면 처형하든지 그렇지 않으면 최소한 전답을 몰수하기라도 하였으며 왜정시대에 친일을 한 사람들이나 종교계의 인사들도 그 대상이 되었던 것이었다.

    한편, 북한의 인민군은 대한민국 임시정부가 있는 부산의 함락을 눈앞에 두고 인민 1, 2군을 총동원, 8월의 대공세를 퍼붓고 있었으며 이에 부산의 절대적 사수를 위해 국군과 미군은 동해안의 영월을 시작으로 낙동강을 거쳐 마산에 이르는 방어선을 구축하였으니 이른바 낙동강 전선이다.

    8월 초순에 시작된 낙동강 전투는 9월까지 이어지고 있었으며 전투에 참여한 인민군은 서울 등지에서 강제 징집한 의용군을 포함하여 약 10여만 명에 이르고 한미연합군 역시 그 정도였다.

    그동안 소련제 탱크를 앞세우고 삼팔선을 넘어온 인민군들은 손쉽게 서울을 함락하고 한강 전선을 넘어 낙동강까지 파죽지세로 밀어붙일 수 있었으나 낙동강 전선만큼은 달랐다.

    낙동강까지 줄곧 쫓기다시피 하던 국군과 미군은 부산 임시정부를 눈앞에 두고 돌연 낙동강에서 전열을 재정비하게 되었던 것이며 인민군들은 장거리 원정 전투로 피로가 겹쳐 악전을 치르게 된 것이다.

    그러는 사이 연합군사령관인 더글러스 맥아더 장군은 인천상륙작전을 기획하고 있었으니 이 작전의 코드명을 '크로마이트'라고 했다.

    인민군의 허리를 잘라 보급선을 차단하기 위한 작전이었던 것이며 이 작전을 구상하며 어느 곳으로 상륙할 것인지를 두고 작전에 참여하는 참모들의 의견은 분분했다.

1945년 대한민국 해방 당시 서울에 있던 일본군들의 무장해제를 위해 인천항으로 이미 상륙을 경험했던 맥아더는 인천 상륙을 주장했다. 그러나 미 극동군 해군 사령관인 찰스터너 조이를 비롯한 다수의 참모들은 인천항의 여러 가지 열악한 조건을 지적했다.

조수 간만의 차가 심해 밀물 시간대인 여섯 시간 안에 상륙을 다 마쳐야 한다는 것과 해안의 석축 방파제가 방어군에게 유리한 반면 상륙군에게 불리하다는 점, 썰물에 좌초된 상륙선은 위기의 상황에도 다음 밀물 시간까지 어떤 도움도 받을 수 없이 적에게 노출될 수밖에 없는 점 등이 상륙 항으로 결점이라며 평택항이나 군산항을 운운하는 것이었다.

그러나 맥아더는 끝내 인천 상륙을 주장했으며 상륙의 어려운 점에 비추어 상륙만 마치게 되면 전체적 전황에 훨씬 유리하다는 것이 더글러스 맥아더의 생각이었던 것이다. 이렇게 하여 인천상륙작전은 진행되었다.

한편, 전쟁 초기 김일성은 모택동으로부터 전쟁 도중 연합군의 상륙작전에 대한 가능성을 조언으로 들은 바가 있었고 김일성도 그러한 가능성에 수긍하였다.

그러나 부산 함락을 눈앞에 둔 이 시기는 오직 눈앞에서 진행되고 있는 낙동강 전투에 전념해야 할 뿐, 연합군들의 상륙작전은 생각할 겨를도 없었던 것이다.

8월 28일 인천상륙작전에 대한 미국방부의 최종 승인이 떨어지자 맥아더의 지휘 아래 작전은 은밀하게 진행이 되었다. 인천 상륙에 앞서 미 해군 첩보 수집 특공대에 배속된 임병래 중위와 그 휘하인 해군 공작조가 인천 시내에 잠입 장비의 배치도, 배치된 병력, 고지 등의 정보수집 활동을 벌였으며 도중에 인민군에게 발각되어 위기에 직면하였고 대원들의 퇴각 시간을 벌기 위해 임병래 중위와 홍시욱 하사가 끝까지 교전, 대원들은 무사히 퇴각하였고 두 사람은 적들의 고문에 못 이겨 기밀 누설할 것을 염려, 자결을 했던 것이다.

한편, 낙동강 전선의 총사령관이며 미제 8군 사령관인 헤리스 월튼 워커 중장은 9월 13일 기자회견에서 '10월 중순 경, 연합군은 대공세를 펼칠 것'이라고 발표, 이것을 보도하도록 유도하였다.

이 보도를 접한 인민군 수뇌부에서는 그 안에 부산 점령을 마치겠다는 작전으로 후방의 병력을 모두 낙동강 전선에 집결시키고 있었던 것이니 인민군으로서는 연합군의 기만술에 속아 넘어간 크나큰 과오였던 것이다.

9월 13일 연합군의 폭격기는 군산, 삼척, 마량도에 대대적인 폭격을 가하는 기만전술로 적을 교란시키고 혼선에 빠지게 하였으며 이와는 별개로 상륙작전의 본진은 본진대로 작전을 진행시키고 있었다.

1950년 9월 15일 새벽, 연합군은 인천 상륙에 앞서 월미도를 장악, 해안포와 동굴 진지 등을 제압하고 인천항과 시가지에서 날아올 포사격에 대비한 방어 진지를 구축하는 한편 상륙작전에 가장 핵심이며 어려운 인천항의 상륙은 미 해병 5연대와 미 육군 7사단, 대한민국 해병 1연대와 육군 17연대가 주축이 되었으며 상륙 바로 전, 월미도에 이미 상륙한 미 해병대의 박격포 사격 그리고 함정의 함포 공격을 받은 방파제 너머 인민군의 진지는 대부분 초토화되고 저항은 미약하였다.

이윽고 낮 2시 30분 미 해병 5연대 1대대와 2대대는 해안을 돌파하여 사다리로 방파제를 넘어 시가지로 진입하였으며 곳곳의 벙커에 매복하고 있던 인민군들과 교전을 하였다.

일부 인민군들은 전의를 잃고 투항을 해오고 일부는 끝내 벙커에 남아 소총으로 끝까지 저항하니 이들에 대해 미 해병대는 불도저를 이용하여 벙커를 짓누른 후 아예 땅에 묻어버리는 효율적인 전술을 구가하였던 것이다.

이로써 인천 시내의 인민군 소탕 작전을 말쑥이 마친 미 해병은 서울탈환을 위해 경인가도를 출발하였던 것이며 대한해병도 그 뒤를 이었던 것이었다.

인천상륙작전은 이렇게 끝이 났으며 6·25 발발 이후 이전과는 달리 전세를 완전히 역전시키는 전사에 길이 남을 유명한 상륙작전이 되었던 것이었다.

중공의 모택동은 6·25 동란에 참전한 연합군에 대해 기존에 있던 38선을 넘어서 공격을 할 경우 중공은 좌시하지 않을 것이란 경고를 했다.

38선을 월경하는 자체가 자신들에게 위협이 된다는 게 이유이다. 이즈음 낙동강 전선의 전투는 지루하게 이어지고 있었다. 연합군의 지원으로 국군은 수적 우위에 있기는 하였지만 뚜렷하게 승기를 잡지 못하고 남북의 대치국면은 지속되고 있었다.

그러던 중, 9월 20일 낙동강 전선에 연합군의 인천 상륙 상황이 전해지고 그 소식에 이어 낙동강의 연합군과 협공을 위해 서울 쪽에서 연합군이 낙동강으로 향하고 있다는 소식이 잇따랐다.

이 소식을 접한 인민군들은 소련과 중공에 구원을 요청하는 등 설왕설래하다 결국 전의를 상실, 퇴각을 시작하게 되었으며 연합군과 국군이 위아래에서 협공해 오게 되자 갈 길을 잃은 인민군들은 지리산 속으로 숨어들 수밖에 없게 되었던 것이었다.

- - -

이 해 9월 23일 저녁나절, 일로의 면사무소 앞, 호남선 철길 아래쪽으로 수십 명의 장정들이 서 있고 그들과 마주하여 여남은 명의 인민군들이 서 있다.

인민군들과 마주한 사람들은 대전과 그의 수하들이었으며 모두가 근심 어린 어두운 얼굴들을 하고 있었다. 인민군 중의 한 사람이 말한다.

"여러분! 여러분들은 여기 남아 있으면 양키놈들에게 개죽음을 당할 겁네다. 남조선 에미나이들, 보도 연맹원들 무자비하게 죽인 거 보시라요! 기래서 우리와 같이 퇴각하자우요! 김일성 수령께서도 기꺼이 받아주실 거고… 기래 우리 후일을 도모하자우요!"

 연합군의 인천상륙작전으로 전세가 뒤바뀌자 김일성이 전군에 퇴각 명령을 내렸던 것이요, 그것을 인민군들이 대전의 일행들에게 말하며 함께 퇴각 동행할 것을 종용하는 것이었다.

 대전의 일행들은 두려운 눈빛으로 앞에 선 인민군을 바라볼 뿐 말이 없었다. 인민군은 다시 말을 잇는다.

 "저기 저 논바닥에 구덩이를 보시라요! 미제 놈들, 인정사정 볼 것 없이 얼마나 무자비합네까? 저 논바닥에 떨어져서 그렇지 선량한 우리 인민들이 맞았더라면 어드렇게 됐갔시오? 기러니끼니 우리 함께 가자우요!"

 인민군이 지적하는 논바닥의 커다란 웅덩이는 미 공군기의 폭격으로 파인 포탄 구덩이였으며 연합군들이 인천상륙작전을 은폐하고 적들을 교란시키기 위해 마구잡이식 폭격을 했던 흔적이었다.

 논바닥의 웅덩이, 벼 이삭이 풍요롭게 익어가는 논의 한복판에 포탄이 떨어져 생긴 커다란 둠벙 같은 구덩이다. 포탄의 폭발로 구덩이에서 튕겨 나온 흙덩이는 방사형으로 퍼져나가 널따란 논의 벼는 대부분 쓰러지고 흙에 덮여 모두 쓸모없이 되어버렸다.

 이 처참한 광경은 6·25 동란으로 우리 한민족이 겪고 있는 쓰라린 상흔과도 같은 것이었다. 약소국의 설움이라고나 할까….

 반쪽 분단의 해방이 아니었던들 어찌 동족상잔의 비극이 있었을 것이며 미소 양 강대국의 힘겨루기가 없었더라면 어찌 반쪽의 해방을 맞았을 것이요, 애초에 힘 있는 조선이었더라면 감히 왜놈들의 조선 침탈이 없었을 것이니 저 논바닥의 커다란 웅덩이는 약소국, 힘없는 우리 민족의 애환과도 같은 흔적이었던 것이었다.

 대전의 일행들은 과연 그 구덩이를 바라보며 밀려드는 공포감으로 침묵할 뿐, 말이 없었고 인민군들은 애원이라도 하듯 대전 일행들을 바라보았다.

그때였다. '탕! 탕! 탕!' 난데없는 총소리가 들려왔다. 면사무소 서북 방향의 덕산 앞 논두렁으로 일말의 사람들이 우르르 달려가고 100여 보 뒤로 경찰과 군인들이 그들을 쫓아가고 있었다.

쫓기는 사람들은 인민군과 좌익활동을 한 사람들이요, 쫓는 사람들은 경찰과 국군이었다. 뒤를 쫓는 군경은 다소 거리가 좁혀지면 적을 향해 총질하고 그러면 쫓기는 자들도 뒤돌아서 응사했다.

그들은 쫓고 쫓기며 덕산 쪽으로 삽시간에 사라져갔다. 이 모습을 지켜보던 인민군들과 대전 일행은 아연실색하고 꿀 먹은 벙어리가 되었다. 인민군이 보란 듯 말을 한다.

"저것 보시라요! 내레 뭐라 했습네까? 남반부 에미나이들이 동무들 가만두지 않을 것이니까니 자자! 서둘러서 어서 결정들 하시라우! 우리는 무안으로 가 최 창옥 동무와 합세해서 퇴각할 거니까니…."

인민군의 말이 끝나자 나 정율이 결심한 듯 말한다.

"대전 성님! 그라고 동지들! 어차피 여기 남아도 우리가 살 수는 없을 것인디 평생 후회 없이 우덜 뜻이나 펼쳐보게 저 동무들이랑 함꾼에 갑시다!"

대전은 끄응 앓는 소리를 하며 대답 대신 고개를 돌려 먼 하늘을 바라보았다. 진퇴양난의 곤혹스러운 지경에 놓인 것이다. 일행들은 불안한 모습으로 안정을 취하지 못하고 술렁거린다. 이때 누군가 소리쳤다.

"우덜 다 같이 저 동무들이랑 떠납시다! 여그 남으면 우덜 목숨은 없는 것이나 한 가진께…."

이 말에 모두가 '떠납시다! 떠납시다!' 하고 소리쳤다. 이렇게 하여 모두 인민군과 같이 퇴각하는 쪽으로 의견이 모였다. 그러나 대전만은 의견이 달랐다. 대전은 그 나름의 소견을 얘기했다.

"나는 가지 않을라네. 내가 공산주의를 지향허는 것과 우리 민족의 통일 조국을 바라는 것은 자네들과 똑같은디 우리 동족끼리 서로 나와 틀리닥 해서 헐

뜯고 죽이는 것은 싫네. 어떤 방식으로 누가 통일허든지 통일은 해사 쓰고 기왕이면 공산주의로 통일허면 좋다고 생각허네. 그런디 남과 북이 갈려서 서로 죽이고 죽는 것은 싫고 그래서 나는 이짝이나 저짝 편을 들지 않고 조용히 살고 잡은께 자네들은 갈 테면 가시게나."

이렇게 하여 대전은 무리들과 갈라서고 자신의 집으로 돌아갔다. 해거름이 되어 대전이 자신의 집 마당으로 들어섰다. 동네 사람들과 마루에 앉아 얘기를 나누던 대전의 어머니가 아연실색하며 버선발로 대전에게 다가왔다.

"점돌 애비야! 어서 오니라! 아까침에 순사들이 와서 너를 찾는디 뭔 일이다냐?"

인길댁의 이 말에 대전은 '아뿔사! 올 것이 왔구나.' 하고 생각하며 전신에 힘이 빠지는 듯 우두커니 서버렸다. 마루에 걸터앉아있던 길수와 만복도 대전에게 다가서며 걱정스러운 듯 말한다.

"성님! 이놈들이 성님을 잡으로 온 것 같으요. 그렁께 잠시 어디로 피해겠다 오시는 것이 좋겠소."

"맞어라우. 니 놈이나 와습디다."

길수와 만복은 자신들의 일처럼 걱정스러워했고 인길댁은 안절부절 서성거린다. 위기의식을 느낀 대전은 더 지체할 수 없다 생각하고 인길댁에게 나직한 소리로 말한다.

"어무이! 또 어무이 속을 태워드리게 되니 불효 막중헌 놈입니다. 잠시 몸을 피했다가 세상이 조용해지면 돌아올 텡게 저 없는 동안 너머 애닳지 마시고 계시쑈! 그러고 점돌 애더 허고 말례는 어디 갔답니까?"

"오냐. 점돌 애미랑은 이참 명일에 쓴다고 나락 비러 갔단다. 그런디 쪼깐 시간이 일킨 허제만 저녁 밥을 묵고 가그라!"

"어무이! 걱정허지 마시쑈! 기냥 갈랍니다."

마음이 다급해진 대전은 방으로 들어가 옷들을 주섬주섬 챙겨 가방에 넣고 문을 나섰다. 그때 이웃에 사는 신촌댁이 상을 들고 마루로 왔다. 신촌댁은 대전의 작은어머니로서 조카가 빈속으로 떠나는 것이 염려됐던지 날렵한 솜씨로 그사이에 상을 차린 것이다.

"조카! 아무리 바빠도 배 곯고는 안 됭께 언능 한 숟갈 들고 가소!"

신촌댁의 이 말에 마루에 앉아있던 다른 여인네들도 저마다 한마디씩 거든다.

"아제! 인자 집을 나서시면 어디서 저녁밥을 드시겠소. 여그서 언능 한 끼 때와 불어야제."

"그라제. 성님 바쁘시겠제만 한술 뜨고 가이쑈!"

한결같이 대전의 여로를 걱정하는 말에 대전은 하는 수 없이 상머리에 앉아 수젓가락을 드는데 세 살배기 용균이 대전의 무릎으로 파고든다.

아직 말도 제대로 못 하는 철모르는 아이지만 따뜻한 아버지의 품을 아는 모양이다. 대전은 정녕 자신의 식사보다는 무릎에 앉힌 피같이 어린 아들의 배를 채워주기에 여념이 없었으니 식구들과의 기약 없는 이별을 눈앞에 둔 가장으로서의 무거운 마음을 어찌하랴.

저녁 식사를 마친 대전은 마당에 늘어진 땅거미를 밟으며 집을 나선다. 배웅을 위해 동네 사람들과 인길댁이 신작로까지 따라나서고 대전은 인길댁의 손을 꼬옥 붙잡았다.

"어무이! 세상이 조용해지면 돌아올 텡께 꺽정마시고 계시쑈!"

"오냐! 그러면 어디로 갈라냐?"

"배뫼 누이들 집으로 가 볼랍니다. 거그는 조용헐 테제라우."

대전이 집을 떠나간 그 이튿날, 그리고 그 이튿날도 우익의 좌익소탕 작전은 이어지고 있었으며 총으로 무장을 한 우익들은 수차례에 걸쳐 대전의 집을 들이닥쳤으나 대전은 집에 있을 리 없었다. 이렇게 대전은 전란의 혼란한 시기에 전란의 커다란 회오리에 휩쓸리게 되었던 것이었다.

이후, 일로면에 이웃한 청계면이나 몽탄면, 영암군 등지에서는 좌, 우익의 교전이 많았고 수세에 몰린 좌익과 인민군들은 노출이 쉬운 평지보다는 산으로 숨어들어 낙동강 전선에서 퇴각하는 본진과 합류하려 했던 것이며 이 과정에서 쫓고 쫓기는 무리들의 교전으로 수많은 사상자가 생겨나게 되었던 것이었다.

어느 산 어느 골짜기의 이름 모를 전투에서 산화되어 갔던 것일까, 대전은 가족들의 가슴에 안타까운 기억만을 남겨 놓은 채 영영 집으로 돌아오지 않았다.

그 종적을 알고자 여러 방면, 여러 지역을 샅샅이 뒤져도 끝내 알 수 없었으니 6·25 동란은 비단 영화농장뿐만이 아닌 삼천리 방방곡곡 골짜기마다 피비린내 나는 흔적들을 남기고 있었던 것이었다.

제 20 부
새 출발

●●● 1955년 6·25 동란이 끝난 지 두 해째에 이르렀지만, 그 흔적은 이만저만이 아니다. 동리마다 과부들이 천지요, 국민의 살림살이는 피폐하기 짝이 없어서 대부분 가정은 당장 끼니를 걱정해야 했고 망가진 집과 세간들을 수리하는 데 열중을 쏟지 않으면 안 되었다.

국가에서는 재건의 기치를 내걸고 관공서 건물의 어디라도 여백이 있으면 '재건'이란 글자를 새겨놓고 국가재건에 국민의 참여를 독려하였다.

이즈음 평정의 순녀네는 5년 전 보도연맹 사건에 연루되어 근식이 죽임을 당하고 나머지 식구인 순녀의 시할머니와 시어머니 그리고 순녀 자신과 근식이 죽던 해에 순녀가 낳은 딸인 종자, 이렇게 네 식구였다.

딸의 이름은 시할머니의 뜻에 따라 '증자'라고 하였으며 종갓집의 마지막 자손이라 하여 씨앗의 다른 이름인 종자라고 부르게 되었다. 근식이 죽고 없으므로 가장 역할은 순녀가 하였다.

시련과 실패를 극복해 보지 않고 어찌 성공한 삶에 이를 수 있겠는가. 실패를 딛고 일어서는 것이야말로 인생의 내공을 쌓는 것이요, 보다 완벽한 성공에 이를 수 있는 것이다.

남편을 잃고 전쟁의 고난 속에서도 순녀는 절대 포기하지 않았던 것이며 도리어 그것으로 말미암아 견고한 내면세계를 이뤄가게 되었다.

남편이 세상을 떠나자, 순녀는 더욱 억척스럽게 살림을 꾸렸고 그러한 결실로 너 마지기 논 두 자루가 늘어나 동네에서는 가장 전답이 많은 부농이었으며 흠이라면 가정에 남정네가 없다는 것이 흠이었다.

추석 명절을 며칠 앞둔 어느 날 순녀는 집 뒤의 고추밭에서 고추를 따 망태에 담아 머리에 이고 집으로 향한다. 여섯 살 종자는 뒤뚱거리는 걸음으로 순녀의 뒤를 따른다.

순녀는 발길을 멈추고 되돌아보았다. 종자가 온갖 해찰을 하며 저만치 뒤따르자 순녀는 성가신 듯 소리친다.

"종자야! 언능 오니라! 쩌짝 산에서 구신 나온다."

귀신이란 말에 종자는 기겁하고 허겁지겁 쫓아와 순녀의 앞장을 섰다. 대숲 사잇길을 지나 마당에 이르자, 순녀의 시할머니와 이웃 마을 사는 시 작은아버지가 대청마루에 걸터앉아 도란도란 얘기 중이었다.

"작은아버지 오셨오?"

"어이. 꼬치 따 오는가? 우리 종자랑…. 아이고 저놈이 불알만 달고 나왔더라도…. 끌끌, 질부! 거 망태 내려놓고 이리 좀 와 보시게!"

뭔가 작심을 한 듯 별렀던 얘기가 있는 모양이다. 순녀의 시 작은아버지는 가르마를 가른 단정한 머리에 회색 두루마기를 차려입고 있었으며 평소에도 늘 복장을 단정히 하고 언행을 조심히 하는 점잖은 사람이었다.

순녀가 망태를 내려놓고 시 작은아버지에게로 다가가자, 시작은 아버지가 말한다.

"질부! 내가 이런 말을 헌다고 오해는 마소!"

"야. 뭔 말씀인지 해 보시쇼!"

순녀의 시 작은아버지는 목소리를 다듬으려는 것인지 헛기침을 두어 차례

하고 말을 꺼낸다.

"으흠, 흠…. 네 다른 말이 아니고 종자네 애비가 죽은 지도 벌써 네 해가 지나 다섯 해젠디 질부는 인자 청춘인디드 불구허고 아무 불평 없이 살림을 잘도 꾸려왔네. 그런디 이것이 우리 오씨 가문으로 본다 치면 나쁠 것이 한나도 없제만 아직 서파란 청춘인 질부가 독야청청 홀로 지낸다는 것이 너머나 아깝단 말이제. 그리허여 내가 자네 할머니께드 말씀을 드렸네만 마땅헌 혼처가 생기면 재가를 허시게나!"

"아니 아니여라우. 아무리 그렇기로 아녀자가 일부종사허는 것이 법도이고 연로허신 할머니 그라고 어무이가 계신디 재가를 해 불면 누가 두 어르신을 모신다요?"

"그러기는 허제. 질부의 그 마음은 참 이쁜 마음이네. 그래도 앞으로 살아갈 날이 창창허니 깊이 생각을 해 보시게!"

순녀의 시 작은아버지는 마음이 넉넉하고 여유로운 사람이었다. 지금 당장 편리하면 그만일 것을 질부의 앞날까지 생각해 주는 너른 아량을 가진 것이 틀림없는 사람이었던 것이다.

순녀의 시 작은아버지는 돌아갔다.

● ● ●

그날 밤, 순녀와 시어머니 그리고 시할머니, 세 고부는 큰방에 모여 앉아있었다. 뒤 창문 너머로 밤바람에 나부끼는 댓잎 소리가 사르륵사르륵 들려온다.

방 귀퉁이에 말린 고추를 쌓아두고 세 고부는 나란히 앉아 그것을 다듬으며 도란도란 이야기를 나눈다. 도중에 순녀의 시어머니가 나직한 소리로 순녀를 불렀다.

"종자 에미야! 아무리 생각을 해 봐도 시방 니 나이가 이팔청춘인긔 뭔 수로 기나긴 세월을 일부종사를 헌다고 독수공방 험서 살아간단 말이냐? 차말로 그것은 어려운 일인께 낮에 작은아버지 말씀대로 마땅한 혼처가 생기면 재가를 허도록 해라!"

순녀의 시어머니는 당사자가 재가한다 하더라도 말려야 할 입장에 있는 사람이었지만 그녀 또한 고달플 수밖에 없는 처지의 순녀 삶을 걱정하는 것이었다. 분주히 고추를 다듬던 순녀는 시어머니의 말을 듣고 잠시 손길을 멈췄다.

"어무이! 말씀 잘 알겠어요. 생각해 보겠습니다."

고추 다듬기가 끝나고 순녀는 자신의 방으로 돌아왔다. 다섯 살배기 종자는 요 위에서 자고 있었다. 순녀는 잠든 종자를 바라보며 낮에 시 작은아버지가 혀를 차며 하던 말을 상기해 보았다. '저놈이 불알만 달고 나왔더라도….'

27세의 젊은 여인, 육십 세를 산다고 해도 청상과부로 나머지 세월을 살아간다는 것은 까마득한 일이요, 한 여인에게 있어서 그것은 가혹스러운 일이 아닐 수 없는 것이다.

남편이 죽은 지 5년째에 이르렀지만, 그동안 재가를 하는 등의 생각은 꿈에도 해 본 적이 없는 순녀로서는 오늘 곤혹스러운 과제를 떠안게 된 것이었다.

재가하자니 시댁에서의 자신이 지켜야 할 도리가 마음에 걸리고 그냥 이대로 살자니 너무나 까마득한 일이다. 순녀는 잠이 든 어린 딸의 이마를 쓰다듬으며 낮의 시 작은아버지의 말을 몇 번씩이나 곱씹어 보는 것이었다. '저것이 불알만 달고 나왔더라도…. 끌끌.'

순녀는 허리를 굽혀 딸을 바라본다. 아이는 가끔 잠꼬대를 할 뿐, 여전히 깊은 잠에 빠져있다. 뒤 창문 너머로 밤바람에 댓잎 나부끼는 소리가 사르륵사르륵 들려온다.

댓잎 소리 달빛에 실려 쓸쓸한 선율로 뜨락을 채우고 귀뚜라미 울음소리에 흩어진 달빛 문틈으로 흘러드네. 밤 깊은 줄 모르고 밤새 울어대니 이 밤이 슬픈 것은 너만 아닌가 싶어라.

순녀는 어린 딸 종자를 품에 안고 억지 잠을 청하고 있었다.

이틀 뒤,

아침상을 물릴 즈음 순녀는 아직 온기가 남은 솥 바닥을 문질러 숭늉을 만들고 김이 고락거리는 숭늉 그릇을 시할머니 앞에 갖다 놓는다.

"할무이! 여그 숭님 드시쑈!"

"오냐! 고맙다. 아가 거그 앉거 보그라!"

시할머니는 다정다감한 분으로 언지나 따뜻한 말투였다.

"이 집에 남정네들은 어찌 이렇코 복들이 없어서 며느리들마다 청상과부들을 만드는지 원…. 그래, 아가. 재가에 대해서는 생각을 해 봤냐?"

"할무이! 저도 저저만은 나 살자고 재가를 해 불면 어무이, 할무이는 어찌게 허신다우?"

"우덜이사 꺽정 말어라! 나이도 이만치 많은디 이렇코 저렇코 살다 보면 살테제. 나이 어린 너나 갈 길 찾아서 새 출발을 해사제…. 두말 말고 마땅헌디 찾아서 재가를 허그라!"

이때 순녀의 시어머니가 시할머니의 말을 이어

"종자 에미야! 이 집안에 과부는 우리로 족하다. 젊디젊은 너까지 이 집안의 과부로 눌러 앉힐 수는 없제. 할무이 말씀대로 따르거라!"

하고 못을 박아 얘기를 했다. 이렇게 하여 결국 순녀는 친정집으로 돌아가기로 결정이 나고 순녀의 몫으로 논 두 배미 값, 나락 70석을 주기로 하였다.

어차피 말이 나온 마당이니 차라리 어른들의 말에 순종하기로 했던 것이다. 친정 동네로 가서 집이라도 마련하여 종자와 둘이 살면 될 것이요, 마땅한 재가 자리라도 있으면 재가를 하면 될 것이다.

시어머니는 기왕에 결판이 났으니 하루라도 빨리 친정으로 돌아가라고 하였으나, 순녀는 추수기가 눈앞인데 가실 일이라도 다 마쳐 주고 가는 것이 도리라며 당장 떠나는 것을 미뤘다.

그리고 양력 시월 말에 이르러 가을걷이를 다 마친 어느 날 저녁나절이다. 순녀는 친정으로 돌아가기 위해 자신의 옷과 딸 종자의 옷을 주섬주섬 챙겨 보자기에 싸 놓고 시할머니에게 인사를 드리기 위해 큰방으로 들렀다.

"할무이! 어무이랑 두 분 냉겨 두고 떠날락 헌께 겁나게 맘이 안 좋으요. 쩌 요강은 아적마다 누가 비워 드리까이? 진지랑 많이 드시고 건강허시쑈! 어무이도…."

"오냐! 여그 꺽정은 말고 우리 종자 잘 키우그라! 눈에 어룽거려서 어쩌끄나!"

순녀에게 가라고는 하였으나, 막상 떠나는 마당이 되니 서운함을 감추지 못하고 시어머니나 시할머니는 눈시울이 붉어졌다. 시어머니는 종자를 무릎에 안고 종자의 손과 볼을 자꾸 어루만지며 작별의 순간을 미뤄 본다.

어린 종자는 평소와 다른 분위기를 알아차린 것인지 어리둥절한 눈으로 제 엄마와 할머니를 번갈아 쳐다본다. 종자를 안고 있던 시어머니는 끝내 닭똥 같은 눈물을 흘리고 말았다.

"느그 애비가 살아 있으면 얼마나 좋을 것인디…. 시상을 잘못 만나 그렇코도 빨리 가 불다니…. 쯧쯧 불쌍헌 것, 꼬치나 달고 나올 것이제."

제 할머니의 표정을 본 종자는 울상이 되었다.

"아가! 늦을라. 언능 뜨거라!"

순녀의 시할머니는 며느리의 눈물 바람을 더는 볼 수 없었던지 출발을 재촉하고 순녀는 시가의 두 어른에게 인사를 하고 대문을 나선다. 머리에는 옷 보통이를 이고 한 손으로 종자의 손을 붙든 채 길을 나선다.

종자의 할머니는 동구까지 따라오며 쓸쓸히 떠나는 두 모녀를 배웅하였다. 종자는 엄마 손에 붙들려 끌려가듯 서툰 발걸음을 하면서도 자꾸 뒤를 돌아봤다.

마을 어귀까지 따라 나온 종자의 할머니는 바람에 무명 치맛자락을 휘날리며 저 멀리 멀어져 가는 며느리와 손녀를 향해 하염없이 손을 흔들고 서 있었다.

"종자야. 언능 가자! 해 떨어지겄다."

아이를 앞세우고 순녀는 길을 재촉했다. 농장을 지나 도덕지가 저만치 보이는 곧게 뻗은 신작로에 이르렀다. 땅거미가 길게 늘어진 신작로, 이 길은 순녀가 열여덟 살 되던 해인 9년 전, 설레는 가슴으로 꽃가마를 타고 말을 탄 새신랑을 따라갔던 그 길이다.

그러나 지금은 9년 동안의 시가 살이를 모두 청산하고 그동안 성겨난 딸, 종자의 손을 잡고 9년 전의 그 길을 되돌아가는 길인 것이다. 해는 서산에 뉘엿거리고 빈 들판으로는 제법 쌀쌀해진 햇구녘 바람이 불어왔다.

순녀는 문득 서글픈 생각이 든 것일까, 소리 없이 눈물을 흘리고 있었다. 돌이켜 보면 결혼생활 9년 동안 신혼기 일 이 년 동안이나 모를까, 나머지 세월은 대체로 불행한 세월이었으며 그도 그럴 것이 열아홉에 낳은 첫아들을 홍역으로 잃고 그 불행의 여운이 가시기도 전에 남편과 사별을 하고 이제 친정으로 돌아가야 하는 팔자이니 격랑기의 한 시대에 휩쓸린 기구한 여인의 운명이라 하지 않을 수 없을 것이다.

순녀는 터벅터벅 걸으며 하염없이 울고 있었으니 하얀 무명저고리의 앞자락은 눈물로 얼룩이 졌다. 이윽고 순녀가 친정집에 도착하였다.

인길댁은 대문 옆 돌배나무 아래 쪼그리고 앉아 곰방대에 담배를 빨며 순녀를 기다리던 중이고 태곤과 점돌은 마당에 널었던 나락을 고무래질로 모으는 중이었다.

인길댁은 곰방대를 팽개치고 순녀가 이고 온 옷 보퉁이를 받아들며 반가워한다. 순녀가 돌아오게 된 연유가 어디에 있건 인길댁은 반가운 것이다. 반갑기는 순녀도 마찬가지. 인길댁의 손을 잡고 놓을 줄 모른다.

"어서 오니라! 우리 종자도 왔구나? 어서 들어가자!"

인길댁을 따라 순녀 모녀가 마당으로 들어서자 태곤과 점돌도 고무래를 내던지고 순녀에게로 다가와 인사를 한다.

"누나! 잘 오셨오."

"고무! 안녕해겠오?"

마당의 소란한 기척을 알아챘던 것인지 부엌에 있던 경주댁과 용균도 집 모퉁이를 돌아 순녀에게로 다가왔다. 경주댁의 뒤를 따라 나온 용균은 경주댁을 제치고 순녀의 앞으로 오더니

"고무!"

하고 부르더니 허리가 꺾어지게 인사를 했다. 여덟 살 용균은 나이보다 덩치는 크고 용모는 순녀의 오라버니인 대전을 빼닮아 있었으며 순녀는 그러한 조카를 끌어안으며 눈물을 글썽거렸다.

몇 해 전 우익의 추적을 피해 가출을 한 후로 종적을 알 수 없는 오라버니의 생각이 떠올랐던 것이다. 예전, 오라버니가 만주에서 돌아와서도 공부를 핑계로 경주댁과 각방 생활을 하던 오라버니를 꾀어 경주댁의 방으로 들게 했던 것이 누구였던가.

당시 각방을 쓰던 경주댁 내외간의 문제 해결을 위해 어느 날 순녀와 말례는 오라버니가 잘 방을 미리 점거하여 잠자리에 들게 되므로 침실을 잃은 대전은 하는 수 없이 독수공방하던 경주댁의 침실을 찾아들게 되었으니 그 후로 용균이 탄생하게 되었던 것이다.

그러한 탄생의 사연을 배경으로 태어난 용균을 끌어안고 순녀는 눈물을 짓고 있는 것이었다. 그러는 사이에 큰방 문을 열고 경배가 나왔다. 순녀에게는 경배 역시 사랑하는 동생으로서 어려서는 목욕까지 시켜줬던 동생인 것이다.

"우리 막둥이 방에 있었냐?"

"응 누님! 방에서 공부했어라우. 근디 누님 매양 돌아가셔서 와겠소?"

철없는 경배는 순녀의 친정 귀가의 배경을 묻는 것이었다. 순녀는 고개를

끄덕일 뿐 대답은 안 했다. 인길댁은 경배의 옆구리를 찌르며

"이놈아, 그런 말은 허는 것 아니여! 그런디 우리 경배가 공부를 잘해 갖고 5학년 급장이란다. 그렇게 날마다 책만 들여다보고 딴 애기들마냥 놀러도 안 간단다. 그나저나 시장헐 텐디 언능 방으로 가자! 저녁 묵게!"

"야 어무이! 근디 오메! 우리 막둥이가 공부를 잘허는갑네. 급장을 허는 것 본께."

순녀는 경배가 공부를 잘하고 게다가 급장까지 한다는 말에 동생이 대견하고 자랑스럽다는 생각을 했다. 아니나 다를까 경배는 유소년기부터 남달리 영민했다.

한 번은 인길댁이 일곱 살, 경배에게 이웃집에 놀러 간 대전을 불러오란 심부름을 시켰다. 경배에게 대전은 서른 살 가까이 차이 나는 형이다. 이웃집으로 심부름을 간 경배가 마당에 서서 대전을 부르자 이웃의 아저씨가 문을 빼꼼히 열고

"대전 씨가 너허고 뭣이 되냐?"

하고 놀려 줄 요량으로 묻자, 경배는 당황해하며 쉽사리 대답을 못 했다. 대전과 나이 차이가 아무리 많아도 아버지는 아닌 거 같고 그렇다고 형이라고 하자니 대전의 나이가 너무 많은 것으로 여겨졌던 것이다.

어른의 물음에 대답을 안 할 수도 없었던 경배가 고개를 갸웃거리다가 한 대답이 가관이었다.

"우리 삼촌이어라우."

이 대답에 창 안에서는 박장대소가 터져 나왔던 것이며 대전은 얼굴이 벌겋게 될 만큼 죽다시피 웃으며 방을 나와 경배의 등을 토닥여 주었던 것이었다.

저녁 식사를 하기 위해 밥상머리로 식구들이 빙 둘러앉았다. 그렇잖아도 많은 식구에 순녀네 모녀 두 식구를 더하니 대식구였다. 수젓가락을 들기 전, 인길댁은 식구들을 향해 입을 열었다.

"점돌 에미야! 점돌 애비도 없는 마당에 살림을 꾸려 나가니라고 니가 고상이 많다만은 이참에 이 아그할라 친정으로 돌아오다 본께 더 힘들 것제만 어쩔 것이냐. 식구들이 모다 이해허고 협조험서 살아야제. 그라고 이 방에 있는 우리 애기들 태곤이, 점돌이, 저 어린 종자까지 불행허게도 모다 아부지들이 없으니 이것이 뭔 팔잔가 모르겄다. 태곤아! 점돌아! 느그들은 하이나 애비 없는 후레자식 소리를 들어서는 안 된께 어른들 눈 밖에 나는 짓을 해서는 못 쓴다."

이렇게 식구들을 향해 당부하였고 경주댁은 이렇게 대답했다.

"야. 헐 수 없제라우. 갈 디가 마땅치 않은 애기씨를 어찌게 헐 게라우. 헐 수 없제. 인자 식구가 여덟 식구로 늘었응께 올 가실에는 논 다섯 배미 다 보리를 갈아야 쓰겄소."

하고 식량 걱정을 하는 것이었다. 집안의 식솔이 장정이 둘에 아이들이 셋이요, 여인네가 셋이니 날마다 곡식 독에 줄어드는 양식이 눈에 보일 것은 사실이다.

그러니 놀리는 전답이 없이 한 떼기 땅이라도 더 농사를 지어야 할 터이다.

밤이 깊어지자 모두 각자의 방으로 돌아가고 큰방에는 인길댁과 순녀의 모녀가 남았다. 종자는 요 위에서 쌔근쌔근 잠이 들어있고 그 모습을 안타깝게 바라보며 인길댁이

"아이고! 애린 것이 지 애미 따라서 먼 길 오니라고 힘들었든갑다. 그나저나 복도 지지리도 없제. 애비 얼굴도 모르고 시상에 나와서 어찌게 살아갈지…. 쯧쯧."

하고 걱정스러운 듯 잠든 종자를 바라보았다. 순녀는 잠자리에 들 생각은 않고 우두커니 앉아있다가 말을 꺼낸다.

"어무이! 어무이야 저를 이해허실 테제만 성님 앞에서는 참말로 까시방석이여라우. 오라부지라도 계시면 모를까…. 장승만한 장정들이 셋이나 되는디 우리까지 더부살이를 허게 된께 성님 보기가 여간 죄스럽소."

하고 속잇말을 하자 인길댁은

"당최 그런 소리 허덜 마라! 지 형제들이 어려우먼 서로 거둑임서 돕고 사는 것이 세상의 이치제…. 당최 그런 소리 마라!"

이렇게 이지러진 순녀의 마음을 달래주고 있었던 것이다. 어머니의 마음처럼 넓고 높고 깊은 은혜가 어디에 있으랴. 자식이 아무리 미운 짓을 해도 그것을 원수로 갚는 어머니는 없다.

자식이 아무리 못났어도 그것을 트집 잡는 어머니는 없다. 인길댁은 친정으로 되돌아온 딸, 순녀를 그 누가 손가락질을 하든 자신의 품에 안고 싶은 것이었으며 역경의 현실을 탓하기보다는 딸에 대한 안타까운 마음만 더할 뿐인 것이었다.

순녀와 인길댁은 종자를 사이에 두고 나란히 누웠다. 세월은 유수와 같고 일체가 무상하다니 달이 가고 해가 가니 변치 않는 것이 어디에 있으랴.

1940년 시월 열여드렛날에 순녀네가 복룡촌에서 이사를 올 때 순녀의 나이는 열두 살 스녀였다. 그렇던 소녀가 성장하여 시집을 가고 한국동란의 파고에 휩쓸려 남편을 잃게 되니 친정으로 돌아와 이렇게 어머니 옆을 잠자리 삼아 눕게 된 것이다.

순녀는 쉽사리 잠들지 못하고 몸을 뒤척이며 지난 과거를 돌이켜 보는 것이었다. 도덕지로 이사를 올 때의 식구가 아홉 식구였다. 이사를 하여 순녀의 아버지가 죽고 이어서 오라버니마저 잃게 되었으며 두 자매는 출가하였다.

그리고 막냇동생인 경배와 조카 용균이 태어나게 되었으며 거기에 딸인 종자가 늘어났으니 지금은 여덟 식구인 것이다.

이렇게 세상의 흐름 속에서 순녀네도 많은 변화가 있었던 것이며 이제 든든한 가장이 없는 마당에 많은 식구들이 앞으로 어떻게 살림을 꾸려나가야 할지 걱정하며 순녀는 잠을 못 이루고 있는 것이었다.

동짓달 초,

아침 식사 후 설거지를 마친 순녀가 마당으로 나가 태곤을 불렀다.

"야~."

태곤이 마루로 나오며 대답하자 순녀가 헛간에서 곰방메를 손에 들고나오며 "태곤아! 점돌이랑 데꼬 가서 보리논에 곰배질 좀 허고 오자!"

하고 말하자 눈치 빠른 태곤이 방에서 점돌을 데리고 나왔다. 영화농장의 다른 논들은 이미 보리 파종을 다 마친 후였으나, 순녀네 논은 이제야 파종을 하는 것이었다.

순녀의 시댁에서 논값으로 주기로 했던 칠십 석의 나락이 시월 말에야 도착했고 동짓달 초에 논문서와 나락을 교환하게 됨으로써 비로소 순녀네 논이 되었던 것이니 보리 파종이 늦을 수밖에 없었던 것이다.

세 사람이 한 이랑씩 각기 맡아 곰방메질을 해나간다. '탁 드르륵 타닥 드르륵 타닥 탁 타닥' 보리논 바닥을 두드리는 곰방메 소리.

젊은 두 장정은 곰방메를 등 뒤까지 치켜들었다 내리치는 속도가 빨라 '쉬익' 하는 바람 가르는 소리와 함께 바닥을 때리는 소리가 '탁 드르륵' 하고 일정한 간격으로 들리는데, 힘이 넘쳐 곰방메가 바닥에 부딪히고도 남는 운동력을 이용, 곰방메의 몸체로 바닥을 문지르듯 긁으면 효율적인 곰방메질이 되는 것이었다.

순녀의 곰방메질은 달랐다. 한 번 내리칠 때 잘해야 두세 개 흙덩이를 두드리고 아니면 한 덩이씩을 두드리니 힘에서 장정들과 차이가 나고 더뎠다.

곰방메를 맞은 논바닥의 흙덩이는 잘게 부서지고 보리의 씨앗은 흙덩이 사이로 굴러내려 뿌리를 내릴 자리를 잡게 되는 것이다. 이것이 곰방메질의 이유이다.

정오가 가까워지자 인길댁이 손자인 용균을 앞세우고 광주리에 점심을 담아 곰방메질을 하는 순녀네 논으로 왔다. 이 모습을 본 점돌이 곰방메를 팽개치듯 내던지며 논 어귀로 향하며 말한다.

"고무! 삼촌! 할매가 점심 이고 오셨소. 갑시다!"

도대체 쥰돌은 배고픔을 못 참아 하는 습관을 갖고 있었다. 점돌을 따라 순녀와 태곤도 논 어귀로 갔다. 인길댁은 논둑 바닥에 반찬을 차려 놓은 후 밥 소쿠리에서 밥을 담고 있었다. 점돌이 논둑에 차려진 반찬을 보더니

"할매! 깡다리(조기새끼) 젓은 안 갖고 와겠소?"

하고 묻자 인길댁은

"깡다리 젓은 우리 점돌이 반찬인디 안 갖고 왔겠냐? 인자 놔 주마!"

대답하며 젓갈 그릇을 내놓았다. 깡다리 젓, 한 뼘이 채 안 되는 조기 새끼들에 소금 간을 하여 오래도록 삭힌 젓갈을 영화농장 사람들은 깡다리 젓이라고 했으며 오래 곰삭아도 소금간을 많이 하므로 몸체는 탱글탱글하고 먹을 때 단재기에서 꺼내어 소금을 털어내고 마른 듯 젖은 듯한 조기를 고운 고춧가루와 통깨에 묻혀 먹노라면 그 맛이 일품이라 밥도둑이 따로 없다.

조기젓을 내놓자 구수하고 꼬릿한 냄새가 퍼지니 그 냄새에 없던 식욕도 생길 판이다.

"곰배질 허니라고 고생들 했다. 언능들 둘러앉거라!"

인길댁이 달하자 세 사람은 숟갈들을 들었다. 순녀는 그녀의 막내 조카인 용균에게 한입이라도 먹여줄 요량으로 용균을 부른다.

"용균아! 이리 고무 곁에로 오니라! 고무랑 밥 믁자!"

용균은 순녀의 곁으로 가더니 순녀가 덜어주는 밥을 얼씨구나 하고 받아 들었다. 늘 먹거리가 부족하므로 배를 주린 아이들은 언제건 먹을 수 있는 기회만 있으면 사양하거나 양보하지 않고 먹어두려는 것이 성장기 영화농장 아이들의 습관인 것이었으니 용균도 거기에서 예외일 리 없었던 것이다.

해거름이 다 되자 두 배미 곰방메질을 모두 마친 세 사람은 곰방메를 어깨

에 걸머지고 논둑길을 따라 집으로 향하고 있었다.

노을이 붉게 물든 창공으로 길고 짧게 줄나래비 비행을 하는 기러기들은 들판의 어딘가에 하룻밤 쉴 곳을 찾아 내려앉고 있었으며 햇구녘에서 불어오는 찬 바람은 어둠과 함께 점점 거세져 갔다.

영화농장 농가들은 한 해 마무리 농사인 보리 파종이 끝나면 대체로 겨울 동안은 크게 할 일이 없다. 잘해야 지붕의 묵은 이엉을 거둬내고 새 이엉으로 덮어주는 일이나 새끼를 꼬거나 가마니, 멍석을 절는 일 이외에는 특별히 할 일 없이 농한기를 보내게 되는 것이었다.

● ● ●

이즈음 보리논의 곰방메질을 다 마침으로 농한기를 맞게 된 순녀는 영산강으로 갯일을 다녔다. 한겨울의 추위를 앞둔 이 시기, 영산강 뻘밭에서 잡히는 맛조개나 게의 맛은 연중 가장 맛있는 철이며 그렇기에 찾는 사람들이 많을 때이다.

영화농장 끄트머리 둑 너머 영산강에는 밀물이 한창이어서 물결은 둑 바로 밑까지 밀려오고 물길 따라 불어오는 바람은 차가웠다. 영화농장 여인네들은 둑 밑 석축에 늘어서서 종일 갯벌 속에서 캐 온 맛조개가 담긴 바구니를 밀려오는 밀물에 헹구고 있었다.

그 일행들은 순녀의 팔촌 여동생인 정님과 왜정 말 목포에서 시집을 온 목포댁을 비롯하여 예닐곱 명의 도덕지 여인네들이다. 이 여인네들은 궁핍한 농갓집의 살림에 보탬을 위해 무언가를 하지 않으면 안되었던 것이며 이즈음의 그 일이 갯일인 것이었다.

갯벌에 만신창이가 된 옷을 갈아입는 것은 갯바구니를 다 헹군 다음 일이다. 여인네들이 허리를 구부리고 한창 헹굼질을 하는 중 정님이 허리를 펴며 고단함을 내뱉듯이 구시렁거린다.

"아이고메 추와라. 바람은 염병허게도 불어쌌네."

섣달이 늪앞이라 더구나 갯가인지라 바람이 차지 않을 수 없다. 순녀가 정님 쪽을 돌아다 보며 말한다.

"아, 그렇께 언능 구덕을 헹게불고 옷을 갈아입어야!"

순녀의 말에 정님은 파래진 입술을 부들거리며 다시 헹굼질을 한다. 헹굼질을 마치자 타구니에는 씨알이 또렷또렷한 맛조개들이 바구니마다 그득히 담겨있었다.

이 맛조가들은 목포 사람들에게 좋은 별미요, 반찬거리가 되어 밥상의 한 부분을 채울 것이며 그 대가로 영화농장 여인네들은 동란 이후 빈곤해진 살림살이를 채워 가는 것이었다.

헹굼질을 다 마친 여인네들은 석축 위로 올라와 허리에 묶었던 새끼줄을 풀고 옷을 갈아입는다. 젖은 개옷을 벗은 여인네들은 반라가 되고 희고 탱글탱글한 속살은 석양빛에 번들거렸다. 옷을 갈아입던 순녀가 장난기가 발동되어 정님에게 농담을 건다.

"우메 정늠이 젖가슴을 본께 시집가도 쓰겄다."

태천댁과 목포댁도 히히거리며 끼어든다. 정님을 제외한 다른 여인네들은 모두가 유부녀였으며 그런 가운데 숫처녀인 정늠이 장난 거리가 된 것이었다.

"우메! 참말로 크네. 잘 익은 복송처럼 탱글탱글하니…. 올 시안에는 시집을 가도 되겄네."

정님은 얼굴이 벌겋게 달아 펄쩍 뛰었다.

"아따! 언니들 어째 그러요! 내 가슴 크도 안 해. 그라고 나 같은 곰보를 누가 델꼬 간다우?"

정님이 앙당거릴수록 여인네들은 재미가 더하는 듯 더욱 킬킬거렸다. 아니나 다를까 과연 정님의 얼굴은 수년 전에 앓은 마마 자국이 심하여 낯바닥이 마치 자갈길과 같았으므로 숫처녀인 정님의 앞날을 여인네들은 자신들의 일마냥 걱정하던 차이다.

옷을 주섬주섬 다 갈아입은 여인네들은 둑을 넘어 땅거미가 늘어진 논둑길을 걷는다. 좁은 논둑길은 수로와 나란히 하여 영화농장 사람들은 이 수로를 한 개통이라 하였으며 그다음 수로는 두 개통, 이렇게 다섯 개통까지 이어졌다.

좁은 외길을 늘어서서 도덕지로 향하는 여인네들은 종일 고단한 뻘밭 작업을 하고도 기운이 남는 것인지 한없이 얘기를 나누고 있었다. 영화농장 아낙들이 신작로에 다 이를 즈음 맨 앞장을 서가던 나주댁이 말한다.

"쩌그 군인이 오는디 알만 헌 사람 같으네."

"맞어. 가마골떡네 아들 성배그만, 성배."

신작로를 오고 있는 사람은 가마골댁네 둘째 아들인 성배였다. 성배는 가뭄이 심하던 몇 해 전, 양식이 부족하여 끼니를 거르는 게 잦아지자 군 입대를 하면 끼니 걱정은 안 해도 될 것이 아니겠냐며 부잣집 아들 대신 자발적으로 군 입대를 했었다.

그랬던 성배가 신작로에 모습을 드러낸 것이다. 누구보다도 그의 동생인 정님이 반가워 소리를 지른다.

"오빠! 우리 오빠 오시네."

성배는 정님의 오라버니였으며 성배는 다가와 정님의 손을 반갑게 잡아 주었다.

"응! 정님아, 개에 갔다 오냐? 아이고, 순녀 누님이랑 아짐들도 개에 댕겨오신갑소?"

성배는 정님의 바구니 위에 얹힌 단재기를 받아주며 말하자, 순녀도 성배를 반기며

"응. 성배 동생 고상이 얼마나 많했냐? 제대해 갖고 오는 것이제?"

하고 묻는다.

"아닙니다. 이제 마지막 휴가를 나옵니다. 그나저나 누님도 고생 많으시지요?"

성배는 순녀가 남편과의 사별 사실을 알고 있었으며 마지막 휴가를 나온다고 대답을 했다. 그는 본래 재담꾼으로 똑같은 말도 그가 하는 말은 구수하고 듣는 이의 귀에 쩍쩍 달라붙게 하는 재담꾼인데 달라진 것은 의식적으로 그러는 것인지 영화농장 사투리를 쓰지 않는다는 것과 각이 진 말투가 달라진 것이었다.

성배와 영화농장 아낙네들은 신작로에 들어서며 옆으로 늘어서서 걷는다. 성배는 푸른 제복을 뽐내는 듯 어깨를 으쓱이며

"아휴~, 전방에는 벌써 눈이 오고 손이 곱을 정도로 추운데 아랫녘은 참 따습습니다."

하고 북녘 소식을 자랑이라도 하듯 말한다. 이에 목포댁이

"그러면 그럴 테제. 전방은 겁나게 추울 것이여."

이렇게 지레짐작하여 맞장구를 쳤다. 동네 앞에 이르러 모두 헤어지기 전 순녀는 성배를 불러

"그래. 언능 가서 어무이한테 인사드리고 놀러 오소!"

하고 말하자 성배는 몸을 빳빳이 하고 차렷 자세로 거수경례를 했다.

"넷! 알겠습니다. 펼승!"

성배와 영감 그리고 아낙네들은 마을 입구에서 제각기 헤어졌다.

- - -

순녀가 마당으로 들어서자 인길댁의 치맛자락을 붙들고 놀던 종자가 하룻낮 동안 제 엄마가 그리웠던 탓일까 쏜살같이 달려들어 순녀의 품으로 안기는 것이다.

인길댁은 이엉을 엮고 있는 태곤을 부르자 태곤은 달려와 순녀의 머리에 인 대바구니를 받아 토방에 내려놓는다.

"어이쌰! 우메 누님, 뭔 수로 이렇코나 많이 잡다겠소?"

바구니가 워낙 무거운지라 사내인 태곤도 낑낑거리며 내려놓으며 묻자 인길댁도 눈을 휘둥그렇게 뜨며 묻는다.

"워따워따, 구덕이 모잘라서 오가리까지 하나 잔뜩 채 왔네. 시상에 많이도 잡었다. 다들 이렇코 많이들 잡었다냐?"

하고 인길댁이 묻는다. 대바구니에는 맛조개를 가득 채우고도 모자라 단재기에까지 채워서 바구니 위에 종종이 얹어 왔으니 많은 양을 잡아 온 것이었다.

"어무이! 오늘 여섯 물이라 물대가 질어서 다들 한 구덕씩 잡었어라우."

넘치는 바구니를 보고 놀라워하기는 바구니를 둘러싼 식구들 모두가 마찬가지였다. 순녀는 바구니 위에 얹혀있는 단재기를 올케인 경주댁에게 건네주며 삶아서 식구들 저녁 찬으로 하자고 하자 경주댁은 얼씨구나 하고 단재기를 받아 들고 부엌으로 들어가는 것이었다.

이날 밤이 늦은 시간, 영화농장 여인네들은 목포의 큰 시장 골목 여기저기에 산발적으로 늘어앉아 낮에 잡은 맛조개를 팔기 위해 앉아있다.

시장 안으로는 야채전, 과일전, 옷가게, 어물전, 양곡전들이 골목 양쪽으로 즐비하게 늘어서 있고 선창이 멀리 있어도 항구도시의 시장이니만큼 꼬릿한 비린내가 진동하였지만, 그 냄새는 역겹기보다는 도리어 구수한 냄새이다.

골목 이쪽저쪽으로 산재하여 앉아있는 영화농장 여인네들은 열심히 맛조개를 까며 행여나 지나가는 사람들이 눈길이라도 주면 호객을 하기에 여념이 없다.

맛조개를 까고 있는 순녀 앞을 지나가던 중년 부인이 순녀의 맛조개 광주리 앞으로 다가와 쪼그려 앉으며 말한다.

"그 맛 한 델에 얼마라우?"

"야! 아짐, 이놈 한 보세기에 5원만 주이쏘!"

순녀가 상체를 구부려 부인에게 대답하자 부인은 흥정하려는 듯

"에따 쩌그 입구에 샥시는 4원이락 허드만 이놈은 틀리간디?"

순녀는 그럴 리 없다고 생각하면서도 어쨌든 흥정을 하려는 부인의 의도를 알아차리고

"요놈 쪼깐 더 드릴 께 사 가시쑈! 맛있어라우."

하고 부인을 어르자 부인이 고개를 끄덕였다. 순녀는 한 그릇에 예닐곱 마리 정도를 더 얹어 그릇에 담아 주었다. 그러자 부인은 지갑에서 돈을 꺼내다 말고 말했다.

"샥시! 시방 까다 만 놈까지 다 떨이로 팔아불어! 자! 4십 원 어쩌요? 4십 원…. 샥시도 언능 폴고 집으로 가사제."

순녀는 두 손을 저으며 펄쩍 뛰듯이

"우메! 아짐, 이놈을 다 허면 열 보세기는 나오는디 4십 원이면 너머 싸제. 5십 원 내이쑈 기분 좋게 다 털어 드릴께."

"아따 참 샥시도 겁나게 짜부네. 그러지 말고 45원에 떨이해 부이쑈!"

이렇게 하여 순녀는 이날 잡은 맛조개를 다 팔고 아직도 다 팔지 못한 영화농장 동행들을 돕고 있었던 것이었다.

◆ ◆ ◆ ◆

그 이튿날, 이날 순녀는 전날 밤새워 맛조개를 팔았던 까닭에 갯일을 가지 않고 느긋하니 아침 식사를 하는 중이다. 그때 성배가 찾아왔다.

"당숙모 계시요! 저 성배입니다."

밥을 먹던 인길댁은 자신의 귀를 의심하는 양

"누구? 성배라고? 오냐 들어오니라!"

인길댁이 문밖을 향해 말하자 성배가 문을 열고 성큼 방으로 들어오며 인길댁에게 인사를 하고 뒤이어 가마골댁도 들어왔다.

"필승! 당숙모님, 안녕하십니까? 경주 성수님도요…."

인길댁이 성배의 손을 잡아 주며

"오냐. 어지께 왔담서야? 이리 앉거 밥 묵자! 동서도 이리 앉소!"
하고 반겨 맞이한다.
"아니, 아닙니다. 저는 집에서 먹고 왔습니다. 당숙모님, 건강은 좋으세요?"
"그러기는 허네마는 집안이 편허덜 않네. 남정네들이 지대로 있어야제."
"허기사 그러시기는 허겄네요."
성배는 수년 전 인길양반이 장티푸스로 죽은 사실을 비롯해 대전과 순녀의 남편이 죽게 된 내막들을 잘 아는 터라 안타까운 표정으로 고개를 끄덕이다 문득 생각난 듯 무릎을 치며 이렇게 말했다.
"참 그렇제. 제가 누님에게 좋은 분을 소개해 드리고 싶은데 누님! 어쩌세요?"
"……"
느닷없는 성배의 제안에 순녀나 인길댁, 그 누구도 성배만 바라볼 뿐 대답이 없었다. 그렇다고 꺼낸 말을 도로 집어넣거나 얼버무릴 성배가 아니었다. 성배가 다시 말을 이었다.
"그분은 올해 서른세 살인데 참 성실허고 선한 분입니다."
성배의 설명이 이어짐에도 당사자인 순녀는 자존심과 체면 때문인 것인지 듣기만 할 뿐 말이 없고 경주댁이 물었다.
"아제! 그 사람이 어디 사는 사람이라우?"
"몽탄면 약곡리 사람인데 원래 본가는 양장리 월산이랍니다."
성배는 대답하며 경주댁과 인길댁 그리고 순녀를 번갈아 쳐다보았다. 경주댁이
"그러면 거그서 농사짓고 산다우?"
하고 물으니 정작 화제에 관심을 가져야 할 사람인 순녀보다도, 인길댁보다도 경주댁이 집요하게 캐묻는 것이었다. 그도 그럴 것이 경주댁의 입장에서 보면 두 사람의 식솔이 주는 것이요, 또 어차피 떠날 사람에게 마땅한 자리가

있다면 제 갈 길을 찾아 보내는 것이 가는 사람에게도 안정적인 삶이 될 것이라 생각하기 때문인 것이었다. 경주댁의 물음에 성배가 대답한다.

"성수님! 지금 그 사람은 저랑 군대 생활 중이고 곧 제대를 앞두고 있습니다."

지금껏 두 사람의 얘기를 듣고 있던 인길댁이 물었다.

"그러면 성씨는 뭣이다냐? 즈그 어매 아부지는 계시고?"

인길댁의 관심을 감지한 성배는 자신감이 생긴 듯 다소 높아진 어조로 설명을 했다. 그 사람의 성씨는 임 씨요, 두 분의 양친을 모신 가운데 형제는 셋이라는 둥, 마치 그 집안의 내력을 외우듯이 성배의 설명은 적나라하면서도 열성적이었다. 깊은 관심으로 진지하게 듣고 있던 인길댁이 순녀를 바라보며 말한다.

"아가! 존자 에미야! 들음에는 좋은 사람인 것 같다. 그리고 성배 조카가 소개를 허는디 어련히 알아서 허겠냐. 한번 봐 보그라! 보고 아니면 말제 어쩌것이냐?"

경주댁도

"애기씨! 괜찮헌 사람인 것 같은께 한번 만나 보이쑈! 든이 드는 것도 아닌디…."

하고 인길댁의 말을 거들었으며 거기에 한술을 더하여 성배도

"누님! 그 사람 참갈로 성실하고 착해서 쓸만한 분입니다. 제 말 듣고 만나 보세요!"

분위기가 이렇게 되자 순녀는 하는 수 없이 고개를 끄덕이게 되었던 것이며 또 종단에는 그 길이 앞으로 자신이 가야 할 숙명의 길이라는 것도 잘 알고 있었던 것이었다.

그리고 사흘 뒤,

과연 성배는 자신이 말한 대로 임 씨 사나이를 데리고 인길댁네 집을 들어섰

다. 때마침 마당에 널어진 벼를 맨발로 젓고 있던 점돌이 다가가 인사를 한다.

"당숙! 오시오? 할매! 성배 당숙 오셨어라우."

이윽고 방문이 열리고 인길댁이 나와 두 사람을 반가이 맞았다. 성배가 양측을 번갈아 가며 소개를 시킨다.

"당숙모! 말씀드렸던 그 사람입니다. 형님! 인사드리세요!"

임 씨 사나이는 성배와 같이 군복에 군화를 신고 있었으며 아담한 키에 왜소한 체격 그리고 곱상한 인상을 한 사람이었다. 임 씨는 인길댁 앞으로 한 발짝 나서며 인사를 한다.

"어머니! 안녕하세요! 처음 뵙겠습니다. 성배 아우한테 말씀 많이 들었습니다. 제 이름은 임 익순입니다."

"오! 그러신가? 여기 섰지 말고 방으로 들어가세!"

인길댁은 임익순이 마치 사위라도 다 된 양, 반존대어로 말을 했다. 세 사람이 방으로 들어서고 인길댁이 부엌을 향해 경주댁을 부르자 경주댁은 삶은 고구마가 담긴 쟁반을 들고 방으로 들어왔다. 인길댁이 고구마 쟁반을 상 위에 놓으며

"자. 마땅히 내놓을 것도 없고 시장헐 텐디 고구마나들 들어보소! 체정 성헌께 짐챗국이랑 마심서…. 근디 해필이먼 순녀는 개에 가고 없네그랴! 조카한테 말을 들었는가 모르겠네만은 이 애기가 순녀 딸이라네."

하며 무릎에 앉아있는 아이를 가르친다. 임 익순은 아이의 머리를 쓰다듬으며 자신의 무릎으로 오라고 하였지만, 종자는 수줍어 몸을 비틀 뿐 임 익순의 품으로 가지는 않았다. 그리고 임 익순은 인길댁의 말에 대답한다.

"개에 갔어도 어머님을 뵈니 본 거나 한가지로 보나 마나 제 맘에 쏙 들 것 같습니다."

쪽머리에 시골 여인치고는 하얀 피부, 게다가 맑은 눈동자를 한 인길댁은 자태가 매우 정갈스러웠으며 이런 인길댁의 모습을 본 임 익순은 순녀의 모습

을 미루어 짐작한 것이다.

"오호! 나를 그렇코나 잘 봐줘서 참으로 고맙네만 그래도 종자 에미를 봐사제. 그리고 자네 본처는 돌아가 불고 애기들은 둘이 있담서 어찌게 둘인가?"

"그렇습니다. 작년에 개에 갔다가 그만 잘못돼서 죽었지요. 저는 군대에 있어서 그 내막은 소상히 모르지만, 물에 빠져서 죽었습니다. 애기들은 남매가 있고요."

임 익순은 이렇게 대답하며 잠시 침울한 표정을 짓더니 이어서 말한다.

"저도 순녀씨를 꼭 보고 싶지만, 모레가 귀대 날이라서 순녀 씨를 볼 수는 없을 것 같고 이제부터 어머니를 장모님이라 부르게 해 주십시오!"

이렇게 결정적 담판을 짓는 말을 한 것이다. 쾌도난마, 뒤엉킨 마의 줄기를 단칼에 시원히 베어내어 정리 해버리는 것처럼 임 익순은 양가가 처한 정황을 직관하고 앉은 자리에서 바로 결정을 하였던 것이니 이는 마치 쾌도난마와도 같은 것이었다.

임 익순의 이러한 결정이 섣부르고 경솔한 결단일지 아니면 명철한 결단력일지는 두고 봐야 할 일이다. 이처럼 임 익순의 완고하고 분명한 태도에 인길댁도 결국

"좋네. 그렇코 허세."

이렇게 짤각하지만 분명한 대답을 하였던 것이니 이는 평소 성배에 대한 신뢰감과 문제의 당사자인 임 익순의 단호한 태도, 거기에 불안정한 생활 중인 순녀에 대한 부담 등, 이처럼 종합적인 상황이 인길댁의 마음을 움직이게 하였던 것이었다.

사실 이 시기, 지난 인공 사건과 보도연맹 사건 그리고 6·25 동란을 겪으며 수많은 남자가 희생되그로 '한 남자에 여자가 세 트럭 반'이란 말이 유행할 정도였으니 청상과부가 된 딸을 둔 인길댁의 심정을 이해하고도 남을 일이다.

인길댁의 대답을 듣고 임 익순과 성배는 마치 개선장군처럼 의기양양한 모

습으로 되돌아갔다. 임 익순과 성배는 순녀네 집을 나와 도란도란 얘기하며 일로로 나가는 신작로를 걷고 있었다. 임 익순은

"아우야! 혹시 저 어머니의 마음이 변하지는 않을까? 거기다 순녀 씨는 얼굴도 안 봤으니…."

하고 성배를 쳐다봤다.

"아이고 성님! 인길 당숙모가 보통 분이 아닙니다. 그분은 항시 언행이 바르고 분명한, 그런 분이어요."

"그래도. 당사자인 순녀 씨랑은 말도 안 해 본 데다가 그 마음도 모를 일이고…."

임 익순의 이 말에 두 사람은 발길을 멈추고 수군거리더니 가던 발길을 돌려 인길댁네로 향했다. 임 익순과 성배가 인길댁네 마당에 들어서자 인길댁을 비롯하여 온 식구들이 모여 마당에 널었던 나락을 긁어모으고 있었다.

인길댁은 되돌아오는 두 사람을 보고 뜻밖이라는 표정으로

"아니 뭔 일로 다께(다시) 왔당가?"

하고 묻자 임 익순이 인길댁에게로 한발 다가서며 소곤거리듯 말한다.

"말씀드리기 참 거북스럽습니다만 사실은 제 바로 밑 남동생이 목포 병원에 입원했는데 그 비용을 성배 동생에게 좀 빌려달라니 없다고 합니다. 그래서 목포로 나가다가 할 수 없이 돌아왔습니다. 장모님 나락 한 가마니 값만 빌려주세요! 이제 제대가 한 두어 달 남았으니 그때 틀림없이 돌려 드리겠습니다."

"아이고 이 사람아! 이런 촌에서 누구를 꿔 준다고, 뭔 돈을 준비허고 있겠는가?"

사실 사위를 삼자고 언약은 하였으나 대면 첫날, 초면인 사람에게 무엇을 담보로 해 돈을 빌려줄 수 있단 말인가. 인길댁의 대답은 당연한 것이요, 돈을 빌리려는 임 익순의 행동은 낯이 두껍지 않고는 할 수 없는 처사인 것이다.

인길댁의 대답에 임 익순은 곤혹스러운 표정을 지으며 성배를 쳐다봤다. 이번에는 성배가 인길댁에게로 다가서며

"당숙모님! 저 형님이 워낙 다급한 모양입니다. 제가라도 갚아 드릴 테니 좀 꿔 주십시오!"

인길댁은 진퇴양난, 거절도 못 하고 끄응 앓는 소리를 하며 한참을 서 있다가

"조카까지 그러니 헐 수 없네. 경배 월사금을 준비해 논 돈이 있는디 병원비가 급허단께 헐 수 없제. 쪼깐 지다리소!"

하고 큰방으로 들어갔다. 어차피 임 익순은 사위가 될 사람이요, 거기다 조카인 성배까지 사정하니 일이 잘못된다고 해야 나락 한 석인데 그까짓 것으로 장래의 사우에게 박절할 수 있냐고 인길댁은 생각했던 것이다. 잠시 후, 인길댁이 방에서 나와

"자! 이 돈을 갖고 언능 병원으로 가 보소! 그 대신 꼭 갚어야 쓰네."

하며 임 익순에 돈을 건네주었다. 임 익순은 그 돈을 받아들고

"장모님! 정말 감사합니다. 절대로 실망하지 않으시게 꼭 갚아드리겠습니다."

라며 허리가 꺾어지게 넙죽 절을 하자 인길댁은

"그래. 동상이 병원에 있담서 언능 가보소!"

하고 예비 사위를 걱정하였다.

"예, 장모님! 그럼 내년에 뵐 때까지 건강히 지십시오! 순녀 씨에게도 안부를 전해 주시고요! 저기 성수님도 안녕히 계시고 처남들도..,.!"

임 익순은 마당에 선 순녀네 식구들에게 두루 인사를 마치고 성태와 일로 향했다. 이들은 일로의 역 앞에 이르러 차부 아래쪽에 있는 주막으로 들어갔다. 성배는 이전에도 이 주막을 들락거린 적이 있었던지 주모를 불러 아는 체를 하며

"아짐! 홍어 한 접시에다 탁배기 한 주전자 줘 보세요!"

하고 주문을 하였다. 이윽고 술상이 차려져 나왔다. 붉은 살 홍어, 선홍빛 연한 살에 빗살처럼 탁힌 물렁뼈가 씹히는 맛과 입안을 가득 채우는 쫄깃한 식감에 코를 후벼 파듯 후각을 자극하는 꼬릿한 냄새가 탁배기 한 잔과 어우

러지면 이 맛이 천하의 일품이라 영화농장 사람들은 이 별척스러운 맛을 무척 좋아했다.

◆ ◆ ◆

"성배 아우! 자! 한 잔 받고 홍에 한 볼테기 허소!"

"아니 아니 성님! 찬물도 우게아래가 있죠. 제가 먼저 한 잔 올릴게요. 자, 한 잔 받으세요!"

임 익순과 성배는 1953년도, 육이오 동란이 막바지에 접어들며 전선의 고지를 하나라도 더 차지하기 위해 치열하게 전투가 이어지던 시기에 입대하여 전방의 같은 부대에서 복무하게 되었고 성배는 그의 형이 종갓집의 귀한 장손이라며 스스로 형 대신 입대를 하였던 것이니 임 익순보다는 나이가 어리기도 했지만 같은 동향이라며 군 복무 중에도 임 익순을 형으로서 깎듯이 대우했던 것이었다.

두 사람은 막걸리를 한 잔씩 마신 후 초장에 묻힌 홍어를 한 입씩 입에 넣고 오물거린다.

"아따 홍에가 제대로 썩어불었네. 쿵~쿵~."

매콤하고 꼬릿한 홍어 맛에 콧구멍이 쨍 하게 뚫리는지 두 사람은 쿵쿵거리면서도 홍어 접시를 향한 젓가락질은 연신 이어졌다.

"아우! 한 잔 더 받으시게! 안주도 들어 감서... 모자라면 더 시키게."

"예. 성님도 많이 드세요! 근데 성님! 아까 인길 당숙모에게 한 석 값을 잘 꿨습니다. 이제 당숙모나 순녀 누님은 꼼짝없이 성님만 쳐다볼 수밖에 없게 됐다니까요."

"맞아. 아우가 좋은 생각을 해냈어. 한 석 값을 받아 오니 나도 맘이 놓이네. 자! 기분도 좋고 홍에 맛도 좋고 한 잔씩 들세!"

임 익순이 도덕지에서 선을 보고 나와 일로로 향하던 길에 순녀와 결혼에 대한 인길덕의 약조를 받아내긴 했어도 당사자인 순녀와는 대면도 안 했으니 인길댁의 약조가 혹여 틀어지지는 않을지 그것이 내내 마음에 걸린다며 그 심경을 성배에게 토로하니 성배는 병원을 빙자하여 인길댁에게 돈을 빌리라 했던 것이며 그것이 그 약조가 틀어지지 않게 쐐기를 박는 방법이라고 임 익순에게 제안하자 임 익순은 성배의 말대로 실천하였던 것이었다.

술자리를 마친 임 익순과 성배는 이틀 뒤 몽탄역에서 만나서 상경 열차를 타기로 약속을 하고 헤어졌다.

• • •

한편, 석양이 다 되어 갯일을 갔다 온 순녀는 잡아 온 맛조개를 팔러 갈 채비를 해 놓고 식사 중이다. 인길댁은 낮에 임 익순이 왔다 간 자초지종의 얘기를 순녀에게 하였다.

"집은 몽탄 약곡리 바굴뫼고 키는 아다막허드라. 그런디 성배가 말헌 대로 여편네허고 사별허고 애기들이 둘이란다."

순녀는 하행열차 시간에 맞추기 위해 급하게 식사를 하면서도 귀를 쫑긋하여 듣고 있었다.

"사람이 서근서근하고 인물도 곱상허드라. 저도 우리 집안을 쑤욱 훑어보고는 맘에 드는지 나한티 덥쑥 장모라고 그런다. 그래서 나도 사우처럼 대했제."

여기까지 듣고 있던 순녀도 심중의 말을 했다

"어무이가 맘에 드신다는디 더 뭣이라고 허끄라우. 저도 딸린 딸이 있어서 어따 내놓고 얘기 헐 처지도 못 되고 어무이 말씀에 따라야제라우."

"근디 말이다. 즈그 동상이 아퍼서 목포 병원에 있다고 험서 나락 한 석 값을 꿔달라는디 훨 수 없이 꿔 줬다."

인길댁의 이 말을 듣고 순녀의 얼굴이 굳어졌다. 그리고 반박하는 것이었다.

"뭣이라고라우? 뭔 돈을 그것도 첨 보는 사람이 어찌게 돈을 꿔 달락 허고 어무이는 또 어쩌자고 꿔 줘불어겠오?"

"종자 에미야! 사람 인연이 맺어지냐 마냐 허는 판에 나락 한 석이 중허겄냐? 거그다가 성배 조카가 꺽정 말고 꿔 주락 해서 두말 않고 꿔 줘 불었다."

경주댁도 끼어들어 인길댁의 말을 거들었다.

"애기씨! 시누이 양반 될 사람이 여간 착허겄습디다. 꺽정 마이쑈!"

두 어른의 의견이 이러하니 순녀는 더 말을 할 수 없었으며 한편으로는 임익순에 대한 어머니의 호의적인 모습에 앞으로 남편이 될지도 모를 임 익순에 대한 기대감과 호기심이 마음 한편에 움트고 있을 뿐인 것이었다.

순녀는 좀 전의 인길댁을 타박했던 말을 후회하며 도리어 달래는 말을 한다.

"어무이! 그 사람이 하이나 그 돈을 떼어 먹기사 헐랍디여. 글고 어무이랑 성님이 좋닥 허신께 보던 안 했어도 나는 믿을라우. 그 사람을 만나서 잘살고 못 사는 것은 내 운명일 테제라우."

"그래. 너도 혼자는 살 수 없다. 어따라도 지댈 디가 있어야제 혼자 사는 시상이 오죽 허겄냐! 그 사람은 니가 지대고 살 만헌 사람일 것이여. 명년 정이월에 제대헌다고 헌께 그때 보자!"

자식이 못 되라는 부모는 없을 것이며 부모의 그 마음을 믿지 않을 자식 또한 없을 것이다. 순녀는 부모의 그러한 마음을 믿고 있는 것이었다.

저녁 식사를 마치고 순녀가 맛조개를 팔러 나갈 채비를 한다. 그때 마루에서 용균과 놀고 있던 종자가 토방을 내려서서 마당 가운데에 버티고 서 있다.

엄마의 출타 낌새를 알아차리고 따라나설 심산인 것이다. 이것을 안 인길댁이 종자를 부른다.

"종자야! 이리 오니라!"

종자는 인길댁의 부름에 아랑곳없이 발끝은 대문 쪽을 향해서 요지부동으로 서 있다.

"종자야! 어서 와. 그래 종자, 참말로 이쁘다. 어서 오니라!"

그러나 종자는 여전하였고 순녀가 광주리를 이고 나서자 종자는 막무가내로 앞서 나간다. 집을 나서던 순녀는 발걸음을 멈추고 종자를 불렀다.

"종자야! 엄마 따라오면 못 써. 언능 할매한테 가! 옳지. 이쁘지! 엄마가 오사탕 사다 줄게 할매한퀘 가그라!"

종자는 울음보를 한바탕 터뜨린 다음에야 겨우 태곤의 손에 끌려 방으로 들어갔고 순녀는 종자의 앙앙거리는 울음소리의 여운을 귓전에 담은 채 떨어지지 않는 발길로 집을 나서서 동구에서 기다리는 영화농장 아낙들과 어울려 목포로 향하고 있는 것이었다.

해가 바뀌어 1956년 양력 2월 28일, 정월 대보름이 지나고 이틀째 되는 날이다. 지난 설을 쇠고 사나흘 뒤에 제대한 성배가 임 익순의 기별을 전해왔다.

대보름을 쇠고 음력 열이렛날에 순녀를 데리러 올 것이니 떠날 채비를 하고 있으란 것이었으며 이날이 그 날이다. 아침 식사를 마치고 해가 초가의 추녀 쯤에 채 이르기 전, 임 익순이 빈 지게를 지고 순녀네 마당으로 들어섰다.

동절기의 끝자락이어서인지 기온은 그리 차갑지 않았지만 해를 따라 바람이 일기 시작하며 손이 곱은지 손을 입김으로 호호 불며 토방 앞에 이른 것이다. 큰방에는 여러 사람이 있는 듯 왁자지껄 시끄러웠다.

"장모님! 저 왔습니다."

임 익순이 토방에서 소리치자 작은방 문이 열리고 순녀의 동생 태곤이 마루로 나오며 외치듯이

"어무이! 대양 오셨어라우."

하고 큰방 쪽을 향해 소리치자 인길댁이 마루로 나오며 임 익순을 반겨 맞는다.

"오니라고 고상했네. 지게 그리 내려놓고 방으로 들세!"

임 익순이 방으로 들어섰다. 방에는 인길댁네 식구들과 순녀의 작은어머니

인 신촌댁, 성배와 그의 어머니인 가마골댁이 임 익순을 기다리고 있었다. 임 익순은 다듬어진 매끈한 목소리로 여러 사람을 향해 인사를 한다.

"안녕들 하세요! 저는 몽탄면 약곡리 바굴뫼 사는 임 익순입니다. 이렇게 뵙게 되어 반갑습니다."

사람들은 박수를 쳤다.

"아따 우리 조카 사우 야무지네. 겁나게 이뻐…."

신촌댁은 넉살 좋게 조카사위의 기분을 추켜세우고 이어서 인길댁이 임 익순과 순녀를 서로 소개시키며 인사를 하게 하였다.

"나는 임 익순이요. 우리 서로 힘을 합하고 협조하며 잘살아봅시다!"

"야. 저는 박 순녀여라우."

이렇게 간략한 인사가 끝나자 인길댁은 식구들 한 사람 한 사람을 지칭하며 모두 인사소개를 시켰다. 임 익순은 긴장을 하였을까 얼굴은 벌겋게 달아올라 연신 벙실거리며 일일이 악수를 청하였다.

이렇게 하여 순녀와 임 익순은 두 사람 다 재혼자인 관계로 공식적인 예식을 갖지 않고 더 이상은 단조로울 수 없으리만큼 최소한의 의식으로 부부가 된 것이었다. 인사를 마치자 인길댁이 새 사위를 불러 묻는다.

"자네 집에서 여까지 족히 삼십 리는 될 것인디 오니라고 고상했네. 두 어르신들허고 가내에는 다 무탈허신가?"

임 익순은 여전히 만면에 미소 가득한 모습으로 대답한다.

"네! 염려해 주신 덕택에 두 분 다 건강히 잘 계시고 동생들도 잘 있습니다."

그 사이 경주댁은 대례상을 봐왔다. 격식이 다 갖춰진 상은 아니지만, 명절 끝이라 조청에 식혜를 비롯해 떡과 나물로 대례상을 대신하였고 온 식구들이 둘러앉아 담소를 곁들이니 행복은 따로 있는 것이 아니었다. 대례가 끝나 갈 즈음, 인길댁이 임 익순을 불렀다.

"임 서방! 오늘이 음력으로 열이렌디 북쪽으로 손이 있는 날이네. 여그서 약곡리가 북쪽이 아닌가? 그러니 오늘, 내일 양 이틀을 여그서 묵고 모레 손 없는 날 함끈에 떠나소!"

이날 임 익순이 순녀와 같이 바굴뫼로 떠나기로 얘기가 돼 있던 터라 인길댁이 사정 얘기를 한 것이다. 뜻밖의 이 말에 임 익순은 고개를 갸웃거린다.

"장모님! 제가 여기서 묵을 수가 없습니다. 실은 집에 암소가 새끼를 가졌는데 낳을 날이 오늘 낼이니 제가 지켜봐야 합니다. 그리고 죄송한 말씀입니다마는 장모님 말씀하신 거 그런 거는 미신이고 요즘 사람들은 그런 거 잘 안 믿어요. 그래서 기왕 온 김에 오늘 같이 가는 것이 좋다고 생각헙니다."

이렇게 대수롭지 않은 듯 말했다. 그러나 인길댁은 완고했다.

"아니네. 한 이틀 참으면 쓸 것을 뿌담씨 일이 생기면 그때 후회해 본들 뭘 허겄는가? 정 그렇다건 오늘은 우선 자네 혼자 출발허고 모레 순녀랑 점돌 에미를 보냄세 종자 에미야! 그렇코 해야제?"

순녀는 그렇다고 고개를 끄덕였고 곁에 있던 가마골댁이

"맞어라우. 쇠양치할라 낳을 날이담서 잘못되면 큰일인께 성님 말대로 허이쑈!"

이렇게 인길댁의 말을 거들고 나서자 임 익순은 하는 수 없이

"예. 그럼 할 수 없죠, 뭐. 저 혼자 먼저 나서겠습니다."

이렇게 대답하였다. 점심때가 조금 기울어 임 익순은 순녀와 주변 식구들의 도움을 받아 가며 토방에 세워 둔 지게에 짐을 싣고 있다. 순녀가 시가로 가져갈 물품들로 자신의 신변잡화와 더불어 시댁의 어른들에게 혼례 인사로 드릴 선물들이었다.

"안 떨어지게 띠꾸리로 잘 묶으소! 글고 양 어르신들 옷 한 벌씩부에 선물은 안 했응께 그리 알소!"

인길댁은 옆에 서서 단도리 하는 것을 간섭하였고 짐을 싣는 임 익순은 싱글벙글 밝은 표정으로 대답한다.

"하하! 장모님, 염려하지 마십시오! 서로가 어려운 가운데 식도 제대로 못 올리고 이러니 제가 송구스럽고 또 양해해 주는 종자 엄마에게도 고마울 따름입니다. 그리고 짐은 두 줄 석 줄로 묶었으니 굴러도 짐은 안 뺐습니다. 걱정 마세요!"

"어이. 그래. 나도 고맙게 생각허네. 해도 짧은디 언능 출발허소!"

"예! 종자 엄마! 모레 조심히 오기 바라오!"

임 익순은 순녀에게 조심히 오라는 인사말을 남기고 인길댁과 순녀 그리고 동네 사람들의 배웅 속에서 떠나갔다.

* * *

이틀 뒤, 순녀와 경주댁은 지게를 진 태곤의 뒤를 따라 학두리 앞 들 가운데 둑길을 걷고 있었다.

이날 순녀를 데리러 오기로 한 임 익순이 약속한 시간이 되도록 오지 않자 순녀와 경주댁이 임 익순네로 가는 중이었으며 태곤은 두 여인이 이고 가야 할 보퉁이를 자청하여 지게에 짊어지고 가는 길의 절반까지 배웅해 주겠노라고 했던 것이다.

순녀의 전 남편과 사이에서 낳은 딸 종자는 버젓이 데려갈 수 없어서 새로운 시댁에서의 생활에 안정적인 적응을 하면 그때 데려가기로 하고 지금은 친정에 떼어 두고 가는 길이었다.

이것은 비록 짧은 기간이 되겠지만 어린 딸과 떨어짐은 순녀에게는 안타까운 일이었다. 병고의 아픔 없이 어찌 성한 몸의 편안함을 알 수 있을 것이며 고단한 노동 없이 어찌 휴식의 참 행복을 알 수 있으랴.

순녀는 세파 세월을 하나, 둘, 극기해 가며 새로운 행복의 길을 찾아가고 있는 것이었다. 약관의 나이에 이른 태곤은 기운이 넘치는 듯 지게를 졌음에도 두 여인보다는 한참을 앞서가고 뒤를 따르는 두 여인은 도란도란 얘기를 나누

면서도 태곤에게서 뒤처지지 않으려 부지런히 걷는다. 순녀가 들 건너 복룡촌을 가르치며 말했다

"성님! 쩌그 옛날 우리 집이 보이요. 우리가 살던 집."

그 집은 15년 전 순녀네가 살던 집으로 복룡촌 마을의 꼭대기 집이었으며 둑길에서 아스라이 보였다.

"맞소. 거가 우리가 살던 집이요. 애기씨도 그때 생각이 나요?"

하고 경주댁이 묻자 순녀는

"아이고 성님. 그때 내 나이가 열두 살이었는디 눈에 선허 생각 나제라우. 쩌 둑길에 우리 이삿짐을 진 사람들이 줄나래비를 서불었제라우."

하고 마치 눈앞에 보이는 것처럼 묻지 않은 것까지 대답한다. 순녀가 가리키는 둑길은 들 아랫녘으로 아스라이 보이는 복룡촌과 용흐동을 잇는 영산강 둑이다. 경주댁은 순녀의 말을 듣고 한숨 섞인 말로

"함마 그떠가 열다섯 해가 지났으니 한세월이 다 가불고 이놈의 팔자는 어째 이리 사나운지 서덩도 없이…. 저렇코 짐승들도 짝을 지어 잘도 노는구만."

하고 신세를 한탄하였다. 둑 아래 폭이 너른 수로에는 마른 부들 사이로 몇 쌍의 짝을 이룬 청둥오리들이 푸드덕거리며 먹이를 찾아 둘속으로 머리를 처박기를 반복하고 이 모습을 보고 경주댁은 신세를 한탄하는 것이었다.

어디선가 더 많은 무리의 청둥오리가 날아와 첨벙첨벙 물 위에 내려앉는다.

순녀는 올케언니인 경주댁과 유전적으로는 완연한 남남이지만 오라버니와 혼인 관계로 한 가족이 되어 18년여를 함께 살아왔으니 누구보다도 경주댁의 속내를 잘 알았다.

경주댁은 몸매나 성격이 투박스러워서 섬세하지 않기 때문에 여성으로서의 매력이 전혀 없다는 것을 순녀는 잘 알고 있었던 것이며 그런 점에서 측은지심을 갖고 있었던 것이다.

"성님! 홀몸으로 심이사 드시겠제마는 점돌이랑 용균이 보고 살아사제 어찌

게 허겼소! 점돌이도 인자 다 컸고 용균이도 오빠만치로 이쁘게 생겼습디어안?"
 순녀의 이 말에 경주댁은 감정이 혼란스러운지 내뱉듯이
 "큼메 별수 있겄소! 기냥 살아가사제."
 하고 짤막하게 대답했다. 사교 마을 앞 철둑에 다 이르자 순녀가 빠른 걸음으로 태곤에게 다가갔다. 철로는 간이역인 명산역에서 개꼴재를 넘어와 아래쪽인 일로역을 거쳐 호남선의 종착역인 목포로 가는 철로이다.
 "태곤아! 인자 보따리를 주고 집으로 돌아가그라!"
 태곤의 이마에는 땀이 송골송골 맺혀 있었다. 태곤은 한사코 더 져다 주겠노라며 몽탄면의 초입인 파군다리에 이르렀다. 주막 앞에 지게를 받쳐 세운 태곤은 소맷자락으로 이마에 땀을 닦으며 뒤따라 온 순녀에게
 "누님! 역서 나는 집으로 갈라우. 가시거든 집 걱정은 마시고 잘사시쑈."
 이렇게 말하며 순녀의 손을 잡아 주었다. 평소 강인하기만 한 순녀이지만 동생의 이 말을 듣는 순간 눈물을 글썽이며
 "응. 고맙다. 너도 엄마 모시고 잘살아라! 니가 돌아가신 성님 대신해야제."
 하고 긴 헤어짐에 앞서 당부의 이별사를 하였다. 태곤은 누나의 말을 듣자 고개를 돌리고 뒤도 돌아보지 않으며 쌩 가버렸다. 얼마나 흘리고 싶은 눈물이 많았던 것일까….
 태곤이 돌아가고 보통이를 머리에 인 순녀와 경주댁은 마을 사잇길을 지나 노루 한 마리쯤이나 지날 만큼 좁다란 오솔길을 오른다. 미풍에 나뭇가지는 하늘거리고 솔밭 사이로 잔설을 스친 바람은 차가웠다.
 가끔 이름 모를 산새들만이 숲의 정적을 깰 뿐, 인적이라고는 없었다. 몸매가 호리한 순녀는 몇 걸음을 앞서가고 신체가 풍만한 경주댁은 숨을 할딱이며 저만치 뒤처졌다.
 "애기씨, 기운 다 빴겄네. 쌀쌀 좀 가!"
 "언능 오이쑈! 나 쩌그 바우에 앉것으께."

순녀는 바위께까지 빠른 걸음으로 가더니 보퉁이를 내려놓고 바위에 털썩 주저앉았다. 순녀가 앉아있는 바위 옆에는 돌무더기가 있었다. 가쁜 숨을 쉬며 보퉁이를 내려놓는 경주댁에게 순녀가

"성님! 저 독은 뭣 허니라고 저렇코 싸 놨으꺠라우?"

하고 돌무더기를 가르치며 묻자 경주댁이 대답한다.

"저것은 갈이여, 요 고개를 넘는 사람들이 저런 자갈을 주워와서는 쩌그다 땡김서 산신한테 비는 것이여. 무사허게 고개를 넘어가게 해 돌라고…. 그나저나 아따 그노무 고개 올라오기가 겁나게도 뻧히네."

"그 말이 맞기는 맞소. 산신령한테 비는 것을 빌미로 길에 독을 주워내 불어야 뒤에 지나는 사람들이 돌부리에 안 채이제. 하이나 즈그 동생기라도 지남서 돌에 체여 불면 어쩌겄소!"

두 여인은 이마에 땀이 식자 길을 나섰다. 내리막 고개를 다 내겨서자 산기슭과 결을 같이한 실개천이 흐르고 건너편으로는 다락논이 계단처럼 이어져 골짜기 안쪽으로 서너 채 초가집이 아스라이 보이는 마을 앞까지 펼쳐졌다.

논둑길을 건너자 산자락을 따라 올라오는 도로와 만나고 이 도로는 두대산 자락을 따라 파군다리에서 돌아오는 길이며 두 여인은 산을 가로지르는 두대산 허리의 자를 넘어왔던 것이다.

이 길을 따라 오갈재를 넘어가면 두 여인의 목적지, 임 익순의 집이 있는 약곡리가 있다. 정오를 지나 해는 서산 쪽으로 절반쯤은 기울었다.

산중의 해는 늦게 솟아 빨리 지며 골짜기의 깊이에 따라 달라진다. 이것을 알고 있는 두 여인은 빠른 걸음으로 길을 재촉했다. 산은 굽이굽이 흘러내리고 그 산의 어귀를 따라 길은 구불구불 이어졌다

"애기씨! 해 전에 당도할라면 싸게싸게 갑시다!"

경주댁은 아까의 가파른 오솔길을 오를 때와는 달리 여유로워진 걸음걸이로 도리어 순녀에게 재촉하는 것이었다.

"야~ 성님. 해가 많이 지울어 불었소. 언능언능 가입시다!"

이윽고 두 여인이 오갈재 정상에 다다랐다. 이제 고개만 내려가면 약곡리 바굴뫼 마을이다.

"성님, 인자 거정 다 왔응께 쪼깐 쉬었다 갑시다. 성님 이맛박에 땀이 숭얼숭얼 맺었소."

두 여인은 보퉁이를 내려놓고 마른 풀 위에 털썩 주저앉았다. 앞으로 내려다보이는 전경은 마치 한 폭의 풍경화처럼 펼쳐졌다. 멀리 들 건너 철길의 끄트머리에 몽탄역이 아스라이 보이고 그 오른쪽으로는 배뫼의 뒷산이 우뚝 솟아있다.

배뫼와 느러지 건너편이 나주군 동강면이요, 배뫼와 동강면 사이로 영산강이 흐른다.

배뫼 앞을 회돌이 쳐 흘러내린 강줄기는 발아래로 보이는 도요마을, 몽강리 앞까지 흘러내리고 있었으며 유유히 흐르는 강물 위로 석양 노을에 물든 황포 돛배 한 척이 영산포 쪽으로 강을 거슬러 오르고 있었다. 경주댁이 나지막이 순녀를 부른다.

"애기씨!"

"……"

어떤 상심에라도 젖어 든 까닭일까, 순녀는 강 위로 흘러가는 황포 돛배를 바라보고 있을 뿐 대답이 없자 경주댁이 재차 부르자 그제서야 대답했다.

"야~."

"애기씨는 시누이 양반을 어찌게 생각허요? 내 봄에는 괜찮헙디다만은…."

순녀는 잠시 감았던 눈을 뜨며

"성님! 어무이랑 성님이 그렇코 좋다고들 허시고 거그다가 어무이는 사우가 되얐다고 나락 한 석까지 꿔 줬는디 그 냥반이 어쩐 사람인들 인자 와서 뭣허겄소! 다 내 운명으로 알고 받어 들여사제…. 그것보다도 내 말은 이런 좁디 좁은 산중에서 논밭떼기를 가진들 고것이 얼마나 될 것이며 뭣을 해 묵고 살고 있는지가 걱정스럽소."

"허기사 이런 산중에서 전답을 얼마나 짓고 사는지는 모르겄소마는 그 말도 맞소."

일로의 영화농장은 개활지로 펀펀하고 너른 들판에서 많은 식량이 생산되는 반면에 약곡리는 달랐다. 승달산의 높은 봉우리가 동남 쪽으로 흐르며 여러 능선으로 갈라지고 영산강에 다 이를 즈음이면 평야 지대로 바뀐다.

약곡리는 그 중간쯤에 위치하여 높은 산으로 둘러싸인 협곡의 마을로 인가는 드물고 전답 또한 귀하다. 순녀는 이러한 점을 염려하는 것이었다.

그렇다. 인간의 가장 원초적인 고민거리요, 과제인 먹거리에 대해 걱정을 하는 것은 당연한 것이며 순녀가 염려하는 것 또한 지당한 것이라고 봐야겠다. 순녀는 자리를 털고 일어서며 경주댁에게

"성님! 인자는 꺽정을 해도 소양 없는 일이고 가서 부닥쳐 살먼 될 테제라우. 갑시다!"

하고 말하자 경주댁도 일어나 보퉁이를 머리에 이었다. 그리고 두 여인은 내리막길 아래 바굴뫼 마을, 순녀의 새로운 삶의 터전을 향해 천천히 걸어가고 있었으며 해는 기울어 땅거미를 길게 늘어뜨리고 있었다.

박 순녀, 그녀는 왜정 말기와 한국전쟁 등의 대격변기를 겪으며 살아온 여인이다. 왜인들의 민족혼 말살 정책에 따른 한민족으로서의 정체성의 혼미한 시기와 미소로 갈린 요동하는 국제질서의 파고로부터 결코 헤어나지 못하고 직간접적인 피해자이기도 하였다.

그러나 누구를 원망하기보다는 다가선 운명에 순응하며 오로지 현실에 충실하였으며 이것은 주어진 삶에 대한 성실함의 표상이라 해야겠다.

생존의 본능, 이것은 인간의 가장 원초적이며 기초적 고민거리요, 과제이며 또한 행복의 여건이기도 하다. 만약 내게 내일 먹을거리가 없다거나 어떠한 이유로 생존을 보장받을 수 없다면 오늘 어찌 행복하다고 할 수 있겠는가.

이러한 까닭에 인류는 생존을 위해 꾸준히 노력해 왔고 경쟁과 투쟁의 역사를 만들어 왔다. 멀게는 춘추전국시대의 전투나 근세기의 세계 제1, 2차대전 그리고 육이오 동란에 이르기까지 이 모든 전쟁들의 종국적인 목적은 생존을 위한 투쟁에서 비롯된 것 아닐까.

뿐만 아니라 광대나 정치인, 농부, 건축가, 종교인 등등의 직업을 가진 이 사회의 모든 사람들은 그 하는 일들의 이유가 생존을 위한 것들이다.

이처럼 어떠한 전쟁이나 사람들의 행위는 결국 먹거리를 구하기 위한 것들이 그 목적이었으니 인간에게 있어서 생존의 본능이란 과연 가장 원초적인 고민거리요, 과제라 하지 않을 수 없을 것이다.

생존본능을 위한 성실한 활동, 이것은 결국 나를 위한 것이기도 하지만, 또한 우리를 위한 것이기도 하며 이때 우리는 그 행위를 아름다운 선으로 승화시켜 이해하게 된다.

격변기의 난관 속에서도 결코 좌절하거나 절망하지 않고 아름다운 선을 성실히 이행해 나아가는 순녀, 그녀에게는 어떠한 이름을 붙여 줘야 할까 고민을 해 보며 그녀가 찾아가는 곳, 바굴뫼에 평화가 깃들기를 바랄 뿐이다.

[작가의 말]

　영화농장(榮和農場)은 일제강점기인 1920년대에 영산강 일부 유역을 간척(干拓)하여 조성한 467ha(141만 2,675평)의 광활한 농경지이다

　간척이 이루어지면 반드시 '간척촌'이 생긴다. 촌(村)은 보편적으로 농업, 염전, 양식, 양어장 등의 사업을 하게 된다. 그래서 간척지로 이룬 땅은 대부분 농경지로만 쓸 수밖에 없어 전형적인 농촌 마을이 형성된다.

　1920년 히토미 일본 대지주가 바다를 메워 조성한 대규모 농장에는 약 400가구의 소작농이 경작에 참여하면서 신흥촌락이 형성되었다. 특히 용산리 농장마을을 비롯하여 청룡, 연화동, 백호동, 도덕리, 복룡리 두레미, 의산리 돈도리, 장기동 등의 촌락을 성장시켜 일로의 지역성과 경관을 크게 변화시켰다.

　세월이 흘러 요새 사람들은 말한다. 과거 갯벌은 쓸모없는 땅이나 유휴지로 생각했는데, 지금은 생물 생산성이 가장 높은 생태계 중의 하나다. 또한 자정능력이 뛰어나 바다의 콩팥으로 불린다. 농경지의 중요성이 감소한 현재는 경제적으로 따져도 간척 후 농업 소득보다 갯벌에서의 소득이 더 낫다는 지적이다.

　이 소설은 필자가 태어나고 자란 도덕리(道德里) 마을 주민들의 생활사이다. 우리 동네어는 일제의 침탈과 함께 보릿고개라는 시련 그리고 1950년 6·25전쟁이란 혹독한 혼란기를 겪었다.

　그래서 지나버린 세월을 반추하며 또 다른 내일을 위해 무엇을 해야 할 것인가 자성하는 마음과 세월의 뒤안길에서 영화농장의 아련해지는 정서를 그리며 글을 썼다.

이 글 이면에는 뼈아픈 고뇌의 눈물이 녹아 있다. 필자 나이 일곱 살에 가난과 함께 2남 3녀를 어머니 품에 남겨 놓으신 체, 40살에 아버지는 외롭게 세상을 떠나셨다. 막내 '금덕'이는 유복녀이고, 필자는 아버지의 묘비명도 모른 채 벌써 육십 고개를 훌쩍 넘겼다.

　참으로 자랑스러운 일은 올해 95세인 어머니를 모시며 3대가 살고 있다. 어머니의 건강 100세가 눈에 선하니 이 어찌 자랑스럽지 않은가. 그런데 어머니의 기억력은 전혀 쇠퇴함이 없이 예나 지금이나 같으니 무슨 말로 표현해야 할지 모를 지경이다.

　소설의 주인공은 바로 어머니이다. 한평생 녹음기처럼 생생한 생활의 발견을 학습시켜 준 문맹(文盲) 어머니 말씀을 중심으로 소설화시킨 것이다. 고로 진정한 필자는 어머니 '박순녀'이다. 어쨌든 그녀는 불운한 운명을 성공적으로 살아온 인간 승리자임이 틀림없다

　책의 줄거리다. 일제강점기와 625전쟁이라는 격동기에 파란만장의 삶을 살아 온 순녀, 그녀는 갓 서른을 넘긴 나이에 사별한 생(生)의 시련 앞에 서게 된 것이다. 그러나 그녀는 불현듯 다가선 혹독한 시련 앞에서도 좌절하지 않고 주어진 삶을 향해 담담하게 걸어 나갔다.

　어찌 보면, 냉혹 서러우리만치 이성적이지만 그보다는 가혹한 시련의 슬픔을 짓누르고 운명 앞에 순응할 줄 아는 여인이었다. 이것은 그녀의 내면에 감춰진 강직한 성품과 성실한 성향 때문이다. 한 시대가 가져다 준 시련과 혹독 서러운 운명은 어질디어진 시골 아낙으로서 담담하게 헤쳐 나아가는 삶을 애잔한 마음으로 바라보게 된다.

필자는 60 후반에 와서야 소설을 쓰기로 했다. 지금도 그 열정이 식지 않아 부지런히 책을 읽으며 열심히 일하면서 글을 쓴다. 그런데 독자가 없다. 작가라고 다 그러겠는가마는 책을 내려고 해도 내 줄 출판사도 없다.

　이런 화등 터지는 세상을 살면서 쓰다 보니 소설이 정해도, 격식도 없어져 버렸다. 이쯤 되면 헛소리 집어치우고 다른 일감을 찾아야겠는데, 하루아침에 그놈의 망집이 걷어치워지지 않아 그동안 써 두었던 글들을 한데 묶어 보았다.

　이런 글이 무슨 소설이라고 분에 넘친 찬사를 주신 시인이자 칼럼니스트 임춘식(한남대 사회복지학과 교수) 박사님께 감사의 인사를 올린다. 아울러 역량이 미치지 못한 부끄러움과 송구스러운 마음을 함께 전해 올리며, 그럴수록 더욱 열심히 써 갈기라는 매질로 받아들인다.

　그리고 책이 나오기까지 많은 조력을 해 주신 시정신문(주) 주동담 사장님과 표지화를 그린 사랑하는 딸 조은에게도 고마움의 뜻을 표한다. 그래도 이렇게 책이 나온 것을 보고 웃고 있는 것은 속이 비어서 그렇다.

2023년　9월 15일
김　동　식